The lost Princess of Eden
Emma Marten

AF286594

EMMA MARTEN

The lost
PRINCESS
of EDEN

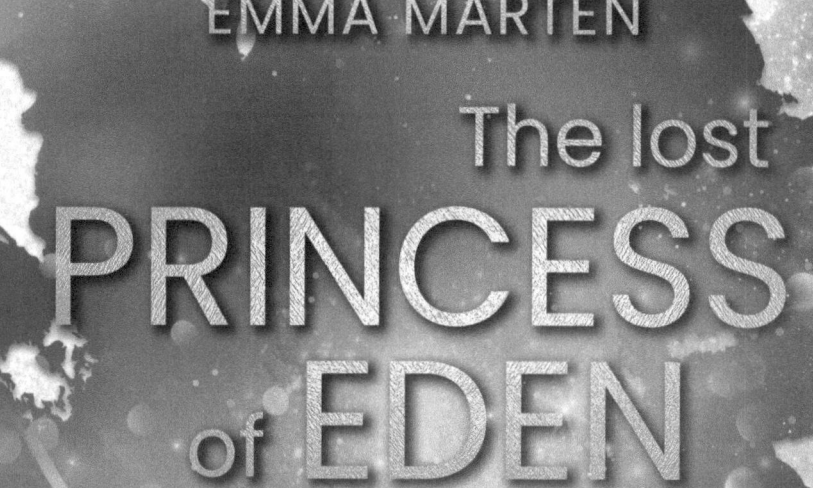

Bibliografische Information der Deutschen Nationalbibliothek: Die
Deutsche Nationalbibliothek verzeichnet diese Publikation in der
Deutschen Nationalbibliografie; detaillierte bibliografische Daten sind
im Internet über http://dnb.dnb.de abrufbar.
Die automatisierte Analyse des Werkes, um daraus Informationen
insbesondere über Muster, Trends und Korrelationen gemäß §44b
UrhG („Text und Data Mining") zu gewinnen, ist untersagt.

Lektorat: Andrea Weil https://www.weil-andrea.de lektorat/
Buchcover: Juliane Buser https://jb-grafikdesign.de/
Buchsatz & Illustrationen: Juliane Buser https://jb-grafikdesign.de/

Verlag: BoD · Books on Demand GmbH, In de Tarpen 42, 22848
Norderstedt

Druck: Libri Plureos GmbH, Friedensallee 273, 22763 Hamburg

ISBN: 978-3-7597-9990-6

The Lost Princess Of Eden beinhaltet Themen, die triggern können. Vor allem Themen rund um Krieg und Verlust. Eine Auflistung findest du unter Content Notes hinten im Buch.

AUF LEBEN UND TOD

»**S**ie haben die Mauer durchbrochen.«
Meine Hände zucken zu dem Funkgerät an meinem Gürtel. Ich bilde mir ein, die Explosionen zu hören, die Hitze der Laserstrahlen und die Kommandos meiner Brüder.

Atme.

Ich darf der Angst nicht die Kontrolle überlassen, sonst bin ich nutzlos. Es gibt nichts Schlimmeres. Ich schließe die Augen, stelle mir Acolyte vor, der mir immer wieder sagt, dass alles gut wird, dass meine Brüder unbesiegbar sind.

Meine Drachin Blue landet auf meiner Schulter und stupst ihre kühle, feuchte Nase gegen meine Wange. Beruhigend streichle ich durch ihr seidigweiches, weißes Fell und meide die spitzen, rosafarbenen Zacken, die von ihrem Kopf bis zu ihrer Schwanzspitze reichen. Mit der anderen Hand greife ich so viele Schmerzmittelampullen wie möglich und verstaue sie in meinem Beutel.

Ich lasse den Deckel der medizinischen Vorratskiste einrasten, stehe auf, Blue balanciert die Bewegung mit ihrem Schwanz und den rosafarbenen, ledrigen Flügeln aus, und hänge mir den Beutel über die Schultern. Drei Schritte und ich stehe im Freien. Die gewaltigen Gipfel der Gebirgskette, die meine Heimat Eden in einem einzigen Tal umschließt, verschwinden in ein paar wenigen Kilometern Entfernung in grauen Wolken.

Ich klettere auf das Holzdach des Lagers, streife dabei die Solarlampe, die an einem Haken neben der Tür hängt, und schaue hinab. Das Geräusch von Blues Flügeln erklingt dicht neben meinem Ohr. Die Mauer kann ich von hier aus nicht erkennen, nur den schwarzen Rauch, der in den Himmel steigt. Unser Camp wurde als letzte Bastion auf einem flachen Hügel aufgebaut. Zwei Stahltürme stehen rechts und links von dem einen Eingang, der zu den nördlichen Bergen zeigt. Ich müsste nur über drei Dächer springen, um den rechten Turm zu erreichen. Mein Bruder Eagle steht dort, etwa acht Meter über mir, und richtet sein Fernglas auf die Straßen der Grenzstadt Oldmantells. Früher war sie der letzte Vorposten vor dem Himmelsgebirge und dem Pass in den Norden, ein Ort des Handels und der Geschichten von der wilden und rauen Natur der anderen Planetenhälfte. Jetzt ist sie Sinnbild der letzten fünfzehn Jahre Zerwürfnis zwischen meinem Heimatland Eden und den Calarianern. Ein Gewirr aus schmalen Gassen und breiten Plätzen, übersät mit Kampfnarben, Sprengfallen und kleinen automatischen Geschützen, die bloß von Willenskraft und Spucke zusammengehalten werden.

»Rückzug zu Beta.« Der Funkspruch ist leicht überlagert, trotzdem erkenne ich einwandfrei Marks' Stimme.

»Fuck«, fluche ich. Genug Zeit vertrödelt. Meine Brüder brauchen mich. »Blue, zurück in dein Versteck!«

Ich klettere hinunter und laufe durch die schmalen Gänge zwischen den in Reih und Glied aufgebauten Holzhütten in die Mitte unseres Lagers. Blue fliegt einen Teil des Weges neben mir her, dreht dann am Lagerfeuerplatz ab und verschwindet hinter einer Baracke.

Die Türen der Kommandozentrale stehen offen, Spook lehnt über dem holografischen Tisch in der Mitte des Raumes, dreht den Kopf und nickt mir zu, dann widmet er sich wieder seiner Aufgabe. Ich eile zu dem Gebäude daneben, das im Sonnenlicht schwarz schimmert, ohne wirkt es wie der Eingang in die Hölle als in das medizinische Reich von Dee. Tej hat mir erklärt, dass über das spezielle Material namens Syn durch die Sonne Strom gewonnen wird.

Eine weiße, rechteckige Lichtleiste flammt auf und die Türen gleiten zur Seite. Ein Schwall warme Luft und der scharfe Geruch nach Desinfektionsmittel schlagen mir entgegen. Das grelle Licht blendet, meine Augen brauchen ein paar Augenblicke, um sich darauf einzustellen.

Dee sieht von seinem Bildschirm auf. Neben seiner rechten Hand ruht das Funkgerät auf dem Schreibtisch, immer noch still. Diese Frequenz nutzen sie nur für absolute Notfälle, also ist Schweigen gut. Schweigen bedeutet, dass keiner meiner Brüder ernsthaft verletzt ist. Aber es wird geschehen, und wenn müssen wir vorbereitet sein. *Also Konzentration!* Ich gehe zu jedem einzelnen Medikamentenschränkchen neben den acht Pritschen und fülle sie aus meinem Beutel auf. Den Rest überreiche ich Dee, damit er sie in seiner Schreibtischschublade verstaut.

Er deutet auf den Hocker neben sich, obwohl er wissen muss, dass ich zu unruhig bin, um mich hinzusetzen.

Die Türen gleiten erneut zur Seite und Ellana tritt ein. Die silbernen Perlen, die in ihre Zöpfe eingeflochten sind, klimpern durch die Bewegung. Obwohl sie deutlich älter ist als meine Brüder, zeigt sich noch keine Spur von Grau in ihren schwarzen Dreadlocks, dafür die ersten Falten in ihrer braunen Haut.

Ellana setzt sich neben Dee und schaltet ihr Funkgerät ab. Dee streicht sich über den glattrasierten Schädel, das einzige Anzeichen von Unruhe, das ich an ihm wahrnehme. Ich wünschte, ich könnte so ruhig bleiben.

»Habt ihr Sid und Trevor gesehen?«, fragt Ellana mit ihrer leicht rauchigen Stimme.

Sie richtet die Frage an uns beide, schaut mich allerdings nicht an. Wie lange ist unser letzter Streit her? Ein paar Stunden? In den letzten Wochen sind wir zu häufig aneinandergeraten – wegen absoluter Belanglosigkeiten. Aber nicht jetzt, nicht während einer Schlacht. Da müssen wir zusammenhalten, und uns bedingungslos aufeinander verlassen können. Trotzdem bin ich nicht bereit, mich zu entschuldigen. Ich habe nichts falsch gemacht.

»Sie sind gerade auf ihre Posten gegangen«, antwortet Dee und fixiert das Funkgerät.

Bald wird sich die ruhige Atmosphäre der Krankenstation in ein ausgewachsenes Chaos verwandeln. Die acht Betten werden belegt sein, wir dazwischen hin und her rennen. Verletzungen begutachten, Blutungen stillen, Leben retten.

Ich habe es so satt! Wenn ich könnte, würde ich den Calarianern eine Bombe auf den Kopf werfen, damit meine Brüder endlich in Sicherheit sind.

»Medic!«

Der Funkspruch lässt mich zusammenzucken. Das schwarze Gerät anstarren, als könne ich durch es hindurch auf die Schlacht sehen. Mein Herzschlag beschleunigt sich wieder. Wer ist verletzt?

»Bestätigt«, dröhnt Sids tiefe Stimme.

»Du schaffst das«, murmle ich fast lautlos.

Unruhig laufe ich zwischen den Betten hin und her, überprüfe, ob alles an seinem Platz ist und die Kühlboxen für den FROST einwandfrei funktionieren. Dee steht auf, richtet seine Instrumente, prüft seine Geräte. Nur Ellana bleibt sitzen und starrt das Funkgerät an, als wolle sie es bitten, gute Nachrichten zu verkünden.

Die Minuten ziehen sich wie Schleim. Trevor macht sich nach einem weiteren Hilferuf auf den Weg. Ich gehe hinüber zu meinem Rucksack, der neben Dees Schreibtisch lehnt. Schnalle mir den Gürtel mit der Laserpistole um, der in einem Seitenfach verstaut ist, prüfe die Ausrüstung, obwohl ich das schon vor meinem kurzen Besuch im Lager getan habe. Schmerzmittel. Adrenalin. Verbände. Eingeschweißter FROST. Der Medic-Scanner ist voll aufgeladen.

»Medic!« Marks. Er ist am Marktplatz, der heißesten Zone.

Ellana steht auf. Aber ich habe bereits den Rucksack auf den Schultern. »Ich gehe!«

»Nein, Tali«, sagt Dee. »Ellana ist …«

»Ich bin viel schneller als Ellana«, erwidere ich und renne zum Ausgang.

Keiner der beiden hält mich auf. Sie wissen, dass wir für einen Streit keine Zeit haben. Nachher kann ich mir dann ihre Zurechtweisung gefallenlassen. Im Laufen nehme ich die Schutzbrille aus meiner Hosentasche und ziehe das Gummiband um meinen Kopf fest, um sie an Ort und Stelle zu halten.

Es sind genau vierhundertzwölf Schritte bis zum nördlichen Ausgang. Eagle hat sein Fernglas gegen ein Scharfschützengewehr getauscht. Ich schlüpfe durch die Barrikade, die zwischen den beiden Türmen errichtet wurde. Das halbhohe Gras bewegt sich im seichten Wind, aber jeder Feind, der sich dort verbirgt, hätte entweder eine Sprengfalle ausgelöst oder wäre von Eagle erschossen worden. Auf halbem Weg den Hügel hinunter, den festgetretenen Pfad entlang, kommt mir Sid entgegen. Er stützt Cyber, den ich an den vielen waagrechten und senkrechten Strichen auf seiner Rüstung erkenne – einen für jeden getöteten Calarianer. Noch im

Laufen registriere ich seine Verletzungen, die Sid bereits verbunden hat: ein Streifschuss am Oberarm, ein Volltreffer am rechten Oberschenkel. Nichts, was ihn länger als drei oder vier Tage außer Gefecht setzt. Medizin ist das Einzige, was uns niemals ausgeht. Ein Glück.

Ersatz für Gefallene herzubringen, ist teurer als hunderte Raumschiffe voller Medizinbedarf.

»Sei vorsichtig!«, warnt Sid mich, seine Stimme ist durch den Helm gedämpft.

»Klar doch!«, rufe ich über die Schulter.

Kaum erreiche ich die ersten Häuser, verlangsame ich meine Schritte, beruhige meine Atmung. Es sollten keine Feinde durchgeschlüpft sein, doch Vorsicht ist besser als Nachsicht. Wenigstens fallen die Calarianer mit ihren schwarzen Kampfmonturen vor den rötlichen Sandsteinhäusern schnell auf. Geduckt husche ich weiter, eng an den Wänden entlang, spähe um jede Ecke. Leises Brummen schwillt in meinen Ohren an, bis ich die einzelnen Explosionen deutlich aus dem Lärm herausfiltern kann. Rauch legt sich bitter auf meine Zunge und ich ziehe das Halstuch über Mund und Nase.

Nur noch eine Straßenkreuzung und ich erreiche Position Beta, den ehemaligen Marktplatz im Zentrum der Stadt. Eher lang als breit, mit sechs runden Steinbrunnen, in denen nicht mal mehr eine Pfütze steht.

Rauch von mehreren Feuern vernebelt mir die Sicht. Ich presse mich an eine Hauswand und schiebe mich Zentimeter für Zentimeter vorwärts. Statt Marktbuden stehen überall Barrikaden verteilt. Ich sehe sie nicht, weiß aber genau, wo sie sich befinden – dank Keßlers unzähligen Trainings.

Ich atme noch einmal tief durch, ignoriere meine kratzende Kehle, und spurte geduckt los. Fünfzehn Schritte. Hinter der

Barrikade kauert Marks und feuert unablässig. Ich presse mich neben ihn an das Metall. Er wirft mir nur einen kurzen Blick zu, ohne im Kämpfen innezuhalten.

»Was machst du hier, Tali?«, brüllt er. Wegen des Helms und des Lärms verstehe ich ihn nur schlecht.

»Wer ist verletzt?« Bitte, bitte, sag nicht …

»Keßler.«

Fuck! »Wo ist er?«

»Barriere fünf. Zu heiß, um ihn rauszuholen. Tali!«

Seine letzten Worte verklingen hinter mir. Laserstrahlen zischen an mir vorbei, ziehen heiße, knisternde Spuren über meine Haut. Der Rauch gibt mir Deckung. Rechts bewegt sich etwas. Ich werfe mich zu Boden, der Aufprall treibt mir die Luft aus den Lungen. Der Calarianer fällt und bleibt liegen.

Ich versichere mich nicht, dass er tot ist. Geduckt husche ich weiter auf mein Ziel zu. Ein Flackern vor mir, gedämpft durch meine Brille. Der Hustenreiz wird stärker.

»Keßler?«, krächze ich.

Barriere fünf steht teilweise in Flammen. Mein Bruder liegt am unversehrten Teil und feuert unablässig. Ich ducke mich an seine Seite. Da! Ein schwarzer Fleck auf seinem Rücken, der von einem direkten Treffer herrührt. Er muss aus kurzer Distanz getroffen worden sein. Obwohl die Rüstungen inzwischen genauso in die Jahre gekommen sind wie der Großteil ihrer Waffen und Ausrüstungen, sind sie auf weite Entfernung immer noch wirksam gegen Laserbeschuss.

»Verschwinde, Tali!«

»Auf keinen Fall!«, widerspreche ich.

Schnell ziehe ich den Rucksack vom Rücken, zerre den Verschluss auf und greife zielsicher nach einer Ampulle mit Schmerzmitteln.

»Stillhalten!« Ich ziele und schiebe den schmalen Zylinder zwischen Helm und Rüstung. Mit dem Daumen presse ich auf das obere Ende.

Keßler grunzt, als die Nadel ausfährt und das Schmerzmittel in seinen Blutkreislauf gelangt.

Sein Handschuh schlägt gegen meinen Kopf und drückt mein Gesicht auf das Pflaster. Die Wucht der Explosion dröhnt in meinen Knochen. Hitze rollt über uns hinweg, gefolgt von einer Wolke aus Staub, Dreck und kleinen Steinen. Meine Ohren klingeln, und mein linkes Auge tränt. Mist, meine Brille ist schon wieder kaputt. Ich bekomme nur halb mit, wie Keßler mich gegen die Barriere schiebt und mich halb unter sich begräbt. Schmerz frisst sich durch meinen Brustkorb. Ich muss husten.

»Still!«, zischt Keßler. »Beweg dich nicht.«

Er feuert, sinkt noch schwerer auf mich. Kostbare Luft wird aus meinem Brustkorb gepresst. Eiseskälte flutet meine Glieder. Mein Herz hämmert viel zu schnell, das Blut rauscht in meinen Ohren.

Keßler stöhnt. Ist er getroffen?

Nein!

Ich versuche, mich zu bewegen. Aber er hat mich vollständig unter sich begraben. Damit die Calarianer mich nicht sehen? Damit sie nur ihn erschießen und mich am Leben lassen?

Mein Leben ist Keßler wichtiger als sein eigenes. Wie oft hat er mir das gesagt? Ich bin so dumm! So verflucht dumm!

»Nein«, krächze ich.

Entweder er ignoriert mich oder er hat das Bewusstsein verloren. Ich versuche, meinen Arm zu heben, aber der ist ebenfalls eingeklemmt. Ich komme nicht mal an die verdammte Pistole.

»Keßler, bitte«, hauche ich.

Er stöhnt wieder.

Nein! Nein! Nein! Nein! Nein!

Keßler darf nicht sterben! Ich kann nicht noch einen Bruder verlieren! Es sind bereits zu viele. Ich bin nicht gläubig, aber ich werde zu jedem verdammten Gott beten, wenn er Keßler überleben lässt. Bitte, bitte, bitte!

Immerhin, er bewegt sich noch, feuert. Ich kann kaum etwas sehen. Nicht atmen. Ein Schatten fällt. Noch einer. Eine weitere Granate explodiert nah bei uns. Bitte, bitte, bitte!

Wo bleibt Marks? Browzer? Acolyte? Samson? Shep? Wir brauchen Hilfe!

Keßler verlagert leicht das Gewicht. Keuchend hole ich Luft, muss sofort husten. Taste nach dem Funkgerät, komme aber nicht dran. Keßlers Rüstung bohrt sich in meine Rippen. Er feuert nicht mehr.

»Keßler?«, schreie ich mit meinem letzten Atem.

Eine Gestalt schält sich aus der Dunkelheit. Kein Helm – breite, kantige Gesichtszüge und helle Augen. Keiner meiner Brüder. Grinsend richtet er die Waffe auf Keßlers Kopf.

Nein!

Ein Krachen lässt meine Trommelfelle schier platzen. Staub und Dreck hüllen uns ein. Der Boden bäumt sich auf wie ein lebendiges Tier. Keßler rutscht von mir herunter, versucht, mich festzuhalten. Er lebt! Ich schlinge meine Arme um Keßler. Der Boden bewegt sich wie eine Massageliege im Turbogang. Was ist das für eine Bombe?

Bei einer richtigen wären wir längst tot!

Schreie dringen gedämpft an meine Ohren. Ein Rumpeln und Knacken.

»Tali!« Keßlers Helm schlägt gegen meine Stirn. Flammen lodern hinter seinem Kopf, Hitze schlägt mir entgegen, der Geruch nach verbrannten Haaren lässt mich würgen. Die Barriere! Sie begräbt uns! Scheiße! Scheiße! Scheiße!

Das Feuer zischt und Regentropfen, so dick wie Hagelkörner, durchweichen mich. Die Flammen erlöschen innerhalb von Sekunden.

»Keßler! Tali!« Marks kniet neben uns nieder und schiebt die angesengten Holzstämme zur Seite. Keßler rollt sich von mir herunter.

Keuchend und hustend fülle ich meine Lunge mit Sauerstoff. Der Regen prasselt mir ungehindert ins Gesicht, so heftig, als ergieße sich das gesamte Wasser des Wolkensees über uns.

»Bist du verletzt?«, dringt Marks Stimme zu mir durch.

Mein Brustkorb schmerzt, aber ich glaube nicht, dass etwas gebrochen ist. Der Regen hat mein Gesicht abgekühlt, aber eine Verbrennung dort würde Marks selbst sehen können.

Ich schüttle den Kopf, weil ich meiner Stimme noch nicht traue, und reibe meinen schmerzenden Brustkorb. Das werden verdammt große Blutergüsse. Aber fuck, ich bin am Leben.

Keßler!

Er ächzt und macht Anstalten, sich aufzusetzen.

»Die Calarianer sind geflohen«, sagt Marks.

Langsam rapple ich mich auf – und reiße die Augen auf. »Ach du Scheiße.«

Nur wenige Fingerbreit entfernt gähnt ein Abgrund. Genau da, wo der Calarianer stand und auf Keßler gezielt hat. Eine Spalte, zu breit, um darüber zu springen. Ich kann nicht mal erkennen, wie tief der Graben ist. Fuck! Kein Wunder, dass die Calarianer geflohen sind. Ich lebe schon fast siebzehn Jahre auf diesem Planeten, aber so ein starkes Erdbeben kam hier noch nicht vor. Vielleicht gibt es ja doch einen Gott.

»Tali, wir müssen hier weg.«

Oh ja, Marks, so schnell wie möglich.

Keßler flucht. Ich wirble herum. Marks will ihn offenbar auf die Beine ziehen. Die ganze Rückseite von Rüstung und Helm ist schwarz verkohlt. Ich kann nur hoffen, dass sich das Feuer nicht hindurchgefressen hat.

Ich springe auf die Füße, ein heftiger Schmerz schießt durch meinen Brustkorb, aber ich ignoriere ihn.

»Zusammen«, sage ich zu Marks. Ich greife nach Keßlers Arm, gehe in die Knie und schiebe meine Schulter unter seine Achsel. Marks tut es mir nach und bei »Drei« bringen wir ihn auf die Füße. Er bleibt stumm, aber an seiner verkrampften Haltung erkenne ich, wie stark seine Schmerzen sind. Trotzdem stützt er sich kaum auf mich.

Verdammt! Das ist meine Schuld! Vielleicht hätte Keßler nicht so viele Treffer eingesteckt, wenn ich nicht seinen Rückzug behindert hätte. Nein, was mache ich mir vor? Keßler zieht sich nicht zurück – wohin auch? Unsere letzte Bastion ist das Camp und wir alle wissen: Wenn die Calarianer das einmal erreichen sollten, ist Eden gefallen.

Acolyte und Browzer tauchen aus dem Rauch auf. Browzer nimmt sofort die Position rechts von mir ein und richtet ein schweres Lasergewehr auf jeden Schatten. Acolyte läuft rückwärts hinter uns her und zielt auf die Seite des Marktplatzes, die jetzt von einem breiten Graben von uns getrennt ist.

Ich schiebe die Brille, deren eines Glas zerbrochen ist, mit einer Hand auf die klatschnassen Haare.

Als wir das Ende des Marktplatzes erreichen, lässt der Regen nach. Auf den Dächern und hinter zwei Barrikaden ducken sich feuerbereit zehn meiner Brüder und warten ab, ob die Calarianer wirklich geflohen sind.

Kaum haben wir die Straße erreicht, schultert Browzer seine Waffe und schiebt mich energisch zur Seite, um Keßler zu stützen. Ich lasse mich zwei Schritte zurückfallen und reibe meine schmerzende Schulter.

Ein Blick zurück auf den verrauchten Platz und die Trümmer zeigt: Wir haben verdammt Glück, dass wir noch atmen.

ICH BIN KEIN KIND MEHR

Ich stürme in das Gewusel der Krankenstation, drücke Tup, der im Eingang steht und mit einigen Schrammen davongekommen ist, meine Schutzbrille und meinen Rucksack in die Hand. Das hintere Bett ist noch frei. Dee beugt sich über einen meiner Brüder, verdeckt sein Gesicht, sodass ich nicht erkennen kann, wer es ist. Ellana verarztet Cyber.

Marks und Browzer folgen mir mit Keßler zum hinteren Bett, wo er tonlos auf die geleeartige Masse sinkt. Ich ziehe ihm behutsam den Helm ab. Schweißperlen glänzen auf seiner blassen Haut, die dunkelbraunen Haarsträhnen kleben ihm auf der Stirn und getrocknetes Blut unter seiner Nase und an seinen schmalen Lippen. Seine braunen Augen sind glasig, trotz des Schmerzmittels. Verflucht, er hat ganz schön was abgekriegt.

»Zieht ihm die Rüstung aus.«

Ich drehe mich weg und kämpfe gegen die Angst an. Keßler ist nicht tot. Er war schon oft hier und wird auch wieder hier landen, dagegen kann ich nichts tun. Aber ich kann seine Schmerzen dämpfen und seine Wunden behandeln. Und dann werde ich ihn wahrscheinlich anbrüllen, wieso er sich nicht ein Mal, ein einziges

Mal zurückziehen kann. Wenigstens hier drin habe ich mehr Autorität als er.

Ich ziehe meine Handschuhe aus und halte meine Hände unter den Desinfektionsspender. Die durchsichtige Flüssigkeit brennt auf meiner weißen Haut. Als ich mich wieder zu Keßler umwende, liegt er bereits auf dem Bauch. Auf den ersten Blick erkenne ich drei Treffer, die er hat einstecken müssen. Die Haut um die Brandwunden herum ist stark gerötet, aber sie sehen nicht besonders tief aus. Entweder sind es Zufallstreffer oder kamen aus großer Entfernung. Seinen Hals hat es schlimmer erwischt. Der winzige Spalt zwischen Helm und Rüstung hat das Feuer durchgelassen. Dort wirft seine Haut Blasen und seine dunkelbraunen Haare sind angesengt. Keine schwarzen Verbrennungen. Er hat Glück gehabt.

Dee taucht neben mir auf. Seine scharfen Augen huschen zu Keßlers Verletzungen, dann sieht er mich intensiv an. »Reega hat wahrscheinlich eine Gehirnerschütterung. Du behältst ihn im Auge.«

Was? »Das kann jeder tun«, protestiere ich. »Ich kann …«

Dees Augenbrauen rücken enger zusammen. Gleich wird er es mir befehlen. Ich bin kein Kind mehr! Ich weiß genau, was jetzt zu tun ist. Ich habe mich darauf vorbereitet. Ich kann das aushalten. Genau deswegen bin ich hier!

»Tali?« Keßlers Zunge klingt schwer.

Ich beuge mich zu ihm hinunter. Nehme die Schatten unter seinen Augen wahr, die ungesunde Blässe seiner gebräunten Haut, der Geruch nach verbrannter Haut und Haaren.

Bittend sehe ich ihn an. »Ich kann das.«

»Ich weiß.« Keßlers Lider schließen sich, dann öffnet er sie wieder schwerfällig. »Geh zu Reega.«

Ich beiße die Zähne in die Unterlippe, bis ich den Schmerz

spüre, und nicke abgehackt. Einen Befehl erkenne ich auf eine Meile Entfernung.

Keßler lächelt aufmunternd, trotz der offensichtlichen Erschöpfung. Ein Lächeln nur für mich.

Ich richte mich auf und werfe Dee einen bitterbösen Blick zu. »Ist Reega in seiner Baracke?«

Reega würde nicht mal einen Fuß in die Krankenstation setzen, wenn er kurz vorm Verbluten wäre. Dee nickt bloß.

Ich schnappe meine Ausrüstung und rausche aus der Krankenstation, gebe mir keine Mühe, meine Wut zu verbergen. Keiner meiner Brüder beachtet mich, keiner ergreift Partei für mich.

Draußen bleibe ich stehen, starre zu der Rauchwolke über Oldmantells hinüber und wische energisch die Tränen weg, die über meine Wangen laufen. Ich bin kein Kind mehr, trotzdem behandeln sie mich wie eines. Ich darf nicht kämpfen. Ich darf meinen Job nicht machen. Dafür babysitten. Was für eine Glanzleistung!

ICH KLOPFE und trete direkt in die Baracke ein, die eigentlich mal eine Vorratskammer war. Reega liegt auf seiner Pritsche. Shep sitzt auf der gegenüber, dazwischen ist kaum Platz, um sich mit ausgestreckten Beinen hinzusetzen.

»Wie geht's, Reega?«, frage ich bemüht freundlich.

Wenn sie mir schon nicht Keßlers Behandlung zutrauen, kann ich wenigstens hier alles richtig machen.

»Alles gut, Tal.« Reega grinst und kratzt sich am rasierten Schädel. An seiner Schläfe glänzt ein handflächengroßes, weißes Pflaster.

»Shep?«, hake ich nach. Reega behauptet immer, dass es ihm gutgeht.

21

Shep verzieht die Lippen zu einem identischen Grinsen und nickt. Rußspuren ziehen sich über sein Gesicht, die dunklen, millimeterkurzen Haare wirken im künstlichen Licht eher grau als braun. Ich habe zumindest mein Gesicht gewaschen, bevor ich hierhergekommen bin.

Ich ziehe die Taschenlampe aus dem Rucksack und beuge mich über Reega. Bevor er protestieren kann, leuchte ich ihm in die Augen und beobachte seine Pupillenreaktion.

»Sieht gut aus. Ist dir schwindelig oder übel?«

Reega schüttelt den Kopf. Ich seufze und setze mich neben Shep aufs Bett.

»Du warst ziemlich mutig, Tal«, sagt Reega mit Blick an die Decke.

Ich will ihm schon danken, doch Shep ist schneller. »Mutig? Leichtsinnig, wohl eher. Marks hat dir sicherlich die Anweisung gegeben, zu warten.«

»Dann wäre Keßler gestorben«, erwidere ich patzig. »Er hat einen Dickschädel wie ein Colossia.«

»Die haben dickere Schädel«, widerspricht Reega.

Er muss es ja wissen, schließlich hat er sich beim Versuch auf den Riesenviechern zu reiten, mehrere Rippen gebrochen. Wenn sie im Sommer in der Nähe unseres Camps gegrast haben, hat Keßler mich nicht einmal in die Nähe der Hufe gelassen, die so dick wie Baumstämme sind, von den Geweihen auf ihren breiten fellbedeckten Schädeln will ich nicht einmal anfangen.

Shep grinst, wird aber schnell ernst. »Wie schlimm ist er verletzt?«

»Es ist nicht so schlimm«, gebe ich zu. Ich verschränke die Arme und knibbele an der Haut an meinem Daumennagel herum.

»Tja, dieses Erdbeben hat uns im wahrsten Sinne des Wortes den Arsch gerettet«, grummelt Reega und starrt mich an. »Auch wenn ich dabei fast draufgegangen wäre, wenn Shep mich nicht im letzten Moment festgehalten hätte.«

Wieso sieht Reega mich so seltsam an?

»Was meinst du, Tali, ist er morgen wieder fit?«

»Ganz ehrlich? Ich glaube nicht, dass du eine Gehirnerschütterung hast. Hat Sid oder Trevor dich untersucht?«, wende ich mich direkt an Reega.

»Also ich habe auf dem Rückweg schon geschwankt und ich habe Kopfschmerzen«, sagt Reega und schaut bestätigungsheischend zu Shep. »Und bei mir weiß man ja nie.«

»Ich weiß«, seufze ich und habe noch mehr das Gefühl, dass Dee nur einen Grund gesucht hat, mich wegzuschicken.

Alle meine Brüder sind herausragende Kämpfer, schnell, stark und diszipliniert bis in die Haarspitzen. Reega dagegen muss in den Cocktail mit Tollpatschigkeit gefallen sein.

Shep rutscht vom Bett herunter und stößt sich an der niedrigen Decke fast den Kopf. Er ist der Einzige, der es mit Reega aushält, weil einer den anderen beim Schnarchen übertönt. Deswegen auch der Lagerraum. Mir ist es hier drin zu eng, aber die beiden mögen es, und das ist die Hauptsache.

Shep klopft Reega auf die Schulter. »Schön wachbleiben, Bruder. Und ruh dich aus!«

Die Tür fällt leise hinter ihm ins Schloss. Ich schnüre meine Stiefel auf und rutsche an die Wand. Das Sockenloch am großen Zeh ist größer geworden. Da ich hier die nächsten Stunden nicht wegkomme, könnte ich es flicken. Andererseits sollte ich gar nicht hier sein. Keßler muss durch die Hölle und ich sitze hier rum und drehe Däumchen.

»Ein Erdbeben«, murmelt Reega. »Schon seltsam, oder, Tal?«

»Ziemlich«, erwidere ich.

»Es wird schon alles gut werden. Keßler ist zäh.«

»Ich sollte bei ihm sein.« Ich klinge wie ein trotziges Kind. Schnell füge ich hinzu: »Ich kann mehr tun als Händchen halten.«

»Wenn du die Regeln befolgen würdest, würden sie dir vielleicht mehr zutrauen. Du wärst heute fast gestorben, Tali.«

Kein Spitzname, verdammt, das ist übel. Zerknirscht beiße ich mir auf die Innenseite meiner Wange. In dem Moment habe ich nicht wirklich nachgedacht, ich habe einfach reagiert. Vielleicht hätte ich auf Marks hören sollen. Er wäre nicht so ruhig geblieben, wenn Keßler wirklich ernsthaft verletzt gewesen wäre. Aber hätte Keßler sich zurückgezogen?

»Du musst nachdenken, bevor du handelst.«

»Das sagst gerade du«, grummele ich, auch wenn ich weiß, dass er recht hat.

Wenn die calarianischen Angriffe noch heftiger werden, ist der Tod nur eine Frage der Zeit. Trotz all ihrer genetischen Verbesserungen sind meine Brüder sterblich. Dreihundertzwölf Gräber beweisen genau das.

»Ich verstehe nicht, wieso die Calarianer den Planeten nicht einfach verlassen. Oder wieso Galaxica nicht eingreift! Sie haben diese gewaltigen Flugabwehrgeschütze gebaut, die Mauer zwischen Eden und Calarian, und schicken euch, diese Mauer zu verteidigen. Aber sie könnten so viel mehr tun! Sie könnten sie zwingen, den Planeten zu verlassen. Eden war zuerst hier!«

»Politik.« Reega stöhnt. »Da fragst du den Falschen. Ich habe meine Befehle, diese Mauer zu halten, und das tue ich jeden Tag. Wenn ich nicht hier wäre, würde ich woanders kämpfen. Hier hab ich wenigstens ein bisschen Abwechslung zwischen dem Dienst.«

»Das ist so ungerecht!«

»Wenn die Welt gerecht wäre, Tal, wären wir nie erschaffen worden.«

Ich schlucke meine Widerworte herunter. Denn Reega hat

recht. Sich wie ein Kreisel immer um die gleichen Probleme zu drehen, hilft nur mir, meinem Ärger Luft zu machen. Nicht meinen Brüdern. Denn im Endeffekt wünsche ich mir eine Welt, in der sie nicht existieren.

»Spielen wir ein Spiel, Tal?«, reißt Reega mich aus meinen Gedanken. »Sonst schlafe ich wirklich gleich ein.«

»Hm«, mache ich unbestimmt und hoffe, dass Ellana bald zur Ablösung kommt.

So gerne ich Reega auch habe, sein Unvermögen, auch nur einen Moment die Klappe zu halten, ist anstrengend. Vor allem, wenn ich nicht flüchten kann.

BIST DU OKAY

Das Licht der Morgensonne ergießt sich wie scharf gesplittertes Eis über mein Zuhause. Keine einzige Wolke ist am Himmel zu erkennen. Ich schirme mit einer Hand meine blöden, empfindlichen Augen ab und wähle den Weg zurück zu Dees Reich möglichst so, dass ich viele Baracken zwischen mir und der Sonne habe. Das Funkgerät war die ganze Nacht still, kein Notruf aus der Krankenstation, aber auch kein weiterer Angriff. Wenigstens hat Reega irgendwann angefangen, Anekdoten über seine Bekanntschaften mit wilden Tieren zu erzählen. Die meisten Geschichten kenne ich zwar in- und auswendig, aber so wusste ich genau, wann er ein Lob, Lachen oder zustimmendes Grummeln erwartete. So konnte ich mich zu größten Teilen darauf konzentrieren, meine bescheuerte Aktion zu verdauen.

Es ist nicht das erste Mal, dass ich dem Tod knapp entkommen bin. Auch nicht, dass ich mich einem Befehl widersetzt habe. Aber Keßler ist schwerer verletzt worden, weil er mich beschützt hat. Ich muss ihn fragen, ob er sich zurückgezogen hätte.

Die Türen gleiten zur Seite. Dee sieht von seinem Schreibtisch auf, von Ellana ist keine Spur zu entdecken.

»Wie geht es Reega?« Ich sehe keine Reue in Dees vertrauten Gesichtszügen. Nicht einmal seine Stimme lässt das gestern Vorgefallene erkennen.

»Gut, Sir«, antworte ich und verkneife mir, dass ich Reegas Gehirnerschütterung für eine Ausrede halte.

Ich werfe nur einen kurzen Blick auf Razor, der bis zum Hals zugedeckt schläft. Keßler liegt immer noch auf dem Bauch. Seine Brandwunden sind mit feuchten weißen Tüchern abgedeckt, die Dee oder Ellana in FROST getränkt haben.

Ich setze mich neben der Pritsche auf den Boden. Keßler öffnet sofort die Augen, obwohl ich schwören könnte, nicht ein Geräusch verursacht zu haben.

»Entschuldige«, murmle ich, nicht nur, weil ich ihn geweckt habe.

Er lächelt nachsichtig, dann wird seine Miene ernst. »Was hast du dir dabei gedacht?«

»Ich habe nicht gedacht, okay?« Ich verfluche mich für das Zittern in meiner Stimme.

»Ein Medic hat an vorderster Front nichts zu suchen. Niemals!« Ich grabe meine Zähne in die Unterlippe.

»Diese Regeln gibt es nicht umsonst. Dein Leben ist viel wertvoller als meines. Du hättest ernsthaft verletzt werden können, Tali. Du hast keine Rüstung, keinen Schutz. Meinst du, die Calarianer werden nicht auf dich feuern, weil du ein Kind bist?«

»Ich bin kein Kind mehr!«

»Dann verhalte dich nicht wie eins.« Keßlers Blick wird weicher. Er streckt umständlich seine Hand aus und legt sie mir auf die Schulter. »Bist du okay?«

Ich nicke. »Wieso hast du dich nicht zurückgezogen?« Tränen brennen in meinen Augen. »Du hättest sterben können.«

Er atmet seufzend aus. »Ich bin Soldat, Tali. Wohin hätten wir uns zurückziehen sollen?«

27

»Egal!«, platze ich heraus. »Hättest du?«

Keßlers Augen werden dunkler. »Nein.«

»Wenn das Erdbeben nicht gewesen wäre …« Ich breche ab, weil ich es nicht aussprechen kann.

»Tali …«, beginnt Keßler, aber der Klang von eiligen Schritten unterbricht ihn.

Marks strebt auf uns zu. Einen Rucksack über der Schulter und meine Brille in der Rechten. Blue fliegt hinter ihm her, obwohl sie nicht in die Krankenstation darf.

»Es tut mir …«, setze ich an, breche aber ab. Weder Marks noch Dee sehen wütend aus. Ganz im Gegenteil.

Auf Marks sonst ruhigem Gesicht liegt ein gehetzter Ausdruck. Er ist der letzte noch Lebende meiner Brüder, der aus einer früheren Klongeneration stammt und somit eine andere DNS besitzt. Seine kurzen, gelockten Haare sind ergraut, teilweise weiß. Er trägt einen Bart und seine eisblauen Augen blitzen wie geschliffenes Glas.

»Bleib liegen«, raunt er mit seiner sanften Stimme, die so gar nicht zu einem Soldaten passt.

Ich wirble zu Keßler herum. »Lass das!«

Er knurrt und setzt sich trotzdem auf. Die Verbände bleiben auf seinen nackten Schultern und seinem Rücken kleben. »So schnell?«, fragt er Marks.

Der nickt grimmig und reicht mir meine reparierte Brille. »Setz sie auf.«

Ich schiebe mir das Band über die Haare, lasse die Brille aber auf der Stirn. »Was ist los?«

»Du darfst eins nicht vergessen, Tali«, sagt Marks nachdrücklich. »Dein Vater hat uns befohlen, dich zu beschützen.«

»Mein Vater?«, frage ich fassungslos. Das ist jetzt nicht sein Ernst! Sie wissen *doch* über meinen Vater Bescheid?

Keßler steht auf, bewegt sich aber äußerst vorsichtig. »Dee, ich brauche meine Uniform!«

Niemand widerspricht, obwohl Keßler erst frühestens morgen aufstehen sollte.

Mein Herz schlägt schneller und Angst formt sich in meinem Magen zu einem großen Ball. »Was ist los?«

Die Calarianer können nicht angreifen, dann hätte Keßler seine Rüstung verlangt. Uniform heißt Stadt, heißt Eden, heißt …

»Die Edenprime kommt?«

Die beiden ignorieren mich. Dee kommt mit Keßlers Uniform angelaufen, reicht sie Marks und stellt sich hinter den Verletzten, um die Feuchtigkeit des FROSTs zu überprüfen. Marks zieht mich auf die Beine und schiebt mich ein Stück zur Seite. Blue landet auf meiner Schulter. Ihr weiches, weißes Fell kitzelt, aber ich nehme es kaum wahr.

Keßler schlüpft in das dunkelblaue Hemd mit dem vielzackigen Stern auf der Brust. Er fährt sich einmal durch die dunkelbraunen Haare und sieht mich dann das erste Mal wieder an. »Du bleibst hier, Tali, und rührst dich nicht. Verstanden!«

»Nicht, bevor ich weiß, was hier los ist!«, widerspreche ich und verschränke die Arme.

Marks wirft Keßler einen zweifelnden Blick zu. Der legt seine Hände auf meine Schultern und beugt sich leicht zu mir herunter. »Keine Widerrede!«, befiehlt er.

Sein strenger Blick lässt mich jedes Wort hinunterschlucken. »Ja, Sir«, murmele ich.

Keßler richtet sich wieder auf und eilt, dicht gefolgt von Marks und Dee, zum Ausgang. Kurz davor ruft er noch einmal über die Schulter: »Bitte, Tali.«

Schon verschwinden die drei im Morgenlicht.

Blue grollt leise an meinem Ohr, sie klingt genauso unruhig, wie ich mich fühle. Ich lasse mich auf Keßlers Pritsche sinken und schaue den Rucksack an, den Marks zurückgelassen hat. Der dunkelgrüne Button an der oberen kleinen Tasche lässt keine Verwechslung zu. Es ist meiner.

Wieso sollte Marks in meine Baracke gehen, meinen Rucksack packen, der, da bin ich mir sicher, leer unter meinem Bett gelegen hat, und dann auch noch Blue zu mir in die Krankenstation lassen? Dee hat nicht mal widersprochen, obwohl Tiere hier aus total vernünftigen Gründen nichts zu suchen haben.

Blue stupst ihre kühle Nase gegen meine Wange und sieht mich mit ihren großen, blauen Augen an.

»Ich weiß doch auch nicht, was los ist.«

Sie krabbelt meinen Arm hinunter und legt sich, gespannt wie eine Bogensehne, auf meinen Schoß, die rosa geschuppten Flügel nicht ganz angelegt. Ihre Krallen bohren sich durch meine Hose.

Mit einem Sprung befördert sie sich in die Luft, schlägt mit den Flügen und rauscht auf den Ausgang zu. Offenbar hat Blue keine Hemmung, Keßlers Befehl zu missachten.

Bevor ich länger darüber nachdenken kann, schnappe ich meinen Rucksack und laufe Blue hinterher.

EIN SCHLECHTER SCHERZ

Das Lager ist so ruhig wie schon lange nicht mehr. Vermutlich sind sie alle noch bei der Mauer oder auf ihrem Posten. Eagle steht auf seinem Beobachtungsturm und dreht mir den Rücken zu.

Ich wende mich nach Süden und husche im Schutz der Baracken auf das Tor unseres Lagers zu, das den feindlichen Linien entgegengesetzt liegt. Hohe Tannen, die Stämme so dick, dass vier Männer zusammen sie nicht umschließen können, erheben sich etwa hundert Schritte hinter dem Zaun in den wolkenlosen Himmel. Kurz bevor ich das Tor erreiche, das lediglich aus einer Öffnung besteht, ducke ich mich hinter eine Wand. Etwa zwanzig meiner Brüder haben sich in einem Halbkreis vor dem Tor versammelt. Sie murmeln leise miteinander.

Ich erinnere mich nicht, dass die Edenprime oder überhaupt jemand aus Eden jemals unser Camp betreten hätte. Im Winter, sobald es tödlich ist, den Pass zu überqueren, zieht ein Großteil von uns für ein paar Wochen ins Winterquartier, das nahe der Hauptstadt liegt. Nicht mal dort schaut die Edenprime vorbei.

Blue landet auf meiner Schulter und grummelt.

»Leise!«, zische ich.

Da sich gerade keiner umdreht, husche ich schnell zur nächsten Baracke. Jetzt müsste ich nur den Arm ausstrecken, um Browzers Wadenbein zu berühren.

Sehen kann ich zwar nichts, aber da die einzelnen Gespräche abrupt verstummen, nehme ich an, wer auch immer da kommt, ist gerade aus dem Wald heraus.

Das dumpfe Geräusch von Pferdehufen nähert sich schnell. Dann ein Wiehern und ein dumpfer Laut, als ob jemand mit Schwung aus dem Sattel gesprungen ist.

Nur ein einzelner Reiter?

Die Edenprime wird wohl kaum ohne Eskorte anreisen.

»Wer seid Ihr?« Keßler klingt unfreundlich.

»Laran«, antwortet eine männliche Stimme. »Ich diene dem Thron von Eden.«

Meine Brüder nehmen Haltung an.

»Tragt Ihr ein Erkennungszeichen bei Euch?«

Stille breitet sich aus, nur unterbrochen durch das Schnauben des Pferdes. »Ich suche Prinzessin Talea. Ist sie bei euch?«

»Nein«, antwortet Keßler grimmig.

Die Luft ist wie elektrisch aufgeladen. Ich kann die Anspannung meiner Brüder spüren, als wäre es meine eigene. Eden hat eine Prinzessin verloren? Wieso sollte sie ausgerechnet hierherkommen?

»Ich muss die Wahrheit wissen.« Die Stimme des Fremden klingt ruhig. »Wenn sie nicht bei euch ist, können nur die Calarianer sie kontrollieren. Dann befehlt die Edenprime euch, sie zurückzuholen.«

Nach Calarian gehen? Das ist Selbstmord!

Ich muss wohl ein Geräusch gemacht haben, denn Browzer dreht den Kopf zu mir und ruckartig wieder nach vorne. Ich schlage mir die Hand vor den Mund und kämpfe gegen die aufsteigende

Panik an. Ich darf meine Brüder nicht verlieren! Blue leckt mir über die Wange, aber ich spüre es kaum.

»Wenn wir auf einer Mission in Calarian fallen, seid ihr schutzlos.« Selbst im Angesicht der Vernichtung verliert Marks Stimme nichts von ihrer Sanftheit.

»Wir werden sterben, wenn Prinzessin Talea sich nicht der Weihe unterzieht. Wenn sie so mächtig ist wie ihr Vater, kann sie den Planeten in Stücke reißen.«

Der Riss im Boden! Das Erdbeben!

Die Kraft aus Ellanas Geschichten ist real?

Wie sollen meine Brüder gegen eine solche Macht bestehen? Sie halten gerade so den Pass und zählen die Tage bis zum Winter. Wenn die Edenprime sie nach Calarian schickt, werden sie mich nicht mitgehen lassen. Ich werde alleine zurückbleiben. Sie werden sterben. Ich kann sie nicht verlieren!

»Tali!«

Schwarze Flecken tanzen um Browzers verschwommenem Kopf. Er weicht zur Seite und Keßler nimmt mein Gesicht in seine großen, schmalen Hände.

»Atme, Tali.« Seine Stimme dringt wie durch Watte an meine Ohren.

Ich hole zittrig Luft. Konzentriere mich auf den Druck von Keßlers schwieligen Fingern, seine durchdringenden Augen, die mich fixieren.

Mein Herzschlag beruhigt sich, nur meine Atemzüge kommen noch etwas keuchend.

»Gut.«

Ich bohre meine Fingernägel in die Handflächen, um nicht nach Keßler zu greifen. Eine Panikattacke vor einem Fremden ist schon beschämend genug, mich an meinen Bruder zu klammern wie ein kleines Kind, wäre noch schlimmer.

Ich nicke ihm zu.

Keßler richtet sich auf und zieht mich an einem Arm mit in die Höhe. Ach du … Meine Brüder zielen auf den schwarzhaarigen Fremden, nur Marks nicht.

Der Blick aus den schmalen Augen bohrt sich in meine, bevor der Mann auf ein Knie sinkt und den Kopf neigt. »Prinzessin Talea.«

… Scheiße.

Keßlers Griff wird stärker, als befürchte er, ich könnte nochmal umkippen. Aber ich starre den Fremden nur an. Ein Lachen, gepaart mit jeder Menge Wut, ballt sich in meinem Magen zusammen. Ich? Eine Prinzessin? Das ist der schlechteste Scherz, den ich je gehört habe.

Ich sehe Keßler an. Meine Frage erstirbt auf meinen Lippen. Er ist blass geworden und seine Augen sprühen Funken, als wolle er sich am liebsten auf den Fremden stürzen und ihn umbringen.

Mein Blick schnellt zu Marks, aber er sieht mich nicht an. Keiner meiner Brüder tut das. Was ist hier los?

Der Fremde erhebt sich in einer flüssigen Bewegung. »Ich werde Prinzessin Talea in den Palast bringen.«

»Nein«, knurrt Keßler. »Ihr Vater befahl uns mit seinem letzten Atemzug, sie zu beschützen.«

Er leugnet es nicht. Er leugnet es *nicht*! Meine Knie werden weich, aber Keßlers Griff hält mich aufrecht.

»Ich werde Prinzessin Talea mit meinem Leben beschützen.« Der Fremde presst die Faust auf seine Brust.

Ich bin keine Prinzessin! *Klär das auf*, flehe ich Keßler stumm an.

»Wenn Ihr dem Thron von Eden dient, wo wart Ihr, als Ihr Vater starb? Als sie fast gestorben wäre?«, fragt Keßler gefährlich leise.

»Keßler«, warnt Marks.

Doch der lässt sich nicht beirren. »Ihr konntet sie damals nicht beschützen! Wieso solltet Ihr es heute können?«

Das Gesicht des Fremden bleibt trotz der Anschuldigung vollkommen regungslos. »Die Edenprime wird nicht akzeptieren, dass Prinzessin Talea bei euch bleibt. Sie wird alles tun …«

»Mit welcher Armee?«, unterbricht Browzer ihn dröhnend. »Ohne uns wärt Ihr längst Geschichte.«

»Ich sehe, dass eure Loyalität zu König Tamino weit über seinen Tod hinausreicht. Aber denkt auch an sie.« Wieder richten sich diese Augen auf mich und tief in meinem Inneren nistet sich ein Gedanke ein, den ich gerne ignorieren möchte. »Calarians Kaiser ist nicht dumm. Er wird genau wissen, was die Berichte seiner Soldaten zu bedeuten haben. Er wird alles tun, um ihrer habhaft zu werden. Er wird Eden überrennen, und ihr habt keine Chance, sie zu beschützen. Wenn ihr wollt, dass sie wirklich sicher ist, lasst sie mit mir kommen. Dann lernt sie, sich selbst zu verteidigen.«

»Keßler?«, bettle ich.

Sein Blick zuckt kurz zu mir herunter, dann wieder zu dem Fremden. Die steile Falte zwischen seinen Augenbrauen gräbt sich tiefer.

Mit einem leisen Seufzen kniet er sich vor mich und legt mir die Hände auf die Schulter.

»Nein!«, hauche ich. »Nein. Nein. Nein. Ich gehe nicht mit ihm mit. Ich bin keine Prinzessin. Das ist eine Verwechslung. Bitte, Keßler.«

»Es ist keine Verwechslung, Tali.« Marks Worte zerfetzen mich. Wut schießt durch die Risse, aber genauso stark ist die Angst. Das kann nicht wahr sein. Sie können mich nicht einfach wegschicken! Sie sind meine Brüder. Ich will nicht glauben, dass sie mich mein ganzes Leben lang belogen haben.

»Er wird dich beschützen«, murmelt Keßler, kann mir dabei aber nicht in die Augen sehen.

»Das hast du eben selbst nicht geglaubt!« Meine Stimme zittert.

»Aber er hat recht. Du gehörst hier nicht hin, hast es nie. Dein Platz ist im Palast. Du bist zu viel Größerem bestimmt …«

»Ich bin keine Prinzessin! Ich bin …«

»Eine Soldatin«, beendet Marks meinen Satz. »Soldaten befolgen Befehle.«

»Jetzt bin ich eine Soldatin?« Die Wut züngelt hoch. Ich weiche vor Keßler zurück, streife seine Hände ab.

»Es ist zu deinem Besten, Tali«, sagt Marks. »Du hast uns mit dem Erdbeben das Leben gerettet. Aber genauso gut hättest du in den Spalt fallen und sterben können. Oder Reega oder Keßler. Du musst lernen, das zu kontrollieren.«

»Das war ich nicht!«, brülle ich.

»Geh mit Laran, Tali.« Marks Befehl vibriert in meinen Knochen.

Ich presse die Lippen zusammen, unschlüssig, ob ich weinen oder schreien soll. Doch so, wie sie mich alle anschauen, habe ich keine Wahl. Keiner wird Marks widersprechen. Sie wurden dazu gezüchtet, Befehle zu befolgen. Ich nicht. Deswegen habe ich mich immer in Schwierigkeiten gebracht. Ich balle die Hände zu Fäusten, bohre die Nägel in die empfindliche Haut und zwinge meine Stimme dazu, nicht zu zittern. »Ja, Sir.«

DIE ANDERE SEITE

Arian berührt mich an der Schulter und stellt sich vor mich. Ich schaue von meinem Buch zu ihm hoch. Wieso muss er mich ausgerechnet jetzt unterbrechen? Der in veralteter Einheitssprache verfasste Text ist zwar staubig, und meine Augen brennen, aber die Passage über das Leben der ersten Königin, der ersten Eden, wie sie die damaligen Flüchtlinge genannt haben, erscheint mir wirklicher als alles um mich herum.

Die untergehende Sonne rahmt Arian wie einen Heiligenschein ein und lässt sein Gesicht im Schatten versinken, was es schwer macht, seinen Ausdruck zu lesen. Sorgenvoll?

»*Du bist gegangen.*«

Ich lege das Buch auf meine Oberschenkel und gebärde: »*Ich wollte alleine sein.*«

Arian verdreht die Augen. Er weiß genau, dass ich *ihm* die Möglichkeit geben wollte, Zeit alleine – also zu zweit – zu verbringen. Wenn ich mich nicht ab und zu wegschleiche, hätte er nicht eine Minute ein eigenes Leben.

»*Konntest du deine freie Zeit nutzen?*« Ich stehe auf, um seinen Gesichtsausdruck besser deuten zu können. Hier im Arboretum muss er sich nicht hinter einer Maske der Gleichgültigkeit verbergen. Gleichzeitig aktiviert sich einer der versteckten Lüfter und bläst eine kühle Brise über meine Haut und die großen violetten Farnblätter, hinter denen sich meine Lieblingsbank versteckt, bewegen sich leicht. Sie stammen vom Planeten Pyongin, den mein Ururgroßvater erobert hat.

»*Ja.*« Arians Blick verdunkelt sich und die altbekannte Furche bildet sich auf seiner Stirn. »*Yela sucht nach dir. Du sollst sie auf das Fest begleiten.*«

Allein der Name reicht aus, um meine Laune drastisch sinken zu lassen.

Arian zeigt auf den schmalen Durchgang zwischen den Farnblättern. Der Kiesweg dahinter ist kaum einen Meter breit und am Rand des Arboretums. Die Milchglasscheibe wölbt sich nach oben und wird erst nach der Hälfte durchsichtig, sodass Sonnenlicht hineingelangen kann, wenn der Himmel nicht von Rauchschwaden bedeckt ist. Dahinter liegt die Hauptstadt, deren Hochhäuser inzwischen fast den Palast überragen. Ohne Atemschutz war ich seit Jahren nicht mehr außerhalb des Palastes, als Kind sogar noch weniger. Zu gefährlich für einen Prinzen.

Arian verlagert minimal das Gewicht, eine Aufforderung, mich in Bewegung zu setzen. Mit seiner Uniform in Rot und Schwarz sticht er zwischen all dem Grün und den bunten Farben heraus. Seine dunkelblonden Haare sind noch leicht feucht, was verrät, dass er sich die Zeit genommen hat, nach dem Kampftraining zu duschen. So eilig kann er es also nicht gehabt haben. Yela wird es verkraften, wenn ich mich verspäte. Dieses Fest ist nur ein weiteres in einer langen Reihe, mit denen der Kaiser seinen treusten Untertanen seine Überlegenheit und seinen Reichtum präsentiert.

Arians Sorgenfalte verschwindet nicht, während er neben mir hergeht. Ich ziehe den Kopf ein, um ein paar feingliedrigen weißen

Ästen auszuweichen, die über den Weg ragen wie Skelettfinger. Etwas beschäftigt Arian. Hatte er Streit? Ich kenne kein süßeres Paar als Rune und Arian, was zum Großteil daran liegt, dass Liebe in Calarian ein Fremdwort ist. Ehen werden aus politischen Gründen geschlossen. Da bildet die zwischen meinem Vater und meiner Mutter keine Ausnahme.

»Hat Rune gesiegt?«

Arian sieht mich ein paar Sekunden mit ausdruckslosem Gesicht an, dann verziehen sich seine Lippen zu einem Grinsen und er verdreht wieder die Augen. Also nicht. Hätte mich auch gewundert. Arian ist ein überragender Kämpfer. Nicht einmal die erfahreneren Leibwächter sind ihm ebenbürtig. Zumindest, wenn er gegen sie ebenso kämpfen würde wie gegen Rune. Genau wie ich will er nicht auffallen.

Arians Grinsen verblasst und die Sorgenfalte kehrt auf seine Stirn zurück. *»Die Kaiserin nimmt am Fest teil.«*

Hoffnung regt sich in mir. Haben die Ärzte herausgefunden, was ihr fehlt? Seit ein paar Tagen hat sie sich müde und erschöpft gefühlt. Aber seine Sorgenfalte verrät mir, dass mehr dahinter steckt. Der Kaiser nimmt normalerweise keine Rücksicht, wenn es um seine Machtdemonstrationen geht. Wenn es ihm hilft, dass die Kaiserin anwesend ist, ist sie es, gesund oder nicht.

»Geht es ihr besser?«

Arian zuckt die Schultern. *»Seit der Verkündung habe ich Myrcilia nicht gesehen.«*

Myrcilia ist eine von Mutters Dienerinnen und ein bisschen in Arian verschossen, was sie zu einer bereitwilligen und überaus nützlichen Informantin macht. Wahrscheinlich hat nicht mal Brun, der erste Assassine des Kaisers, mehr Informanten als Arian und Kenntnis, was alles in diesem Palast geschieht. Über die Mauern hinaus ist es allerdings etwas anderes.

Wieso präsentiert der Kaiser seine geschwächte Ehefrau? Das macht ihn angreifbar vor seinen Untergebenen. Seit ein paar Monaten kursieren Gerüchte über Unzufriedenheit unter den Arbeitern und Soldaten. Zu viele, als dass man ihnen keinen Glauben schenken dürfte. Die Luftverschmutzung, die Ressourcenknappheit und daraus resultierende Einsparmaßnahmen, die Stagnation an der Front und die vielen Kämpfer, die nicht wieder heimkehren. Vieles davon nur Dunkelziffern, da der Kaiser mich an keiner einzigen Besprechung teilnehmen lässt.

Kurz bevor wir den Ausgang des Arboretums erreichen und damit in den Bereich der Kameraüberwachung gelangen, halte ich Arian am Arm zurück. »*Neuigkeiten?*«

»*Gerüchte.*« Arians Blick gleitet wachsam über die Trighetu-Bäume, hinter deren lilafarbenen Blättern sich leicht jemand verbergen könnte. Seiner Miene kann ich ablesen, dass er das Thema nicht hier angesprochen hätte. »*Die Soldaten berichten von einem massiven Erdbeben und Starkregen.*«

Das kann nicht wahr sein. Nicht nach all den Jahren. Oder doch? »*Gerüchte oder Tatsache?*«

»*Wer weiß das schon? Sie haben eine Vorhut auf den Marktplatz geschickt, um die Verteidigung zu testen. Wer zurückkam, war nicht bei Sinnen. Wenn an den Gerüchten etwas dran ist, wird der Kaiser nicht zögern und sie verkünden.*«

»*Dann komm.*« Ich eile auf den Ausgang zu. Bis auf zwei Wachen wartet niemand an der Schleuse, vermutlich sind alle in ihren Gemächern, um sich auf das Fest vorzubereiten.

Nach einem kurzen Scan und einem Schwall heißem Wind betreten wir die düsteren Korridore des Palastes. Hier sieht man keine Spur von unserem technologischen Fortschritt. Lichtleisten sind an den Wänden und der Decke eingelassen und verbreiten eine eiskalte Helligkeit, die dem gold- und kupferfarbenen Stein eine Schärfe verleiht, als wäre er Glas. Ich habe als Kind die Wände abgesucht und weiß genau, dass sich nirgends ein Riss finden lässt. Als wären sie aus einem einzigen Stück gefertigt. Ein Gang gleicht dem anderen, was Eindringlinge verwirren soll.

Als ich gerade in den Flügel einbiegen will, der in die Räumlichkeiten führt, in denen die Königskinder und engsten Vertrauten untergebracht sind, packt Arian meinen Ellenbogen und zieht mich zurück. Er legt seine Hand auf einen unsichtbaren Sensor. Eine Tür, die vorher nicht sichtbar gewesen ist, gleitet in die Wand und gibt einen schmalen Gang frei. Ich folge Arian fraglos hinein.

Auch hier gibt es keine Kanten oder Linien im Stein. Es ist einfach eine deutlich schmalere und dunklere Variante der Hauptflure. Arian öffnet die versteckte Tür zu meinem Schlafzimmer. Die Tür ist DNS-gesichert, nur Arian kann sie öffnen. Oder ich, wenn der Alarm ausgelöst wurde. Was bisher noch nie vorgekommen ist. Die Klonarmee hält ihre Position am einzigen Pass und hat bisher keine Schuhspitze über unsere Reichsgrenze gesetzt.

Ich durchquere mein Zimmer, lege mein Buch auf den Stapel auf einen der Sessel vor dem gewaltigen Kamin und trete vor die Badtür. Der Sensor leuchtet auf, bevor sich die Tür in die Wand schiebt. Warmweißes Licht flammt auf. Mein Blick huscht über mein Spiegelbild. Dunkle Ringe liegen unter meinen blauen Augen, an meinem Kinn zeigen sich wieder schwarze Stoppeln. Ich sollte mich noch rasieren, bevor ich Yela und den Generälen des Kaisers gegenübertrete. Ich entledige mich der Kleidung. Die Blutergüsse vom jüngsten Kampftraining sind fast verblasst. Ich trete in die Dusche und zittere sofort unter dem eiskalten Strahl.

ETWA FÜNFZEHN Minuten später verlasse ich, gefolgt von Arian, meine Räumlichkeiten, diesmal durch die offizielle Tür. Sechs Zimmer liegen in diesem Abschnitt des Flügels, allerdings sind nur zwei bewohnt. Da Rune nicht vor der Tür meiner Schwester Ellyn steht, ist sie wohl bereits auf dem Fest. In der Mitte des breiten Ganges verteilen sich mehrere weiße Sitzgelegenheiten, die zu einer großen Couch zusammengeschoben werden können, unter einem Kronleuchter. Früher hat Ellyn hier auf mich gewartet, gelesen oder gespielt.

Wir sind kaum ein paar Schritte Richtung Hauptflur gegangen, da nimmt Arian Haltung an. Ich folge seinem Beispiel und versuche, meine Ungeduld zu zügeln. Yela, flankiert von ihrem Leibwächter, wartet kurz hinter der Kreuzung auf mich, da sie keinen Zutritt zu dem Bereich der Königskinder hat. Ihre hellbraunen Locken fallen ihr wie ein Wasserfall bis zur Hüfte hinab, abgesehen von ein paar Strähnen, die am Hinterkopf zusammengesteckt sind. Sie ist genauso groß wie ich, was nicht an den Schuhen liegt, die unter dem bodenlangen, blauschimmernden Kleid verborgen sind.

Sie sinkt in einen tiefen Knicks, senkt das Kinn.

Als sie sich wieder erhebt, erhasche ich einen kurzen Blick auf ihre zusammengepressten Lippen, bevor ihr Gesicht wieder den liebreizenden Ausdruck annimmt, mit dem sie fast jeden am Kaiserhof um den Finger wickelt. »Prinz Enver.«

Anstatt sich bei Arian zu beschweren, dass wir zu spät sind, hakt sie sich bei mir unter und beschleunigt unser Tempo. Arian bleibt links versetzt hinter mir. Ihr Leibwächter Karim, ein Riese mit kantigem Gesicht und breiter Brust, folgt auf der anderen Seite.

Saphire sind in die Bogentüren des Blauen Saals eingearbeitet. Davor stehen zwei Wachen in den Zeremonienrüstungen, der Wahl des Saales entsprechend in Dunkelblau und Gold. Sie senken kurz die Köpfe, bevor sie uns die altmodischen Türflügel öffnen. Arian und Karim bleiben draußen zurück.

Die einzige Leibwächterin im Festsaal wird Joiel sein, die meine Mutter beschützt. Eher würde sie sich jeden Finger einzeln abhacken, als ihre Schutzbefohlene auch nur eine Minute alleine zu lassen. Selbst der Kaiser hat vor ihrem Sturkopf kapituliert und rechtfertigt ihre Anwesenheit nun damit, das Teuerste in seinem Leben schützen zu müssen, falls Eden doch einmal seine defensive Haltung aufgeben sollte. Seine Stärke und Unantastbarkeit demonstriert er gerade durch die Abwesenheit seines Leibwächters.

Die an die Decke projizierte Galaxie hüllt den Saal in bläuliches Licht, unterstützende Spots an den viereckigen Säulen und den Wänden unterstreichen die Farbgebung.

Alle Gäste sind in unterschiedlichen Blautönen gekleidet, nur bei den Generälen stechen die goldenen Schulterklappen heraus. Der Geruch von Parfüm, vermischt mit Wein, kitzelt mir in der Nase. Tanzpaare gleiten über die freie Fläche in der Mitte des Saales. Obwohl ich großgewachsen bin, schaffe ich es nicht, über die Köpfe der Menge hinweg zur Stirnseite zu sehen. Da die Stimmung noch so sichtlich ausgelassen ist, sind die Throne wahrscheinlich verwaist. Der Kaiser lässt sich gerne Zeit für einen dramatischen Auftritt.

Yela zieht an meinem Arm. Ihre rosa geschminkten Lippen bewegen sich zu schnell, als dass ich mehr als einzelne Bruchstücke von ihnen lesen könnte. Der Zug um ihre Kiefer verhärtet sich, bevor ihr Blick über die Menge schweift.

Yela grüßt Lady Athena und Lady Margot. Die Augen der Frauen weiten sich und nach einem ruckartigen Knicks verschwinden sie schnell in der Menge. Yela zieht mich nach links in Richtung Buffet, ohne die ähnlichen Reaktionen der anderen Gäste zu beachten. Von einem Diener schnappt sie sich zwei Champagner-gläser und drückt mir eines in die freie Hand.

Ich hätte nicht übelst Lust, mir damit den Abend erträglicher zu gestalten, allerdings sind zu viele Speichellecker anwesend, um mir auch nur einen Fehltritt zu erlauben.

Der verführerische Duft von geschmolzener Schokolade steigt mir in die Nase. Mehrere Früchte, fast alle aus anderen Welten importiert, sind um einen Schokobrunnen mit drei Ebenen angerichtet. Yela lässt mich los und bedient sich an den Reistörtchen, dessen Zutaten wie die meisten Pflanzen im Arboretum aus Pyongin stammen. Kaum hat sie das Häppchen heruntergeschluckt, bewegen sich ihre Lippen wieder.

Lord Jericho verbeugt sich vor uns. Seinem leicht schwankenden Stand nach zu urteilen, hat er schon mehrere Gläser geleert. Sein weißer Schnauzbart verhindert, dass ich mehr als Bruchstücke von seinen Lippen lesen kann. »Prinz Enver, Lady Yela. ... Besserung ... Mutter ...«

Meine Schwester taucht wie aus dem Nichts auf und lächelt den General an. Sie trägt ein atemberaubendes Kleid im gleichen Dunkelblau wie mein Anzug. Ihre dunkelbraunen Locken sind zu einer aufwendigen Hochsteckfrisur frisiert, was ihr bestimmt einiges an Nerven abverlangt hat. Ellyn ist niemand, der lange stillsitzen kann. Obwohl sie erst vierzehn ist, reicht sie mir fast bis zur Schulter.

Sie nimmt meine freie Hand, wirft mir ein strahlendes Lächeln zu und wendet sich wieder an den General. Ein Rundumblick zeigt mir, dass der Kaiser noch nicht angekommen ist. Die Grüppchen in meiner Nähe scheinen miteinander zu tuscheln und werfen immer wieder Blicke herüber, als könnten sie sich nicht entscheiden, ob sie sich zu uns gesellen oder doch lieber das Weite suchen sollen. Vermutlich hat der General mich einmal mehr davor bewahrt, von den Speichelleckern mit Treueschwüren und Lobpreisungen für den Kaiser überschüttet zu werden.

Yela hängt sich an meinen anderen Arm, wodurch ich fast das Champagnerglas fallen lasse. Ihre Haare kitzeln meine Wange und ihre Krallen von Fingernägeln bohren sich durch mein Hemd in meine Schulter. Immer wieder drückt sie zu, als erhoffe sie sich eine Reaktion von mir. Wenn sie nur verstehen würde, dass ich keine Lust habe, ihr Spiel mitzuspielen!

Die Kommunikation ohne Gebärden mit Arian und Ellyn beruht auf jahrelangem Training, und ist alles andere als komplex. Ellyn hatte großen Spaß dabei, mich über ihre Hand wie eine Marionette zu steuern. Sie beide haben den größten Anteil daran, dass meine Gehörlosigkeit für die meisten im Palast noch immer ein Geheimnis ist. Kleinen Finger drücken nach rechts schauen, Daumen nach links, Fingernagel in die Handfläche Konzentration.

Meine Gedanken schweifen zurück zu dem Buch. Es kribbelt mich in den Fingerspitzen, es weiterzulesen. Laut dem Verfasser Martyn Tirell kamen die ersten Menschen als Flüchtlinge auf dem Planeten Eden an – vereint in ihrem Wunsch nach Frieden, Abgeschiedenheit und Idylle. Doch lange währte dieser vermeintliche Frieden nicht, denn Eden wehrte sich gegen die Ankömmlinge. Bis ein kleines Waisenmädchen lernte, mit dem Planeten zu kommunizieren, und alle dazu brachte, seine Wünsche zu respektieren.

Dies widerspricht in fast allen Punkten der Propaganda des Kaisers, dass Edens Bewohner wie wir vor unzähligen Jahren mit ihrem Kolonieschiff hier abgestürzt sind, doch statt der damaligen Transportfirma die Existenz der übernatürlichen Kraft mitzuteilen, haben sie diese Macht für sich behalten und sind jahrhundertelang in Vergessenheit geraten. Gleichzeitig untermauert es die Quellen, die ich bereits gelesen habe.

Die Gier nach Macht hat die Menschheit nicht nur ihren Heimatplaneten gekostet, sondern auch zahllose andere Welten. Kriege mit außerirdischen Spezies, verseuchte Planeten, gescheitertes Terraforming. Die Menschheit hat sich über die Galaxis verstreut, Bündnisse geschlossen, Völker ausradiert. Meine Vorfahren gehören zu denen, die Letzteres vorziehen, sie haben nie aus den Fehlern der Erdbewohner gelernt. Sie wollen nicht aus ihnen lernen. Im Gegensatz zu denjenigen, die Galaxica gegründet haben, eine Föderation vereinter Planeten.

Nie hätten wir von dem kleinen, unbedeutenden Planeten namens Eden erfahren, wenn nicht vor etwas mehr als vierundzwanzig Jahren eines unserer Aufklärungsschiffe hier abgestürzt wäre. Allein ein Bündnis mit Galaxica hat die Bewohner von Eden davor bewahrt wie die vielen Kolonien davor einfach vernichtet oder von der schieren Übermacht meiner Vorfahren verschluckt zu werden. Und damit dieses erdenähnliche Paradies vor seiner Ausbeutung.

Ellyn drückt meine Hand. Ich nicke mechanisch.

Das Buch ist so alt, dass viele Seiten unlesbar geworden sind. Viele Male wurde es von den Schreibern des Kaisers untersucht und analysiert. Entweder besitzt Eden deutlich wertvollere Bücher, die bei der gescheiterten Machtübernahme vor fünfzehn Jahren nicht gefunden wurden, oder sie machen sich nicht viel aus ihrer Vergangenheit. Was dazu passen würde, dass sie sich seit ihrer Ankunft nicht nennenswert weiterentwickelt haben. Die einzige Technologie stammt von Galaxica, um den Kaiser an weiteren Angriffen auf die wehrlose Bevölkerung zu hindern. Er könnte den Krieg natürlich trotzdem beenden, aber er will die Macht von Eden in die Finger bekommen, er will den Planeten kontrollieren und seine perfekte Welt erschaffen.

Meine Schwester tippt mit ihrem Zeigefinger auf meinen Daumenknöchel. Ich drehe den Kopf nach links. Die gewaltigen

Flügeltüren öffnen sich gerade. Die Gäste bilden eine Gasse zu den Thronen und sinken in tiefe Verbeugungen. Die Krone des Kaisers strahlt wie ein eigener Stern. Der Legende nach wurde sie aus Sternenlicht selbst erschaffen, tatsächlich besteht sie aus einem Mineral, das das Volk der Behitir als Lichtquelle verwendete, da sie nur knapp vier Stunden Tageslicht hatten.

Meine Mutter dagegen ist blass. Das Kleid, das im bläulichen Licht beinahe schwarz wirkt, kaschiert, wie mager sie eigentlich ist. Nebeneinander schreiten sie zu den Thronen. Meine Mutter setzt sich auf den kleineren, der etwas tiefer steht. Der Kaiser bleibt stehen. Stecknadelkopfgroße Diamanten schmücken seinen nachthimmelblauen Anzug.

Ein rascher Blick zu dem Orchester genügt, um zu ahnen, wie still es gerade im Saal ist. Die Lippen des Kaisers bewegen sich, aber aus der Entfernung ist es mir unmöglich, von ihnen abzulesen. Ich schiele zu Ellyn. Ihre Augen werden immer größer und ihr schmaler Mund öffnet sich vor Überraschung.

Ich drücke ihre Hand.

Sie zuckt zusammen, blickt aber weiterhin gebannt zum Kaiser. Wieder drücke ich zu, diesmal fester. Was sagt der Kaiser? Geht es um Mutter? Oder um das Gerücht? Möglich, aber nach meinen Informationen unwahrscheinlich, dass die Edenprime am Tag der Schlacht in der Nähe war und den Klontruppen zu Hilfe geeilt ist.

Eine solche Machtdemonstration hat es seit Jahren nicht mehr gegeben. Wie wahrscheinlich ist es, dass die Prinzessin von Eden, damals noch ein Baby, das Attentat überlebt hat? Dass Brun damals gelogen hat?

Ellyn entzieht sich meiner Hand, um sich dem Applaus anzuschließen. Ein paar Fäuste oder Gläser werden gen Decke gereckt.

Ich klatsche mit den anderen mit, bis der Kaiser erneut das Wort ergreift. Diener huschen mit Tabletts durch die Menge und verteilen erneut Champagner. Glas um Glas wird erhoben. Ich tue es den anderen gleich, starre aber auf Ellyns Lippen, damit sie mir endlich erklärt, was hier vorgeht. Ihr Blick huscht unsicher zu mir. Ihre Finger krallen sich um das Champagnerglas.

Sie trinkt einen Schluck und verzieht kurz das Gesicht. Ich nippe. Um mich herum wandern leere Gläser zurück. Ellyn nickt dem General zu, der sich mit einer knappen Verbeugung entfernt. Yela dreht sich zum Buffet um. Ich greife Ellyns Ellenbogen, schirme sie vor der Menge ab.

»Die Prinzessin von Eden lebt«, formt sie übertrieben.

Wieso sollte der Kaiser das verkünden?

Ich sehe mich um, mustere die Feiernden. Ich versuche, in den ausgelassenen Gesichtern Sorge oder Angst zu erkennen. Aber entweder spielen die Untergebenen des Kaisers das Spiel zu gut, oder sie haben keine Furcht.

Unser größter Gegner hat gerade einen Sieg errungen und die Soldaten in Angst und Schrecken versetzt, und alle feiern … Was hat der Kaiser noch verkündet, das Ellyn mir nicht verständlich machen kann? Kampfmoral, ein neuer Plan, eine so gut wie tote Prinzessin …?

Eine von Mutters Dienerinnen kommt durch die Menge auf uns zu. Ihr Blick trifft meinen. »Folge mir.«

Ellyn nickt mir zu und verschwindet in der Menge. Yela lasse ich beim Buffet stehen. Der Kaiser hat die Throne verlassen. Sonst hätte sie nicht nach mir geschickt. Meine Mutter erhebt sich und schreitet die wenigen Stufen herunter. Joiel lässt sie nicht aus den Augen. Auch ohne Bewaffnung und in einem dunkelblauen Hosenanzug wirkt sie einschüchternd und tödlich. Sie nickt mir knapp zu. Mutters Bewegungen wirken müde, ein paar neue Falten haben sich in ihre blasse Haut gegraben. Sie nimmt mein Gesicht in ihre Hände und lächelt mich an. »Lass uns tanzen.«

Ich verneige mich und biete ihr meine Hand an. Sie ergreift sie. Ich lese von ihren Lippen den Takt und bringe uns sicher hinein. Nach ein paar Grundschritten wechselt sie von Zahlen zu Wörtern.

»Brun ist tot.«

Also glaubt der Kaiser, die Prinzessin ist wirklich am Leben. Mein Herz schlägt schneller. Was bedeutet das? Für uns? Für Calarian? Für die Zukunft? Der Krieg ist schon brutal genug, zu viele Menschen haben ihr Leben verloren. Werden noch mehr sterben?

»Die Macht war gewaltig. Shakan … Verzweiflungs... Offensive … gegen Eden.«

Ich hebe fragend die Augenbrauen. Im Gegensatz zu den meisten Leuten spricht meine Mutter langsam und wohl artikuliert. Mit ihrer Hilfe habe ich das Lippenlesen überhaupt erst gelernt. Aber sich auf ihre Schritte zu konzentrieren, um den Takt zu halten, und bei diesem diffusen Licht fällt es mir besonders schwer. Wörter sind sich verdammt ähnlich und ohne Kontext fast unmöglich zu entschlüsseln.

»Er wird nicht aufgeben.«

UNRUHIG GEHE ich im Vorzimmer der Kaiserin auf und ab. Nach der Enthüllung konnte ich mich auf kaum etwas konzentrieren, geschweige denn schlafen. Ein Kronleuchter mit Perlen und fast echt aussehenden Kerzen erhellt die steinharten Sofas, auf einem wippt meine Schwester unruhig mit dem Fuß. Uralte Landschaftsgemälde schmücken die Wände. Meine Mutter behauptet, sie seien von der Erde, es erscheint mir unglaublich, dass die Farben sich solange gehalten haben. Ein täuschend echter Roboter-Falke sitzt in der Ecke in einem großen Käfig und beobachtet mich mit seinen schwarzen Raubtieraugen. Er war ein Geschenk des Kaisers.

Arian steht stramm an der Tür und scheint ins Nichts zu starren, genauso wie Rune neben ihm. Kein einziger Blick, keine wie zufällig wirkende Bewegung lässt für Außenstehende erkennen, dass sie seit beinahe drei Jahren zusammen sind.

Ellyn hält mich am Ellenbogen fest. Sie deutet auf das Sofa. »Setz dich.«

Ich folge ihrem Wunsch und atme einmal tief durch, um mich zu beruhigen. Wir warten erst seit zehn Minuten, dass unsere Mutter uns empfängt. Wenn sie sich von dem gestrigen Abend ausgeruht hat, wird ihre Dienerin sie erst präsentabel herrichten. Hoffentlich ist das der einzige Grund, wieso wir warten müssen.

Ellyn hält mir einen Bildschirm, so lang wie ihr Unterarm, hin, auf dem sie in akkurater Schreibschrift geschrieben hat. *Ist es wahr?*

Ich zucke die Schultern. Ich weiß nicht, was ich denken soll. Die ganze Nacht habe ich mich in meinem Bett hin und her gewälzt. Der Kaiser könnte lügen, um die Moral hochzuhalten. Dass sein Versuch, die Kraft von Eden zu erlangen, bald von Erfolg gekrönt ist, und die Eroberung nicht vollkommen sinnlos. Oder er sagt die Wahrheit, und die Prinzessin von Eden hat überlebt. Meine Mutter glaubt daran. Wieso sonst sollte er Brun getötet haben – seinen besten Mann?

Müssen wir Nova Calarian verlassen? Wird sie uns angreifen?

Wieder zucke ich die Schultern.

»*Enver!*«, gebärdet sie meinen Namen und schaut so vorwurfsvoll, als wäre sie wieder sechs Jahre alt und ich hätte ihr einen Teddy weggenommen.

»*Ich weiß es nicht.*« Ich nicke in Arians Richtung, damit er es ihr übersetzt.

Ellyn zieht die Brauen zusammen. Sie glaubt mir kein Wort. Ihr scharfer Blick richtet sich auf Arian. Worte sprudeln aus ihrem Mund wie ein Wasserfall. Mein Blick huscht zu dem Roboterfalken. Ellyn hat noch nie gestört, wer ihre Meinung hört. Der Kaiser liebt sie, im Gegensatz zu mir hat sie von ihm nichts zu befürchten. Ich hoffe, dass es so bleibt.

Arian zögert nur einen Wimpernschlag und übersetzt. *»Du liest doch dauernd über Eden. Wenn die Ratgeber eine Frage haben, kommen sie zu dir. Aber du wusstest nichts davon. Sie halten es nicht für ein Gerücht. Sie sind sich sicher. Also existiert die Prinzessin und sie hat ganz alleine den Angriff abgewehrt. Was heißt das jetzt? Wird sie uns alle töten? Wird Vater sie töten?«* Arians Gesicht ist vollkommen regungslos, als er hinzufügt. *»Ich glaube, sie hat Angst.«*

Das denke ich auch und ich wünschte, sie hätte recht mit ihrer Aussage, dass die Ratgeber zu mir kommen. Ellyn ist nicht naiv, aber sie ist erst vierzehn. Frech, vorlaut und mag es nicht, dass unser Vater ihr Leben dermaßen kontrolliert, besonders durch den Unterricht, trotzdem vergöttert sie ihn. Sie hat noch nicht gesehen, wie grausam er sein kann. Ich bin bestimmt nicht derjenige, der ihr das beibringen wird.

Vermutlich würde sie es nicht glauben, wenn sie es nicht mit eigenen Augen sehen würde. Der Kaiser ist ein ausgezeichneter Schauspieler.

Die Türflügel zu Mutters Suite öffnen sich und Joiel tritt heraus. Sie trägt die typische leichte Rüstung der Leibwächter, allerdings in Mondlichtsilber, das ihre braune Haut kühl wirken lässt. Sie nickt uns beiden zu und gibt die Tür frei.

Ich springe auf und eile hinein.

Mutter steht am Fenster. Ihre rotbraunen Locken fallen ihr offen über die schmalen Schultern, statt eines Kleides trägt sie nur einen goldbestickten, smaragdgrünen Morgenmantel. Eine dunkle Vorahnung bildet sich wie ein Knoten in meinem Magen.

Joiel schließt die Tür hinter uns und nimmt mit Blick zur Tür Aufstellung, als könnten Arian und Rune nicht jeden Eindringling fernhalten.

Statt auf unsere Mutter zuzustürmen, schwebt Ellyn über den weichen Teppich und knickst vor ihr. Wann ist meine kleine Schwester so steif geworden? Ich folge ihr, habe aber so keine Chance, an ihrer Unterhaltung teilzunehmen, da Mutter uns immer noch den Rücken zuwendet und Ellyn viel zu schnell redet.

Mutter dreht sich um. Reflexartig mache ich einen Schritt auf sie zu und stütze sie am Ellenbogen. Ohne Make-up erkenne ich sie fast nicht wieder. Sie ist kränklich bleich und die Ringe unter ihren blauen Augen fast dunkellila.

Sie schenkt mir ein schwaches Lächeln, dann sieht sie meine Schwester an. »Du bist unhöflich.« Fast zeitgleich übersetzt sie Ellyns Antwort, leicht behindert durch meinen Griff um ihren Ellenbogen. »*Sie hat keine Zeit, die Gebärden zu üben, und sie sieht dich sowieso kaum. Ist das wahr?*«

»*Ich wäre gerne mehr für sie da.*« Meine Mutter kann sich denken, wer verhindert, dass ich meine Schwester öfter besuche.

Wenn es nach dem Kaiser ginge, wäre ich, sobald meine Behinderung offenkundig wurde, getötet worden. Ohne die Frau vor mir, die Frau, die mich geboren hat, mich liebt, wäre ich längst nicht mehr am Leben.

Sie verzieht die schmalen Lippen, dann wendet sie sich meiner Schwester zu. »*Es ist wahr. Prinzessin Talea Eden hat unsere Truppen zurückgeschlagen und euren Halbbruder getötet.*«

Ellyn bombardiert meine Mutter mit Fragen.

»*Wieso erst jetzt?*«, frage ich. Die Prinzessin war kaum zwei Jahre alt, als die Eroberung fehlschlug. Dann wäre sie jetzt etwa siebzehn, drei Jahre jünger als ich. Vielleicht kann man Edens Kraft erst ab einem bestimmten Alter nutzen?

»Ich weiß es nicht. Er weiß es nicht.« Dieses Mal spricht sie nur zu mir.

Sanft dirigiere ich sie zu einem Sessel vor dem Fenster. Eine weiche Decke liegt darauf, die ich um sie feststecke, sobald sie bequem sitzt.

Ellyn bleibt neben dem Sessel stehen.

»Was hat er vor?« Der Kaiser muss einen Plan haben.

»Ich weiß es nicht«, wiederholt sie.

Ich bin nach zweien meiner Halbbrüder der dritte in der Thronfolge, beide aus erster Ehe. Dankre ist der Oberbefehlshaber über die Truppen, er hat nur wenige Male an der Front gekämpft. Nidal ist Diplomat, wenn auch von der durchtrieben, schurkischen Seite. Unser Vater würde niemanden, der seine Stärke nicht ohne Lug und Betrug beweisen kann, die Herrschaft über seine Untertanen überlassen. Calarianer sind Krieger, Eroberer.

Von seinen Bastarden sind nicht mehr viele übrig, die meisten sind auf Edens Boden von den Klontruppen getötet worden, wie der beim letzten Angriff. Ich kenne nicht einmal seinen Namen. Aber sie kämen auch erst nach mir dran. Dabei will er mich am allerwenigsten auf dem Thron sehen.

Viele Generäle würden mich sicherlich Nidal vorziehen, falls es jemals so weit kommen sollte. Was ich nicht glaube, Dankre ist überaus sorgfältig, was seine Sicherheit angeht. Aber mein Ruf, so erfunden er größtenteils sein mag, hat dafür gesorgt, dass sie mich mehr schätzen als Nidal, solange sie nicht von meiner Gehörlosigkeit erfahren.

Sollten beide sterben, würde der Kaiser mit seinem letzten Atemzug sicherlich meinen Tod befehlen. Einen schwachen Kaiser auf dem calarianischen Thron würde den Untergang des

Reiches einleiten, davon ist er ebenso überzeugt wie seine Väter vor ihm.

Da er sich nicht zu einem Gespräch mit mir herablässt, kann ich ihn nicht davon überzeugen, dass ich nur das Beste für die Calarianer will. Krieg gehört meiner Meinung nach nicht dazu. Zu viele haben bereits sinnlos ihr Leben gegeben. Andererseits hätte der Kaiser mich wahrscheinlich längst beseitigen lassen, wenn er von meinen Ansichten erfahren hätte. Meine Faszination für Eden duldet er nur, da er sich noch mehr Informationen erhofft, wie er die Bevölkerung auslöschen und von Edens Kraft profitieren kann.

Das Klonen wird schon seit Jahrzehnten praktiziert, damit sie die Kämpfe führen, für die die Bürger von Galaxica zu wertvoll sind. Eine nie endenwollende Einnahmequelle der Föderation zahlloser Planeten. Die Klone werden als Soldaten, Leibwächter und teilweise sogar Arbeiter gezüchtet. Da die Calarianer Galaxica nicht beigetreten ist, steht uns eine solche Armee nicht zur Verfügung. Dafür belegen zahlreiche Dokumentationen der vergangenen Jahre, dass wir immer hohe Verluste erlitten haben, wenn eine Armee aus Klonen involviert war. Hätte sie vor fünfzehn Jahren die Eroberung von Eden nicht verhindert, hätten wir den Planeten längst ausgebeutet und wären weitergezogen auf der Suche nach neuen Ressourcen. Wir sind vom Zentrum des galaxicanischen Einflussbereiches zu weit entfernt und offenbar zu unwichtig, dass die Föderation sich nicht wirklich um den Krieg schert. Vermutlich halten sie sogar Edens Magie für ein Hirngespinst, sonst ständen sie selbst vor der Tür.

»Aber du darfst auf keinen Fall auffallen, Enver, verstehst du! Dein Vater ist angespannt, ihm droht die Situation aus den Händen zu gleiten und … keiner von uns kann dann noch sagen, wie er reagieren wird.«

»Ich verstehe«, gebärde ich und drücke fest ihre Hand.

Meine Mutter wirkt erleichtert, zumindest ein bisschen, und richtet ihre Aufmerksamkeit auf Ellyn. Auch ihr nimmt sie das Versprechen ab, nicht aufzufallen und jeder Anweisung des Kaisers oder ihrer Lehrer Folge zu leisten. Dann schickt meine Mutter sie zum Unterricht. Ellyn bombardiert sie erneut mit Fragen, aber unsere Mutter bleibt hartnäckig.

»*Wie geht es dir?*«, frage ich sie, nachdem Joiel die Tür hinter meiner Schwester geschlossen hat.

»*Der Abend war anstrengend, aber jeder Tag wird besser.*«

»*Haben die Ärzte herausgefunden, wieso du so erschöpft bist?*«

Sie schüttelt den Kopf. »*Aber es geht mir besser, Enver.*« Sie fährt mit ihrem kühlen Daumen unter meiner Unterlippe vorbei. »*Lächle ein wenig.*«

»*Das schadet meinem Ruf.*«

»*Du bist aber nicht aus Eis.*« Ihre Mundwinkel heben sich und ihre Augen glitzern. »*Pass auf dich auf, Enver. Wenn diese Prinzessin nur ein wenig nach ihrer Mutter kommt, wird sich bald alles ändern.*«

SOLDATEN WEINEN NICHT

O b ich mir den Hals breche, wenn ich in diesem Tempo vom Pferd springe? Nicht, dass ich sterben will. Aber in die Hauptstadt will ich auch nicht. Zumindest jetzt nicht mehr. Früher war das anders, da habe ich Keßler und Marks angebettelt, mir die Stadt ansehen zu dürfen. Die gewaltigen, runden Türme, die mit Pflanzen überwachsenen Häuser und Mauern, die ich vom Dach des Winterquartiers aus sehen konnte. Die vielen Kinder, mit denen ich hätte spielen können.

Das Pferd wird langsamer und bleibt letztendlich stehen. Ich richte mich mit schmerzenden Muskeln auf. Nur zwei Mal haben wir kurz angehalten. Die Dämmerung ist längst einem sternenübersäten Nachthimmel gewichen. Mein Bauch hängt knurrend irgendwo in meinen Kniekehlen, mein Hintern schmerzt, als wäre ich dutzende Male darauf gefallen, und meine Oberschenkel stehen in Flammen.

»Edenstellar.« Es ist das erste Wort, dass er seit unserem Aufbruch gesprochen hat.

Als ob ich das nicht wüsste. Die Hauptstadt leuchtet im Schein unzähliger Fackeln. Einzig der Palast, aus Glas und Sandstein, glüht im Licht von Abermillionen Blüten, die sich um seine filigranen Türme, Mauern und Säulen winden. Ich erinnere mich dunkel an diesen Anblick. Wie alt war ich damals, als Shep mich auf das Dach mitgenommen hat? Acht? Neun? Ich erinnere mich nicht.

Mit jedem verstrichenen Jahr hat die Hauptstadt mich weniger interessiert. Meine Brüder waren dort nicht willkommen, also galt das auch für mich.

Ich wusste immer, dass Befehle für meine Brüder an erster Stelle stehen. Sie wurden schon in ihrem Entstehungsprozess darauf konditioniert, zu gehorchen. Es ist nicht ihre Schuld. Aber weh tut es trotzdem. Fünfzehn Jahre lang war ich eine von ihnen und jetzt … jetzt habe ich keine Ahnung mehr, wer ich eigentlich bin.

Tränen brennen in meinen Augen. Wieso habe ich mich geweigert, Blue mitzunehmen? Dann wäre ich jetzt nicht ganz alleine.

Der Fremde lässt das Pferd wieder losmarschieren. Schon bald passieren wir in weitem Abstand die ersten Häuser. Keine Mauer, keine Verteidigung. Dafür Gemüsegärten, Koppeln und Obstbäume. Als gäbe es keinen Krieg. Als fürchteten sie nicht, ihre Armee von Klonen könnte eines Tages überrannt werden.

Ein großes Gebäude taucht vor uns auf. Wir reiten durch einen Torbogen, das Geräusch der Hufe verändert sich – Steinboden. Die paar einzelnen Fackeln an den Wänden des Innenhofs erhellen kaum die Dunkelheit.

Eine Gestalt mit einer Laterne in der Hand nähert sich. »Du kommst spät, Laran«, erklingt eine weibliche, freundliche Stimme.

»Nicht zu spät«, antwortet er und schwingt sich aus dem Sattel.

Ich könnte die Zügel packen und losreiten. Aber würden meine Brüder mich wieder aufnehmen oder direkt zurück eskortieren?

Ich beiße die Zähne zusammen und schwinge mein Bein über den Pferderücken. Bevor ich wie beim letzten Mal fast auf der

Nase lande, packt Laran mich mit beiden Händen an der Hüfte. Ich stütze mich an seinen Schultern ab und er hebt mich hinunter.

»Könnt Ihr stehen?«, fragt er so leise, dass die Frau ihn unmöglich hören kann.

Ich nicke, obwohl ich mir alles andere als sicher bin. Laran wirft mir einen abschätzenden Blick zu, dann lässt er mich los. Steifbeinig entferne ich mich ein paar Schritte von dem Pferd. Das Schnauben und Scharren mehrerer Tiere dringen an meine Ohren. Offenbar ein Stall. Wieso hat er mich nicht direkt in den Palast gebracht? Mein Herzschlag beschleunigt sich.

»Folgt mir.«

Die Frau hat die Zügel des Pferdes ergriffen und führt es davon. Larans ernster Blick liegt auf mir, zumindest glaube ich das. Vertraue ich ihm? Auf keinen Fall. Aber habe ich eine andere Wahl?

Langsam, aber geschmeidig wie die Raubkatzen aus Reegas Erzählungen, schreitet Laran über das dunkle Pflaster und öffnet eine Tür, hinter der eine warme Helligkeit auf uns wartet. Es riecht nach Stroh und Pferd. Ich blinzele ein paar Mal, um meine Augen an den Lichtwechsel zu gewöhnen. Wir gehen an vier belegten Boxen vorbei. Ich habe nicht viel Ahnung von Pferden, aber die sehen alle ziemlich groß und edel aus.

Vor einer Sandsteinwand bleibt Laran stehen und legt seine Handfläche darauf. Ein leises Zischen ertönt, schon gleitet ein Stück Wand auf einer Schiene zur Seite und enthüllt eine Treppe, die in die Tiefe führt. Runde Lichter erwachen über unseren Köpfen zum Leben. Während Laran den Abstieg beginnt, bleibe ich stehen und blicke fasziniert in die schimmernde Helligkeit. Der Lichtball, aus dem sich mehrere Fäden gelöst haben, die wie Kreise um ihn herum schweben, treibt scheinbar schwerelos über unseren Köpfen. So etwas habe ich noch nie gesehen.

»Prinzessin?«, raunt Laran.

Schnell senke ich den Blick und begegne seinem. Das Licht malt Schatten unter seine Augen. Wann hat er das letzte Mal geschlafen? Verdammtes Mitgefühl! Es sollte mir scheißegal sein, wann mein Entführer das letzte Mal geschlafen hat.

»Nennt mich nicht so!« Ich schließe zu ihm auf, und wir steigen stetig abwärts. Nach einiger Zeit höre ich Wasserrauschen.

»Wohin bringt Ihr mich?«

»Zum Grünen Fluss«, antwortet Laran.

Ich verkneife mir die Frage, was der Grüne Fluss ist. Als die Treppe endlich endet, geht solides Mauerwerk in Fels über, der von winzigen grünen Adern durchzogen ist. Vor uns liegt eine flache Anlegestelle aus natürlichem Gestein, das mit leuchtenden Ranken bedeckt ist. Der Fluss sieht tatsächlich grün aus. Ich gehe an Laran vorbei und erkenne, dass die Pflanzen auch die Höhlenwände überziehen und bis in die Tunnel auf beiden Seiten ragen. Sind das Hubbel oder geschlossene Blüten? Wie kann unter der Erde so etwas wachsen?

»Wow.«

Laran sieht sich zu mir um. Neben ihm ist ein kleines Holzboot festgemacht, nur viel größer, als die die Trevor schnitzt. Ich folge seinem auffordernden Blick, klettere, ohne seine ausgestreckte Hand zu ergreifen, hinein und setze mich an den Bug.

Er macht das Boot los, setzt sich auf die zweite Sitzbank in der Mitte und ergreift die Ruder. Die Strömung ist nicht besonders stark, aber durch die gleichmäßigen Ruderschläge kommen wir schneller vorwärts als zu Fuß. Als spürten die Blüten unsere Bewegung, öffnen sie sich und glühen auf unserem Weg in allen Regenbogenfarben auf und erlöschen wieder, sobald wir vorüber sind. Goldene Lichtkugeln erscheinen in ihrem Inneren, wie vorhin auf der Treppe, schweben in die Luft und schillern wie tausend große Funken um uns herum.

Ich strecke die Hand aus.

»Nicht anfassen, Prinzessin.«

Die Warnung in Larans Stimme lässt mich die Finger ruckartig zurückziehen. »Was ist das?«

»Ich bin nicht der Richtige, um Euch das zu erklären.«

»Ihr seid aber gerade hier. Also?« Abwartend ziehe ich die Brauen hoch.

Er sieht mich einen Moment mit unbewegter Miene an. »Das ist Eden.«

»Der Planet heißt Eden.«

Laran nickt.

Jetzt bin ich definitiv schlauer als vorher.

Einige Augenblicke ist das Platschen der Ruder das einzige Geräusch.

»Was passiert, wenn ich es berühre?«

»Ich weiß es nicht«, antwortet Laran.

»Was passiert, wenn Ihr es berührt?«

Er verzieht weiterhin keine Miene, die alles und gleichzeitig nichts sagt. Ich seufze. Da muss ich mich wohl damit abfinden, dass ich aus ihm nichts Sinnvolles herausbekomme.

»Nur die Auserwählten dürfen Eden berühren«, sagt er leise.

Also doch! »Und Ihr seid kein Auserwählter?«

Er schüttelt minimal den Kopf.

»Aber ich?«

»Ihr seid Prinzessin Talea Eden. Ihr stammt von der ersten Königin von Eden ab. Ihr wurdet gesegnet.«

»Ein einfaches Ja hätte gereicht.«

Wieder sieht er mich mit diesem reglosen Gesichtsausdruck an. Entweder wurde ihm das schon im Kindesalter anerzogen oder ich verhalte mich überhaupt nicht so, wie er erwartet hat. Die Frage ist nur, was erwartet er von mir? Soll ich jubeln, dass er mich gefunden hat? Schreien, dass ich nach Hause will? Ich bin erschöpft. Ich vermisse meine Brüder und Blue.

»Woher wisst Ihr, dass ich diese Prinzessin bin? Und wieso habt Ihr erst jetzt nach mir gesucht?« Es muss ein Irrtum sein. Mein Leben kann keine einzige, große Lüge sein.

Ich warte. Und warte. Und warte noch etwas länger.

»Ihr habt mich entführt und durch halb Eden geschleppt. Ihr könntet mir wenigstens sagen, wieso!«

Stille. Nur durchbrochen von den gleichmäßigen Ruderschlägen. Tränen brennen in meinen Augen. Ich wende den Blick ab, damit er sie nicht sieht. Soldaten weinen nicht.

ICH BIN KEINE PRINZESSIN – ODER DOCH

»Prinzessin?«

Sei still! Ich will schlafen.

»Prinzessin? Prinzessin? Laran!«

Eine Tür kracht gegen die Wand. Fuck, jetzt bin ich wach. Mein Hintern und meine Beine schmerzen schlimmer, als wenn ich über zwölf Stunden Keßlers Übungen absolviert hätte.

»Das Bett ist zerwühlt, im Bad ist sie nicht.« Die Stimme gehört einer Frau, ist aber nicht Ellanas.

Wo verdammt bin …?

Scheiße. Ich bin in Edenstellar, im Palast. Ich bin die Prinzessin, behaupten sie. Mein Vater soll der König gewesen sein. Für einen ruhigen, seligen Moment habe ich das alles für einen Albtraum gehalten.

»Wir müssen die Edenprime informieren.«

Wahrscheinlich sollte ich mich jetzt melden. Keßler wäre stocksauer, wenn er nach mir rufen würde und ich mich weiter verstecke. Aber ich kann mich nicht rühren. Meine Stimmbänder sind verknotet, mein Körper schwer wie Blei. Wenn sie mich finden, ist es wahr. Dann ist es kein Albtraum.

»Prinzessin«, sagt Laran leise.

Ich hebe minimal den Kopf. Die Schatten unter seinen Augen sind noch dunkler geworden.

»Was macht sie hinter einer Couch?«, fragt die Frau.

Ich rappele mich auf, verlasse steifbeinig mein Versteck und reibe mir über den schmerzenden Nacken. Vielleicht hätte ich doch probieren sollen, auf einem der zwei Sofas zu schlafen. Sonnenlicht fällt durch ein bodentiefes Fenster. Das Bett mit den hochaufragenden Pfosten und dem Stoffhimmel ist noch zerwühlter als vorher, als hätten sie mich in den vielen Decken und Kissen gesucht. Kein Wunder, dass sie mich nicht gleich gefunden haben, in das Zimmer passen mindestens zwei unserer Schlafbaracken.

Mein Blick fällt auf die rundliche Frau in einem hellgrünen Kleid, das perfekt mit den vielen Zimmerpflanzen harmoniert. Wieso stehen hier überhaupt so viele? Ich hoffe, ich muss mich nicht um die kümmern.

Die Rothaarige sinkt in eine merkwürdige Verbeugung, was ihre kleinen, roten Locken in die Stirn fallen lässt, richtet sich aber schnell wieder auf und mustert mich von oben bis unten. Ein Glück habe ich mich gestern Abend gewaschen. Dee hätte mir was erzählt, wenn ich so verdreckt ins Bett gegangen wäre.

»Wieso habt Ihr nicht im Bett geschlafen, Prinzessin Talea?«

»Ich bin keine Prinzessin.« Wie oft muss ich das noch sagen? »Es ist zu weich.«

Die Frau wirft Laran einen Blick zu, doch er ignoriert sie. »Ich bin vor der Tür, wenn Ihr mich braucht.«

Der gleiche Satz wie gestern Nacht. »Und wann schlaft Ihr?«

Ich glaube, einen Hauch Überraschung in seinen Augen aufblitzen zu sehen. »Wenn ich abgelöst werde, Prinzessin.«

Bevor ich fragen kann, wann das sein wird, verlässt er das Zimmer und schließt die Tür lautlos hinter sich.

»Die Edenprime erwartet Euch in einer halben Stunde, Prinzessin. Wir sollten anfangen, Euch für den Tag bereit zu machen.«

Das kann ich gut alleine, danke! Ich marschiere ins Bad und wasche mir das Gesicht. Die Frau folgt mir und wirft einen Blick zu dem Becken, das in den Boden eingelassen ist. Gestern Abend war ich zu müde, um mir dessen Daseinsgrund zu erschließen.

»Kann ich Euch behilflich sein, Prinzessin?«

»Ich bin keine Prinzessin!«

»Da hat man mir aber etwas anderes gesagt.« Sie lächelt und tritt hinter mich. »Und wer könnte diese Augen vergessen?«

»Ihr kennt mich?« Mit genau diesen blauen Augen starre ich ihr Spiegelbild an. Woher? Nein, ich will das nicht hören!

»Ich war bei Eurer Geburt dabei. Ihr wart ein kleiner Schreihals, nur Euer Vater konnte Euch beruhigen – möge Eden ihn bewahren.«

»Woher wisst Ihr, dass ich diese Prinzessin sein soll? Es könnte auch eine Verwechslung sein.« Es muss eine verdammte Verwechslung sein! Haben Laran oder sie mich einmal richtig angesehen? So wie ich sieht doch keine Prinzessin aus!

»Das solltet Ihr die Edenprime fragen. Und dafür sollten wir Euch vorzeigbar machen.«

ICH ERKENNE MICH NICHT WIEDER. Meine weißen Haare sind zu vielen kleinen Zöpfen gebändigt und zu einem großen zusammengebunden. Das dunkelgrüne Kleid kratzt auf meiner Haut und die Schuhe engen meine Zehen ein. Wie eine ausstaffierte Puppe sitze ich auf der Couch und warte. Als es an der Tür klopft, eilt die Frau, die sich immer noch nicht vorgestellt hat, hin und öffnet. Sofort sinkt sie wieder in die seltsame Verbeugung. Eine weitere Frau tritt ein, etwa einen Kopf kleiner als meine Brüder. Sie trägt ein wallendes Kleid in der gleichen Farbe wie meines. Ihre weißen Haare reichen ihr bis zur Hüfte. Ihr Gesicht wirkt emotionslos. Nein, da glitzern Tränen in ihren leuchtend grünen Augen, bevor sie sie weg blinzelt und steif das Zimmer durchquert.

Mein Herz hämmert viel zu schnell. Ich befinde mich in der Gegenwart der Edenprime. Was hätten meine Brüder getan? Soll ich mich verbeugen? Den Blick senken? Mich zu Boden werfen?

Ich kann nur wie erstarrt dasitzen und gegen den Drang ankämpfen, wegzurennen.

»Talea, willkommen zuhause.« Ihre Stimme klingt sanft, ruhig. Von der Tonlage her erinnert sie mich etwas an Marks, aber ansonsten haben sie keine Gemeinsamkeiten.

Sie setzt sich mir gegenüber. So nah, dass ich nur die Finger ausstrecken müsste, um sie über den Couchtisch zu berühren.

»Tali«, korrigiere ich krächzend. Meine Stimmbänder sind wieder verknotet.

»Du bist deinem Vater wie aus dem Gesicht geschnitten.«

Ich ähnle *ihr*! Wir haben die gleiche, herzförmige Gesichtsform, die gleiche Nase, nur ihre Augen sind smaragdgrün. Selbst im Sitzen bin ich kleiner als sie und weniger ... leuchtend. Ein Kloß ballt sich in meiner Kehle, so gewaltig wie der ganze verdammte Planet. Tränen brennen in meinen Augen. Sie hatten recht. Fuck, wieso hatten sie recht?

»Das muss alles sehr überwältigend sein«, fährt sie fort, aber ich höre sie kaum, weil das Blut so laut in meinen Ohren rauscht, »und erschreckend. Aber jetzt bist du zuhause und in Sicherheit. Ich werde dir alles beibringen, was du wissen musst, um eine so gute Herrscherin wie dein Vater zu werden.«

Prinzessin. Herrscherin.

»Die Klonsoldaten haben dir nicht erzählt, wer du bist, nehme ich an. Das muss ein Schock sein. Aber sie wollten dich nur beschützen, Talea. Dein Vater, Tamino, hat ihnen befohlen, dich zu beschützen. Ihre Loyalität ist legendär, deswegen hat dein Vater sie damals angefordert.«

Mein Vater ist dafür verantwortlich, dass meine Brüder die Mauer schützen? Sie sagten mir, der König hätte sie ... Oh. Stimmt ja. Wieso haben sie es mir nicht erzählt? Ich hätte ihnen doch helfen können. Verstärkung, Verhandlungen mit Galaxica, um die Calarianer von Eden zu verbannen. So viele meiner Brüder sind gestorben, dabei hätte ich ... Was genau hätte ich tun können?

»Wenn ich gewusst hätte, dass du am Leben bist, hätte ich viel früher nach dir gesucht. Weißt du, wie ich dich gefunden habe?«

Sie gibt mir Zeit, zu antworten. Aber meine Kehle ist immer noch wie zugeschnürt.

»Ich habe dein Erwachen gespürt. Wie war es? Was hast du gefühlt? Das ist wichtig, Talea. Deine Macht ist unglaublich stark, genau wie bei deinem Vater. Du musst lernen, sie zu akzeptieren, sie anzuwenden, sonst könntest du großen Schaden anrichten.«

Wieder wartet sie, dass ich etwas sage. Aber ich sehe nur Keßler vor mir. Schmecke den Rauch in der Kehle, spüre sein Gewicht auf meinem Brustkorb, meine eigene Todesangst. Ich war das nicht! So viel Macht kann niemand besitzen.

Die Edenprime kniet sich vor mich und umfasst mein Knie. Zittert ihre Hand oder ist es mein Bein? »Woran denkst du?«

Ich presse die Lippen zusammen. Kämpfe mit den Gefühlen in meinem Inneren. Ich will nach Hause. Aber das kann ich ihr unmöglich sagen. Sie lässt mich niemals gehen.

»Was muss ich tun?« Meine Stimme zittert definitiv.

Was muss ich tun, um nach Hause zu dürfen?

Was muss ich tun, um Frieden zu bringen?

Was muss ich tun, um den Calarianern in den Arsch zu treten? Die Calarianer von meinen Brüdern fernhalten. Eine Soldatin werden. Meine Fähigkeit kontrollieren lernen. Ich werde alles tun! Alles, um meine Brüder zu beschützen. Auch wenn sie mir das alles verschwiegen haben. Ich werde sie nicht enttäuschen.

Die Edenprime tätschelt mein Knie. »Ruh dich heute erstmal aus. Morgen beginnen wir mit dem Unterricht.«

Dicht gefolgt von der Rothaarigen verlässt sie das Zimmer. Ich springe auf, kaum dass sich die Tür hinter ihnen geschlossen hat. Streife die unbequemen Schuhe ab und renne lautlos hinüber. Meine Ohren sind nicht mal halb so gut wie Keßlers, trotzdem höre ich die Stimmen.

»Was ist mit ihr geschehen? Tamino war immer so stark, so …«, fragt die Edenprime.

»Sie ist unter Klonsoldaten aufgewachsen. Das sind keine Menschen«, sagt die Rothaarige.

Wut flammt in mir auf. Heiß und brennend. Keine Menschen? Sie sind alles, was zwischen eurem sicheren Tod steht!

»Sie war keine zwei Jahre alt, als die Klone sie gerettet haben.« Eine Männerstimme, die ich nicht kenne. »Der Palast ist ihr fremd, du bist ihr fremd. Hast du dich vorgestellt, Ophelie? Ihr gesagt, dass du ihre Tante bist?« Einen kurzen Moment herrscht Stille. »Alles, was sie braucht, ist Zeit.«

»Wir haben keine Zeit.« Ich meine, ein Zittern in der Stimme der Edenprime wahrzunehmen.

»Der Kaiser wird uns bald angreifen.« Wieder der Mann. »Er will Talea. Seine Spione sind überall. Wenn sie erfahren, wo Talea ist, bevor sie sich verteidigen kann, ist sie tot. Und dann fällt Eden mit ihr.«

Stille folgt. Wie betäubt trete ich von der Tür zurück. Ich bin die Einzige, die Eden retten kann? Meine Brüder retten kann? Wie, verdammt?

Ich drehe mich zum Fenster um. Das Sonnenlicht blendet, aber ich ignoriere es und trete so nah an die Scheibe, dass ich meine Handfläche darauf legen kann. Die Stadt erstreckt sich unter mir, genauso wie das leicht wellige Umland mit vereinzelten kleinen Wäldern und Seen. Meine Brüder sind zu weit entfernt, um sie zu sehen. Aber ich stelle mir vor, wie Keßler auf Eagles Aussichtsturm steht und in meine Richtung schaut.

Sie haben mich gerettet, mich jahrelang beschützt. Sie sind meine Brüder, meine Familie! Ich werde alles tun, um sie zu beschützen.

Wenn ich dafür diese Prinzessin sein muss, dann ist das so. Ich werde tun, was sie mir sagen.

EIN KLOPFEN DURCHBRICHT MEINE GEDANKEN und ich wende mich der Tür zu. Die Rothaarige tritt mit einem Tablett ein. Sie stellt es auf dem kleinen Tisch vor der Couch ab und verneigt sich dann wieder so seltsam. Ein köstlicher Duft steigt mir in die Nase.

»Verzeiht mir, Talea. Ich glaube, ich habe mich noch nicht vorgestellt. Mein Name ist Nyma.« Sie schenkt mir ein warmes Lächeln. »Ihr müsst hungrig sein.«

Ich stürze auf das Tablett zu. Keine Proteinkapseln. Die letzte Lebensmittellieferung ist Wochen her. Ich beiße in das warme Brot und seufze auf.

»Darf ich mich setzen?«

Ich nicke, den Mund zu voll zum Sprechen.

»Ihr sollt wissen, dass ich Euch genauso gut dienen werde

wie Eurer Mutter.«

»Ihr habt meiner Mutter gedient?« Verspätet halte ich mir die Hand vor den vollen Mund.

»Das habe ich. Sie war eine bemerkenswerte Frau und starke Königin.«

Klone haben keine Eltern. Sie werden in einem Tank gezüchtet. Ellana hatte einen Vater, der in Oldmantells umgekommen ist. Ich wusste immer, dass ich Eltern hatte. Aber wie kann man etwas vermissen, was man nicht kennt? Meine Brüder brauchten keine, ich also ebenfalls nicht. Wir haben einander. Auch wenn sie jetzt meilenweit entfernt sind.

Trotzdem siegt meine Neugier. »Wie war sie so?«

»Bezaubernd. Sie liebte Tiere und Pflanzen und hat ihren eigenen Garten hier im Palast angelegt, um den sie sich jeden Tag gekümmert hat. Dort hat sie auch immer wieder verletzte Vögel gesund gepflegt. Leider ist er größtenteils mit ihrem Tod eingegangen. Und sie hat immer gelächelt, so wie Ihr jetzt gerade.«

Ich presse die Lippen zusammen.

»Ihr müsst sie und Euren Vater schrecklich vermissen. Wir alle vermissen sie sehr.«

Nein. »Haben die Calarianer sie getötet?«

Nyma nickt und streicht sich ein paar rote Locken aus dem Gesicht. »Es ist nicht gerecht, dass Ihr keine Chance hattet, Eure Eltern kennenzulernen. Aber Eure Tante, die Edenprime, kümmert sich jetzt um Euch. Ihr habt jetzt wieder eine Familie.«

Meine Familie kämpft dort draußen um ihr und unser aller Überleben. Und sie schweben in Lebensgefahr. Meinetwegen.

Wenn ich diese Kraft zu kontrollieren lerne, wenn ich so etwas wie das Erdbeben wiederhole, könnte ich die Calarianer bekämpfen, vielleicht sogar vernichten. Dann wären meine Brüder endlich sicher.

»Wann lerne ich, Eden zu verteidigen?«

Überraschung huscht über Nymas Züge, bevor sie ein breites Lächeln aufsetzt, das mich vermutlich beruhigen soll. »Morgen, Prinzessin. Erholt Euch …«

»Ich muss mich nicht erholen«, unterbreche ich sie. »Ich bin bereit.«

SOLDATEN BEFOLGEN BEFEHLE

»**K**onzentriere dich«, befiehlt die Edenprime.

Das tue ich ja! Seit gefühlten Stunden mache ich nichts anderes, als mit geschlossenen Augen auf der Couch zu sitzen und *in mich hineinzuspüren*. Wenn sie mir wenigstens sagen könnte, wonach ich suchen soll. Aber sie sitzt nur da wie eine verdammte Statue und sieht mir nicht in die Augen.

»Was hast du gefühlt, als deine Fähigkeit erwacht ist?«

Wenn sie mir noch einmal diese Frage stellt, schreie ich. »Angst«, antworte ich zum tausendsten Mal. Meine Kiefer sind so angespannt, dass sie schmerzen.

»Wieso?«

»Die Calarianer haben die Mauer durchbrochen.« Keßler war verletzt. Wir eingekesselt. Ich vertraue ihr nicht genug, um die ganze Wahrheit zu sagen. Klone sind *keine* Menschen – sie könnte entscheiden, Keßler und Marks zu bestrafen, dass sie mich auf ein Schlachtfeld gelassen haben. Beide wussten, wer ich war. Fuck! Deswegen war ich immer die letzte Medic, die losgeschickt wurde, obwohl Ellana körperlich abgebaut hat. Deswegen durfte ich nicht in die Hauptstadt. Deswegen hat Keßler mit mir trainiert, mich aber nie kämpfen lassen. Er hätte es mir zugetraut.

»Talea.«

Ich reiße die Augen auf. Die Edenprime schaut mich frustriert an, die Augen leicht verengt, die Stirn gerunzelt. »Hörst du mir überhaupt zu?«

Nein. »Natürlich, Edenprime.«

»Wieso beantwortest du meine Frage dann nicht?«

Ich habe keinen blassen Schimmer, welche der dutzend Fragen sie wiederholt hat.

»Aus welchem Grund hattest du Angst? Angst um dich selbst? Was der Feind mit dir anstellen wird? Um Eden und seine Bevölkerung?«

Um Keßler. »Um seine Bevölkerung, schätze ich.«

»Schätzt du?« Sie zieht eine blasse Augenbraue hoch.

»Ich hatte Angst.« Ich atme tief durch, um nicht loszubrüllen. Hatte sie jemals richtige Angst? Sie kann vor fünfzehn Jahren kaum älter gewesen sein als ich heute. Sie muss Angst gehabt haben, als die Calarianer den Palast angegriffen haben.

»Dann ruf dieses Gefühl wieder hervor. Spüre in es hinein. Spüre Eden.«

Ich sitze Meilen von der Gefahr entfernt! Niemand hält mir eine Waffe an den Kopf. Angst kann man sich nicht vorstellen. Nicht solche.

Ich kratze am Ausschnitt des Kleides.

»Was hast du mit Eden bewirkt?«

Was? Ach so. »Ein Graben.«

»Ein Graben«, wiederholt sie und klingt dabei wenig beeindruckt. »Ich habe deine Verbindung bis hierhin gespürt. Ein einfacher Graben scheint mir da …«

»Ein Graben ohne Boden«, präzisiere ich.

»Du hast den Boden gespalten?« Jetzt ist sie erschüttert. Zumindest nehme ich das an. Ihre Mimik ist verdammt schwer zu lesen. Entweder wird sie gleich aufspringen und rausrennen, oder will mir die Antworten, die ich ihr geben soll, am liebsten einprügeln.

»Wenn man das so nennt.« Ich rutsche auf der Couch hin und her, um eine angenehmere Position für meinen Hintern zu finden.

»Hat deine Haut geleuchtet oder die Umgebung?«

»Äh, nein.« Keine Ahnung. Hätte ich eh nicht mitbekommen.

Die Edenprime mustert mich, dann schließt sie die Augen. Ihr Gesicht wird vollkommen weich und gleichzeitig wirkt sie hochkonzentriert. Als sie die Lider hebt, strahlen ihre Augen in einem intensiven Grün. Leuchtend grüne Sommersprossen ziehen sich über ihre Wangen. Die Pflanzen, die überall im Zimmer verteilt stehen, pulsieren glühend wie im Takt eines Herzschlages.

Verdammt, was passiert hier?

»Als unsere Vorfahren auf diesem Planeten einen Ort suchten, an dem sie in Frieden leben konnten, hat ein kleines Mädchens namens Eden sich mit der ungezügelten Kraft des Planeten verbunden. Du erinnerst dich vermutlich nicht an die Erde, aber die Ankömmlinge haben es getan und Eden hat sich nach ihren Vorstellungen verändert. Das Mädchen und Eden wurden eins. Zu ihrem Andenken nennen wir diese Kraft Eden und alle Nachfahren des Mädchens werden gesegnet und geweiht. Stell dir Eden wie ein Geflecht aus abermillionen Wurzeln vor, die alles miteinander verbinden. Jedes Samenkorn mit dem größten Baum, jedem Lebewesen, jedem Menschen – alle in Einklang und in Harmonie lebend.«

Knospen entstehen an den Pflanzen, wachsen und blühen auf. Goldene Lichtkugeln kaum größer als meine Fingernägel schweben im Zimmer umher. Wie am Grünen Fluss, nur kleiner. Das ist bei mir definitiv nicht passiert!

Andererseits wächst in Oldmantells schon seit Jahren keine Pflanze mehr. Die Wälder südlich des Camps waren zu weit entfernt, oder? Selbst wenn hätte ich es niemals gesehen.

»Eden spricht durch uns. Wenn wir nicht im Einklang mit Eden leben, ihr weh tun oder sie gar zerstören, verwehrt sie uns ihre Kraft. Aber wenn wir mit ihr im Einklang leben, können wir unvorstellbares erreichen.«

Deswegen meine Brüder. Sie können nicht wie die Calarianer selbst für sich kämpfen, weil sie sonst nicht mehr im Einklang mit der Natur leben würden. Was für ein Hohn!

Sie hebt ihre Hand, die Handfläche zur Decke gerichtet. Eine unsichtbare Kraft hebt mich behutsam empor – nur wenige fingerbreit – und setzt mich dann genauso sanft wieder ab. Fuck! Mein Herz klopft mir bis zum Hals. Wie macht sie das? Wieso macht sie das? Niemand sollte das können! Das widerspricht allem, was meine Brüder mir beigebracht haben.

Eine Schweißperle rollt über das Gesicht der Edenprime. Es hat sie Kraft gekostet, es fiel ihr nicht leicht. Verflucht, niemand sollte so etwas leicht fallen.

»Eden lebt in dir, Talea. Sie ist ein Gefühl von Kontrolle, von Gewissheit, von Stabilität. Spüre in dich hinein, finde den Ort in dir, an dem nur du selbst bist. Greife danach.«

Ich horche in mich hinein. Tue es wirklich. Aber ich spüre rein gar nichts – nichts, was nach Eden klingt. Nur Angst und Wut und das Gefühl, nutzlos zu sein.

Frustriert springe ich auf. »Ich kann das nicht.«

Die Lichtkugeln erlöschen, genauso wie die Sommersprossen und die Augen der Edenprime. Enttäuschung breitet sich wie eine dunkle Wolke auf ihrem blassen Gesicht aus. »Du bist erschöpft. Wir versuchen es morgen noch einmal.«

Ich will ihr sagen, dass ich nicht erschöpft bin. Dass ich keine

Ahnung habe, was sie von mir will. Dass sie die mieseste Lehrerin überhaupt ist. Aber was weiß ich schon? Vielleicht hat sie Dutzende unterrichtet und nur ich kriege es nicht hin.

»Ruh dich aus.« Leise verlässt sie den Raum, und es ist, als wäre sie nie hier gewesen.

Scheiße! Mein Wasserglas zerschellt an der Wand und hinterlässt einen Fleck. Wäre es anders, wenn ich im Palast aufgewachsen wäre? Wenn ich von Anfang an gewusst hätte, wer ich bin?

Die Tür fliegt auf und Laran eilt herein. Sein Blick fällt sofort auf das Glas. Meine Wangen werden heiß. Ich sollte nicht ausrasten. Eine Prinzessin rastet bestimmt nicht aus.

Laran verbeugt sich, als wäre es vollkommen normal. »Ich lasse nach Nyma schicken.«

Und schon ist die verfluchte Tür wieder hinter ihm zu.

Ich zerre frustriert am Ausschnitt meines Kleides, aber die winzigen Verschlüsse am Rücken bekomme ich niemals alleine auf. Ob Laran mir dabei helfen würde? Ich marschiere zur Tür und öffne sie schwungvoll.

»Prinzessin?« Laran wirbelt herum und senkt den Kopf.

»Könnt Ihr mir helfen?« Ich drehe ihm den Rücken zu.

Weder sagt er etwas noch macht er Anstalten, mich aus diesem juckenden Teil zu befreien.

»Das Kleid«, präzisiere ich.

»Nyma kommt …«

Schritte klackern und er verstummt. Ich drehe mich um. Nyma biegt um die Ecke und kommt mit gerunzelter Stirn näher.

»Könnt Ihr mir aus dem Kleid helfen?«

»Natürlich, Prinzessin.«

Ich seufze und stürme in das Zimmer. Nyma dirigiert mich ins Bad und beginnt, die winzigen Verschlüsse fachmännisch zu öffnen. Als das Kleid endlich zu Boden gleitet, widerstehe ich dem Drang, mich überall zu kratzen.

Ich schlüpfe in die Kleidung, die ich zum Schlafen getragen habe: ein weiches, türkisfarbenes Hemd, das mir bis zur Mitte der Oberschenkel reicht. Nicht meine erste Wahl, aber allemal besser als die Ansammlung in dem pompösen Kleiderschrank.

»Habt Ihr Wünsche für Euer Abendessen, Prinzessin?« Nyma folgt mir aus dem Bad.

Ich sehne mich nach Proteinkapseln, nein, ich sehne mich nach einem Lagerfeuer und meinen Brüdern. »Nein.«

Nyma verbeugt sich und sammelt die Scherben vom Boden auf. Ich öffne die Lippen, aber es kommt kein Laut darüber. Die Dienerin schenkt mir noch ein Lächeln, bevor sie mich alleine lässt.

Eine Ewigkeit stehe ich mitten im Zimmer. Mein Brustkorb ist seltsam eng. Energisch reibe ich die Tränen weg und setze mich vors Fenster. Ich wünschte, Blue wäre hier. Würde sich an mich kuscheln, ihr Köpfchen gegen meine Wange reiben.

Bitte, lass es Keßler gutgehen. Und Marks und Dee und Browzer und Shep und Eagle …

»GIBT ES NEUIGKEITEN?«

Die Edenprime runzelt die Stirn, ignoriert meine Frage und setzt sich wie üblich auf die Couch. »Hast du Neuigkeiten?«

Woher? Seit Tagen bin ich hier eingesperrt. Nyma und die Edenprime sind die Einzigen, die ich sehe. Und Laran, wenn ich in der Hoffnung, mich hinauszustehlen zu können, die Tür öffne.

Ich zwinge mich, langsam zu ihr hinüber zu gehen. Jeden Schritt so akzentuiert zu setzen wie sie. Ich sinke in die weichen Kissen ihr gegenüber. »Ich weiß es nicht.«

Das ist besser als einfach Nein zu sagen. *Ich weiß es nicht* lässt Optionen zu und das scheint die einzige Möglichkeit, die Edenprime nicht zu enttäuschen. Ihre grünen Augen sind auf die Wand hinter mir gerichtet. Seit ihrem ersten Besuch hat sie mich kein einziges Mal direkt angesehen. Auch Nyma wird immer wortkarger.

Was habt ihr denn erwartet?, will ich beide anschreien. Dass ich weiß, wie ich Eden nutze? Dass ich eure Ansprüche in allen Punkten übertreffe?

Ich bin fast siebzehn Jahre alt und wollte mein Leben lang nichts anderes als ein Soldat sein. Soldaten und Prinzessinnen haben keine großen Gemeinsamkeiten, wenn sie überhaupt welche haben.

»Schließ die Augen. Konzentriere dich.«

»Haben die Calarianer schon angegriffen?« Wie soll ich mich konzentrieren, wenn ich an nichts anderes denken kann!

Die Falten auf ihrer Stirn vertiefen sich. »Es gibt nichts Wichtigeres, als zu lernen, dich mit Eden zu verbinden.«

»Also haben sie? Wurde jemand verletzt?« Fuck! Beherrsch dich, Tali, nicht so viele Emotionen!

»Das Signal wurde nicht gegeben. Du musst dir also keine Sorgen machen.«

Das Signal, dass die Calarianer durchgebrochen sind. Dass meine Brüder sie nicht aufhalten konnten. Dass sie …

Ich springe auf. Stürme zum Fenster, drücke Hände und Gesicht gegen das kühle Glas. Regen trommelt von außen dagegen. Bedrohliche dunkle Wolken hängen tief am Himmel und begrenzen die Sicht auf ein Minimum.

»Setz dich wieder. Wir müssen fortfahren.«

Ich rühre mich nicht. Wenn ich den Mund aufmache, werde ich sie anschreien. Das tut eine Prinzessin nicht.

»Talea.«

Ich schließe die Augen. In den vergangenen Tagen hat es geregnet. Bei Regen ist der Pass schwieriger zu begehen. Viele Calarianer würden zu Tode stürzen, das wird der Kaiser nicht riskieren. Es sind noch ein paar Wochen bis zum Wintereinbruch. Die Calarianer haben Zeit. Ich habe Zeit. Aber wie viel noch?

Und was, wenn ich es gar nicht lerne? Ich weiß kaum etwas von Eden, noch weniger über ihr Volk. Dafür weiß ich genau, wie man Verbrennungen behandelt oder gebrochene Knochen und Gehirnerschütterungen. Ich treffe einen Feind auf dreißig Schritt Entfernung mitten ins Herz und laufe fast so schnell wie meine Brüder, die gut anderthalb Köpfe größer sind als ich.

»Talea!«

Ich wirble herum, balle meine Hände zu Fäusten. Die Edenprime starrt die Wand an. Ihre Knie pressen sich aneinander und sie scheint die Luft anzuhalten.

Jede Wut verpufft. Ich spüre, wie ich kleiner werde, in mich zusammensacke. Soldaten befolgen Befehle. Ich werde eine gute Soldatin sein.

»Ja, Edenprime.«

Ich senke gehorsam den Kopf und schlurfe zurück zur Couch. Tränen lauern hinter meinen geschlossenen Lidern.

»Was hast du gefühlt?«

CORAM

Die Tür öffnet sich fast lautlos. Ich starre hinaus in den dunkler werdenden Himmel. Wolken verhüllen die Sterne.

Schritte nähern sich. »Prinzessin?«

Laran ist schon fast bei mir angekommen, ragt wie ein Riese über mir auf. Er kniet sich vor mich, sodass wir etwa auf gleicher Augenhöhe sind, und hält mir ein dunkles Stoffbündel hin. Er selbst trägt ebenfalls einen Mantel.

»Keine Neuigkeiten«, flüstert er und seine Mundwinkel zucken. »Zieht das über.«

Ich ersticke die aufkeimende Hoffnung sofort. Er wird mich kaum in einer Nacht-und-Nebel-Aktion nach Hause bringen.

»Wieso?«

»Wir machen einen Ausflug.« Laran steht auf und hält mir seine freie Hand hin.

Ich lasse mich auf die Füße ziehen und lege den Umhang um die Schultern. Er hat keine Ärmel, aber eine weite Kapuze. »Was ist mit Nyma?«

»Ich habe sie weggeschickt.«

An der Zimmertür hält Laran mich zurück. »Ihr müsst mir versprechen, nicht von meiner Seite zu weichen und meine Befehle ohne Diskussion zu befolgen.«

»Wohin gehen wir?«

»In die Stadt.«

Ich würde ihm alles versprechen, um aus diesem Zimmer rauszukommen. Laran gibt sich mit meinem Nicken zufrieden, öffnet die Tür und schleicht auf den Flur. In den blöden Schuhen kann ich mich kaum lautlos bewegen, aber zum Geheimgang, der hinunter zum Grünen Fluss führt, sind es nur ein paar Meter. Die Treppe gehe ich barfuß, sonst breche ich mir noch etwas.

Mit kräftigen Ruderschlägen bringt Laran mich fort, genauso wie er mich vor knapp zehn Tagen hergebracht hat.

»Weiß die Edenprime hiervon?« Heute ist sie nicht da gewesen.

Laran stockt, dann schüttelt er einmal abgehakt den Kopf.

»Wir werden also Ärger bekommen, wenn wir erwischt werden?« Ein Grinsen zupft an meinen Mundwinkeln.

Ich werde aus der Edenprime nicht schlau. Immer wiederholt sie ihre Fragen, als könne sie nicht begreifen, dass ihre Methode nicht funktioniert. Als hätte sie nicht die Fähigkeit, sich wenigstens ein bisschen auf mich einzustellen. Meinen Fragen weicht sie aus oder ignoriert sie, und ihre Worte klingen immer mehr wie auswendig gelernt. Sie kann mich nicht ansehen, sie kann mir nicht zuhören, und sobald ich meine Stimme etwas erhebe, zuckt sie zusammen. Wenn ich es nicht besser wüsste, würde ich sagen, sie hat eine Angststörung. Aber sie ist die Edenprime, die Herrscherin von Eden! Anführerinnen dürfen keine Furcht haben. Vor nichts und niemandem. Schon gar nicht fünfzehn Jahre lang! Haben die hier keine anständigen Medics?

Die Leuchtkugeln tanzen durch den Tunnel. Jetzt weiß ich, dass Eden sie erschafft. Mein Blick gleitet über die bewachsenen

Tunnelwände, die gewaltigen Blüten und Larans Gesicht. Die Schatten unter seinen Augen scheinen nicht mehr zu verschwinden, und sein Gesicht wirkt abgehärmter.

»Ihr wurdet nicht abgelöst.«

»Natürlich, Prinzessin.«

Ich schnaube. »Dann nicht für lange. Ihr seht aus, als hättet Ihr tagelang nicht geschlafen.«

»Ich habe den Klonen geschworen, Euch zu beschützen.«

»Das könnt Ihr nicht, wenn Ihr vor Müdigkeit umkippt.«

Ich warte auf seine Erwiderung, aber sie bleibt aus, wie so oft. Ich seufze. »Wenn ich Euch befehle, zu schlafen, würdet Ihr es tun?«

»Nein, Prinzessin. Es gibt nur drei Menschen, denen ich mein Leben anvertrauen würde. Und damit Eures.«

Das sind nicht viele. »Wem genau?«

»Dem Schild der Edenprime – Istasjer. Er hat mich abgelöst, wenn Ihr gelernt habt.«

Stille. »Und?«, frage ich, als er nicht weiterspricht.

»Coram. Ihn werdet Ihr gleich hoffentlich kennenlernen. Sein Haus ist unser Ziel.«

Hoffentlich. Dieses Wort verheißt meistens nichts Gutes.

»Wer noch?« Ich zähle lautlos bis zehn, verkneife mir nachzubohren.

Beim Rudern fällt Larans Mantel zurück und enthüllt das Schwert, das er an seiner Seite trägt. Eine altmodische Waffe und vollkommen nutzlos gegen calarianische Energiewaffen.

»Was bedeutet Schild der Edenprime?«

»Es ist ein Titel.« Larans Blick gleitet über den Anlegesteg, dem wir uns nähern. »Schilde beschützen die Trägerinnen von Eden.«

»Wessen Schild wart Ihr, bevor …«

81

Larans Blick nagelt mich fest. »Ich war Euer Schild. Ich war immer Euer.«

Die Ernsthaftigkeit in seiner Stimme verursacht mir eine Gänsehaut. Schnell schaue ich weg. Wieso erinnert er mich an Keßler? Weil mein Bruder ebenfalls alles getan hätte, um mich zu beschützen?

»Was ist … geschehen?« Ich höre mein Flüstern selbst kaum.

»Ihr konntet nicht schlafen. Euer Vater, der König, brachte Euch nach draußen. Die Calarianer griffen ohne Vorwarnung an. Wärt Ihr in Eurem Zimmer gewesen …«

Wüsste ich jetzt, wie man Eden kontrolliert.

»Wärt Ihr tot.« Laran senkt den Blick. »Ich habe versagt, Prinzessin.«

»Aber ich lebe.« Ich starre Laran an, hoffe, dass er mich ansieht, meine Entschlossenheit sieht. »Ihr habt nicht versagt.«

Sein rechter Mundwinkel zuckt, aber er schweigt und ich dringe nicht weiter in ihn. Ich weiß, dass ich ohne Keßlers Eingreifen tot gewesen wäre. Viele sind in dieser Nacht gestorben. Meine Brüder haben mir oft Geschichten über ihr Eintreffen in allerletzter Minute erzählt. Nur nicht die entscheidende Information. Dass ich kein Säugling war, den sie alleine in der zerstörten Hauptstadt gefunden haben.

»Wir sind da.«

Laran steigt aus dem Boot und macht es fest. Der Anleger ist so schmal, dass wir kaum nebeneinanderstehen können. Ich folge ihm die Stufen hinauf, es sind deutlich weniger als im Palast. Woran Laran sich orientiert, ist mir schleierhaft. Für mich sieht alles gleich aus.

Oben angekommen, legt Laran die Finger auf die Lippen und bedeutet mir, zu warten, während er die Lage hinter der magischen Tür auskundschaftet. Ich schlüpfe in die Schuhe und lausche auf jedes kleine Geräusch. Höre allerdings nichts.

Ich husche durch den Durchgang, die Tür schließt sich automatisch hinter mir. Finsternis empfängt mich. Meine Augen brauchen einen Moment, um sich daran zu gewöhnen. Laran schleicht um ein paar große Kästen herum, als könnten sich dahinter Gegner verbergen. Sind das Pflanzen in den Kästen? Und neben einer Tür Werkbänke? Wo sind wir?

»Folgt mir«, raunt Laran.

Wir durchqueren den seltsamen Raum und treten ins Freie. Draußen ist die Luft deutlich kühler, es riecht nach Regen. Laran huscht von Schatten zu Schatten, seine Augen und Ohren überall. Was nichts bringt, da man meine klackernden Schuhe wahrscheinlich noch zwei Straßen entfernt hören kann. Also laufe ich wieder barfuß. Aus einigen der kleinen, ein- oder zweistöckigen Häuschen fällt Licht auf die Straße. Pflanzen sind an Mauern und Dächern hochgeklettert. Bäume stehen wie stille Wächter hinter den Häusern, vermutlich haben viele wie in den Randbezirken von Oldmantells einen eigenen Garten. Die Fensterläden und Türen sind bunt gestrichen und, wenn ich das richtig erkenne, sind sogar Blumen, Bäume und Tiere auf die Fassade gemalt.

Vor einem einstöckigen Haus bleibt Laran stehen und klopft.

Ich warte angespannt. Hinter dieser Tür wohnt Coram. Ein Mann, dem Laran bedingungslos vertraut. Ob er mit ihm verwandt ist? Ob …?

Licht fällt auf die Straße und rahmt die Gestalt einer Frau ein. Ich blinzle in die plötzliche Helligkeit. »Laran?« Überraschung klingt in der erstaunlich tiefen Stimme mit. »Ist das …? Schnell, kommt rein.«

Coram ist eine Frau? Bevor ich meine Überraschung überwunden habe, schiebt mich Laran in ein gemütliches Wohnzimmer. In einem großen Kamin leuchtet statt eines Feuers eines der

Lichter, die ich schon kenne. Davor steht eine Couch mit einem ausgeblichenen, karierten Bezug. Wolle und Nähnadeln liegen auf einem kleinen Tisch daneben. Durch einen Holzbogen links geht es offenbar in eine Küche, rechts sind zwei geschlossene Türen, gegenüber eine dritte.

»Wer war das, Silvi?« Ein Mann tritt in den Bogen und füllt ihn fast komplett aus. Ein weißer Bart mit letzten Spuren von verblasstem Orange verbirgt die Hälfte seines Gesichts, aber nicht den überraschten Ausdruck, der sich in Wut wandelt, sobald sein Blick auf mich fällt.

»Was willst du hier?«, knurrt er.

Laran schlägt die Kapuze zurück und neigt respektvoll den Kopf. »Ich brauche deine Hilfe, Coram.«

Er schnaubt. »Du hast Nerven, hier aufzutauchen. Noch dazu mit ihr!«

Ich will vor der Wut in seiner Stimme am liebsten zurückweichen, aber Larans Hand liegt immer noch an meinem Rücken. Die Kapuze gleitet mir vom Kopf, als hätte er daran gezogen. Wieso fühle ich mich, als hätte er mich einem Scharfschützen direkt ins Fadenkreuz geschoben?

Die stechend blauen Augen, die genauso gut in ein jüngeres Gesicht gepasst hätten, fixieren mich. »Also sind die Gerüchte wahr. Sie ist am Leben.«

Laran schiebt sich ein Stück vor mich, als wolle er mich abschirmen. »Die Klone haben sie gerettet.«

»Die Hohlbirnen hätten auch ihren Vater retten sollen.«

»Er war schon tot!« Ich balle meine Hände zu Fäusten. »Und sie sind keine Hohlbirnen, alter Mann! Sie ...« Ich breche ab, bevor mir herausrutscht, wie viel sie mir wirklich bedeuten. Auch wenn die Edenprime nicht anwesend ist, kann ich nicht ausschließen, dass Laran ihr alles erzählt, was ich sage. Moment! Ich weiß gar nicht, ob mein Vater schon tot war. Meine Brüder haben mir eine abgeänderte Version erzählt.

»Vielleicht können wir uns beim Essen wie zivilisierte Menschen unterhalten.« Die Frau schiebt sich an Laran vorbei.

»Wir haben gerade Suppe gegessen.«

Wie betäubt folge ich ihnen. Hat mein Vater noch gelebt? Und woher will Coram das wissen? Nein! Keßler hätte den König nie zurückgelassen, wenn der Hauch einer Chance bestanden hätte, ihn zu retten.

Kräuterduft steigt mir in die Nase. Laran dirigiert mich zum Kopfende, die Frau stellt einen gefüllten Teller vor mir ab. »Die Suppe ist nichts besonderes, aber sie schmeckt.«

Mein Magen knurrt. Ich setze mich und probiere einen Löffel. Eine unbekannte Würze breitet sich auf meiner Zunge aus.

Ich sehe hoch, um mich zu bedanken, und starre in Corams Gesicht. Wieso ist er so wütend auf mich? Er kennt mich doch gar nicht! Ich presse die Lippen zusammen und senke rasch den Blick. Sein Hemd ist ausgeblichen, an den Ärmeln zugeknotet. Er hat seine Arme verloren. Der linke wurde etwa in der Mitte des Unterarms abgetrennt, der rechte knapp unterhalb der Schulter. Mein Hals schnürt sich zu und ein stechender Schmerz durchfährt meinen Brustkorb. Bajo. Wie lange habe ich nicht mehr an meinen Bruder gedacht? Monate? Jahre? Eine Splittergranate hat ihn aus der Nähe getroffen, seine Rüstung durchdrungen. Dee musste ihm beide Arme abnehmen und selbst das hat die Entzündung nicht aufgehalten. Wochenlang habe ich neben ihm ausgeharrt, ihm Geschichten erzählt, ihn gefüttert. Bis Keßler mich zu einer Übung im Wald gezwungen hat. Am nahegelegenen See hat er mir gesagt, dass Dee Bajo erlöst hat. Ich bin so schnell gerannt, wie ich konnte, aber Keßler hat mich eingeholt. Mich festgehalten, während ich den halben Wald zusammen geschrien habe. Bis heute verstehe ich nicht, wieso Bajo sich so entschieden hat. Sie sind mehr als Soldaten, sie sind …

»Du hast deine Arme noch, oder? Dann hör auf zu heulen!«

Ich schrecke zusammen.

»Coram«, flüstert die Frau.

»Du redest mit deiner Prinzessin«, zischt Laran gefährlich leise.

Coram erhebt sich und ragt wie ein Riese über mir auf. »Nur weil ihr sie in feine Kleider steckt, ist sie noch lange keine Prinzessin! Leuchtet eine der Pflanzen? Wie lange ist sie schon bei euch? Wie lange unterrichtet die Edenprime sie? Sie ist fast siebzehn und sie ist ängstlich wie ein Kind!«

Ich springe auf, der Stuhl fällt um. »Ich bin keine Prinzessin!«

Ich muss hier raus! Doch bevor ich auch nur ein paar Schritte weit komme, legt die Frau eine Hand auf meine Schulter und lächelt mich warm an. Mit ihrem Körper, sie ist nur ein kleines Stück größer als ich, schirmt sie mich vor Coram ab und führt mich aus der Küche.

»Vergib meinem Mann. Dich zu sehen, war ein Schock für ihn.«

Sie setzt sich auf die Couch und ich sacke neben ihr in mich zusammen.

»Wieso kann niemand mich ansehen?« Ich befürchte, dass sie die Angst und Verzweiflung in meiner Stimme hören kann. Aber es ist mir egal. Ich habe keine Kraft mehr, allen die perfekte Soldatin vorzuspielen.

»Oh, Liebes.« Sie legt mir eine Hand an die Wange.

Die Tränen beginnen wieder zu fließen. Vor zehn Tagen hat Keßler mich das letzte Mal so berührt. Danach … niemand mehr.

»Du siehst deinem Vater so ähnlich.« Ihr Daumen streicht über meine Haut. »Sie sehen dich an und sehen ihn. Wenn man einen Menschen so sehr geliebt hat wie Coram deinen Vater … dann fühlen sie all den Schmerz, all ihren Verlust. Das ist nicht fair, ich weiß. Du bist nicht dein Vater, du kannst nichts dafür, dass er gestorben ist.«

»Ich weiß nichts über ihn. Ich weiß überhaupt nichts.«

Ich erwarte, dass sie sagt: *Du bist Talea, die Prinzessin von Eden und Tochter von Tamino Eden.* Aber sie bleibt eine gefühlte Ewigkeit stumm. Meine Tränen tropfen auf ihre Hände.

Sie streicht eine Haarsträhne hinter mein Ohr und drückt meine Finger. »Man kann nicht *überhaupt nichts* wissen«, sagt sie sanft. »Du magst meine Suppe, das weißt du. Also weißt du auch, dass ich eine gute Köchin bin. Oder zumindest eine gute Suppe kochen kann. Ich arbeite in den Gärten und ernte mein eigenes Obst und Gemüse. Abends stricke ich gerne, während Coram mir Geschichten erzählt. Coram nennt mich immer Silvi, weil mein voller Name Silvara ihm viel zu ernst klingt für eine Frau, die so gerne lacht. All das weiß ich und du jetzt auch. Fangen wir mit etwas Einfachem an. Dein Geburtsname ist Talea, aber so werden die Klone dich wahrscheinlich nicht genannt haben?«

Ich schüttle den Kopf. »Tali.«

»Tali gefällt mir, das klingt auch nicht so ernst wie Talea. Was weißt du noch?«, fragt Silvi.

Ich sehe in ihr Gesicht voller Lachfalten und Geschichten. »Dass ich Eden retten muss.«

»Hat die Edenprime dir das gesagt?«

»Ich habe sie belauscht.« Und ohne eine Spur schlechten Gewissens.

»Hast du ihr verraten, dass du es weißt?«

Ich schüttle den Kopf.

»Wieso nicht?«, fragt sie und drückt aufmunternd meine Hand.

»Was hätte es geändert? Ich spüre Eden nicht, ich werde es nie spüren.«

CALARIANER VERHANDELN NICHT

Diese. Prinzessin. Wird. Alles. Ändern.
Jedes Wort ein Schlag, so fest, dass meine bandagierten Knöchel schmerzen. Der Sandsack schwingt vor und zurück. Rune taucht wie aus dem Nichts auf und umklammert ihn. Arian packt meinen Schlagarm.

»*Was ist los?*«

Ihre Oberkörper sind unbedeckt und schweißüberströmt. Als ich nicht antwortete, schubst Arian mich von dem Sandsack weg, entfernt mit geübten Griffen die Bandage und untersucht meine Knöchel. »*Willst du sie dir brechen?*«

»*Enver, was ist los?*«, wiederholt Rune Arians Frage.

Er ist ein paar Zentimeter größer als ich, seine Haare etwas schwärzer und die Haut leicht gebräunt. Sein breiter Kiefer ist angespannt und die dichten Brauen zusammengezogen. »*Was hat die Kaiserin gesagt?*«

»*Dass es kein Gerücht ist.*«

»*Aber das wolltest du doch?*«, fragt Rune und wirft Arian einen Blick zu.

»*Ja. Nein!*« Ich schüttle den Kopf und massiere mir die Nasenwurzel. Seit dem Gespräch mit meiner Mutter heute Morgen habe ich Kopfschmerzen. Ich wollte, dass die Prinzessin überlebt, damit wir eine Partnerin auf Augenhöhe haben, mit der man vernünftig reden kann – niemanden, der uns angreift.

Arian legt eine Hand auf meine Schulter und lenkt so meine Aufmerksamkeit wieder auf sich. »*Was ist los?*«

»*Wieso hat sie sich erst jetzt zu erkennen gegeben? Wieso hat sie angegriffen? Wieso nicht vorher das Gespräch gesucht? Ihr Vater wollte stets Frieden.*«

Arian zieht seine Hand zurück. »*Ihr Vater ist seit fünfzehn Jahren tot. Wir sind für seinen Tod verantwortlich. Eden hasst uns. Sie hat unsere Soldaten angegriffen und getötet. Sie ist keine Heldin aus deinen Büchern. Sie ist der Feind.*« Er wendet sich Rune zu. »Kannst du … Kaiser plant?«

Wie soll Rune … »Was?«

Rune weicht meinem Blick aus. Das ist nie ein gutes Zeichen. »*Prinzessin Ellyn nimmt an den Strategiesitzungen von Prinz Dankre teil.*«

»*Meine Schwester nimmt was?*« So groß kann ich gar nicht gebärden, um ihm zu zeigen, wie wütend ich bin.

»*Die meiste Zeit hört sie kaum zu. Es langweilt sie. Aber ich höre zu.*«

»*Du bist Arians Informant?*« Wütend starre ich die beiden Männer an, die ich für meine besten Freunde gehalten habe. Wie können sie mir so etwas verschweigen? Haben sie noch weitere Geheimnisse vor mir?

Wenn meine Schwester an den Sitzungen teilnimmt, heißt das, der Kaiser bereitet Ellyn auf eine größere Rolle vor. Sie ist erst vierzehn und leicht beeinflussbar. Es würde Ellyn zerstören, der Kaiser würde sie zu einer Tyrannin erziehen. Wieso lässt Dankre das zu? Er muss einen Hintergedanken haben oder er sieht Ellyn nicht als Bedrohung an.

»Wieso habt ihr es mir nicht gesagt?«

»Weil du dich mit Prinz Dankre anlegen und den Kürzeren ziehen würdest.« Arian zuckt die Schultern. *»Und ich habe dir alles Wichtige erzählt.«*

»Bis auf das Detail mit meiner Schwester!«

»Ich passe auf sie auf. Sobald sie sich für etwas anderes interessiert als ihre Streifzüge durch den Palast und das Reiten, sage ich dir sofort Bescheid.«

»Sie hat sich schon verändert. Sie ...« Ich lasse die Hände sinken und balle sie zu Fäusten. Früher hätte sie mich angesehen, wenn sie mit mir redet, obwohl Arian teils übersetzen musste.

Arian, Rune, meine Mutter und Joiel sind die Einzigen, die meine winzige Welt mit Worten füllen, die ich verstehe. Ich habe schon meine Schwester verloren, ich kann nicht auch meine besten Freunde verlieren.

Arian legt mir wieder eine Hand auf die Schulter, sein sonst stoischer Gesichtsausdruck ist überraschend sanft. *»Ich weiß.«*

Arian ist zwei Jahre älter als ich, wir kennen uns, seit ich fünf bin. Schneller als jeder andere hat er von Mutter Gebärdensprache gelernt, um mit mir zu kommunizieren. Als Freund, als Leibwächter, als Übersetzer. Er kann sich vorstellen, wie aufgeschmissen ich ohne ihn bin, wie still meine Welt ist, in der niemand Rücksicht auf mich nimmt, vielen es nicht einmal auffällt.

Ich habe gelernt, meine Rolle annähernd perfekt zu spielen. Der Eisprinz, den nichts und niemand interessiert. Gerüchte über Attentate, die ich angeblich verübt habe, kursieren im Palast. Aufwiegler und Andersdenkende zumeist, um die meisten abzuschrecken. Lieber gar kein Wort mir gegenüber verlieren als ein falsches. Es hält mich am Leben, aber ich habe keinen dieser Menschen umgebracht. Ich konnte es nicht. Arian schon. Auch seinetwegen bin ich noch am Leben und ich kann kaum etwas tun, um diese Schuld zurückzuzahlen.

Rune ist in meinem Alter, er und Arian waren früher Rivalen, was ich aber erst später herausgefunden habe. Beide hätten meine Leibwächter werden können, aber Arian hat letztlich gesiegt. Deswegen beschützt Rune meine Schwester, seit sie ein Neugeborenes ist. Ich könnte mir niemand Besseren vorstellen.

»*Es tut mir leid. Ich versuche, Prinzessin Ellyn immer wieder ein paar Gebärden beizubringen, aber …*« Rune lässt die Hände sinken, offenbar nicht willens, die Gründe aufzuzählen, wieso meine Schwester sich von mir entfremdet.

»*Ich bin ja selbst schuld.*« Nein, der Kaiser ist schuld. »*Ich muss mich mehr, um sie kümmern.*«

»*Du bekommst nur Ärger. Und davon haben wir mehr als genug.*« Arian zwinkert mir zu. »*Traust du dich, es mit einem echten Gegner aufzunehmen? Oder willst du weiter den wehrlosen Boxsack verprügeln?*«

Er will mich ablenken. Lieber hätte ich mich mit einem Buch im Arboretum versteckt, aber zu meinem Ruf gehört es, zu trainieren und andere sehen zu lassen, wie stark ich bin. Nur ist niemand mehr in der Übungshalle. Ein rascher Blick zur Uhr, die auf die Wand über dem Eingang projiziert wird, verrät mir, dass die meisten Generäle entweder in Besprechungen sind oder bei einem frühen Abendessen.

»*Na, komm schon.*« Arian hebt die Fäuste und boxt in die Luft.

»*Sicher?*«, gebärde ich. »*Wollt ihr nicht lieber die Zeit nutzen?*«

Arian winkt ab. »*Wir haben uns so gut amüsiert wie möglich.*«

Das breite Grinsen auf Arians Gesicht und die leichte Röte, die in Runes Wangen steigt, zeigt mir, dass ich deutlich weniger mitbekommen habe als angenommen.

Ich werde den Kampf bitter bereuen. Andererseits könnte es

mir helfen, den Kopf frei zu bekommen.

Rune reicht mir auf mein Nicken hin einen Kampfstab, meine Lieblingswaffe. Arian hebt seinen wieder auf, den er ein paar Schritte entfernt liegen gelassen hat. Ich bin ein mittelmäßiger Kämpfer im Vergleich zu den beiden. Auch wenn Arian mir mehrmals bewiesen hat, dass ich ihn mit einem Schwert oder einem Lasergewehr nicht ernsthaft verletzen kann, ist der Kampfstab sicherer. Keine scharfe Metallspitze, kein Blut. Ich wische meine schweißfeuchten Hände an der Hose ab und wirble den Stab ein paar Mal durch die Luft. Kaum hebe ich den Blick, stürmt Arian schon auf mich zu und befördert mich zu Boden.

»Dein Feind wartet nicht, bis du bereit bist!«

Anfängerfehler. Ich ignoriere den leichten Schmerz und bewege nur einen Muskel. Arians Kampfstab rauscht auf meinen Kopf zu. Ich rolle zur Seite und springe auf die Füße. Rune attackiert mich von hinten, ich weiche ihm aus. Mein Stab streift seine Seite, bevor er sich wieder aus dem Kampf zurückzieht und ihn Arian überlässt.

Der Stil meines Leibwächters ist offensiv, schnell und gnadenlos. Ich habe nie das Gefühl, dass er sich mir gegenüber zurückhält oder die Wucht seiner Angriffe abfängt, bevor er mich trifft. Wenn ich ihn treffe, dann aus Können.

Arians Blick zuckt zum Eingang. Jemand ist hier. Ich lege mehr Wucht in meine Schläge, obwohl meine Muskeln brennen und der Stab glitschig ist vor Schweiß. Arian blockt, fängt sich einen Hieb ein. Seine Augen zucken zu meinen Füßen. Ich springe in die Luft und sein Tritt geht ins Leere. Er kommt etwas zu langsam auf die Füße, verliert seine Waffe. Ich bremse meinen Stab kurz vor seiner Schläfe ab.

Dann drehe ich mich zum Eingang des Trainingsraums um.

Als hätte unser Gespräch ihn angelockt, steht mein Halbbruder dort. Die breiten Arme vor der muskulösen Brust verschränkt, die dunklen Augen wie ein Raubtier auf uns gerichtet.

Obwohl er weiß, dass ich ihn nicht hören kann, spricht Dankre zu mir. Ich muss seine Lippen nicht lesen, um zu wissen, dass er mir vorwirft, Gnade gezeigt zu haben.

»Du willst mit mir reden, oder? Da wäre es unvorteilhaft, meinen Leibwächter k. o. zu schlagen.«

Arian übersetzt.

Dankre verengt nur ein wenig die Augen und tritt näher. Rune verharrt in seiner Verbeugung, inzwischen bekleidet und mit feuchten Haaren vom Duschen. Wie lange haben Arian und ich gekämpft? Nicht so lange, wenn ich nach dem Brennen meiner Muskeln gehe. Keine fünfzehn Minuten verrät mir ein Blick zur Uhr.

Rune sinkt auf Dankres Worte hin noch etwas tiefer in die Verbeugung und verlässt dann schleunigst den Raum. Die Tunika klebt unangenehm an mir, Schweißperlen rinnen mir die Schläfen hinunter.

Dankre zeigt auf Arian und sagt etwas. Steif wie ein Brett stellt Arian sich so hin, dass ich ihn besser sehen kann.

»Ist sie am Leben?«, übersetzt er.

Ich muss nicht nachfragen, wen er meint. *»Woher soll ich das wissen?«*

»Weil du nun mal Experte für Eden bist. Also?«

»Brun ist tot. Also glaubt der Kaiser es.«

Eine steile Falte zeigt sich auf der Stirn meines Halbbruders. *»Das ist keine Antwort.«*

»Sei vorsichtig«, fügt Arian hinzu, ohne das Gesicht zu verziehen.

»Ich habe nicht genug Informationen, um deine Frage zu beantworten. Haben wir Augenzeugen? Was genau ist geschehen?«

Dankre verrät mir kaum mehr, als ich ohnehin weiß: Niemand hat eine Prinzessin gesehen, nur Klone. Ein Graben hat den Boden gespalten, ein paar Soldaten und unser Halbbruder Aurelius, der den Angriff geleitet hat, sind hineingestürzt. Die anderen sind geflohen, um Bericht zu erstatten. Die meisten wurden dabei getötet – oder danach. Auf Desertieren steht die Todesstrafe.

»Die Gegenwehr der Prinzessin käme seltsam unerwartet. Aus den Berichten geht hervor, dass Eden keine Kraft ist, die man jahrelang lernen muss, zu kontrollieren. Man besitzt sie oder eben nicht. Wenn es die Prinzessin gewesen ist, wieso hat sie so lange gewartet? Hat der Kaiser bereits Kontakt mit der Edenprime aufgenommen?« Es ist möglich – auch wenn ich nichts davon gehört habe, dass er es in den vergangenen fünfzehn Jahren getan hätte.

»Nein. Er plant eine Großoffensive, bevor der Winter beginnt und der Weg unpassierbar wird. Soldaten und Reservisten marschieren bereits«, übersetzt Arian.

Ich sehe Dankre an, dass er mir diese Information nicht aus Höflichkeit gegeben hat. Der Kaiser hätte dies mir gegenüber nie zugegeben. Meistens darf ich die Bücher erst lesen, wenn er selbst sie in- und auswendig kennt. Ohne meine Mutter, Arian und Myrcilia hätte ich nie erfahren, dass mein Vater besessen von Eden ist. Seine offiziellen Gründe, wieso wir in diese winzige, abgelegene Welt einmarschiert sind, sind lächerlich – einer haarsträubender als der andere. Aber wieso erzählt er es mir dann?

»Über welche Macht verfügt die Prinzessin?«, fragt Dankre.

»Wenn sie eins ist mit Eden? Dann sollten wir Verhandlungen aufnehmen.«

In Dankres Augen tanzt ein Gewittersturm. *»Calarianer verhandeln nicht.«*

DU BIST KEIN SCHILD MEHR

Ausgelaugt stapfe ich die Treppe hinauf. Die Schuhe in der einen Hand, meine Enttäuschung füllt mich aus wie ein Loch ohne Boden. Wieso bin ich enttäuscht? Ich hatte keine Erwartungen an diesen Ausflug, an Coram. Oder doch?

Laran kontrolliert, dass der Flur frei ist, dann bringt er mich aufs Zimmer. Ich stelle die Schuhe ab und verkrieche mich ans Fenster. Die Tür schließt sich, aber Schritte verkünden mir, dass Laran nicht gegangen ist. Er setzt sich mir gegenüber, ebenso wie ich an die Scheibe gelehnt.

»Es tut mir leid.«

Ich ignoriere ihn, wie er mich ignoriert hat. Ein *tut mir leid* hilft mir nicht weiter. Morgen früh kommt die Edenprime wieder. Ich habe keine Kraft mehr, still zu sitzen, die Augen zu schließen, in mich hineinzuhören und nur Leere vorzufinden. Auf die Katastrophe zu warten, die mit jedem Tag wahrscheinlicher wird.

»Ich habe geahnt, dass Ihr bescheid wisst. Dass nur Ihr uns retten könnt.«

»Ihr hattet nicht den Mut nachzufragen?«, platzt es aus mir heraus. Oder hat es ihn nicht interessiert? Wie sich niemand hier für mich interessiert? Ich dachte, er wollte mir helfen. Ich dachte, deswegen hat er mich zu Coram gebracht. Er konnte nicht wissen, dass es eine bescheuerte Idee war? Oder?

»Ich habe Befehle befolgt.«

»Gute Soldaten befolgen Befehle«, wiederhole ich verächtlich. Egal, ob die Menschen, die sie beschützen, sie verachten. Egal, ob sie dafür ihr Leben lassen.

»Ich bin kein Soldat. Ich bin Euer Schild und ich würde alles tun, um Euch zu beschützen.«

»Vor wem?«, brülle ich. »Hier ist niemand!«

»Die Calarianer haben überall Spione. Diese Spione haben vor fünfzehn Jahren die stärksten Kämpfer von Kaiser Shakan eingeschleust, ihnen Zugang zum Palast ermöglicht. Wenn sie erfahren, dass Ihr hier seid, bin ich der einzige, der Euch beschützen kann.«

»Weil ich mich nicht selbst beschützen kann.«

»Die Edenprime hat Jahre gebraucht, um sich mit Eden zu verbinden und das zu bewerkstelligen, was sie … heute kann.« Nur ein winziges Zögern. »Ihr hattet gerade mal zehn Tage.«

»Zehn Tage zu viel!«

Laran sieht aus, als wolle er seufzen. Stattdessen steht er auf und neigt wieder seinen dämlichen Schädel. »Ihr solltet ein wenig schlafen.«

Das ist jetzt nicht sein Ernst! Er lässt mich alleine?

Ich habe nicht die Energie, aufzuspringen und ihn anzuschreien, ihn zu fragen, was hier gespielt wird. Ich sollte herkommen, um zu lernen, aber ich lerne gar nichts! Die Edenprime bleibt eine vollkommene Fremde, die lieber überall anders wäre als bei mir. Sicherheit? Ich bin eine Gefangene. Und ein Mann – ein einziger, verdammter Mann mit einem altmodischen Schwert – steht zwischen mir und calarianischen Spionen. Das ist alles so verrückt.

»HALT STILL.«

Ich lege meine Hand wieder in meinen Schoß. Die Edenprime sitzt stocksteif vor mir. Ihre grünen Augen fixieren die Wand, ihr Gesichtsausdruck ist so konzentriert oder genervt, dass ihre Augenbrauen sich fast berühren. Ihre Hände hat sie zu Fäusten geballt, obwohl sie mich beschwört, mich zu entspannen.

»Du hast schlecht geschlafen?«

Überhaupt nicht trifft es besser. Sie sieht auch nicht wie das blühende Leben aus: blass, dunkle Ringe unter den Augen.

Die Morgensonne ist über das Land gekrochen, strahlend und kräftig für den Herbst. Keine Wolke am Himmel zu entdecken. Perfekt für den Marsch über den Pass.

»Antworte, wenn ich dir eine Frage stelle.«

Hat Silvi recht? Sieht sie mich nicht an, weil sie meinen Vater, ihren Bruder, so sehr geliebt hat? Weil ich sie an ihn erinnere und das zu wehtut?

Meine Brüder sehen sich alle ähnlich, aber dieses Problem hatte ich nie. Ich verstehe nicht, wieso sie mir nicht hilft! Wieso sie mir keinen Schritt entgegenkommt und immer nur die gleichen leeren Phrasen wiederholt, als hätte sie sie auswendig gelernt.

»Talea. Mir wurde gesagt, du weißt, was auf dem Spiel steht. Wieso weigerst du dich? Du bist unsere einzige Rettung. Edens Rettung. Es darf sich nicht wiederholen.« Ihre Stimme zittert, ihre Knöchel sind weiß.

Ich schaue hoch in ihr Gesicht und … Wie konnte ich ihre Angst übersehen?

Die Tür öffnet sich ruckartig. Ich springe auf die Füße, bereit zum Kampf. Wir wurden bislang nie unterbrochen.

Ein Mann in dunkler Kleidung ähnlich der Larans tritt ein. Gebräunte Haut, schwarze Haare – das muss der Schild der Edenprime sein. Ein Muskel an seinem Hals zuckt. »Verzeiht, Edenprime, Prinzessin. Ich konnte ihn nicht überzeugen, zu warten.«

Coram schiebt den schmächtigeren Mann zur Seite und hinkt herein. Er trägt ein verblasstes gelbes Hemd.

»Was machst du …?« Die Augen der Edenprime weiten sich. »Wer hat dich …?«

»Es spielt keine Rolle, wer mich informiert hat.« Corams Schienbeine berühren fast den niedrigen Tisch zwischen mir und der Edenprime. »Wichtig ist nur, dass ich hier bin.« Er neigt den Kopf vor ihr.

Sie springt auf, als wolle sie gleich aus dem Zimmer laufen. »Du bist … kein Schild mehr.«

Mein Blick huscht zwischen Coram und der Edenprime hin und her. Ihre Angst ist fast mit Händen zu greifen. Hat sie mir die ganze Zeit etwas vorgespielt? Hat sie versucht, stark zu sein? Verstört sie nicht nur mein Anblick? Aber wieso? Wer ist Coram?

»Nein, das bin ich nicht. Aber ich kann auch nicht wegsehen, wenn Ihr dieses Mädchen verzieht.« Sein Blick schnellt zu mir.

Er hilft mir?

»Du verstehst nichts von Eden.« Die Stimme der Edenprime ist nur noch ein Hauch.

»Von Eden vielleicht nicht, aber ich habe Augen im Kopf. Soll sie sich die Haut blutig kratzen?«

Ich reiße die Finger von meinem Ausschnitt weg.

»Du vergisst, mit wem du sprichst.« Der Mann an der Tür legt seine Hand auf sein Schwert und kommt einen Schritt näher.

»Ich weiß genau, mit wem ich spreche«, dröhnt Coram und fixiert die Edenprime. »Wisst *Ihr* es noch?«

98

Die beiden starren sich an. Mein Herz klopft viel zu laut.

Die Edenprime löst ihre Fäuste, ihre Hände zittern. Halbmondförmige Abdrücke heben sich rot von ihrer blassen Haut ab. Ich bin so, so dumm. Ihre Sätze kamen mir wie auswendig gelernt vor, weil sie genau das waren. PTBS ist bei Klonen überaus selten, aber Dee hat mir die Anzeichen vor allem anderen beigebracht. Posttraumatische Belastungsstörung. Und ich habe sie nicht gesehen … Nein, ich wollte sie nicht sehen.

Ohne einen Blick zu mir oder Coram verlässt sie dicht gefolgt von ihrem Schild das Zimmer. Bevor die Tür hinter ihnen ins Schloss fallen kann, schlüpft Silvi herein, eine Tasche über der Schulter.

»Komm, Tali. Helfen wir dir aus dem Kleid raus.«

Ich folge ihr ins Bad, schaue aber mehrmals zu Coram zurück, der zum Fenster hinkt. Wieso ist er gekommen?

Silvi legt die Tasche auf einen Hocker. Ich drehe ihr den Rücken zu, sodass sie sich an den kleinen Häkchen zu schaffen machen kann.

»Danke«, flüstere ich, als das Kleid von meinen Schultern rutscht und ich in Unterwäsche vor dem Spiegel stehe.

Silvi zieht ein Stoffbündel aus ihrer Tasche. »Ich habe ein paar alte Kleider von mir rausgesucht, sie werden dir trotzdem zu groß sein, aber fürs Erste reichen sie.«

Der Stoff fühlt sich rau und getragen an, gleichzeitig unglaublich weich.

Die Hosenbeine und Ärmel muss ich ein paarmal umkrempeln, aber das bin ich gewohnt. Mit einem Grinsen verlasse ich das Bad.

Doch mein Lächeln wird immer kleiner, je länger Coram mich ansieht.

»Besser?«, fragt er mit kratziger Stimme.

Ich nicke schnell, einen Dank bringe ich nicht über die Lippen. Gerne würde ich von mir behaupten, dass ich mich nicht einschüchtern lasse, aber er hat etwas an sich, dass ich mich wie ein kleines Mädchen fühle, das Mist gebaut hat. Aber habe wirklich ich Mist gebaut oder die Edenprime? Oder keine von uns? Wir können beide nicht so einfach aus unserer Haut.

Silvi lächelt mir einmal zu, bevor sie den Raum verlässt. Coram verharrt am Fenster, also gehe ich langsam auf ihn zu.

»Habt Ihr Eure Zunge verschluckt?«

Ich schüttle den Kopf.

»Dann stellt Eure Fragen. Ich weiß nicht, ob ich sie Euch beantworten kann, aber ich werde es zumindest versuchen.«

Endlich! Aber was soll ich ihn fragen? Wieso er gekommen ist? Wieso die Edenprime Angst vor ihm hat? Wieso sie Angst vor mir hat? »Was meintet Ihr eben, als Ihr sagtet, wisst Ihr es noch? Seit wann hat die Edenprime PTBS?«

Coram verengt die Augen. »Hat Euch keiner beigebracht, dass diese Anrede nur bei höher- oder gleichgestellten Personen verwendet wird? Und wenn PTBS panische Angst bedeutet, liegt Ihr richtig.«

»Aber …« Meine Erwiderung verpufft. Ich bin die Prinzessin, er steht unter mir, nicht ich unter ihm. »Verstanden.«

Coram nickt. »Ich weiß nicht, ob Laran es Euch gesagt hat, aber ich war der Schild Eures Vaters.«

Oh. Das erklärt ein paar Dinge. »Gebt Ihr Euch die Schuld an seinem Tod? Seid Ihr deswegen kein Schild mehr?«

Er verengt die Augen und schnaubt. »Du bist deinem Vater ähnlicher, als ich dachte. Er hat auch nie einen Unterschied gemacht.«

»Das ist keine Antwort« Ich verschränke die Arme. »Und jedes Leben ist gleich viel wert.«

»Ich gebe mir nicht die Schuld. Ich bin schuld. Wenn Tamino mich hätte sterben lassen, wäre er vielleicht noch am Leben.«

Mein Blick huscht zu seinen Stümpfen.

»Ja«, knurrt er auf meine unausgesprochene Frage.

»Calarianer.«

Coram nickt. »Feiglinge, aber in der Überzahl. Ich konnte weder deinen Vater noch dich beschützen.«

»Du bist am Leben.«

»Und er ist tot.« Sein Gesicht ist bar jeder Emotion. »Und jetzt verrate mir, wieso Laran denkt, ich könnte dir mit Eden helfen.«

»Ich habe keine Ahnung.«

Coram grummelt etwas in seinen Bart, was ich nicht verstehe. Laut sagt er: »Gut, dann von Anfang an. In welche schreckliche Lage bist du geraten, dass Eden in dir erwacht ist?«

Ich stelle mir Keßler auf Eagles Aussichtsturm vor, wie er mir zunickt. Leise, dass uns niemand belauschen kann, erzähle ich Coram die Wahrheit.

ICH HABE KEINE ZEIT MEHR

»Sie sind meine Brüder«, schließe ich.

Er nickt tief in Gedanken versunken, hinkt zu einer Couch und setzt sich. Versteht er, was ich meine? Versteht er mich? Zögernd folge ich ihm und will mich ihm gegenübersetzen, aber er schüttelt den Kopf.

»Setz dich auf den Boden. Ich würde es auch tun, aber dafür bin ich inzwischen zu alt.«

Ich schiebe den Tisch ein Stück zur Seite, kreuze die Beine und sehe ihn abwartend von der Seite an. Wenn er beschließt, dass ich nutzlos bin, kann ich nichts dagegen tun.

»Du hast den Boden gespalten, damit der Calarianer nicht auf euch schießen kann? Hätte er dich treffen können?«

Ich runzle die Stirn. Alles ging so schnell. »Ich glaube nicht. Ich konnte ihn selbst kaum sehen.«

»Und das Feuer? Hätte es dich verletzt?«

»Ja, aber Keßler lag auf mir, er war …«

»Ja?« Auffordernd sieht Coram mich an.

»Das Feuer hat ihn verbrannt.« Eden hat nicht nur mich gerettet, es hat vor allem Keßler beschützt. Was die Edenprime gesagt hat, stimmt nicht. Es geht nicht nur um mich. Ich war nie alleine. Ich sorge mich um meine Brüder wie um mich selbst. Sogar mehr.

»Dein Vater war sich sicher, dass Eden ein eigenes Bewusstsein hat. Dass es fühlen kann, dass es unsere tiefsten Ängste und Hoffnungen spüren kann. Spüre in dich hinein, Tali, finde deinen größten Wunsch.«

Ich schließe die Augen, beruhige meinen Atem, wie Keßler es mir gezeigt hat. Als würde ich einen meiner Brüder in der Krankenstation behandeln, blende ich alles um mich herum aus. Ich stelle mir mein Inneres wie unser Lager vor. Das Reich von Dee, in dem ich schon so viele zusammengeflickt habe. Der Kommandoraum, den ich manchmal betreten durfte, wenn Keßler oder Marks eine Übung für mich vorbereitet hatten. Eagles Aussichtspunkt. Das große Lagerfeuer mit Geschichten und Schattenspielen. Die Schlafräume voller Ruhe und Sicherheit. Meine Koje, abgetrennt von den anderen durch einen blauen Vorhang, die in die Decke geschnitzten Sterne. Einige Schnitzereien auf dem Nachttisch und Blues zerknäulte Decke an meinen Füßen. Ein Glück ist sie nicht hier, die Gefangenschaft würde sie verrückt machen.

»*Tali*«, flüstert eine weibliche, melodische Stimme.

Ich sehe zum Vorhang, der so leuchtet wie die Augen der Edenprime. Nicht blau, sondern smaragdgrün. Ich schiebe den Stoff zur Seite. Die nachtschwarze Finsternis des Weltraums umgibt mich, Milliarden von glitzernden Sternen. Und direkt vor mir schwebt eine pulsierende Kugel, im Durchmesser größer als einer meiner Brüder, mit wabernden Lichtringen wie die Lampen. Eden.

»*Ich habe auf dich gewartet, Tali.*«

Ich stolpere zurück und reiße die Augen auf. Meine Lunge schmerzt und mein Atem geht keuchend. Coram kniet vor mir und zieht mich mit seinem linken Stumpf an sich. Er riecht nach

Äpfeln und Seife. Was war das? Für einen Moment habe ich …
habe ich was? Den ganzen verfluchten Planeten gespürt?

»Alles ist gut, Tali«, flüstert er mit rauer Stimme. »Vor Eden
brauchst du keine Angst haben.«

Schwer atmend löse ich mich von Coram, um ihm ins Gesicht
zu sehen. »Fuck!«

Seine Lippen verziehen sich zu einem Lächeln. »Weise erste
Worte. Ich glaube, dein Vater sagte *faszinierend.*«

Ich komme auf die Füße. Meine Nerven kribbeln, als stünden
sie unter Strom, und mein Herz schlägt immer noch zu schnell.
Fuck! Jede einzelne Pflanze rundum glüht wie in den Tunneln,
goldene Lichtkugeln schweben durch das Zimmer. Eine so nah
an meinem Gesicht, dass ich sie berühren könnte.

Die Tür fliegt auf und die Edenprime bleibt wie angewurzelt
stehen. Sie presst sich eine Hand auf die Lippen. Tränen rollen
ihre blassen Wangen hinunter. Ihr Blick folgt den Leuchtkugeln,
bevor er sich auf mich richtet.

»Wie?«, flüstert sie. Unendlich langsam lässt sie ihre Hand
sinken.

Das werde ich ihr bestimmt nicht erzählen.

»Sie ist die Tochter ihres Vaters.« Coram tritt hinter mich.

Die Edenprime wankt auf uns zu, als wäre sie betrunken. Was
hat sie denn jetzt vor? Schon legt sie die Arme um mich und zieht
mich in eine feste Umarmung. Sie ist härter und knochiger als die
von Coram, ihr blumiger Duft kitzelt unangenehm in meiner Nase.

»Es tut mir so leid«, schluchzt sie an meiner Schulter. »Tamino
war alles, was ich hatte. Als ich ihn verloren habe … und dich.
Du siehst ihm so ähnlich. Der Schmerz … ich konnte nicht …
verzeihst du mir?«

Ich erwidere ihre Umarmung. »Nur, wenn wir ein paar Regeln
aufstellen.«

Sie schnieft und löst sich von mir. Ihre Augen und Wangen glänzen feucht. »Das klingt fair.« Sie greift meine Oberarme. »Welche?«

So einfach? Könnte ich sie bitten, nach Hause gehen zu dürfen? Gegen die Calarianer zu kämpfen? Meine Brüder brauchen meine Hilfe! Aber bin ich schon soweit? Kann ich …?

Coram?

Ich blicke dem alten Mann hinterher, der fast die Zimmertür erreicht hat. Wieso geht er? Ohne Erklärung?

»Bestimmt möchtest du keine Kleider mehr tragen. Wir können schauen, welche Stoffe dich nicht kratzen. Als Prinzessin wird von dir erwartet …«

Ich streife ihre Hände ab und laufe Coram hinterher. Der Schild der Edenprime lässt mich passieren, aber ich spüre seinen aufmerksamen Blick in meinem Nacken. Wo ist Laran? Hat die Edenprime die ganze Zeit vor der Tür gewartet?

»Wo gehst du hin?«

»Nach Hause.« Er schaut nicht zurück. »Mehr kann ich nicht für dich tun.«

»Das stimmt nicht.«

»Ich bin kein Schild, Tali.« Seine Stimme klingt verbittert.

Ich überhole ihn und trete ihm in den Weg. »Ich habe einen Schild und ich kriege kein verdammtes Wort aus ihm heraus. Und sie faselt über irgendwelche Kleider.« Ich deute zurück, wo die Edenprime an meiner Zimmertür wartet. »Hilf mir. Ich will nach Hause. Ich will helfen. Die Calarianer werden sie alle töten.«

»Du bist noch nicht soweit.«

»Aber ich habe keine Zeit mehr.« Er muss das genauso gut wissen wie ich.

Sein Blick zuckt hoch. Verwirrt drehe ich den Kopf. Eine Frau sieht mich an, Triumph ersetzt den Ausdruck von Erstaunen auf ihrem Gesicht. Keßlers Warnung rauscht durch meine Gedanken, als würde er direkt neben mir stehen. Ich werfe mich auf den Boden, taste instinktiv nach meiner Pistole, die nicht da ist. Fuck!

Ein Schuss verfehlt mich um Haaresbreite. Ich rolle mich zur Seite. Immer in Bewegung bleiben, Deckung suchen. Hier ist keine Scheiß-Deckung! Hitze jagt über mich hinweg. Jemand rennt an mir vorbei. Ich springe auf die Füße. Der Schild der Edenprime erreicht die Attentäterin und rammt ihr einen Dolch ins Herz. Sie fällt zu Boden und bleibt reglos liegen. Keuchend drehe ich mich zu Coram um. Er lehnt mit dem Rücken an der Wand, atmet schwer. Schweißperlen glänzen auf seinem Gesicht.

»Bist du verletzt?«, frage ich und sehe schon den Streifschuss am linken Oberarm. Fuck! »Ich brauche eine Schere oder ein Messer!«

»Tali«, knurrt Coram.

Ich stelle mich auf die Zehenspitzen, um die Wunde besser betrachten zu können. Der Ärmel ist an der Stelle verkohlt, Blut sickert aus der Wunde, das Fleisch ist rot, aber nicht schwarz. Verdammt schmerzhaft, aber nicht lebensbedrohlich. Streifschuss mit geringer Intensität.

Der Schild der Edenprime reicht mir einen Dolch. *Das wird gehen.*

»Tali.«

Ich hebe den Stoff an, damit ich Coram nicht versehentlich in die Haut schneide oder die Wunde mit der nicht desinfizierten Klinge berühre.

»Tali!«

»Halt still. Ich muss die Wunde freilegen, damit keine Fasern hineingelangen.«

»Stopp!«

Irritiert schaue ich Coram an. »Ich weiß, was ich …«

In seinem Gesicht entdecke ich keinen Schmerz, nur Scham. Ich lasse die Hände sinken. Sage ich ihm, dass sein Stumpf nicht der erste ist, den ich sehe? Macht es das für ihn leichter?

»Schick nach Silvi«, befehle ich dem Schild.

Ich bleibe neben Coram, während er in mein Zimmer hinkt. Vorbei an der Edenprime, deren Gesicht aschfahl ist. Er setzt sich wieder auf die Couch.

Ich bleibe bei meiner Tante stehen. »Es tut mir leid, dass ich mein Zimmer verlassen habe.«

Sie reagiert nicht, ihr Blick klebt unverwandt auf der Leiche. Ich kann mir vorstellen, welche Erinnerungen vor ihrem geistigen Auge ablaufen. Ablenkung und eine Aufgabe helfen bei traumatischen Erlebnissen am besten. »Wie behandelt ihr hier Brandwunden?«

»Ich weiß es nicht«, flüstert sie.

»Gibt es Medics im Palast?«

»Ja.«

»Dann holt sie.«

Die Edenprime nickt und wankt den Gang in die andere Richtung hinunter. Dicht gefolgt von ihrem Schild, der mir knapp zunickt, als müsse er nochmal bestätigen, dass er meinen Befehl ausführt.

Ich schließe die Tür und hoffe, dass keine weiteren Attentäter kommen. Dann schiebe ich den Tisch vor der Couch gänzlich zur Seite, sodass ich Platz zum Arbeiten habe. Das Messer lege ich in Griffweite neben mich.

»Ich habe schon schlimmere Verletzungen als deine gesehen.« Ich schaue ihn von der Seite an. »Die Wunde darf sich nicht entzünden. Je schneller ich sie reinige …«

Ich verstumme unter Corams intensivem Blick. Zumindest einen Moment, dann platzt es aus mir heraus. »Der Schuss war für mich bestimmt.«

»Und du hast verdammt schnell reagiert.«

»Wenn ich gewusst hätte, wie ernst es ist, wäre ich dir nicht nachgelaufen.«

»Du weißt, wie ernst es ist. Wie mächtig der Kaiser ist.«

Ich schlucke den gewaltigen Kloß in meinem Hals hinunter. Schon wieder höre ich mich wie ein verdammtes Kind an. Ich habe impulsiv reagiert und Coram wurde verletzt. Genau wie Keßler.

»Wieso bist du mir nachgelaufen?«

»Weil du mich an meine Brüder erinnerst«, flüstere ich, den Tränen nahe. »Du bist der Einzige, der mich behandelt wie sie. Bei dem ich nicht jemand sein muss, der ich nicht bin.«

Tief und zittrig atme ich ein, um mich zu beruhigen. Ich will vor Coram nicht weinen. Er hat Schmerzen, er wurde meinetwegen verletzt.

»Ich kann wirklich helfen.«

Corams Gesichtsausdruck wird weicher, vielleicht zupft sogar ein Lächeln an seinen Mundwinkeln. Wegen des dichten Barts kann ich es nur hoffen.

»Das glaube ich dir, Tali.« Obwohl er es warm und überzeugend sagt, weiß ich, dass ich ihn trotzdem nicht behandeln darf.

Meine Schultern sinken herab und ich richte den Blick auf den Boden. Wofür ist meine Ausbildung gut, wenn ich Menschen nicht helfen darf?

»Auch wenn ich dich nicht wie die anderen behandle, du bist meine Prinzessin, meine zukünftige Königin. Ich war nicht schnell genug, um dem Schuss auszuweichen. Er hätte dich getroffen, wenn du nicht so gut reagiert hättest. Ich bin alt, Tali. Lass mir meinen Stolz.«

ICH KENNE DOCH IHRE FUCKING NUMMERN NICHT

»Tali?«

Laran? Ich springe auf die Füße und laufe ein paar Schritte aus dem begehbaren Kleiderschrank. Mein Schild stürmt auf mich zu, ich weiche erschrocken vor den Gefühlen in seinem Gesicht zurück. Hat ihm niemand gesagt, dass mir nichts passiert ist? Statt nach mir zu greifen, wirft er sich vor mir auf die Knie, seine Stirn und Handflächen berühren den Boden.

Ich erstarre.

»Steh auf!«, knurrt Coram von der Couch.

Ich widerstehe dem Drang, zu ihm und Silvi hinüberzusehen. Ich habe es ihm versprochen.

»Laran, du hast sie erschreckt«, sagt Silvi sanft, und dann an Coram gerichtet. »Hast du dich jemals so vor Tamino hingeworfen?«

»Dann hätte ich richtig was verbocken müssen«, grummelt Coram.

Laran richtet sich auf, das Kinn immer noch auf der Brust. »Vergebt mir, Tali.«

Dass er nicht da gewesen ist? Der Schild der Edenprime war

hier. Außerdem bin ich doch selbst schuld, dass ich das Zimmer verlassen habe.

»Das sollte sie nicht«, schnappt Coram. Ich schiele schnell zu Silvi, die gerade einen Knoten in Corams frisches Hemd bindet. »Ich bin damals keinen Augenblick von Taminos Seite gewichen, wenn er sich nicht selbst verteidigen konnte.«

»Das entscheide ich. Hast du geschlafen?«, frage ich Laran. An seinen Augenringen kann ich es nicht ablesen, sie sind so dunkel wie stets.

Er nickt knapp, als sei ihm eine laute Antwort zu peinlich.

»Gut.« Mein Blick huscht zum Fenster und dem dämmrigen Himmel. »Gibt es Neuigkeiten?«

»Ich erkundige mich.« So schnell, wie Laran gekommen ist, verlässt er den Raum.

Silvi steht von der Couch auf und wirft ebenfalls einen Blick aus dem Fenster. »Wir sollten uns auf den Weg machen, wenn wir vor Einbruch der Dunkelheit zu Hause sein wollen.«

»Wir bleiben.« Coram steht auf und hinkt zur Scheibe.

Silvi widerspricht nicht, sondern sammelt ihre benutzten Utensilien in einer Schüssel.

Ich folge Coram. Die Lichter der Stadt erwachen, wie Leuchtfeuer in der heraufziehenden Nacht. Irgendwo dort unten bleibt sein Haus dunkel, weil er bei mir ist.

»Du weißt, mit welchen Nachrichten Laran zurückkommt«, brummt er.

Ich weiß es, kann es aber nicht aussprechen.

Die Tür öffnet sich und ich wirble herum. Es ist nicht Laran. Nyma trägt ein vollbeladenes Tablett und stellt es auf dem zur Seite geschobenen Tisch ab.

»Guten Abend, Silvi«, begrüßt sie die ältere Frau leise. »Soll ich das mitnehmen?«

Ich richte meinen Blick wieder nach draußen. Stelle mir Eagles Aussichtsturm vor, meine Brüder auf ihren Posten. Ihnen ist nichts passiert. Es geht ihnen gut. Es muss.

»Du solltest was essen. Du brauchst deine Kraft«, grummelt Coram.

»Ich habe keinen Hunger.« Mein Magen gibt ein verräterisches Knurren von sich.

Silvi empfängt mich mit einem Lächeln, das vor sichtlicher Sorge nicht ihre Augen erreicht. Sie säße jetzt mit Coram am Küchentisch, ohne Verwundungen und Angst.

»Tut mir leid«, hauche ich.

Sie bedeutet mir, mich neben sie zu setzen. »Dir braucht nichts leidzutun. Ich habe Coram überredet, heute morgen zu dir zu gehen. Er braucht dich genauso wie du ihn.«

Ich schaue hinüber. Entweder sprechen wir so leise, dass Coram uns nicht hört, oder er ignoriert uns.

»Er wird nicht vor mir essen, oder?«

Silvi schüttelt den Kopf. Ich nehme mir einen Teller und häufe wahllos Essen darauf. Dann kehre ich zum Fenster zurück.

»Du musst auch essen, alter Mann.« Ich setze mich hin, stelle den Teller neben mich und stecke mir demonstrativ eine rötliche Frucht in den Mund.

Coram zögert einen Moment, dann geht er zu Silvi. Ich beobachte, wie er sich hinsetzt, und schaue dann stur hinaus.

Die Dunkelheit senkt sich rasch über die Hauptstadt, bald kann ich außer den Lichtern nichts mehr erkennen. Werden die Calarianer in der Nacht angreifen? Sie brauchen etwa acht Stunden, um den Pass zu überwinden, mit schwerer Ausrüstung vielleicht länger. Wenn sie heute Morgen losmarschiert sind, haben sie längst angegriffen. Meine Brüder könnten gerade kämpfen oder schon tot sein. Ich müsste bei ihnen sein. Sie beschützen!

Wieso braucht Laran so lange?

»Tali, Grübeln bringt nichts.« Coram steht hinter mir. Ich habe es nicht einmal bemerkt. »Versuch, etwas zu schlafen.«

Mit zusammengepressten Lippen schüttle ich den Kopf. Ich bin schon wieder kurz davor zu weinen. Ich spüre, dass meine Brüder in Gefahr sind. Sie brauchen meine Hilfe.

»Steh auf, sieh mich an!«

Der Befehlston in Corams Stimme lässt mich automatisch gehorchen.

Das Zimmer ist in Halbschatten getaucht, ein paar wenige Leuchtkugeln schweben träge herum. Silvi liegt auf der Couch, eine Decke über sich. Sie scheint zu schlafen. Wie spät ist es?

»Wenn du zusammenklappst, hilfst du niemandem.«

»Dann trainier mich!«

Coram wirft einen schnellen Blick auf seine Frau, doch sie rührt sich nicht.

»Ich brauche dich nicht zu trainieren. Tali, sieh mich an, wenn ich mit dir rede!« Seine Überzeugung springt mir entgegen und hält meine Angst ein bisschen in Schach. »Du hast Eden willentlich berührt. Du kannst es jederzeit wieder tun. Du musst jetzt nur herausfinden, wie du Eden lenken kannst, damit es tut, was du möchtest. Und dafür brauchst du Kraft und Konzentration. Tamino war stark, stärker als viele Könige vor ihm.« Tränen schleichen sich in Corams blaue Augen. »Aber er war nicht stark genug. Ich war zu schwer verletzt. Ich …«

Die Tür öffnet sich und Laran tritt ein. Sein Gesichtsausdruck reglos wie immer.

Mein Herz stürzt in ein bodenloses Loch. Sie sind tot. Sie sind alle tot.

Laran eilt vollkommen lautlos auf uns zu. In der Hand einen veralteten Bildschirm. »Die Klontruppen haben den Pass vermint.

Das hat die Calarianer gestoppt und wird sie hoffentlich bis zum Winter aufhalten. Die Klone haben uns Zeit verschafft.«

Minen? Sie müssen alle Minen vor der Mauer und in Old-mantells ausgebuddelt haben, um genug Sprengstoff aufbringen zu können. Damit haben sie gegen die Befehle von Galaxica verstoßen, die Mauer zu halten und nicht in Calarian einzufallen. Sie haben es für mich getan, um mir mehr Zeit zu geben, sie alle zu retten.

Ich muss sofort trainieren. Pausenlos! Wenn ich Eden beherrsche, reise ich zu ihnen und zerstöre den Pass endgültig. Dann haben die Calarianer keine Chance mehr, nach Eden zu kommen. Sie sitzen auf ihrem verseuchten Teil des Planeten fest und müssen ihn bald verlassen, wenn sie überleben wollen.

»Tali!« Corams ernster Tonfall reißt mich in die Realität zurück. Sein Gesicht wirkt geradezu zerfurcht. Mein Herz bleibt stehen.

»Es gibt zwei Tote und mehrere Verletzte.«

»Nein«, hauche ich.

Nein. Nein. Nein. Nein. Nein. Nein. Nein. Das ist meine Schuld! Ich habe versagt!

»NX-3478 und NX-4073.«

Nummern? Ich kenne doch ihre fucking Nummern nicht!

»NX-2218 hat die Verletzten ins Winterquartier verlegen lassen, um sie dort besser behandeln zu können.«

Das könnte Dee sein. Nur er darf so etwas autorisieren.

»Tali, wo willst du hin?« Laran packt mich am Arm. Ich habe schon fast die Tür erreicht.

»Wohin wohl?«, rufe ich. Die Verzweiflung, die Angst um meine Brüder lassen meine Adern zu Eis erstarren.

»Das ist zu gefährlich. Die calarianischen Spione sind alarmiert. So etwas wie heute kann jederzeit wieder geschehen!«

»Das sind meine Brüder!«

»Ich habe ihnen geschworen, dich zu beschützen. Du bist dort nicht sicher.«

»Ich bin nirgends sicher!«

Silvi schreckt von der Couch hoch.

Laran umklammert meinen Unterarm. Seine schwarzen Augen sind so stechend, als denke er darüber nach, mir Vernunft einzuprügeln. »Die Edenprime wird das nicht erlauben.«

»Scheiß auf die Edenprime!« Ich hole tief Luft, um die Angst in Schach zu halten. »Bitte. Ich muss wissen …« Ich kann die Worte nicht aussprechen.

»Wem dienst du, Laran? Der Edenprime oder deiner zukünftigen Königin?« Corams Stimme senkt sich wie Blei auf Larans Schultern.

Sein Griff lockert sich. »Ich kann dich nicht ausreichend beschützen. Wenn die Calarianer von der Verlegung der Verletzten erfahren, werden sie auf uns warten.«

»Wieso sollten sie?«, fragt Silvi leise. »Das sind nur Klone.« In den wenigen Worten schwingt zu viel mit, um alle Bedeutungen zu erfassen. »Wenn wir sie nicht als Menschen ansehen, wieso sollten es die Calarianer? Wieso sollte irgendjemand, der Tali nicht kennt, wissen, wie viel sie ihr bedeuten?«

»Danke«, hauche ich Silvi zu, weil ich die Entscheidung in Larans Blick erkennen kann.

»Warte hier, bis ich deinen Mantel geholt habe!« Larans Befehl duldet keine Widerrede.

»Bring noch zwei mit«, knurrt Coram.

SEIN NAME IST KESSLER

Der Zaun des Winterquartiers ragt vor mir auf. Es liegt abseits der Stadt, deshalb konnte ich es von dem Fenster im Palast aus nicht sehen. Trotz der späten Stunde ist das Wachhaus am Nebeneingang besetzt. Silvi hat mir auf dem Weg erklärt, dass es zwei Eingänge gibt. Ich sage ihr nicht, dass ich fast jeden Winter hier gewesen bin. Direkt vor ihrer Nase, und sie keine Ahnung hatten.

Laran tritt vor den Wachmann und spricht mit ihm. Normalerweise wären es mindestens vier. Offenbar konnten sie kurzfristig keine weiteren abstellen. Das Tor gleitet geräuschvoll zur Seite. Zwischen Silvi und Coram betrete ich den kleinen Platz. Meine Brüder sind nur noch ein paar Meter entfernt.

Die Tür zum Medcenter öffnet sich automatisch. Djulia wartet bereits neben ihrem Empfangstresen auf uns, vermutlich hat der Wachmann sie informiert. Ihre überraschte Miene deutet allerdings auf etwas anderes hin. Ihr Blick huscht über unsere vermummten Gestalten.

Laran zieht seine Kapuze ab. »Wo sind die Klone untergebracht? Die Edenprime verlangt einen Bericht.«

Ich will meine ebenfalls zurückschlagen, aber Silvi ergreift meine Hand, um mich daran zu hindern. Djulia gehört quasi zum Inventar des Winterquartiers, sie ist eine der wenigen Bewohnerinnen von Eden, die meine Brüder als Gleichgestellte behandelt. Früher hat sie im Palast gearbeitet, nach dem Angriff, bei dem sie fast ihren kleinen Sohn verloren hat, nahm sie ihre Arbeit im Winterquartier auf.

Sie kennt mich, seit ich ein kleines Mädchen bin. Wenn mein Äußeres so verräterisch ist, hat sie auch gewusst, dass ich die Prinzessin bin? Wieso hat sie mich nie verraten? Kann ich ihr noch vertrauen?

»Folgt mir.« Djulia erhebt sich und eilt den Flur hinunter.

Ich bin ihr dicht auf den Fersen. Sie bringt uns in den großen Medic-Saal. Ich überhole sie mit Leichtigkeit, Laran will mich zurückhalten, aber ich entwische ihm.

Die Türen gleiten automatisch zur Seite. Statt der dämmrigen Nachtbeleuchtung sticht eiskaltes Licht in meine Augen. Ich reiße sie noch weiter auf, blinzle gegen die Tränen an. Schränke mit Medizinbedarf lassen keinen Zentimeter freie Wand, eine mobile Scanner-Röhre steht halb im Weg, auf dem Fußboden neben Apes Bett liegen blutgetränkte Verbände. Sein Brustkorb hebt und senkt sich annähernd gleichmäßig, fuck, ihm fehlt ein Unterschenkel. Browzer liegt auf dem Bett gegenüber, einen blutigen Verband um die Stirn.

Ich begegne Dees Blick, der sich gerade um Shep kümmert. Seine Schultern hängen herab, unter seinen Augen liegen dunkle Ringe.

Ich schlage meine Kapuze zurück. Dee seufzt erleichtert auf und trotz seiner Erschöpfung schenkt er mir ein Lächeln.

Meine Lippen zucken. Längst sind die Tränen in meinen Augen nicht mehr dem Licht zuzuschreiben. Ich habe die Nummern vergessen.

Meine Frage bringe ich nicht heraus. Nur: »Keßler?« Nicht mehr als ein Hauch. Ein Luftzug, der sich in der sterilen Luft verflüchtigt. Mein Herz hämmert gegen meine Rippen, droht sie zu sprengen. Ich spüre die Panik kommen. Spüre Eden, die meine Angst nutzen will, mich verteidigen will.

Ich kann nicht mehr.

»Keßler?« Mein Schrei hallt in der Stille wider.

»Tali?«

Mein Name explodiert mit der Gewalt einer Bombe in mir. Ich sprinte vorwärts, bevor ich überhaupt den Gedanken dazu fassen kann. Keßler erhebt sich mühsam aus einem der hinteren Betten, er trägt nur ein weißgepunktetes Hemd, das bis zur Mitte seiner Oberschenkel reicht.

Ich knalle ungestüm gegen ihn, schließe meine Arme schraubstockartig um ihn. Er atmet zischend ein. Angeknackste oder gar gebrochene Rippen?

Ich lasse es zu, dass er unsere Umarmung auflöst. Doch statt mich anzulächeln, sinkt er vor mir auf die Knie.

»Nein! Fuck, nicht du.«

»Wir haben Zuschauer, Kleines«, flüstert er so leise, dass ich ihn kaum verstehe.

Scheiß auf die Zuschauer! Ich dachte, du wärst tot!

Dee tritt neben mich und verneigt sich ebenfalls vor mir. »Prinzessin, NX-3282 sollte sich wieder hinlegen.«

»Sein Name ist Keßler!«, brülle ich Dee an. »Und er ist mein Bruder! Ihr seid alle meine Brüder! Und ihr wärt fast für jemanden gestorben, der euch nicht interessiert! In ihren Augen seid ihr keine Menschen! Ihr seid besser als sie! Viel …«

»Talea!«

Ich wirble herum. Die Edenprime steht zwischen den ersten Betten, die Hände zu Fäusten geballt, den Blick auf den weißen

Fliesen vor meinen Schuhen. Ein Mann – ihr zweiter Schild? – steht hinter ihr.

Wo kommt sie auf einmal so schnell her? Woher weiß sie, dass ich hier bin?

»Genug.« Die Stimme der Edenprime zittert. »Es ist … rühmlich von dir, unsere Soldaten zu besuchen. Aber die Besprechung der Schlacht … und deren Konsequenzen solltest du mir überlassen.«

Keßler hat sich hinter mir wieder aufgerichtet und knirscht hörbar mit den Zähnen. Bevor er vortreten und mich verteidigen kann, rausche ich auf die Edenprime zu. Mir ist egal, dass sie Angst hat. Egal, was ich bei ihr auslösen kann.

Mit jedem Schritt klappern Operationsbestecke auf ihren Wägen, die Deckenlampen schwanken. Das Licht flackert. Ich spüre Eden überall um mich. Die Wurzeln, die sich von den großen Bäumen auf der Wiese hinter dem Winterquartier bis unter meine Füße erstrecken. Der Wind, der sich an den Kanten bricht.

»Talea?« Mit angstgeweiteten Augen sieht sie mich an. »Du musst dich beruhigen.«

»Mein Name ist Tali.« Jedes Wort präzise wie ein Laserschuss. »Und wenn noch jemand meine Brüder beleidigt oder mir vorschreibt, was ich tun und lassen soll, den werfe ich persönlich den Pass runter nach Calarian. Dann könnt ihr sehen, wie dort Menschen behandelt werden, die als ersetzbar gelten.«

Außer dem Klappern und Quietschen der Deckenlampen höre ich nichts zur Antwort.

»Raus!«, brülle ich.

Die Edenprime flüchtet, ihr Schild ist direkt hinter ihr. Laran wirft mir noch einen Blick zu, dann verlässt er gefolgt von Coram und Silvi den Raum.

Endlich bin ich mit meinen Brüdern alleine.

Eden verstummt.

»Wer ist gestorben?«

Dee sieht mich verdattert an. Keßler hat einen Mundwinkel zu einem halben, anerkennenden Lächeln gehoben.

»Das nenne ich einen Auftritt.« Shep stemmt sich in einen aufrechten Sitz.

Ich werde meine Frage nicht wiederholen. In der Krankenstation haben meine Brüder nichts zu melden, nur Dee kann mir Befehle erteilen. Jetzt stehe ich über ihm.

»Tej und Springer«, sagt Dee leise. »Tej war noch im Explosionsradius, als die Calarianer auf uns feuerten. Ein Fehlschuss hat eine Sprengmine aktiviert. Springer …«

»… hat mich gerettet und den Halt verloren.« Keßlers Kiefer ist angespannt.

Wie ferngesteuert überbrücke ich die Distanz zwischen uns und umarme ihn wieder, diesmal vorsichtiger. Einmal ist Springer mit mir auf einen Baum geklettert, der fast so hoch war, dass ich die tiefhängenden Wolken berühren konnte. Marks ist fürchterlich wütend geworden. Tej war unser Bastler, selbst aus dem kleinsten Rest Sprengstoff hat er eine Bombe bauen können. In sein Lager hat er mich nie gelassen. Zwei weitere Gräber, in denen keine Leichen liegen.

Keßler streichelt mir über den Kopf, wie er es immer getan hat, als ich ein kleines Kind war. Dee tritt neben mich und legt mir sanft, aber bestimmt eine Hand auf die Schulter.

Ich löse mich von Keßler und er sinkt lautlos, aber mit einem Verziehen der Mundwinkel auf die Krankenliege.

»Wie schlimm ist es?«

Dee seufzt und reibt sich den Punkt zwischen seiner linken Braue und dem Nasenansatz. »Keßler hat drei gebrochene Rippen.«

Nur?

»Kannst du Eden jetzt kontrollieren?«, lenkt Keßler ab.

»Keine Ahnung«, antworte ich wahrheitsgemäß. »Wegen drei gebrochener Rippen bringst du ihn doch nicht hierher, Dee?«

»So eine Verletzung darf nicht unbeobachtet bleiben«, sagt Dee mit zu viel Vorsicht in der Stimme.

Ich will schon protestieren, dass sie mir wieder etwas vorenthalten. Fuck! Dees Finger sind gekreuzt. Er lügt. Keßler ist meinetwegen mitgekommen.

Wärme überrollt mich, genauso wie die Tränen, die ich nicht länger zurückhalten kann. Ich pralle gegen Dee, damit ich Keßler nicht zerquetsche.

»Danke, danke, danke«, flüstere ich laut genug, dass die beiden mich hören.

Dee erwidert die Umarmung fest.

Schnell löse ich mich wieder von ihm, eile zu Shep, der mir am nächsten ist, und klammere mich an seinen Hals.

Er streicht mir beruhigend über den Rücken. »Du hast hier doch keine Dummheiten angestellt, oder?«

Ich schniefe und schüttle den Kopf. Von der Attentäterin kann ich ihnen nicht erzählen. Sie würden sich nur Vorwürfe machen und vermutlich Laran umbringen.

»Kommen alle durch?«, frage ich Dee.

»Browzer hat zwei Streifschüsse und eine Gehirnerschütterung, Ape hatte einen Trümmerbruch, ich musste ihm das Bein vor einer Stunde abnehmen.«

Ein leises Klopfen lässt mich wütend herumfahren. Können sie mich nicht einen Moment mit meinen Brüdern alleine lassen? Die Türflügel gleiten zur Seite und Coram kommt herein, dicht gefolgt von Silvi. Hinter ihnen schließen sie sich wieder. Beide bleiben am Eingang stehen. Silvi knetet ihre Hände. Meine Wut verpufft.

»Was ist passiert?«, fragt Dee.

»Nichts«, antwortet Silvi schnell. »Wir wollten nur fragen, ob der Klon, der Tali damals gerettet hat, auch hier ist.«

Mein Blick zuckt zu Coram. Er ist zu weit entfernt, als dass ich seinen Gesichtsausdruck sicher deuten könnte. Aber seine gebeugte Haltung spricht dafür, dass er eher nicht hier sein will und Silvi ihn ein weiteres Mal überredet hat.

Unsere Blicke treffen sich und seine Gestalt strafft sich. Mit großen Schritten, fast ohne zu hinken, kommt er heran, schaut erst auf mich hinunter und dann in die Gesichter meiner drei Brüder. Ich sehe zu Keßler.

»Du hast Tali gerettet?« Corams Stimme klingt tiefer als gewöhnlich.

Keßler steht auf. »Ihr wart dort.«

»War ...?« Coram versagt die Stimme.

Aber bevor er erneut ansetzen kann, nickt Keßler bereits. »Der König war noch am Leben. Er befahl mir, Tali zu beschützen.«

»Wie ist er ...?«

Keßlers Blick trifft mich und ich erstarre zu Eis. Erfahre ich jetzt die Wahrheit, wie mein Vater gestorben ist, wie Keßler mich wirklich gerettet hat? Will ich es überhaupt wissen? »Ihr drei wart schwer verletzt. Ich habe euch alle nacheinander auf seinen Befehl hin zum See geschleppt. Das Wasser glühte, hunderte Lichter schwebten durch die Luft.«

Keßler hält inne. Ich kann nicht atmen. »Sie schwebten enger zusammen, wie winzige Kreise um Euch und Tali. Der König hielt Tali nur noch mit einer Hand knapp über Wasser. Ich holte sie raus und zog dann Euch ans Ufer. Den König habe ich nicht mehr gefunden, obwohl der See an dieser Stelle nicht besonders tief war und keine Strömung herrschte.«

Ich habe mir nie vorgestellt, wie es wäre, Eltern zu haben. Aber mein Vater hat mich geheilt, er hat mein Leben gerettet und dabei seines verloren. Meins und Corams.

»Alles wird gut, Kleines.« Keßler zieht mich an sich.

Erst jetzt merke ich, dass ich schluchze. Meine Schultern beben. Keßler legt eine Hand an meinen Hinterkopf. Ich spüre seinen Herzschlag. Sauge das Gefühl von absoluter Sicherheit auf. Wenigstens einen Moment.

Dann löse ich mich, schenke ihm ein dankbares Lächeln und wende mich Coram zu. Er kämpft sichtlich mit den Tränen.

Ich springe hoch, schlinge ihm die Arme um den Hals und meine Beine um seine Hüften. Einen Moment erstarrt er, dann spüre ich seinen Stumpf an meinem Rücken und sein Gesicht vergräbt sich an meiner Schulter. Sein Körper bebt vor lautlosen Schluchzern.

»Alles wird gut«, flüstere ich und klammere mich noch etwas fester an ihn.

WIE GEGEN EINE WAND

Müde reibe ich mir über die Augen. Die Schrift verschwimmt immer wieder, die blauen, holografischen Buchstaben scheinen zu zittern. Invasionspläne, Einsatzberichte, Akten, Protokolle, Nachgespräche, Todesanzeigen bilden eine Mauer um mich herum. Obwohl ich diese Aufzeichnungen nicht zum ersten Mal durchgehe, finde ich keinen einzigen Hinweis auf den Verbleib der Prinzessin. Genauso wenig wie in den regelmäßigen Berichten der einen verbliebenen Spionin, die sich vor siebzehn Jahren in den Palast einschleusen konnte.

Das Attentat auf den König von Eden und seine Familie war minutiös durchgeplant. Zwei von dreißig Assassinen kehrten nach Calarian zurück: Brun, der für die Königin zuständig war, der zweite namens Alekro für die Prinzessin, er ist seit zehn Jahren tot. Beide behaupteten in ihren Einsatzbesprechungen, dass ihre Ziele eliminiert worden waren. Da war die Nachricht von unseren Spionen bereits eingetroffen, dass außer der Schwester des Königs niemand überlebt hatte. Das Begräbnis war nicht öffentlich, deswegen wurden uns nur die Gräber bestätigt – fünf. In den Jahren danach ging kein einziger Hinweis auf eine heranwachsende

Prinzessin ein. Sie könnte versteckt worden sein, aber Eden hat nur vier große Städte, und eine davon, direkt am Pass gelegen, ist längst aufgegeben worden. Allerdings sind hunderte, wenn nicht tausende kleine Dörfer und Bauernhöfe wie Farbkleckse über den ganzen Kontinent verteilt. Sie hätte in jedem sein können.

Ein dritter Attentäter überlebte, der die Schwester des Königs und jetzige Edenprime verschont hat. Er wurde in Eden in einem langen Prozess freigesprochen, und hat sich nicht nur in das Bett seines ehemaligen Ziels geschlichen, sondern auch in einen Sitz in ihrem Rat. Ein rascher Aufstieg, was es den Spionen ungemein schwerer gemacht hat, Informationen zu sammeln und nach Calarian zu schicken. Einer nach dem anderen ist aufgeflogen.

Die Leibwächter des Königs, der Königin und der Prinzessin wurden nach dem Begräbnis entlassen.

Ich stoße Luft aus und reibe mir erneut über die Augen. Mein Blick fällt auf Arian, der friedlich auf meiner Couch schläft. Kein Wunder, es ist längst nach Mitternacht.

Ich rufe einen der neueren Berichte auf. Die Spionin arbeitet in der Wäscherei und erfährt dadurch genügend Tratsch, dass ich mich dabei ertappe, ganze Zeilen zu überspringen. Aber das sollte ich nicht, Dankre hat mich angewiesen, gründlich zu sein. Dass ich diese Dokumentation überhaupt zu sehen bekomme, zeigt mir, wie verzweifelt alle sind. Dass die Klone den Pass vermint und damit den Großangriff gerade noch verhindert haben, muss den Kaiser erzürnt haben.

Moment!

Ich verenge die Augen und konzentriere mich auf den Satz. Nyma? Der Name kommt mir bekannt vor. Ich gebe ihn in die Suchfunktion ein und erhalte sofort ihre ausführliche Akte. Sie ist die Dienerin der Königin gewesen, treu ergeben und stillschweigend wie ein Grab. Sie hat einst bei der Geburt von Prinzessin

Talea assistiert, den Palast nie verlassen und arbeitet heute manchmal für die Edenprime. Aber wieso macht mich das stutzig?

Ich rufe den vorherigen Bericht auf, lasse im Dokument nach ihrem Namen suchen. Die Spionin erwähnt in einem Nebensatz, dass Nyma den Palast verlassen hat, um zu ihrer Familie zu reisen, da sie ein neues Enkelkind erwartet. Die Einträge liegen nur ein paar Tage auseinander. Wieso sollte Nyma so früh zurückkommen? Sie hat keine notwendige Aufgabe im Palast übernommen. Ich scrolle in ihrer Akte weiter nach oben.

Der vorletzte Bericht ist auf vier Tage nach dem verheerenden Kampf datiert, aber erst vorgestern eingetroffen. Das muss der Hinweis sein! Wäre ich sie, würde ich meine Familie nur aus einem Grund verlassen – Prinzessin Talea. Sie ist am Leben und in Edenstellar.

Wie in Trance schließe ich alle holografischen Projektionen. Schlagartig wird es dunkel. Reglos sitze ich da und atme. Meine Gedanken überschlagen sich.

Prinzessin Talea lebt.

ICH KLOPFE GEGEN DANKRES TÜR, offenbar zu fest, denn mein Halbbruder reißt sie auf. Sofort wird sein gehetzter Ausdruck wütend. Es ist kurz nach drei Uhr morgens, aber ich konnte nicht warten. Sein Blick zuckt zu Arian, dann packt er mich an der Schulter und zerrt mich in seine Suite. Arian folgt mit geneigtem Kopf und signalisiert mir, dass er Dankre informiert hat. Sonst hätte Dankre mir auch eher die Tür vor der Nase zugeschlagen.

Dankre läuft vor mir auf und ab, seine edle Kleidung lässt darauf schließen, dass er ebenfalls noch gearbeitet hat. Seine Einrichtung ist karg, fast nicht vorhanden. Außer ein paar antiken Waffen an den Wänden nimmt nur ein wuchtiger Schreibtisch den Raum ein. Keine Stühle davor, nicht mal eine Couch zum Ausruhen. Die Tür mir gegenüber ist geschlossen.

Arian positioniert sich, hält die Hände weiterhin locker an seinen Seiten. Aber sein Körper ist gespannt wie eine Bogensehne.

»Sie ist also am Leben«, übersetzt Arian.

Ich antworte nicht. Dankre sieht weder mich noch meinen besten Freund an, nur den Fußboden. Plötzlich wirbelt er herum und schlägt mit der Faust auf den Schreibtisch. *»Wir hätten gründlicher sein müssen. Wir hätten Bruns und Alekros Berichten nicht vertrauen dürfen.«*

Dankre fixiert mich, als wolle er mich am liebsten aufspießen.

Ich spanne die Schultern an und begegne ihm mit hocherhobenem Kinn. *»Wir können sie nutzen. Womöglich können wir die Friedensverhandlungen mit Eden wieder aufnehmen. Unser Kontinent ist ausgebeutet. Wenn wir uns nicht der Situation anpassen, wird niemand gewinnen. Eden zu zerstören, kann nicht der Wunsch des Kaisers sein.«*

Dankre starrt mich nur an, die Lippen fest zusammengepresst. Dann feuert er ein paar schnelle Worte in Arians Richtung ab. Mein Leibwächter verneigt sich und bedeutet mir, das Zimmer zu verlassen.

Was passiert hier? Wieso denkt Dankre nicht wenigstens einen Moment über meinen Vorschlag nach? Will er wirklich Krieg? Er ist vernünftiger als unser Vater! Ihm sind die Leben der Soldaten nicht gleichgültig.

Kaum ist die Tür hinter uns zugefallen, packe ich Arian an der Schulter, damit er sich zu mir herumdreht. *»Was hat er gesagt?«*

Er weicht meinem Blick aus. *»Dass der Krieg nicht deine Angelegenheit ist.«*

Ich atme tief ein. Arian meine Wut an den Kopf zu werfen,

bringt nichts. Er ist nur der Übersetzer, ohne ihn wäre ich aufgeschmissen.

Wenn mein Halbbruder die Chance nicht nutzen will, bleiben mir nur zwei andere Person in diesem verdammt großen Palast, die zumindest ein wenig Einfluss auf den Kaiser besitzen. Meine Mutter kann ich um diese Uhrzeit nicht stören, Joiel würde mich rauswerfen. Bleibt nur die zweite Option.

Rune macht einen Schritt auf uns zu, als wir um die Ecke biegen. Im gedimmten Licht kann ich den Ausdruck auf seinem Gesicht nicht erkennen. Er hebt seinen Arm, sodass ich nicht an ihm vorbeigehen kann, um zu klopfen.

»Ich muss mit Ellyn sprechen.«

»Es ist mitten in der Nacht, Enver. Morgen früh ist genug Zeit.«

»Nein! Uns läuft die Zeit davon. Der Kaiser wird Eden vernichten. Er vernichtet alles, was er nicht haben kann. Viele Menschen werden dabei sterben. Wir müssen das aufhalten. Vielleicht kann Ellyn ihn zur Vernunft bringen.«

»Enver …«

»Tritt zur Seite!«

Rune sieht mich einen Moment zu lange an, dann strafft er sich und gehorcht.

Ich klopfe, vermutlich wieder zu laut.

Meine Schwester öffnet mit verwuschelten Haaren und verschlafenem Blick. »Enver?«, lese ich von ihren Lippen.

»Es tut mir leid, dass ich dich wecken muss, Ellyn. Aber dieses Gespräch kann nicht bis morgen früh warten.«

Sie schaut erst verwirrt zu Rune, dann zu mir. Schließlich bedeutet sie mir, einzutreten. Ich folge ihr ins Wohnzimmer – und erkenne es kaum wieder. Wo ist ihr ganzes Spielzeug geblieben? Wo ihre Puppensammlung und das zugehörige Haus, das so groß war, dass sie darin schlafen konnte. Auf einem Schreibtisch, der

Dankres Konkurrenz macht, stapeln sich Notizen auf wegwischbaren Folien und ein holographischer Datenprojektor.

»*Was ist so dringend?*«, übersetzt Arian, während Ellyn sich auf ein hellrosa Sofa setzt und mit den Händen ihre Haare zu entwirren versucht.

»*Prinzessin Talea ist am Leben. Der Kaiser plant eine gewaltige Offensive, bei der viele Menschen sterben werden – auf beiden Seiten. Wir müssen das verhindern, Ellyn. Er darf Eden nicht auslöschen. Und das wird er, sollte er erkennen, dass er verlieren wird. Der gesamte Planet wird zerstört, alle werden sterben.*«

»*Was hat die Prinzessin an Vaters Plänen geändert, außer dass er die Angriffe intensiviert? Seit ich auf der Welt bin, versucht er, Eden einzunehmen, und hat es nicht geschafft. Kaum eine Welt hat so lange standgehalten.*« Sie schielt zu Rune, als müsse sie sich versichern, dass ihre Informationen korrekt sind. »*Natürlich liegt das vor allem an den Bedingungen des Passes und der Geschütztürme, die Galaxica installiert hat. Wie viele Raumschiffe haben es durch die Geschützblockade geschafft? Eins?*« Wieder ein Blick zu Rune.

Wieso haben sie mich nie eingeweiht, wie tief sie inzwischen in den Machenschaften unseres Vaters verwickelt ist? Ein Raumschiffangriff? Oder sogar mehrere?

»*Es gibt zwar keine verlässlichen Informationen, wie stark die Klonarmee noch ist*«, fährt Ellyn fort. »*Irgendetwas stört unsere Sensoren, aber wenn sie, wie wir, etwa die Hälfte der Truppe verloren haben, sind sie äußerst dezimiert. Die Verminung des Passes hat uns aufgehalten, aber soweit ich weiß, sind bereits Sprengstoffexperten auf dem Weg, um sie zu entschärfen. Wenn die nicht durchkommen, wartet Vater bis zum Frühling. Eden kann uns nicht weglaufen. Bisher haben wir jede Welt bezwungen, bei dieser dauert es einfach ein bisschen länger.*«

Wer ist dieses Mädchen vor mir, das ohne mit der Wimper zu zucken über Verlustzahlen und gescheiterte Angriffe spricht?

Sie wirkt fast … gelangweilt, dass ich sie damit behellige. *»Unser Kontinent stirbt! Vielen Menschen geht es schlecht – sie hungern, sind krank.«*

»Vater hat dafür schon einen Plan. Sobald das nächste Versorgungsschiff eintrifft …«

Ich kann Arian nicht mehr ansehen. Will jeder Calarianer Krieg? Selbst meine kleine Schwester?

»Tut mir leid, dass ich dich geweckt habe«, gebärde ich in ihre Richtung, schere mich nicht, ob Rune oder Arian es ihr übersetzen.

Auf dem Flur holen beide mich ein. Dieses Mal packt Arian mich an der Schulter und zwingt mich herum. *»Bist du noch bei Verstand? Oder hat die Prinzessin von Eden dir jede Vernunft geraubt?«*

»Wenn die Prinzessin so mächtig ist wie ihre Vorfahren, kann sie uns alle vernichten. Dann bin ich der einzige mit Vernunft gewesen.«

DIE STIMMEN

Mein Vater sitzt lächelnd hinter mir, ich spüre seine Wärme an meinem Rücken. Seine großen, schmalen Hände führen meine tanzend durch die Luft und lassen sie goldene Leuchtkugeln berühren.

»Lass sie schlafen«, dringt ein Flüstern über die Wiese, wie das Wispern von Wind in den Blättern.

»Das kann nicht warten.«

Wach auf, Tali!

Ruckartig setze ich mich auf. Das Herz trommelt in meiner Brust und das Blut rauscht mir in den Ohren. Unzählige Leuchtkugeln schweben um mich herum, wie im Traum. Aber mein Vater ist tot. Ich liege im Bett im Palast. Wie bin ich hierher gekommen? Wo ist Keßler?

Coram taucht neben mir auf und setzt sich, ohne auf die Leuchtkugeln zu achten. Auch Laran steht mitten im Zimmer. Also habe ich mir seine Stimme nicht eingebildet. Wortlos betrachtet Coram mich. Ist das Mitleid in seinen blauen Augen?

»Sind sie schon aufgebrochen?«

Er schüttelt langsam den Kopf.

130

»Ich kann mich nicht verabschieden.« Wieso bin ich einge-schlafen?

Diesmal nickt er. »Aber sie haben dir jemanden mitgebracht.«

Ähm? Bevor ich nachfragen kann, schießt ein weißer Fellball auf mich zu. Ihre Krallen verfangen sich in meinen Haaren, ihre Zunge schleckt über meine Wangen, Schläfen und Stirn. Ihr Fell kitzelt an meinen Lippen.

»Blue«, jauchze ich und kichere über ihre stürmische Wiedersehensfreude.

Ich winkle meinen Arm an, sodass sie darauf landen kann. Ihre großen blauen Augen fixieren mich, als könne sie direkt in meine Seele sehen.

Das kann ich auch.

»Fuck!« Ich reiße den Arm zurück.

Blue faucht beleidigt, flattert ein Stück weg und landet auf der Decke.

Coram schnaubt amüsiert. »Was hat sie gesagt?«

Mit weit aufgerissenen Augen starre ich ihn an. »Was? Sie kann sprechen? Wieso weißt du …? Seit wann …?«

»Eden«, unterbricht Laran mein Gestotter. Er tritt näher und verschränkt die Hände hinter dem Rücken. »Sie spricht mit dir über Eden.«

Ich fixiere Blue, die sich hingesetzt hat und mit ihrem Schwanz über die Decke streicht.

»Wieso hast du früher nicht mit mir geredet?«

Wer sagt, dass ich das nicht getan habe? Ihre Stimme saust in meinem Kopf herum, wie ein Wind, der unzählige Blätter zum Spaß tanzen lässt. *Wieso hast du nicht zugehört?*

»Gutes Argument.«

»Tali.« Corams Stimme klingt tiefer als gewöhnlich. »Frag sie, ob sie Calyopie ist.«

Ich runzle die Stirn. »Wer?«

Nein, antwortet Blue in meinem Kopf. *Calyopie war meine Mutter.*

Ich übersetze für Coram. Lächelt er wieder?

»Wolkendrachen sah man überaus selten, ihr Lebensraum war der Pass. Als deine Mutter hier im Palast ankam, tauchte am gleichen Abend ein Wolkendrache auf und wich ihr nicht mehr von der Seite. Deine Großeltern sahen dies als Zeichen von Eden. Denn Eden hat sich auch unserer ersten Königin als Wolkendrache offenbart.«

Dann hat Eden die ganze Zeit über mich gewacht? »Du bist also …?«

Blue keckert, was nach ihrem typischen Lachen klingt, wenn ich etwas Unsinniges von mir gebe. *Nein, ich bin nicht Eden. Aber wie durch dich und alle Lebewesen fließt auch durch mich ihre Lebensenergie. Nur ist unsere Verbindung stärker, weil wir die Welt intensiver wahrnehmen als Menschen. Stell es dir wie zwei Ebenen vor, die existieren. Die der Lebenden und die Welt der Geister, all der Verstorbenen, die Eden in sich aufgenommen hat.*

»Du kannst Verstorbene sehen?«, platze ich heraus. Auch meine Brüder?

Blue schüttelt den Kopf. *Ich sehe Orte, an denen die Barriere zwischen den Welten durchlässiger ist.*

»Prinzessin, wir sollten dieses Gespräch wirklich auf später verschieben.«

»Ich bin …« Laran scheint seinen emotionslosen Gesichtsausdruck nur mit Mühe aufrechtzuerhalten. »Was ist passiert?«

»Kaiser Shakan hat eine Botschaft geschickt. Die Edenprime wünscht Eure Anwesenheit im Ratssaal.«

Was? Mein Blick huscht zu Coram.

Was für ein berechnender Mistkerl. Blue faucht und gräbt

ihre Krallen in mein Laken.

Coram antwortet, ohne dass ich meine Frage aussprechen muss. »Dort tagen unsere acht Stimmen – einige von ihnen berieten schon deinen Vater.«

»Wissen sie, dass ich hier bin?«

»Nicht alle.« Laran tritt einen Schritt vor. »Wir sollten sie nicht warten lassen.«

Ich schlucke den Kloß in meinem Hals hinunter, der auf die Größe von Edens Sonne angeschwollen ist. »Kein Verstecken mehr?«, bringe ich hervor. »Bin ich bereit?«

Mit denen werden wir fertig, Tali.

Da bin ich mir nicht so sicher.

»Wir haben keine Wahl«, sagt Laran.

Wieder sehe ich zu Coram.

Er sieht mich eindringlich an. »Nein. Aber Laran wird nicht von deiner Seite weichen. Vertrau ihm, Tali.«

Und ich auch nicht!

Aber du kannst nicht für mich Partei ergreifen, denke ich und hoffe, Blue versteht mich. »Und du?«

»Ich bringe Silvi nach Hause. Wir brauchen beide ein bisschen Ruhe.«

Ich nicke zaghaft, obwohl ich ahne, dass Coram mich anlügt. Er ist nicht bereit, den Stimmen gegenüberzutreten.

Coram erhebt sich, tauscht einen bedeutungsvollen Blick mit Laran und verlässt das Zimmer. Vielleicht sollte ich mich weigern und Blue weiter über Eden ausfragen.

Nein. Blue schnaubt, springt vom Bett und dreht auffordernd Kreise in der Luft. *Du schaffst das!*

Ich bin eine Soldatin und wenn ich das tun muss, um meine Brüder zu retten, werde ich es tun. Ich schlage die Decke zurück und stehe auf. »Kann losgehen.«

Larans Mundwinkel zuckt. »Vielleicht solltest du dir etwas Passendes anziehen.«

MEIN HERZ wummert, ohne Blues zartes Gewicht auf meiner Schulter wäre ich längst durchgedreht. Vermutlich schickt der Kaiser von Calarian nicht jeden Tag eine Nachricht. Was will er?

Ob Blue eine Vermutung hat? Ich bekomme meine Lippen nicht auseinander, um sie zu fragen, und meine Gedanken nicht klar genug formuliert. Obwohl sie mir in ein paar Minuten mehr über Eden erzählt hat als meine Tante in den vergangenen Tagen.

Hoffentlich habe ich mir das alles nicht eingebildet. Seit Nyma mich im Bad hergerichtet hat, hat Blue keinen Ton mehr von sich gegeben.

Keine Einbildung, Tali. Ich habe mich nur an die Stille zwischen uns gewöhnt.

Ich zucke zusammen. *Entschuldige, das ist alles so neu.*

Du wirst dich dran gewöhnen. Sie leckt mir über die Wange.

Laran schließt so dicht auf, dass ich seinen Atem in meinem Nacken spüre.

»Nach links«, flüstert er mir zu.

Ich biege wie geheißen ab. Sonnenlicht trifft meine Augen und ich blinzle angestrengt, um zu verhindern, dass mir die Tränen über die Wangen laufen. Schnell hebe ich die Hand, um meine Augen abzuschirmen. Wo ist eigentlich meine Schutzbrille? Vermutlich weggeworfen wie der Rest meiner Kleidung.

Ein langer Gang, der vollkommen aus Glas besteht, erstreckt sich vor mir. Ich bleibe stehen und kneife die Augen zusammen.

»Keine Angst«, flüstert Laran.

»Es ist zu hell.«

»Schließ die Augen. Ich führe dich.« Eine Hand legt sich an meinen Rücken.

Auf keinen Fall! Wenn wieder Attentäter auftauchen? Wenn wir angegriffen werden? Wenn …

Du kannst Laran vertrauen.

Ich schließe die Lider. Es ist nicht das erste Mal, dass ich mich blind jemand anderem überlasse, weil meine blöden Augen kein direktes Sonnenlicht mögen. Keßler und Shep haben mehr als einmal meinen Sonnenführer gespielt, wenn ich es mal wieder geschafft habe, die Brille kaputt zu machen.

»Augen auf.«

Ich reiße sie auf. Wir haben das Ende des Ganges erreicht. Zwei Soldaten erheben sich gerade aus ihrer Verbeugung und der rechts klopft an. Auf den dunkelgrünen Türflügeln ist ein Baum mit rosafarbenen Blüten gemalt, davor ein Mädchen mit hellen Haaren.

Ich blinzle schnell die letzten Tränen fort, da beide Soldaten, ohne auf eine Antwort zu warten, bereits die Türflügel öffnen. Ein runder Holztisch, der aussieht, als wäre er aus dem Boden gewachsen, nimmt die Mitte des Raumes ein. Es sprießen sogar ein paar zarte weißrosa Blütenblätter aus feinen Ästen. Um den Tisch verteilt stehen insgesamt neun Männer und Frauen, die meisten vom Alter gezeichnet. Mir gegenüber in einem bodenlangen, moosgrünen Kleid die Edenprime. Sie lächelt mich an, aber ihre Mundwinkel zucken und ihre Hände zittern. »Verneigt Euch vor Prinzessin Talea Eden, König Taminos Tochter und Eurer zukünftigen Königin.«

Der Raum ist so still, dass ich nur meinen eigenen Herzschlag höre. Acht Augenpaare starren mich an, als wäre ich ein Alien.

Eine Frau mit vom Alter grauweißen Haaren, die ihr offen bis auf die Hüfte reichen, sinkt in einen tiefen Knicks. Die anderen folgen ihrem Beispiel und verharren so.

135

Sag ihnen, dass sie sich wieder erheben dürfen, fordert Blue mich auf.

Was? »Erhebt Euch.« Meine Stimme bebt nur ein klein wenig. Durch das lange Kleid sieht man hoffentlich nicht, dass meine Knie ebenfalls zittern.

Die Flügeltür schließt sich geräuschvoll hinter uns. Laran folgt mir bis zum Tisch, obwohl der Schild der Edenprime zusammen mit anderen Männern und Frauen an den mit Pflanzen überwachsenen Wänden warten. Ein paar wenige glühende Leuchtkugeln schweben träge im Raum umher.

Die Frau mit den weißgrauen Haaren richtet zuerst das Wort an mich. »Willkommen zurück, Prinzessin.«

»Ich …«

Larans Hand schießt an meinen Rücken und zurück – eine lautlose Erinnerung. Jetzt ist wahrscheinlich der denkbar schlechteste Zeitpunkt, ihnen zu sagen, dass ich keine Prinzessin bin. Ich hebe meinen Blick – und erstarre. An der hinteren Wand hängt das Porträt eines Mannes und einer Frau in mittleren Jahren. Meine Vorfahren? Vielleicht sogar meine Eltern? Ich kann nicht einschätzen, wie alt das Bild ist.

»Ist das ein Wolkendrache?«, fragt ein Mann mit dunkelbraunen Haaren, der eine runde Brille auf der Hakennase trägt.

»Äh … ja«, stammle ich und reiße mich von dem Porträt los.

»Faszinierend. Wir dachten, sie wären ausgerottet worden.«

Blue grummelt ungehalten.

»Talea, darf ich dir Emilius vorstellen?« Die Stimme der Edenprime zittert. »Er leitet gemeinsam mit seinem Vater die Universität und wurde vor drei Jahren als Stimme gewählt.«

Mein Blick wird wieder von dem Bild angezogen. »Sind das meine Eltern?«

Sie bringt kein Wort heraus, nickt aber wenigstens.

Der Mann neben ihr neigt sich leicht herüber, als wolle er ihr alleine durch seine Anwesenheit helfen. Irgendwoher kenne ich ihn. Ist er der Schild aus dem Winterquartier? Dass er mir nicht besser im Gedächtnis geblieben ist, grenzt an ein Wunder. Er könnte sich nicht drastischer von allen anderen hier abheben. Seine Augen sind aufwendiger geschminkt als meine. Grüne und silberne Blätter sind auf seine Schläfen tätowiert. Viel aufwendiger und detaillierter als die von meinem Bruder Haegar. Die schwarzen Haare sind an den Seiten kurzgeschnitten und das Haupthaar ist deutlich länger und lockt sich. Er trägt als einziger ein schwarzes Hemd, das um seine muskulösen Arme und Brust spannt.

»Das ist Az, er …« Ihr Zögern verheißt nichts Gutes.

»Was Ophelie sagen möchte«, sagt Az mit einer Samtstimme, die mich an Marks erinnert, nur mit einem gefährlichen Unterton, »ist, dass ich vor fünfzehn Jahren geschickt wurde, um sie zu töten. Stattdessen habe ich sie gerettet und mich seitdem dem Pazifismus und Eden verschrieben. Wenn Ihr keinen Calarianer in Eurem Rat wünscht, Prinzessin, werde ich zurücktreten und einem anderen Platz machen.«

Das kommt unerwartet. »Wieso?«

»Auf welcher meiner Aussagen bezieht sich Eure Frage?«

Als ob er sich das nicht denken kann. »Wieso habt Ihr sie gerettet?«

»Ich wurde als Kind von meinem Heimatplaneten verschleppt, dem gleichen, den Eure Mutter, die Königin, ihr Zuhause nannte. Seit meinem fünften Lebensjahr wurde ich zum Assassinen ausgebildet, aber trotz all der Grausamkeit und der Folter konnten sie mich nicht brechen. Ich verschonte mein Ziel.« Er wirft einen kurzen Blick zu Ophelie. »Aber ich kam zu spät, um Eure Mutter zu retten. Seit diesem Tag habe ich keine Waffe mehr berührt und tue alles in meiner Macht Stehende, um Eden und seine

Bevölkerung zu beschützen. Genügt Euch mein Wort, dass ich stets das Beste für Euch will?«

Ich glaube ihm. Trotzdem funkelt Blue Az an, als tue sie genau das Gegenteil. *Ich will es ihnen ja nicht zu leicht machen. Du bist nicht ihre Marionette.*

»Fürs Erste.«

Az neigt den Kopf. »Darf ich Euch die weiteren Stimmen von Eden vorstellen?«

Mein Blick huscht über die Gesichter, die unserem Gespräch offenbar aufmerksam zugehört haben.

»Eline diente schon Euren Großeltern.« Die weißhaarige Frau neigt lächelnd den Kopf.

»Das sind Berhane und Behati, Bruder und Schwester.« Hätte die eine nicht geflochtene, eisengraue Zöpfe, könnte ich sie auf den ersten Blick kaum auseinanderhalten. Die beiden tragen schlichte, weite Gewänder. Das Dunkelblau hebt sich kraftvoll von ihrer braunen Haut, die wie sonnengeküsste Baumrinde aussieht, ab.

Die Frau kommt erstaunlich leichtfüßig für ihr Alter um den Tisch herum, legt ihre kühlen, rauen Hände an mein Gesicht und presst ihre Stirn gegen meine. Blue schnurrt und leckt Behati über das Handgelenk – der einzige Grund, wieso ich nicht zurückweiche.

»Du hast einen weiten Weg hinter dir, Talea, und einen weiten Weg vor dir.«

»Berhane und Behati sind Edens Hüter«, erklärt Az, als ob ich wissen müsste, was der Begriff bedeutet.

Sie kehrt wieder an die Seite ihres Bruders zurück, der mich nur anlächelt.

»Prinzessin, mein Name ist Shona.« Die Frau, die jetzt spricht, steht links von der Edenprime und überragt diese um einen Kopf. Sie trägt ihre rotblonden Haare kurz geschnitten und hat tatsächlich Hosen an. Wieso musste ich ein Kleid anziehen?

Blue richtet sich auf meinen Schultern auf und reckt witternd die Nase in die Luft. *Sie ist Corams Tochter.*

Was? Coram hat eine Tochter?

Die Edenprime scheint sich wieder gefangen zu haben. »Alejo hier kommt aus Oldmantells und hat den damaligen Flüchtlingen geholfen.«

Der dunkelhaarige Mann zwinkert mir mit seinem gesunden Auge zu, das andere ist milchig weiß, die Haut darum vernarbt, als hätte er eine Splitterbombe abbekommen. Um sein rechtes Handgelenk trägt er ein Perlenband, die Kugeln schimmern silbrig. Ähnlich denen, die Ellana in ihre Haare flechtet.

»Mein Name ist Kerasie«, stellt sich die Letzte der Acht selbst vor und reißt mich aus meinen Gedanken. Sie ist etwa so groß wie ich, hat grüne, aufmerksame Augen und schwarze Haare, die keine Nyma in Form gezwungen haben.

»Leider konnte ich Euren Vater nicht kennenlernen, Prinzessin, aber wenn Ihr nur halb den Erzählungen entsprecht, die ich immer wieder hören durfte, werden wir gemeinsam einiges erreichen können.«

Wie jung ist sie? Wieso klingt sie so verdammt souverän, als wüsste sie genau, was sie tut?

Weil sie es weiß, antwortet Blue auf meine Gedanken.

Nicht hilfreich!

»Dann sollten wir anfangen«, sagt Az mit ernster Stimme und legt eine Projektionskugel in die Mitte des Tisches. Eine nervöse Anspannung breitet sich aus.

Flirrend baut sich der Oberkörper eines Mannes in mittlerem Alter auf. Die Übertragungsqualität der Aufnahme ist erstaunlich gut, allerdings sind die Farben gedämpft.

Ich mustere den Mann. Kurz geschnittene, dunkle Haare, markante Kieferknochen und dunkle Augen, die einem das Gefühl geben, sich unendlich klein zu fühlen. Muskeln und breite Schultern. Einschüchternd. Autoritär

»Edenprime, Stimmen … Prinzessin Talea.« Seine Stimme dröhnt mir in den Ohren.

Az regelt die Lautstärke herunter.

»Es war klug von Euch, den Pass verminen zu lassen. Das schafft neue Voraussetzungen. Wir können notfalls den Planeten verlassen, aber Ihr …? Was geschieht mit Euch, wenn der Pass zerstört wird? Meine Wissenschaftler haben dazu sehr interessante Theorien, ich bin sicher, Eure Wissenschaftler haben ähnliche.«

Ich werfe einen Blick zur Edenprime, aber sie starrt fast panisch das Abbild von Kaiser Shakan an.

»Ich verliere ungern Investitionen. Deswegen schlage ich Euch ein Bündnis vor. Wir stellen die Angriffe gegenüber Eden ein und Ihr versorgt uns monatlich mit Lebensmittellieferungen. Das ist für uns weniger kostspielig, als sie von anderen Welten hierher an den äußersten Rand der Galaxis zu befördern.«

Ist das sein Ernst? Diese Lösung wäre viel zu einfach.

»Ihr habt unlängst Eure verlorene Prinzessin wiedergefunden. Ich habe mehrere Söhne im heiratsfähigen Alter. Was ist stärker als eine Hochzeit, um ein Bündnis zu besiegeln?«

Hat er Hochzeit gesagt? Mit einem Calarianer? Ich muss mich verhört haben. Blue faucht und gräbt ihre Krallen in meine Schulter.

»Ich erwarte Eure Antwort, Edenprime.«

Das Hologramm flackert und verschwindet. Neun Augenpaare wandern langsam zu mir. Mein Magen springt in meinen Hals. Als ob ich falle. Und falle. Und falle.

»Woher weiß er bescheid?«, fragt Emilius pikiert. »Wenn selbst wir nicht eingeweiht wurden …«

»Anscheinend haben wir ein paar Spione nicht enttarnt«, erwidert Az.

»Haben wir Theorien, was passiert, wenn der Pass zerstört wird?«, lenkt Kerasie auf unser eigentliches Problem zurück.

Die Edenprime ist so bleich wie eine Tote.

»Mehrere, aber da Eden keinen Kontakt zu uns aufnimmt, bleiben sie Theorien«, antwortet Emilius. »Von Erdbeben bis zum Verlust der Atmosphäre.«

»Also unser Todesurteil«, fasst Shona zusammen. »Was haben die Klone sich dabei gedacht?«

»Die Calarianer hätten uns längst überrannt, wenn sie es nicht getan hätten«, platze ich heraus.

»Was wäre, wenn sie die Minen entfernen?«, schlägt Alejo vor. »Die Mauer hat jahrelang den Angriffen …«

»Die Calarianer haben genug Sprengstoff, um den Pass dutzende Male selbst zu sprengen«, unterbricht Az ihn. »Sie haben es nur nie getan, weil sie an unseren Ressourcen interessiert sind. Und zwar nicht an Lebensmitteln. Shakan ist besessen von Eden. Er will ihre Kraft verstehen, er will sie besitzen. Er blufft.«

»Und die Hochzeit ist auch ein Bluff?«, fragt Eline und zeigt auf mich. »Wir sollen ein junges Mädchen an ihn verschachern. Es ist gegen unser Gesetz, jemanden zu einer Hochzeit zu zwingen.«

»Er schindet Zeit, testet unsere Grenzen.« Az stützt die Hände auf den Tisch. »Wie weit sind wir bereit zu gehen für Frieden? Wie sehr lassen wir uns einschüchtern und verunsichern?«

»Wie viele Söhne hat Shakan?«, fragt Shona.

»Vor fünfzehn Jahren? Vier. Ashan, Dankre, Nidal und Enver. Von drei Frauen. Aber dabei wird es nicht geblieben sein. Er hat unzählige Bastarde, die er offiziell anerkennen kann. Es könnten zehn oder mehr in die engere Auswahl fallen.«

Denken sie wirklich darüber nach? Mich an einen Prinzen zu verkaufen für ein Bündnis, das der Kaiser nicht einhalten wird?

»Also könnten wir anhand dessen, wen er für den Bund

vorschlägt, abschätzen, wie ernst ihm diese Allianz ist?«, fragt Shona.

»Ernst?« Az schnaubt. »Habt Ihr mir nicht zugehört? Er schindet Zeit. Dieses Bündnis interessiert ihn nicht. Er muss etwas erfahren haben, was ihn glauben lässt, wir könnten es in Erwägung ziehen wollen.«

»Wir könnten Galaxica um Hilfe bitten«, schlägt Emilius vor. »Mit einer lebenden Thronerbin sehen unsere Ansprüche ganz anders aus. Sie könnten neue Klonsoldaten schicken oder, wenn wir es geschickt anstellen, die Calarianer des Planeten verweisen.«

Neue Klone? Da ist doch keine Lösung! Und der zweite Vorschlag absolutes Wunschdenken. Wieso sollten sie jetzt etwas tun, was sie vor fünfzehn Jahren hätten tun müssen!

»Und das aussitzen?«, fragt Kerasie scharf. »Shakan wird angreifen. Seine Soldaten bedeuten ihm gar nichts. Wenn der Pass dabei nicht zerstört wird, wird er jeden Mann und jede Frau, die eine Waffe halten kann, gegen uns schicken. Die Klone haben keine Chance. Und was machen wir dann?«

»Wir können Talea aber auch nicht zu einer Hochzeit zwingen«, fährt Eline die deutlich Jüngere an. »Dann hat Shakan, was er will.«

»Wir könnten nochmal über den Plan mit den Attentätern nachdenken. Shakan rechnet nicht damit.«

»Klone sind keine Attentäter«, unterbricht Az Emilius. »Sie kämen nicht einmal in seinen Palast.«

Wenn ich jetzt explodiere, hört mir niemand mehr zu. Was würde Marks tun? Ich atme tief ein, schlucke meine Wut herunter. »Und wenn wir Zeit schinden?«

Alle schauen mich an, als hätten sie einen Geist gesehen. Nur die Edenprime starrt vor sich hin.

»Angenommen wir gehen auf das Angebot ein. Eine Hochzeit

zu planen, dauert doch sicherlich Zeit. Zeit, die wir brauchen. Zeit, in der er uns nicht angreifen wird. Währenddessen können wir Galaxica um Hilfe bitten. Und vielleicht bekomme ich die Chance, den Kaiser zu töten.«

Dein Plan gefällt mir nicht, Tali. Blue krallt sich schmerzhaft in meine Schulter.

»Ein Leben auslöschen?«, haucht Behati mit rauchiger Stimme.

»Einen Tyrannen«, korrigiere ich. Wo liegt ihr Problem? Der Schild der Edenprime hat erst gestern eine Spionin umgebracht, und meine Brüder töten fast jeden Tag. Nur weil ich bisher niemanden getötet habe, zumindest absichtlich, heißt das nicht, dass ich es nicht könnte.

Berhane spricht schleppend, als würde er es nicht oft tun. »Du bist von Eden auserwählt. Sie würde dich verlassen, wenn du jemanden tötest. Du verlierst dein Anrecht auf den Thron, deine Verbindung zu Eden, alles, was dich ausmacht.«

Ich starre den Hüter von Eden verwirrt an. Wieso sollte Eden mich verlassen, wenn ich sie doch nur beschütze? Kaiser Shakan ist abgrundtief böse. Er will Eden vernichten.

Ich sehe zum Schild der Edenprime, erinnere mich daran, wie er die Spionin tötet. »Aber du hast getötet?«

»Das Opfer, das jeder Schild bringt«, antwortet stattdessen Laran an meinem Ohr. »Wir sind kein Teil von Eden.«

WIESO IST FÜR MENSCHEN EIGENTLICH ALLES SO KOMPLIZIERT

Ein Klopfen an der Tür lässt mich aus meinen Gedanken hochschrecken. Laran öffnet sie und Coram humpelt ins Zimmer. Er hinterlässt eine Spur aus glitzernden Wassertropfen. Ich stehe von meinem Platz am Fenster auf und verschränke die Hände hinter dem Rücken.

»Du bestellst mich zu dir?«, dröhnt Coram. Seine Stimme füllt das ganze Zimmer aus wie eine bedrohliche Gewitterwolke.

Ich strecke den Rücken durch. »Ich wäre ja zu dir gekommen, aber *das ist zu gefährlich*«, äffe ich Laran nach. »Ich brauche deine Hilfe.«

Coram seufzt, doch seine Augen funkeln noch zornig.

Schnell rede ich weiter. »Shakan will ein Bündnis. Ich soll einen seiner Söhne heiraten, um es zu besiegeln. Das ist ein Bluff, ich weiß. Die anderen auch. Aber ich habe vorgeschlagen, darauf einzugehen, um ihm selbst eine Falle zu stellen. Ich könnte ihn töten, aber dadurch würde ich Eden verlieren. Den Anspruch auf den Thron, aber der ist mir scheißegal. Ich will nur meine Brüder beschützen. Du verstehst das, du …«

»Nein.«

Das Wort trifft mich wie ein Laserschuss.

Reglos starre ich Coram an. Sein *Nein* hallt in meinem Kopf nach. Nein. Nein. Nein.

»Du würdest alles, was dein Vater erreicht hat, mit Füßen treten. Eden braucht eine starke, mitfühlende Herrscherin.«

»Die Edenprime ...«, setze ich an, obwohl ich es besser weiß.

»... ist ein Wrack«, unterbricht er mich. »Du bist Taminos Tochter. Du musst sein Werk fortsetzen.«

»Aber wie?«, platzt es aus mir heraus. »Ich erinnere mich nicht an ihn. Ich weiß nicht, was er tun wollte. Ich war doch keine zwei Jahre alt, als er starb.«

»Er hätte niemals auf Gewalt zurückgegriffen. Gewalt erschafft neue Gewalt – das ist ein verfluchter Teufelskreis.«

»Ich kenne nichts anderes!« Ich zwinge mich, meine Fäuste zu entspannen. »Wenn andere töten und sterben, ist das für Eden okay? Aber ich darf nicht für sie kämpfen? Ich soll mich weiter verstecken und das aussitzen?« Ich atme durch. »Ich habe schon getötet.«

Coram sieht mich an, als hätte ich ihn geschlagen.

»Der Graben ...«, flüstere ich. »Ein Calarianer ist hineingefallen.«

»Wolltest du ihn töten?« Selbst seine Stimme klingt dünn. Sein Gesicht und seine Haltung wirken wie um hundert Jahre gealtert.

Wollte ich? Wenn ich könnte, würde ich alle Calarianer sofort umbringen, damit sie meine Brüder nie wieder verletzen können. Aber so etwas ist schnell gesagt. Es wirklich tun?

»Ich weiß es nicht.«

Coram wendet sich wortlos ab und sinkt auf die Couch.

Ich folge ihm vorsichtig, bleibe ein paar Schritte entfernt stehen. Er starrt ins Leere, ignoriert mich oder scheint mich nicht wahrzunehmen.

»Wenn ich nicht die Absicht habe, zu töten, es aber passiert, ist es dann … okay?« Ich wage mich einen Schritt näher an ihn heran. »Coram?«

Sein Kopf ruckt zu mir herum. »Es ist niemals gut, zu töten, Tali. Niemals, hörst du!«

Ich mache den Mund auf, aber alle Wörter ersterben auf meiner Zunge. Coram steht auf und blickt auf mich hinunter. Sein Zorn ist wie ein Brand, der auf mich zu rast. Seine Lippen öffnen sich. Ich wappne mich für jede Zurechtweisung oder einen Befehl, aber er bleibt stumm.

Nach ein paar Sekunden, die sich wie eine Ewigkeit anfühlt, hinkt er aus dem Zimmer. Ich starre auf die geöffnete Tür. Laran schaut herein, beobachtet mich mit sorgenvoller Miene, die Stirn voller Falten.

»Wieso hast du mich nicht einfach bei meinen Brüdern gelassen?«

»Weil nur Soldaten Befehle befolgen. Du bist keine Soldatin, Talea Eden. Du bist die zukünftige Königin. Du gibst die Befehle.«

SCHEISS AUF EDEN! Scheiß auf die Edenprime! Scheiß auf sie alle!

Blue grummelt unwillig, als störten sie meine lautlosen Flüche.

»Was?«, brülle ich sie an. »Was soll ich deiner Meinung nach tun?«

Wieso fragst du mich?, braust ihre Stimme durch meinen ohnehin schmerzenden Schädel. *Du weißt doch, was du tun willst.*

Meine Brüder beschützen und den Calarianern in den Arsch treten, wie sie es verdienen. Aber wenn ich das tue, verliere ich … was genau? Eden? Diesen Palast? Dieses beschissene Zimmer?

Die leckeren Mahlzeiten? Die eingesperrte Sicherheit? Coram?

Aber ist Coram überhaupt ein Freund? Oder hat er nur alles dafür getan, um sich nicht mehr so schuldig zu fühlen? Zu wie viel hat Silvi ihn gezwungen?

Ich reibe mir die Schläfen, aber der pulsierende Schmerz wird nicht besser. Ich dachte, Coram ist auf meiner Seite. Ich dachte, er versteht mich. Aber offensichtlich tut das niemand außer meinen Brüdern. Meine Brüder, die schon wieder in der Schusslinie stehen.

Die Einzige, die deine Gedanken und Handlungen verstehen muss, bist du selbst!

Nein! Mir ist wichtig, was meine Brüder von mir halten. Was Coram von mir denkt, auch wenn dieser Gedanke gerade verdammt wehtut. Ich will meinen und ihren Erwartungen entsprechen. Sie bedeuten mir alles.

Dann tu etwas! Blue schlägt aufgebracht mit den Flügeln, ohne sich in die Luft zu erheben. *Sprich mit Eden. Bitte sie um Rat.*

Bestimmt nicht! Eden zu berühren, war … schrecklich. Ich bin zu winzig, um den ganzen verdammten Planeten zu spüren. Das sollte kein Mensch tun! So viel Macht sollte niemand haben!

Dann rede mit deinem Vater!

»Er ist tot!«

Blue reckt den Kopf in die Höhe, die Flügel majestätisch hinter sich aufgerichtet. *Wieso ist für Menschen eigentlich alles so kompliziert?*

Ich starre sie an. Hoffnung flattert in mir. Kann das sein? Sie kennt Eden besser als ich. Was hat sie gesagt, Verstorbene leben in Eden weiter? Vielleicht kann ich doch mit ihm reden.

Ich bringe dich zu ihm.

LARAN LÄUFT SO NAH hinter mir, dass es ein Wunder ist, dass er mir nicht in die Hacken tritt. Blue fliegt uns voraus, als wisse sie genau, wo sie hin muss, obwohl ich mir nicht vorstellen kann, dass sie schon mal hier gewesen ist. Oder sie spürt, wo die Barriere zwischen der Lebenden- und der Geisterwelt am schwächsten ist.

Dunkle Regenwolken türmen sich am Himmel auf. Wind rauscht durch die letzten Herbstblätter und sprüht mir Tropfen ins Gesicht. Ein Glück schüttet es nicht mehr, aber die Nässe der Wiese kriecht langsam durch meine unvorteilhaften Schuhe. Wir haben den Palast durch Schleichwege verlassen, ohne jemandem zu begegnen. Hätte ich gewusst, dass, was Laran als Garten bezeichnet, so riesig ist, hätte ich mir etwas anderes angezogen.

Wir passieren ein paar junge Bäume, die im Vergleich zu den anderen winzig erscheinen. Wind wispert durch ihre hängenden Blätterketten wie trauriges Wehklagen.

Laran wird langsamer, bleibt sogar stehen, bevor er wieder hastig zu uns aufschließt. »Weißt du, wohin sie uns bringt?«, raunt er über meine Schulter.

Ich habe eine Vermutung, aber die werde ich Laran nicht auf die Nase binden. Ich beschleunige meine Schritte. Mein Herz klopft schneller.

Am Rand einer Senke bleibe ich stehen. Die Bäume sind so hoch und ihr Blattwerk so dicht, dass sie den kompletten Himmel einnehmen. Ein paar Meter unter mir liegt ein See mit spiegelglatter Oberfläche. Ich habe erwartet, dass er größer ist. Ich rutsche den nassen Erdhang hinunter und bleibe am Ufer stehen. Millimeter trennen meine Schuhspitzen vom Wasser. Blue landet auf meiner Schulter. Ihr feuchtes Fell kitzelt an meiner Wange.

»Tali, wir sollten nicht hier sein.« Ich höre deutlich das Unbehagen in Larans Stimme.

»Ist er hier gestorben?«, hauche ich.

Larans Schweigen ist Antwort genug. Blue hat mir gesagt, was ich tun muss. Aber kann ich es? Will ich es? Selbst für Keßler? Für meine Brüder? Für Coram?

Scheiße! Ich schlüpfe aus den Schuhen und wate bis zu den Knien in den See. Kalt! Kalt! Kalt!

Laran bleibt wie eine Statue am Ufer stehen. Blues Krallen bohren sich in meine Schulter, bevor sie sich kraftvoll abstößt und über mir kreist.

Ich drehe mich zu Laran um. »Wenn ich untergehe, hol mich raus.«

Ich schließe die Augen und lasse mich fallen. Die Kälte ist ein Schock, aber ich halte die Lider geschlossen und versuche, ruhig zu atmen. Ich stelle mir mein Zimmer im Lager vor. Der smaragdgrüne Vorhang raschelt verheißungsvoll. Ich reiße ihn zurück. Wasser überspült mich und drückt mich nach unten. Nicht schreien! Nicht schreien! Nicht schreien!

Das Wasser beruhigt sich schließlich und ich treibe in glänzender Schwerelosigkeit.

Schön, dass du hier bist. Eine Männerstimme vibriert durch meinen Körper, warm wie Licht, das durch Herbstlaub fällt.

Ich wedle hektisch mit den Armen und schaffe es, mich herumzudrehen. Mein Vater schwebt nur ein paar Schritte von mir entfernt. Er schenkt mir ein Lächeln, das seine smaragdgrünen Augen zum Strahlen bringt. Leicht bewegen sich seine weißen Haare, als streiche Wind hindurch. Ich sehe ihm wirklich ähnlich.

Wir haben nicht viel Zeit, sagt er und Bedauern zeichnet sein Gesicht. *Laran nimmt seine Aufgabe etwas zu ernst.*

»Ertrinke ich gerade?«, frage ich.

Kein Wasser strömt in meinen Mund. Ich spüre keine Kälte mehr, stattdessen Wärme wie eine zärtliche Umarmung.

Nein. Mein Vater schüttelt den Kopf. *Je näher wir Eden sind, desto stärker ist die Verbindung, die wir mit ihr eingehen. Sie ist ein fühlendes Wesen, sie lebt im winzigsten Atom dieses Planeten. Von ihr umgeben, können wir sogar den Tod betrügen.*

Coram.

Tamino nickt und ein Hauch von Schmerz verdunkelt sein Gesicht. *Aber viel wichtiger war dein Leben. Du warst so winzig, deine Wunden unvorstellbar groß.*

Du bist meinetwegen gestorben?, platze ich heraus. *Was ist mit Coram? Er glaubt ...*

Für euch, korrigiert er, *das ist ein gewaltiger Unterschied. Glaub mir, ich hätte alles getan, um auch mein Leben zu retten. Aber ich war schon zu schwach. Ich musste mich entscheiden. Ich hätte nicht mit der Schuld leben können, Leben genommen zu haben. Auch wenn es das unserer Feinde ist. Oder Coram für mein eigenes Leben zu opfern. Ich weiß, dass du es verstehst, Tali. Du bist aus einem Grund zu mir gekommen, so sehr ich mir wünsche, es wäre nur meinetwegen.*

Es tut mir ...

Das braucht es nicht, Tali, unterbricht er mich. *Ich bereue meine Entscheidung nicht, nur, dass du nicht wusstest, dass ich in jedem Augenblick deines Lebens bei dir war. Ich lebe in Eden weiter, wie so viele andere, die Eden für würdig befunden hat. Wie deine Brüder.*

Mir entfährt ein Keuchen. *Kann ich ... kann ich mit ihnen reden?*

Nicht heute. Mein Vater schüttelt wieder den Kopf. *Stell deine Frage. Wir haben kaum noch Zeit.*

Was soll ich tun? Ich will Shakan töten für alles, was er getan hat. Ich weiß, ich kann es. Aber wird Eden mich dann verlassen? Was geschieht dann? Wer wird Königin? Die Edenprime ist ...

Du musst dich immer fragen, was danach geschieht. Er klingt drängend.

Kälte sickert durch die Wärme wie winzige Nadelstiche.

Mein Vater fährt fort: *Was geschieht nach Shakans Tod? Was ist* nach meinem mit Ophelie geschehen? *Was geschieht mit dir, wenn du ihn ermordest? Weißt du, was einen außergewöhnlichen von einem guten Soldaten unterscheidet?*

Ich schüttle den Kopf.

Mein Vater deutet auf meine Stirn. *Er hinterfragt seine Befehle. Aber ...?*

Fuck! Wasser füllt meinen Mund. Ich würge und versuche, zu atmen. Arme schließen sich um mich, machen es mir nicht leichter.

»Ich bin hier. Ich bin hier. Ich bin hier.«

Die Worte hämmern gegen meinen Schädel. Wo ist mein Vater? Ich reiße die Augen auf, sie brennen, alles ist verschwommen. Ich huste. Wasser rinnt über mein Gesicht. Mein Körper zittert.

»Ich bin hier«, wiederholt Laran zum gefühlt hundertsten Mal.

»Lass mich los!«, keuche ich und wehre mich gegen seinen Griff.

Er gehorcht sofort und ich plumpse auf die nasse Erde. Verflucht, ist mir kalt. Blue landet neben mir. Ihre warme, kratzige Zunge leckt mir über das Gesicht. Einen Moment bleibe ich einfach nur liegen. Ich habe meinen Vater gesehen. Ich will zurück! Ich will mehr wissen.

»Verzeiht, Prinzessin.« Laran hebt mich hoch, als wiege ich nicht mehr als eine Puppe. Er ist genauso klatschnass wie ich.

»Nein!«, protestiere ich.

Dieses Mal gehorcht er nicht.

»Lass mich runter!«

Aber er trägt mich stur die Senke hinauf. Blue flattert schweigsam neben uns her.

Ich reiße den Vorhang beiseite. Eden umgibt mich. Füllt mich mit ihrer Kraft. Ich spüre den schlammigen, feuchten Boden, die uralten Bäume, den Wind, der durch ihre Blätter fährt. Tiere, die sich im Unterholz verstecken. Die neuen Bäume, die nach dem

Angriff, der den Boden mit Blut und Tod gedrängt hat, gepflanzt wurden. Blues kraftvolle Schwingen, die sie in der Luft halten. Menschen, die sich auf ihren Abend vorbereiten. Zu viel. *Konzentration!*

Eine leuchtende Blätterranke schlingt sich um Larans Knöchel und bringt ihn zu Fall. Ich rolle mich aus seinen Armen und springe auf die Füße. Laran ist fast genauso schnell wieder auf den Beinen und funkelt mich an, als würde er mich am liebsten über seine Schulter werfen und in den Palast schleifen, wie ein ungehorsames Kind.

»Du solltest mich nur rausziehen, wenn ich untergehe!«

Goldene Lichtkugeln erhellen die Düsternis.

»Du bist untergegangen.« Ist das Angst in seiner Stimme?

»Aber er sagte, ich ertrinke nicht.« Wäre ich ertrunken, wenn Laran mich nicht rausgezogen hätte? Ich schmecke noch immer das Wasser.

»Wer?« Verwirrt runzelt er die Stirn.

»Mein Vater.« Ich lasse den Vorhang wieder fallen, lasse Eden los. Die Kälte jagt in meinen Körper zurück. Die Leuchtkugeln verglimmen langsam. Ich fühle mich winzig.

»Du konntest mit ihm reden? Die Edenprime hat es jahrelang versucht, aber nie Erfolg gehabt.«

Sie weiß, dass mein Vater in Eden am Leben ist? Sie hätte ihn längst nach mir fragen können, er hätte ihr sagen können, dass ich am Leben bin! Er hätte ihr sagen können, dass Coram nicht schuld ist!

»Das ist doch jetzt nicht wahr!«, brülle ich, wirble herum und renne los. Die kann sich etwas anhören.

Laran fängt mich nach wenigen Schritten ab, packt meine Oberarme und zwingt mich, stehenzubleiben. Sein Griff ist schmerzhaft fest. »Sie hatte nie Erfolg, Tali. Sie war nie so stark wie ihr Bruder, und ihre Panik und ihre Schuldgefühle machen jeden Zugriff auf Eden zu einem Gewaltakt.«

»Sie hat mich schweben lassen!«

»Du hast den Boden gespalten und brauchtest keinen Anker!«
Ich zucke vor der Wut in Larans Stimme zurück. So laut ist er noch nie geworden.

Ich hole tief Luft. »Was ist ein Anker?«

»Wenn du Eden nutzt, löst sich ein Teil deines Bewusstseins in Eden auf. Um wieder in deinen Körper zu finden, brauchst du Körperkontakt zu jemand anderem. Je tiefer du sinkst, desto stärker muss der Kontakt sein.«

Deswegen hat er mich eben so festgehalten, obwohl er mir dabei die Luft abgeschnürt hat. Als ich Eden das erste Mal willentlich berührt habe, hat Coram mich umarmt. Ich dachte, er tut es, weil er mich mag. »Oh.«

»Hat die Edenprime dir das nicht gesagt?«

»Mir sagt hier doch niemand irgendetwas.« Erschöpft lasse ich die Schultern sinken. Ich kann die Tränen nicht wegwischen, weil er immer noch meine Oberarme umklammert hält.

Laran lässt mich los, legt eine Hand auf meine Schulter und beugt sich zu mir herab, bis unsere Gesichter auf einer Höhe sind. Ich sehe ihm an, dass er etwas sagen will, aber seine Miene verschließt sich und er richtet sich wieder auf.

»Ich bringe dich in den Palast zurück, bevor uns jemand entdeckt.«

»Nein.«

»Tali …«

»Nein! Wem gehorchst du? Ihr oder mir?«

Laran weicht einen Schritt zurück. Lange sieht er mich an, aber ich weigere mich, nur einen Millimeter nachzugeben.

»Ich bin Euer Schild.«

Wieso schmerzt seine Antwort, wenn ich doch genau diese beabsichtigt habe? »Das heißt, du befolgst meine Befehle?«

»Wenn sie Euch nicht in Gefahr bringen«, antwortet er vorsichtig.

»Dann bring mich zu Coram.«

Seine Augen weiten sich minimal, seiner Stimme höre ich die Überraschung nicht an. »Ich weiß nicht, ob es eine gute Idee ist. Coram ist nicht mehr der Mann, an den ich mich erinnere.«

»Er war gut genug, um mir zu helfen, einen Weg zu finden, Eden zu berühren.« Blue landet auf meiner Schulter. »Aber das kann nicht der einzige Grund gewesen sein. Du kriegst alles mit. Vielleicht hast du nicht den Mumm gehabt, der Edenprime die Meinung zu sagen, also hast du jemanden gesucht, der es kann.«

»Es …«

»Du brauchst dich nicht zu entschuldigen«, unterbreche ich ihn, in der Hoffnung, er wollte das wirklich tun. »Ich verstehe es. Ich war dir gegenüber nicht fair. Du hast mich entführt, mich in diesen Palast geschleppt und deinen Job erledigt. Aber ich bin mehr als ein Job. Also, wenn du nicht aufhören kannst, dich wie alle anderen schuldig zu fühlen, wenn du mich ansiehst, dann lasse ich dich gehen. Niemand hätte meinen Vater an diesem Tag retten können.«

»Ich hätte dich beschützen müssen.«

»Dann wärst du jetzt tot. Und ich brauche dich.«

SIE SIND ALLES, WAS ICH HABE

ie Nacht ist schon hereingebrochen, als wir endlich Corams und Silvis Haus erreichen. Mir ist so kalt, dass ich meine Finger und Zehen nicht mehr spüre. Blue hockt auf Larans Schultern, witternd, als erwarte sie Gefahr. Es regnet, ein Umstand, der Laran erleichtern dürfte. So sind wir keiner Menschenseele begegnet, und ich trug die ganze Zeit freiwillig die Kapuze.

Silvi öffnet die Tür. Überraschung huscht über ihr Gesicht, dann Besorgnis. »Schnell, kommt rein!« Kaum, dass sie die Tür hinter uns geschlossen hat, fragt sie: »Ist alles in Ordnung?«.

Blue gleitet zu Boden, schüttelt sich, dass Wassertropfen in alle Richtungen spritzen, und kuschelt sich dann auf dem Teppich vor dem Kamin zu einem kleinen Ball zusammen.

Laran und ich schlagen fast zeitgleich die Kapuzen zurück. Weitere Tropfen perlen auf den ausgetretenen Läufer.

»Ich muss mit Coram reden«, sage ich.

»Es ist alles in Ordnung«, fügt Laran hinzu.

Silvis Augen weiten sich. »Ich dachte, er wäre bei dir.«

»Coram ist nicht hier?« Angst schwappt über mir zusammen wie eine eiskalte Welle.

Silvi schüttelt den Kopf. »Ein Bote kam heute morgen und brachte ihn in den Palast. Zumindest wollte er das.«

»Coram war auch da«, sagt Laran. »Es gab ...«

»Wir haben gestritten«, unterbreche ich ihn. »Es tut mir leid. Ich wusste nicht, wie ...«

Silvi atmet sichtlich erleichtert aus. »Ich glaube, ich weiß, wo er ist.« Sie greift einen dunkelblauen Mantel vom Haken.

»Ich gehe.« Überrascht schaue ich zu Laran. Er lässt mich alleine? »Kümmer dich um Tali. Sie muss aus den nassen Sachen raus und sie hat den ganzen Tag noch nichts gegessen.« Seine dunklen Augen fixieren mich. »Pass auf euch beide auf.«

Er zieht eine kleine Laserpistole aus der Tasche unter seinem Mantel hervor, etwa so groß wie seine Hand. Meint er das ernst? »Keßler hat mir gesagt, du weißt, wie du damit umgehst.«

Ich nicke, ein Grinsen breitet sich auf meinen Lippen aus. Laran drückt mir die Laserpistole in die Hand. Ohne ein weiteres Wort verschwindet er in der regnerischen Dunkelheit. Silvi und ich stehen reglos da und starren auf die geschlossene Tür.

Dann gibt Silvi sich einen sichtlichen Ruck und dirigiert mich zu einer der Türen. Dahinter liegt ein kleines Bad mit Wanne. Sie legt mir zwei Handtücher auf einen Hocker. »Leg die nasse Kleidung einfach in die Wanne.«

Mein Blick fällt auf den Spiegel über dem Waschbecken. Mein Gesicht wirkt bleicher und schmaler als gewöhnlich, meine Augen umso größer. Ich trete näher. Das blasse Blau hat einen leichten Grünstich. Kommt das vom Licht? Oder von Eden?

Meine Nase berührt fast das Glas. Fuck. Definitiv grüner als vorher. Schnell weiche ich zurück, als könnte Abstand etwas daran ändern.

»Tali, ich habe dir Kleidung vor die Tür gelegt«, dringt Silvis Stimme gedämpft zu mir.

Das macht mir wieder bewusst, wie kalt mir ist. Ich lege die Pistole griffbereit neben mich, ziehe mich schnell aus, rubbele meinen Körper und meine Haare trocken und schlüpfe in die Kleidung. Silvis Duft nach Seife und Blumen umgibt mich.

Kaum habe ich das Bad wieder verlassen, weist mir Silvi einen Platz vor dem Kamin. Die leuchtende Kugel, die Eden so verdammt ähnlich sieht, gibt Wärme ab. Blue schnarcht leise auf dem weichen Teppich. Silvi beginnt behutsam meine Haare zu bürsten und die schlimmsten Knoten zu entwirren. Sanfter und beruhigender als Nyma.

»Willst du die Pistole die ganze Zeit festhalten?«

Ich nicke. In meinem Hals schwillt ein Kloß an. Dabei verstehe ich gar nicht, wieso. Silvi hört nicht auf, durch meine Haare zu bürsten, obwohl sie längst glatt sind. Ich fummle an dem zu langen Ärmel herum, auf den Blumen in unterschiedlichen Farben gestickt sind. Finger berühren meine Kopfhaut und kämmen noch sanfter und geschickter durch meine Haare. Eine angenehme Gänsehaut läuft meinen Nacken hinunter.

»Was weißt du, Tali?«, fragt Silvi leise.

So leise, dass ich tun könnte, als hätte ich sie nicht gehört. Aber das habe ich.

»Ich will nach Hause.« Das sind nicht die Worte, die ich habe sagen wollen. Aber sie reißen das Letzte bisschen Kontrolle ein, an das ich mich geklammert habe.

»Ich weiß«, flüstert Silvi.

Sie berührt mich sanft, schon verberge ich mein Gesicht an ihrer Schulter. Mein Körper bebt unter den Schluchzern. Ihre Finger streichen über meinen Rücken, während sie mich festhält. Bei meinen Brüdern habe ich nie lange geweint. Vielleicht, weil sie es auch nie getan haben. Sie sind stark und nichts kann sie aufhalten. Ich wollte wie sie sein. Ich wollte auch furchtlos sein.

Irgendwann kommen keine Tränen mehr. Aber Silvi lässt mich nicht los. Mein Kopf liegt an ihrer Schulter, ich atme ihren Geruch ein.

Die Tür geht auf. Ich reiße mich los, ziele mit der Laserpistole und lasse sie direkt wieder sinken. Blue hat nicht mal gezuckt.

Coram bleibt stehen. Das weiße Haar klebt an seinem Schädel und Wassertropfen glitzern wie Tränen in seinem Bart. Laran schiebt sich an ihm vorbei ins Trockene.

Coram stürmt wortlos durch den Raum, drückt mit seinem Stumpf die zweite Tür auf. Ich erhasche einen Blick auf ein Doppelbett mit beigefarbenem Bezug, bevor er sie hinter sich zuknallt. Silvi zuckt genauso zusammen wie ich. Blue knurrt die Tür an und setzt sich mit funkelnden Augen auf ihre Hinterhand, die Flügel angelegt.

Ich schlucke die neuen Tränen hinunter, ziehe die Nase hoch. »Ich sollte gehen.«

»Bestimmt nicht.« Silvi schüttelt entschieden den Kopf. »Du brauchst erstmal eine Stärkung.«

Sie legt den Arm um meinen Rücken und schiebt mich sanft in die Küche. Dort köchelt eine Suppe auf kleiner Flamme. Ich setze mich auf den Stuhl, auf dem ich beim letzten Mal gesessen habe. Blue folgt uns und landet mit klackernden Krallen auf dem Tisch. Silvi stellt zwei gefüllte Suppenteller und einen Brotkorb vor mich. Blue schnüffelt misstrauisch an der Suppe, beginnt dann aber schnell, sie aufzuschlabbern.

Wann habe ich Blue das letzte Mal gefüttert? Im Camp hat sie sich ihre Beute meistens selbst gejagt oder mal etwas Fleisch abbekommen, wenn einer meiner Brüder auf der Jagd erfolgreich war. Entweder ist sie zu beschäftigt mit Essen oder sie hat meinen Gedanken nicht gehört, eine Antwort bekomme ich von der Drachin jedenfalls nicht.

Silvi streicht mir über den Kopf. »Coram ist ein alter Dickschädel. Und alte Dickschädel brauchen für gewöhnlich etwas länger, um zu erkennen, was gut für sie ist.«

Sie verlässt die Küche und ich höre eine Tür aufgehen. Schritte. Geflüsterte Worte. Eine Tür, die geschlossen wird.

Nach einer gefühlten Ewigkeit, wahrscheinlich nur ein paar Minuten, setzt Laran sich neben mich. Ebenfalls in zu großer Kleidung. »Die Suppe wird kalt.«

Ich habe keinen Hunger. »Komme ich je wieder nach Hause?«

»Ich weiß es nicht, Tali«, antwortet er leise.

»Also nein.« Ich greife den Löffel und umklammere ihn so fest, dass meine Knöchel noch weißer werden.

»Wieso sind wir wirklich hier, Tali?« Laran beugt sich vor. »Und erzähl mir nicht, du brauchst ihn, um der Edenprime die Meinung zu sagen. Das kannst du gut selbst.«

»Ich kenne keinen von ihnen. Ich vertraue ihnen nicht.«

»Du vertraust Coram, weil er dir gezeigt hat, wie du Eden nutzen kannst? Hat er dir erzählt, dass Silvi ihn überredet hat? Er hat es für sie getan, nicht für dich.«

»Eben.«

Seine Stirn legt sich in Falten.

Ich seufze und lasse den Löffel sinken. »Für einen Leibwächter bist du erstaunlich begriffsstutzig.«

Die Falten werden tiefer und Wut blitzt in seinen Augen auf. Dann sehe ich, wie die Erkenntnis sich hineinschleicht.

Er lehnt sich auf dem Stuhl zurück. »Du tust das für die Klone.«

»Ihr sagt, sie sind keine Menschen. Aber ich kenne niemanden, der menschlicher ist. Sie haben mich nicht nur beschützt, sie haben mich aufgenommen, sie haben mich unterrichtet, sie … sie sind meine Familie, Laran. Sie sind alles, was ich habe.«

»Nicht alles.« Silvi stellt sich neben mich und schaut missbilligend auf meinen vollen Teller. »Du hast mich. Und ich werde dich nicht verhungern lassen. Also iss!«

WAS WAR DAS? Ich reiße die Augen auf und meine Hand schnellt zur Laserpistole, die ich auf dem Couchtisch abgelegt habe. Eine riesige Gestalt ragt über mir auf. Ich reiße den Arm hoch.

»Willst du mich in meinem eigenen Haus erschießen?«, knurrt Coram.

Langsam lasse ich den Arm sinken. Mein Herz hämmert wie verrückt. Das Licht im Kamin glimmt, kaum größer als meine Handfläche.

»Zieh mal die Beine an.«

Ich gehorche und Coram sinkt mit einem leisen Ächzen auf die Couch. Die Laserpistole lege ich wieder auf den Tisch, neben ein Buch und Silvis Strickzeug. Wo ist Blue? Sie liegt nicht mehr vor dem Kamin.

»Ich bin nicht dein Bruder, Tali.«

»Das habe …«

»Seit fünfzehn Jahren habe ich kaum einen Fuß vor die Tür gesetzt. Und ich hätte es nie getan, wenn Silvi nicht gedroht hätte, mich zu verlassen. Ich ertrage es nicht, noch jemanden zu verlieren, den ich liebe.«

»Ich würde Silvi …«

»Du wirst morgen früh gehen und nie wieder zurückkommen. Im Palast sind genug Leute, die sich um dich kümmern. Du brauchst Silvi nicht.« Coram erhebt sich.

Meine Hand schnellt vor und klammert sich an sein Hemd.

Es ist zu dunkel, um seinen Gesichtsausdruck zu deuten. Aber ich hoffe, er kann meinen sehen. Meine Wut. Den Schmerz, den er mir gerade zugefügt hat.

»Bist du fertig?«, zische ich. »Ich nämlich nicht. Setz dich hin!« Mit einem Mal erhellen unzählige Leuchtkugeln Corams wütendes Gesicht. Seine blauen Augen blitzen. Gleich wird er sich losreißen.

Doch dann setzt er sich wieder. Ich lasse ihn los.

»Ich habe nie gesagt, dass du mein Bruder bist. Ich habe gesagt, dass du *wie* mein Bruder bist. Für einen Bruder bist du definitiv zu alt. Ich war egoistisch, ich bin immer noch egoistisch. Du wurdest meinetwegen verletzt. Jeder in meiner Nähe könnte der Nächste sein. Ich will nicht, dass Silvi etwas passiert. Oder dir. Oder Laran. Oder irgendwem sonst. Aber dafür muss ich die Calarianer besiegen. Und ich kenne keinen anderen Weg als den meiner Brüder. Ich bin keine Prinzessin. Ich bin eine Soldatin. Ich will eine außergewöhnliche Soldatin sein.«

Coram zieht die Augenbrauen hoch. Vermutlich hat mein Vater nicht nur mir gegenüber dieses Wort verwendet.

»Ich muss also hinterfragen, was ich tue. Aber um das tun zu können, muss ich verstehen, was überhaupt vor sich geht. Ich könnte die Stimmen fragen, aber ich traue ihnen nicht. Ich weiß nicht, was sie wollen, was sie antreibt. Dich kenne ich. Du tust alles, um diejenigen zu beschützen, die du liebst. Was will Kaiser Shakan? Was wollen die Stimmen? Was will mein Vater?«

Coram sinkt tief in die Lehne, als wäre alle Kraft aus seinem Körper gewichen. »Du hast ihn getroffen?«

Der Schmerz in seiner Stimme lässt meine Wut verfliegen.

»Er hat uns beide gerettet, Coram«, flüstere ich. »Dich und mich.«

Ein Schluchzen löst sich aus seiner Kehle, leise, als hätte er versucht, es zurückzuhalten. Im warmen, goldenen Licht von Eden glänzen seine Tränen wie Diamanten.

»Es tut mir leid«, flüstere ich. Ich kenne dieses Gefühl nur zu gut. Jedes Mal, wenn die Calarianer angegriffen haben, wenn Keßler verletzt worden ist, hat es mich ängstlicher gemacht. Wenn ich Keßler verliere, zerbreche ich dann auch? »Ich werde gehen. Silvi wird nichts geschehen.«

»Nein.« Coram richtet sich auf und lehnt sich zu mir. »Es ist zu spät.«

Panik überrollt mich. Haben die Attentäter das Haus umstellt? Meine Ohren sind mies, aber ich hätte doch irgendetwas merken müssen. Laran hätte etwas merken müssen!

Coram beugt sich vor. Seine Barthaare kitzeln auf meiner Stirn, seine Lippen berühren meine Haut. Ich halte den Atem an. Dann lehnt er seine Stirn gegen meine. Ich lege meine Hand an seine Wange. Der Bart kitzelt. Er meint keinen Angriff.

»Es tut mir leid«, flüstere ich. »Ich wollte nicht, dass …«

»Ich auch nicht«, raunt Coram mit heiserer Stimme. »Dieses starrsinnige, gebrochene Herz war zu klein für noch jemanden.«

»Ich bin sehr klein«, hauche ich. Tränen laufen mir über die Wangen, mein Herz schmerzt von all dem Kummer, den Coram ausstrahlt.

Coram lacht, ein schnaubender Laut. »Du bist alles andere als klein, Tali.«

Ich schlinge meine Arme um ihn und vergrabe mein Gesicht an seinem Hals. »Ich brauche dich auch, alter Mann.«

WIE LAUTET DEIN PLAN

B ist du hier?, rufe ich in die abermillionen Sterne hinaus. Wie die Male zuvor warte ich vergeblich auf eine Antwort.

Ich atme lange aus, um meine Frustration zu zügeln, und öffne die Augen. Die Leuchtkugeln schweben durch den Besprechungsraum der Stimmen. Bis auf Coram und Laran, die beide am Kopfende des runden Tisches warten, ist er noch verlassen. Mein Schild steht reglos da wie eine Statue, während Coram versucht, die Steifheit aus seinen Gliedern zu strecken. Eine halbe Nacht auf der Couch hat ihm weniger gutgetan als mir. Er hat mir so viele Geschichten über meinen Vater und meine Tante erzählt, bis er kaum noch die Augen offenhalten konnte und ich ihn gedrängt habe, sich hinzulegen.

»Sie kommen.« Laran nimmt Haltung an.

Im nächsten Moment höre ich die Schritte ebenfalls. Ich trete zwischen ihnen hindurch ans Kopfende.

Mein Vater war ein Held, eine Legende. Er hat Eden vor den Calarianern beschützt. Ich werde sie in die Knie zwingen, mit ihren eigenen Fallen und Waffen.

Die Wachen öffnen von außen die Tür und Az betritt an der Seite der Edenprime den Saal. Blue landet auf meiner Schulter und hebt majestätisch den Kopf, als wolle sie klarmachen, wer hier das Sagen hat.

»Prinzessin.« Az verneigt sich.

Nach und nach versammeln sich die anderen Stimmen, einige in wacherem Zustand als andere. Emilius' Haare stehen in alle Richtungen ab. Erdflecken schmücken das blaue Gewand von Behati.

Shona eilt als letzte in den Raum und bleibt wie angewurzelt stehen. »Prinzessin.« Verspätet verbeugt sie sich und stellt sich zu den anderen, die dicht gedrängt an der einen Seite des Tisches stehen.

Als wäre Blue keine süße, fluffige Wolkendrachin, sondern ein monströses Ungeheuer. Nur liegt es wahrscheinlich nicht an Blue.

Ich schenke jedem von ihnen einen langen Blick, bevor ich Az fixiere, weil ich annehme, dass er mein Anliegen umsetzen kann. »Schick Kaiser Shakan eine Nachricht. Ich akzeptiere seinen Bündnisantrag und freue mich, seinen heiratswilligen Sohn kennenzulernen.«

»Seid Ihr übergeschnappt?«, ruft Eline.

»Das kannst du nicht tun!«, brüllt Alejo.

»Es ist offensichtlich eine Falle.« Emilius massiert sich die Nasenwurzel.

»Nein, doch, natürlich.« Ich stütze mich auf dem Tisch ab. »Es ist mir egal, was Ihr davon haltet. Der Kaiser hat seinen Zug gemacht, es ist höchste Zeit, dass wir handeln. Werde ich einen Calarianer heiraten? Niemals! Habe ich vor, Zeit zu schinden, damit wir uns einen Plan überlegen können, wie wir einen wirksamen Gegenschlag organisieren? Ja, verflucht. Ihr hockt seit fünfzehn Jahren in diesem schicken Palast und lasst andere euren Krieg austragen.«

»Euer Vater hat die Klonarmee zu diesem Zweck angefragt. Wir bezahlen für sie mit unseren Ressourcen, jedes Jahr!« Emilius plustert sich auf, als hätte ich ausschließlich ihn beleidigt. »Galaxica *und* dem Kaiser Tribut zu zahlen, übersteigt unsere Erträge.«

Ich knirsche mit den Zähnen. Hätte ich mir denken können, dass Galaxica uns nicht umsonst hilft.

»Und ihr würdet in fünfzehn Jahren immer noch für sie bezahlen. Was hätte sich dann geändert? Nichts. Ich werde nicht mit euch streiten. Meine Entscheidung steht, und wenn ihr mich dabei nicht unterstützt, suche ich jemanden, der es tut.«

»Hat er Euch dazu angestiftet?« Shonas Blick fixiert Coram. Eine Ader an ihrer Stirn pocht.

Coram macht einen Schritt vor, bis er fast neben mir steht.

»Tatsächlich hat Coram versucht, es mir auszureden«, erwidere ich und versuche, meiner Stimme die Schärfe zu nehmen. »Aber er hat erkannt, dass es sinnlos ist.«

»Prinzessin, bei allem nötigen Respekt, er ist ein verbitterter, alter Mann, der …«

»Er ist mein Schild, Shona«, unterbreche ich sie und füge leise hinzu: »Und Euer Vater.«

Sie ballt die Hände zu Fäusten, als wolle sie am liebsten auf ihn losgehen. Was ist bloß zwischen den beiden vorgefallen?

»Niemand hat zwei Schilde«, mischt sich Eline ein. »Das ist gegen Edens Gesetz.«

»Eden hat bestimmt nichts dagegen«, erwidere ich spitz, »das sollte ich ja wohl am besten wissen.«

»Haben sich dann alle wieder beruhigt?« Kerasie steht mit verschränkten Armen etwas abseits. Ihr Gesichtsausdruck ist beherrscht, aber ihre Augen blitzen wütend. »Prinzessin Talea hat eine Entscheidung getroffen. Wir sind die Stimmen des Volkes, aber letztendlich entscheidet der König oder die Königin, was wir tun.«

Ein paar Blicke richten sich auf mich, die meisten sehen zur Edenprime, die sich fast hinter Az versteckt.

»Hat sie die Weihe empfangen?«, fragt Az sanft an die Edenprime gerichtet.

Was, verflucht, ist die Weihe?

Langsam schüttelt sie den Kopf.

»Also ist es eindeutig, die Edenprime hat noch immer …«, ruft Emilius.

»Nein.« Ihr Wispern ist leise. Alle erstarren. Sie richtet sich auf und tritt hinter Az hervor. Ihre Hände zittern, aber ihre smaragdgrünen Augen sind fest auf mich gerichtet. »Ich unterstütze Tali.«

»Bei was?«, fragt Emilius. »Einem Selbstmordkommando? Wir sollten uns an Galaxica wenden. Wir können die Abgaben ein wenig erhöhen, es muss eine Chance geben, diesen Konflikt noch friedlich zu lösen.«

Bevor ich etwas sagen kann, schnaubt Kerasie. »Eine friedliche Lösung? Ich bin die Erste, die sich selbst opfern würde, um Frieden zu ermöglichen Aber Frieden kommt im calarianischen Wortschatz nicht vor. Soldaten sind das Einzige, was uns vor der Auslöschung gerettet hat. Und sie sind gestorben! Tali ist bei ihnen aufgewachsen. Sie ist eine Soldatin.« Sie wendet sich an mich. »Wie lautet dein Plan?«

Laran versteht das als sein Stichwort und platziert eine Kugel in der vorgesehenen Tischvertiefung. Eine holografische Karte von Eden baut sich in der Luft auf. Grün schimmernd, im Gegensatz zu den bläulichen, die ich aus der Kommandozentrale gewohnt bin. Laran beugt sich vor und deutet auf einen markierten Punkt genau in der Mitte des Passes zwischen Eden und Calarian.

»An diesem Punkt hat Galaxica vor etwa sechzehn Jahren eine Art Baracke angebracht, genau auf der Hälfte des Passes. Sie war als Austragungsort für ein Vermittlungsgespräch zwischen Eden und Calarian gedacht. Aber bevor es stattfinden konnte, hat Kaiser Shakan die Attentate befohlen. Sie befindet sich auf einem Seitenarm des Passes, fast unmöglich zu Fuß oder mit Kletterseilen zu erreichen. Es gibt keinen Grund, wieso die Calarianer sie zerstört haben sollten, da sie weder über eine Bewaffnung verfügt noch einen anderen Zweck erfüllt.«

»Wieso wissen wir nichts darüber?«, fragt Eline.

»Weil Tamino euch keine Hoffnung machen wollte«, brummt Coram. »Bevor Kaiser Shakan den Verhandlungen zugestimmt hätte.«

Az nickt und beugt sich ebenfalls vor. Seine Finger fahren mehrere Pfade des Passes entlang. »Laut meinen Informanten nehmen die Soldaten zumeist diese Wege. Sie sind auch für ungeübte Kletterer und mit schwerem Gerät ohne große Verluste passierbar. Das ist eine Sommerkarte, die Felsen sind viel zu eng beieinander. Der Winter steht vor der Tür. Wie sollen wir Prinzessin Talea dahin bringen?«

Laran zögert einen Moment zu lange, bevor er antwortet. »In einem unserer Transportschiffe.«

»Das würde der Kaiser einfach vom Himmel schießen lassen.« Shona macht einen Schritt vorwärts und deutet auf mich. »Wie sollen wir das verhindern?«

»Er wird es nicht tun«, raunt Az. »Er will sie haben.«

»Also stützen wir uns auf die Annahme, dass ein Mörder und Psychopath nicht den Krieg beendet, weil er sie haben will?«

Ich nicke, obwohl Coram den gleichen Einwand vorgebracht hat wie seine Tochter. »Wenn wir es geschickt anstellen, könnte er uns die Einwilligung zur Hochzeit abkaufen und zumindest versuchen, ein Gespräch zu führen, bevor er seine Falle zuschnappen lässt.«

»Was so viel besser ist.« Shona verschränkt die Arme. »Keine Armee der Welt ist groß genug, Euch zu beschützen.«

»Wir brauchen keine Armee«, ergreift Coram das erste Mal das Wort. »Wir haben Eden.«

ICH SITZE auf dem Boden des Glasgangs und sehe hinaus in den strömenden Regen. Es donnert und Blitze zucken über den dunklen Himmel. Die übrig gebliebenen Stimmen beugen sich über die Karte und diskutieren seit Stunden, wie sie am besten für meine Sicherheit garantieren können. Wie sie Kaiser Shakan meine Bedingungen vortragen sollen. Beschlossen ist, dass ich mich in keinem Hologramm zeigen werde. Niemand aus Calarian soll wissen, wie ich aussehe. Emilius hat sogar eine Doppelgängerin vorgeschlagen, was Eline sofort abgeschmettert hat.

Immer wieder dröhnt Corams Stimme durch den Saal, meistens im Streit mit seiner Tochter, manchmal mit Emilius und gelegentlich mit Kerasie. Eline, Behati und Berhane sind gegangen, nachdem sie überzeugt waren, mir meinen Plan nicht ausreden und nichts weiter beitragen zu können. Az hat Ophelie weggebracht, damit sie sich ausruhen kann. Ich darf nicht vergessen, ihr zu sagen, wie mutig ich es finde, dass sie sich trotz ihrer Angst auf meine Seite gestellt hat. Ich habe Blue gebeten, Ophelie zu begleiten. Mich beruhigt das Streicheln ihres Fells immer, vor allem, wenn sie anfängt zu schnurren.

Az biegt um die Ecke und eilt mit schnellen Schritten auf mich zu. Wir kehren zum Tisch zurück, die Wachen schließen hinter uns die Türen. Er wirft Laran eine Kugel zu, die dieser sicher auffängt und statt der Holokarte in die Vertiefung legt. Dreiundzwanzig Bilder bauen sich dicht gedrängt in der Luft auf.

Alle von dunkelhaarigen, jungen Männern.

Az wischt auf die nächste Ansicht. Etwa die Hälfte der Porträts sind nun mit einem X gekennzeichnet. »Gefallen in der Schlacht oder durch Morde.«

Ich beuge mich vor, um die Überlebenden besser betrachten zu können. Die Ähnlichkeiten zum Kaiser sind unverkennbar.

Aber Az springt schon zur nächsten Ansicht. »Fünf Nachkommen sind weiblich.«

Wisch. Neues Bild. Fünf junge Männer und ein Säugling. Wisch.

Ein Mann, etwa Anfang dreißig, starrt mich mit durchdringenden Augen direkt nieder. Wie Kaiser Shakan trägt er sein Haar kurz geschnitten, aber seine muskulösen Arme sind mit Tätowierungen übersät. Eine Gänsehaut breitet sich auf meinem Rücken aus.

»Das ist Dankre, Shakans Zweitgeborener. Sein Erstgeborener ist vor zwei Jahren im Kampf gefallen, seither befiehlt Dankre die Truppen. Er ist meistens im Kaiserpalast. Den Gerüchten nach, die meine Spione erreichen, ist er ein brutaler Schlächter, der auch vor seinen eigenen Männern nicht Halt macht. Wenn er kommt, wissen wir, dass Shakan die Heirat ernst meint. Aber die Wahrscheinlichkeit ist gering, da Dankre mit der Abgesandten eines Verbündeten von Shakan verheiratet ist.«

Wisch. Der nächste wirkt ein bisschen jünger als sein Bruder, weniger muskulös und trägt eine Brille. Was ihn nicht weniger gefährlich wirken lässt, nur sieht er eher nach Schuss in den Rücken aus.

»Nidal. Er ist die wahrscheinlichste Wahl. Seine Mutter starb bei der Geburt. Er ist Shakans erstes Sprachrohr, wenn dieser sich nicht selbst um die Angelegenheit kümmern will. Schon als Kind war Nidal ein ausgezeichneter Stratege und Lügner.«

Wisch. Der Altersunterschied wird größer, ich schätze ihn auf Anfang zwanzig. Seine schwarzen Haare trägt er deutlich länger als seine Halbbrüder. Seine Wangenknochen sind stärker ausgeprägt, sein Kinn spitzer. Ich würde vermuten, dass er mehr nach seiner Mutter kommt. Ihm haftet eine Schärfe und Eleganz an, die den anderen fehlt.

»Enver. Meine Spione und der gesamte Hofstaat nennen ihn den Eisprinzen. Es sind ein paar Gerüchte im Umlauf, dass er als einer von Shakans Auftragsmördern ausgebildet wird. Er meidet die Öffentlichkeit, wo er nur kann. Und wenn, redet er wohl kein einziges Wort.«

Ein Assassine? Verflucht, was habe ich mir nur dabei gedacht?

Wisch. Ein junger Mann mit glattrasiertem Schädel, er trägt seine Uniform mit sichtlichem Stolz und das Grinsen in seinem Gesicht verursacht mir Übelkeit, als würde er nichts lieber tun als aus Spaß Knochen zu brechen und zu foltern. Irgendwie kommt er mir bekannt vor. »Aurelius – oder Blutkralle, wie er sich selbst nennt. Er ist einer von Shakans Bastarden. Der Angriff vor ein paar Wochen ging auf sein Konto. Seither haben meine Spione ihn nicht mehr gesehen. Es besteht also die Möglichkeit, dass er getötet wurde.«

Ist er der Soldat, der in den Spalt gefallen ist? Ich erinnere mich nur dunkel, und wegen des Rauchs und meines Sauerstoffmangels konnte ich ihn nicht deutlich erkennen. Aber er muss es sein. Ich habe einen von Kaiser Shakans Söhnen getötet.

»Das nennt Shakan *viele*?«, fragt Kerasie verächtlich.

»Noch können wir einen anderen Plan ausarbeiten«, sagt Az sanft.

Ich reiße den Kopf hoch. »Nein!«

Keßler, Marks und die anderen haben mir beigebracht, dass ich mich vor den Calarianern nicht fürchten darf. Furcht lähmt. Sie betäubt. Sie lässt dich irrationale Dinge tun. Vorsicht ist gut. Nicht, dass ich das in jüngster Zeit oft gewesen wäre.

Wenn ich Kaiser Shakan wäre, würde ich Nidal auswählen. Mit Worten lässt sich eine Feindin vielleicht schnell um den Finger wickeln. Er wird genauso gut wissen wie ich, dass wir mit einer Falle rechnen. Nur weiß keiner der Stimmen, dass ich mehr beabsichtige, als Zeit zu schinden. Selbst Coram hat mir meine Lüge heute Morgen am Frühstückstisch abgenommen.

Ich will in ihre Falle tappen. Ich will, dass sie mich nach Calarian bringen. Nur dort kann ich den Kaiser töten.

DU MUSST SCHON REINGEHEN.

Als ob ich das nicht selbst wüsste. Trotzdem rühre ich mich nicht. Ich weiß, dass ich Training brauche, dass es die Bedingung der Stimmen ist. Dass sie mich sonst nicht gehen lassen. Der Schild der Edenprime muss mich für verrückt halten. Wenn lässt er es sich jedenfalls nicht anmerken und starrt stur geradeaus. Laran hinter mir bleibt ebenfalls stumm. Jetzt könnte ich gut einen Arschtritt gebrauchen.

Alles in mir sträubt sich dagegen, diese Tür zu öffnen und der Edenprime gegenüberzutreten. Sie hat sich zwar auf meine Seite gestellt, aber …

Blue hopst von meiner Schulter auf die Türklinke und drückt sie mit ihrem Gewicht herunter. Die Tür schwingt auf und Blue hat Mühe, das Gleichgewicht zu wahren. Der intensive Duft nach Blumen steigt mir in die Nase. Wahnsinn, hier drin sind so viele unterschiedliche Pflanzen, dass ich kaum die Wände erkenne. Als wären wir draußen und nicht im Palast. Blue flattert durchs Zimmer, zögerlich trete ich ein und Laran schließt die Tür hinter uns.

»Haben die Stimmen dich solange aufgehalten?«, fragt die Edenprime, die vor einer Blume mit großen violetten Blüten hockt und sie zurechtschneidet. »Ich freue mich, dass du weißt, was du willst und wie du es erreichst. Sie brauchen eine starke Königin.«

Ich schlucke meine Widerworte herunter. »Ich bin hier, damit du mir beibringst, Eden zu nutzen.«

Sie blickt weiter auf die Pflanze, ihre Hände verharren in der Bewegung. »Ich weiß, es gibt niemand anderen. Aber ich bin nicht die richtige dafür.«

»Ich muss es lernen, ob ich will oder nicht.«

Langsam steht sie auf und klopft sich das Kleid ab, obwohl kein Erdkrümel darauf zu erkennen ist. Sie zeigt auf die Couch, die zwischen mehreren fächerartigen Pflanzen beinahe verschwindet. Wir setzen uns mit genug Abstand, um uns nicht zufällig zu berühren.

»Es geht nicht, um lernen oder können«, flüstert sie und streicht über die grünen Blätter. Winzige Leuchtkugeln entstehen ihrer Bewegung folgend und schweben unter die Zimmerdecke. »Es geht um Vertrauen, um Balance, um Gleichgewicht. Ich habe nichts davon, deswegen fühlt sich die Berührung mit Eden an, als würde ich fallen. Du kannst vertrauen, Tali. Vertraue Eden, aber vergiss dabei niemals, wer du bist.«

»Ich habe eher an praktische Übungen gedacht. So was wie Laserbeschuss aufhalten, Erdbeben und sowas. Zur Verteidigung natürlich«, füge ich schnell hinzu.

»Du kannst vielleicht den Wind beeinflussen, um den … ihn umzulenken.«

Ich erkenne, dass sie wirklich versucht, sich Mühe zu geben. Aber es ist nur ein Versuch und nicht wirklich hilfreich. Den dunklen Ringen unter ihren Augen nach hat sie genauso viel geschlafen wie ich. Fast gar nicht.

»Wir können es mit Kissen ausprobieren.« Sie steht auf, langt unter die Couch und zieht ein dunkelgrünes hervor.

Ich entferne mich ein paar Schritte von mir. Laran tritt hinter mir. Mit dem Kissen macht sie hoffentlich ihre Pflanzen nicht kaputt, denn ich habe keine Ahnung, wie ich es aufhalten soll, ohne meine Hände zu benutzen.

Sie nickt in unsere Richtung, wirft und ich fange es geistesgegenwärtig auf. Denke nicht mal an Eden. Laran hat nicht mal gezuckt, um mich zu umarmen. Verdammt!

»Vielleicht solltest du deine Augen schließen und dich zuerst mit Eden verbinden.«

Ich atme tief ein, werfe ihr das Kissen zu und tue wie geheißen. Larans Wärme umfängt mich, aber sein Griff ist wie am See. Ich schiebe den Vorhang ein minimales Stück zur Seite, sodass ich ein wenig von Edens Kraft spüren kann. Vielleicht kommt es ja drauf an, ob ich in die Leere trete oder in meinem Geist bleibe?

Ich öffne die Augen und sehe gerade noch, wie das Kissen auf meinen Kopf zufliegt. Ich reiße den Arm hoch, aber es verharrt bereits schwebend in der Luft. Blue rauscht von oben herab, flattert vor meinem Gesicht und schafft es, mir über die Wange zu lecken.

Super!, jubelt sie in meinem Kopf.

Ich habe keine Ahnung, wie ich das getan habe.

Hast du Ophelie nicht zugehört? Es geht um Vertrauen. Du musst Eden vertrauen, dann wird sie dich beschützen.

TODESURTEIL

Jemand packt mich am Oberarm. Ich trete aus, werfe mich zur Seite. Die Decke wickelt sich enger um mich, bremst meine Abwehr. Das Licht blendet mich. Mit der freien Hand lange ich nach dem Dolch unter dem zweiten, unbenutzten Kissen. Mein Handgelenk wird gepackt, Schmerz schießt hindurch.

Ich stemme mich mit all meiner Kraft gegen die beiden Angreifer, aber wie ein Käfer auf dem Rücken habe ich keine Chance. Sie drücken ihre freien Hände gegen meine Schultern. Der Schmerz macht mich vollends wach.

Einer beugt sich über mich. Es ist einer von Dankres Lieblingstrainigspartnern. Mohande ist groß, breit und hat etwa die doppelte Muskelmasse von mir. Wenigstens haben sie mich nicht umgebracht. Wo ist Arian? Wieso hat er sie nicht aufgehalten?

Wenn sie mich hätten töten wollen, hätte ich es vermutlich nicht einmal bemerkt. Ich höre auf, mich zu wehren, was sie nicht dazu bewegt, ihren Griff zu lockern.

»Aufstehen!«, lese ich von Mohandes breiten Lippen ab.

Ich nicke. Der Zweite, den ich noch nie im Palast gesehen habe, lässt meinen Arm los. Mohande nicht. Er zieht mich ruckartig auf die Füße. Wir verlassen mein Schlafzimmer, ohne den Umweg über den Kleiderschrank.

Scheiße!

Umgeben von Palastwachen und drei weiteren Männern, die ich nicht kenne, liegen Arian und Rune beide mit dem Gesicht nach unten auf dem Boden – nackt. Arian in einer Blutlache, die hoffentlich von der Wache neben ihm stammt, der ein Dolch in der Brust steckt. Arian dreht mühsam den Kopf, unsere Blicke treffen sich. Zorn sprüht aus seinen Augen, kein Funken Angst. Vielleicht wird der Kaiser meinen Tod befehlen, meine besten Freunde werden auf jeden Fall hingerichtet.

Mohande zerrt mich vorwärts, an den beiden vorbei. Arian und Rune werden auf die Beine gezogen, festgehalten von je zwei Männern und einem dritten, der ihnen einen deaktivierten Betäubungsstab gegen den Rücken drückt.

Könnte ich nur reden!

Dann könnte ich Mohande bitten, sie sich wenigstens anziehen zu lassen. So laufen Arian und Rune mit hocherhobenen Köpfen nackt durch die Gänge des Palastes. Wenigstens ist es so spät oder früh, dass wir niemandem, die Wachen ausgenommen, begegnen – selbst nicht in dem Teil des Palastes, in dem der Kaiser untergebracht ist und es normalerweise von Boten, Beratern oder Prostituierten nur so wimmelt. Zumindest, wenn man den Gerüchten vertrauen kann. Ich selbst bin noch nie hier gewesen.

Ein Wachmann öffnet vor uns eine unscheinbare Tür, Mohande zerrt mich hindurch. Mein Blick fällt zuerst auf das getrocknete Blut am Boden, das offenbar bewusst nicht weggewischt wurde, dann auf die beiden Throne, die denen im Blauen Saal ähneln.

Beim Anblick meiner Mutter wäre ich Mohandes festem Griff fast entwischt, aber sofort packt mich seine zweite Hand am rechten Oberarm. Sie wirkt wie eine andere Frau, die ich nicht kenne. Dunkelviolette Ringe liegen unter ihren Augen, ihre goldenen Armreifen wirken an ihren dünnen Handgelenken riesig und drohen, herunterzurutschen.

Sacht, kaum mehr als eine Andeutung, schüttelt sie den Kopf. Wut steigt mir wie Galle in die Kehle, verätzt alles auf ihrem Weg. Wie kann dieser Mann, der Kaiser, mein Vater, sie so leiden lassen! Sie gehört ins Bett und nicht auf einen verdammten Thron!

Ich wende mich ihm zu und bemerke, dass er längst zu uns spricht. Ohne Kontext und zu wütend habe ich keine Chance, auch nur ein Wort von seinen Lippen abzulesen. Meine Mutter übersetzt nicht, Joiel ist nicht hier. Rune und Arian stehen hinter mir, festgehalten und entblößt. Ich wage nicht, den Kopf zu drehen, um sie anzusehen.

Obwohl es vermutlich keinen Unterschied macht. Mein Vater weiß, wie wichtig mir Arian und Rune sind. Er kennt meine Schwäche. Ich habe ihm nur nie einen Anlass gegeben, sie gegen mich einzusetzen. Wieder schaue ich zu meiner Mutter. Obwohl sie so erschöpft ist, fleht ihr Blick mich an, mich zu konzentrieren, mich zusammenzureißen.

Ich weiß, dass mein Leben auf dem Spiel steht!

Aber es ist mir gleich!

Wenn Arian und Rune sterben, öffentlich hingerichtet, um ein Exempel zu statuieren, ist mein Leben vorbei.

Mohandes Griff wird fester, so als fürchte er, ich könne mich losreißen. Der Kaiser wedelt mit der Hand und Mohande schiebt mich zurück zum Ausgang. Nein! Was geht hier vor sich? Wo bringt er mich hin?

Ich verrenke mir den Hals, um zu meiner Mutter zu schauen, aber ihr Blick ist gesenkt. Weder Arian noch Rune sehen mich an. Nein! Ich lasse nicht zu, dass die beiden sterben.

Ich stolpere und remple eine Wache an. Mohande stößt von hinten gegen mich, aber er bemerkt zu spät, dass es meine volle Absicht war. Ich ziehe der Wache den Dolch aus der Scheide und aktiviere die Laserklinge, die flackernd herausfährt. Blind stoße ich zu, spüre wie die Klinge tief eindringt und rieche verbrannte Haut. Aber statt mich loszulassen, wirft Mohande sich mit seinem gesamten Gewicht auf mich. Schmerz durchfährt mein Handgelenk, meinen Rücken und ich muss den Dolch loslassen. Die Explosion in meinem Schädel stößt mich in die Dunkelheit.

MEIN KOPF DRÖHNT, meine Kehle ist wie ausgedörrt und mein Körper fühlt sich an, als wäre ich plattgewalzt worden. Ich reibe mir über die Augen. Was ist geschehen? Habe ich gekämpft? Arian hätte mich nie nach dem Training ins Bett gehen lassen, ohne ausreichend getrunken zu haben.

Aber ich liege gar nicht in einem Bett.

Ich reiße die Augen auf. Über mir befindet sich eine Metalldecke und ich liege auf mehreren Sitzen, die definitiv nicht als Schlafplatz geeignet sind. Ruckartig setze ich mich auf, Schmerzen rasen wie Feuer über mein Rückgrat.

Arian sitzt mir gegenüber, die Hände gefesselt, in seiner Uniform und eindeutig am Leben.

»*Was ist passiert?*«

Arian hebt die Hände. So kann er nicht gebärden, und ich habe keinen Schlüssel, um die Handschellen aufzuschließen. Ich deute auf meine Lippen. Das grelle Licht reicht vollkommen aus.

Er seufzt, spricht aber so langsam und deutlich, dass ich mir den Sinn seiner Worte zusammenreimen kann. »Wir haben eine Mission. Wir sollen eine Verhandlung mit Prinzessin Talea Eden führen.«

Was? Habe ich seine Lippen richtig gelesen? »*Verhandeln mit Prinzessin Talea Eden?*«

Arian nickt. »Hochzeit.«

»*Eine Hochzeit mit wem?*«

Er deutet in meine Richtung.

Der Kaiser lässt mich die Prinzessin von Eden heiraten? Das kann doch nicht wahr sein! Was bezweckt er damit? Will er mich …?

»Das Leben deiner Mutter und von Rune hängen davon ab. Nur die Prinzessin kann sie retten.«

Der Kaiser erpresst mich mit dem Leben meiner Mutter? Sie ist seine Ehefrau, die Kaiserin. Er kann sie doch nicht einfach ausschalten? »*Welche Rolle spielt die Prinzessin dabei?*«

»Wir werden sie treffen und entführen.«

Der Kaiser will Eden. »*Was hast du ihm erzählt?*«

»Was ich musste, um Rune zu retten.«

»*Hast du ihm gesagt, dass Eden heilende Kräfte besitzt, dass man jede Krankheit und sogar den Tod besiegen kann?*«

Arians Nicken lässt mein Inneres zu Eis gefrieren. Meine Mutter hat mir diese Geschichten erzählt, um mich zu beruhigen, um sich selbst zu beruhigen. Drei Fehlgeburten, zwei verstorbene Säuglinge, bis ich geboren wurde und überlebte. Sie habe Eden angefleht, mich zu retten. Die Ärzte haben von einem Wunder gesprochen, sie von der Segnung Edens. Von einer Frauenstimme, die ihre Gebete erhört hatte. Sie erzählte mir die ersten Geschichten von Eden, die ich niemals in einem Buch gefunden habe. Von denen der Kaiser sicher keine Kenntnis hatte, sonst hätte er alles in die Waagschale geworfen, um an Edens Kraft zu gelangen. Er will sie für den Krieg.

»*Wieso?*«

»… Tod. … Wahl.« Er hat den Kopf gesenkt, weicht meinem

Blick aus.

Aber ich brauche seine Lippen nicht vollständig zu lesen. Sonst hätte der Kaiser uns alle getötet. Ich verstehe Arian. Wenn ich jemanden so lieben würde, hätte ich wahrscheinlich dasselbe getan.

»Und wenn er hat, was er will? Was geschieht dann?«

ZWISCHEN HIMMEL UND ERDE

»Wir sind gleich da.«

Larans Stimme reißt mich aus den Gedanken. Meine Augenringe machen seinen inzwischen Konkurrenz, seine wurden allerdings nicht unter Tonnen von Make-up verborgen. Der Transporter schwankt und ich kralle mich an die Sitzlehne vor mir. Gut, dass ich heute Morgen nicht gefrühstückt habe.

»Bist du bereit?«, fragt Laran und sieht mich durchdringend an, als wolle er herausfinden, ob ich gleich lügen werde.

»Aus dieser Todesfalle rauszukommen, scheiße, ja.«

Dieses Raumschiff ist älter als ich. Kaum mehr als ein verrostetes Shuttle, das bestimmt schon ewig nicht mehr vom Boden abgehoben ist. Meine Brüder würden die Technik vermutlich antik nennen, aber trotz der Turbulenzen durch die Winterwinde hat es seinen Dienst bisher erfüllt. Ich habe es ernsthaft bezweifelt.

Gut, dass Blue nicht da ist. Sie hasst es, in einer kleinen Blechbüchse eingesperrt zu sein. Mit meiner eigenen Nervosität hätte ich es nie geschafft, sie zu beruhigen.

»Wir sind in Position«, ruft einer der Piloten, der bestimmt in

Corams Alter ist.

Laran reicht mir seine Hand und ich halte mich fest, um auf dem schwankenden Deck nicht zu stolpern. Mein smaragdgrünes Kleid raschelt bei jedem Schritt. Immerhin ist der Stoff so leicht, dass er mich nicht groß behindert, aber Hosen wären mir trotzdem lieber gewesen. Der zweite Pilot öffnet eine Luke an der Seite des Shuttles. Wind reißt an mir und peitscht ein paar Regentropfen in die enge Kabine. Laran führt mich zu einer Stange, die an der linken Wand des Luftschiffes befestigt ist, und positioniert sich vor mir, um mich vor dem Wind abzuschirmen. Ein Korb baumelt nur gehalten von einer Eisenkette und einer Art Greifarm vor der Luke, dem Wind hilflos ausgeliefert. Laran steigt zuerst in den Korb, der vermutlich dazu gedacht ist, Fracht auf- und abzuladen, ohne dass das Shuttle landen muss. Der Pilot hebt mich in Larans Arme, weil die Lücke zu groß ist für meine kurzen Beine. Mit einem Arm umklammert Laran mich, mit dem anderen eine Haltestange über seinem Kopf. Dann nickt er dem Piloten zu.

Der Korb sackt in die Tiefe. Mein Magen hüpft in meinen Hals. Der Wind bläst mir ins Gesicht, enthüllt meine nackten Beine. Ich kneife die Augen zusammen und klammere mich an Laran. Die Kette rasselt. Wir werden langsamer. Ich wage es, die Augen zu öffnen – und erstarre.

Kein Hologramm wird dem Pass gerecht. Brocken, manche so groß wie mehrere Häuser, schweben im Himmel. Wolkenfetzen versammeln sich um sie. Pflanzen, ähnlich wie Seile, mehrere Arme dick, verbinden die Felsen miteinander. Auf einigen der Felsen blühen Blumen, Bäume, deren Wurzel sich an den Stein krallen, recken ihr dichtes Blattwerk gen Himmel. Kleine Tiere fliehen ins Gebüsch oder sausen zeternd in die Lüfte davon. Mit einem harten Ruck setzt der Korb auf einem Felsen auf.

Laran schwingt sich über den Rand und hilft mir hinaus. Mein

Herz springt gleich aus dem Brustkorb. Vereinzelt blitzt ein Strahl Sonnenlicht durch die dicke Wolkendecke. Istasyer, der Schild der Edenprime, marschiert auf uns zu. Hinter ihm ragt eine Art Container auf, quadratisch, teilweise mit Pflanzen überwuchert.

»Das calarianische Schiff ist schon angekommen. Sie warten auf der anderen Seite.«

Er und Laran tauschen einen Blick und Istasyer schüttelt einmal harsch den Kopf. Er hat den Prinzen also nicht gesehen.

Ich atme tief durch. »Gehen wir.«

Ich rufe mir die Gesichter in Erinnerung, bete stumm die Informationen herunter, die Az mir zu ihnen gegeben hat. Ich werde nicht in Kaiser Shakans Falle tappen. Er hat keine Ahnung, mit wem er sich angelegt hat.

Laran öffnet die Tür und betritt vor mir den Raum. Der Container ist innen nicht verkleidet, die gleiche graue Wand wie außen wirkt nackt ohne die Pflanzen. In der Mitte steht ein Metalltisch, daran vier Stühle.

Calarian will keinen Frieden.

Meine Hand zuckt instinktiv zu der Waffe, die ich natürlich nicht trage. Aber weder Prinz Enver noch sein Leibwächter rühren sich. Wie wir sind sie nahe bei ihrer Tür gegenüber stehengeblieben. Enver trägt eine Militäruniform, fast vollkommen schwarz, mit ein paar roten Highlights. Seine eisblauen Augen sind in Realität intensiver, aber genauso kalt wie sein Ruf.

»Prinzessin Talea Eden«, stellt Laran mich vor.

»Prinz Enver von Calarian«, folgt Envers Leibwächter Larans Beispiel.

Er ist etwas kleiner als Enver, trägt die blonden Haare an den Seiten abrasiert und das Haupthaar dafür umso länger, dass es auf der rechten Seite sein Ohr berührt. Definitiv kein Militärhaarschnitt. Aber seine Muskeln und sein Raubtierblick verraten mir sofort, dass er fürs Töten geschaffen wurde. Ob er dasselbe Programm wie Az durchlaufen hat? Ob hinter seinen gefühllosen Augen genau das steckt: ein gewissenloses Monster?

Der Leibwächter deutet auf den Tisch und die Stühle, aber keiner von uns rührt sich. Istasyer hat den Raum nach Bomben oder sonstigen Fallen abgesucht und nichts gefunden. Das braucht es auch nicht. Hier stehen sich drei tödliche Männer gegenüber. Wenn Prinz Enver dem Bild entspricht, das die Spionageberichte zeichnen, bin ich mausetot, sobald er mich berührt.

Nur wird er nicht an mich herankommen.

Ein Gedanke und ich stürze mich hinter den Vorhang. Mit Edens Kraft und meinem Training bei meinen Brüdern werde ich sie auf Abstand halten.

Aber deswegen bin ich nicht hergekommen. Ich will einen Weg nach Calarian, und Prinz Enver bietet mir die einzige Gelegenheit dazu.

»Es freut mich, Euch kennenzulernen, Prinz Enver.« Ich gehe betont selbstsicher zum Tisch und setze mich. Laran bleibt hinter mir stehen. »Aber, ehrlich gesagt, habe ich mit Eurem Bruder Nidal gerechnet. Es hält sich das hartnäckige Gerücht, dass Ihr nicht an einer Hochzeit interessiert seid.«

Keine Reaktion.

»Das Gerücht über Euren Tod hielt sich deutlich länger, Prinzessin Talea«, erwidert der Leibwächter.

»Tja, offenbar sollten wir nicht so viel auf Gerüchte geben.« Ich lächle ihn an, obwohl mir das alles abverlangt. »Wie ist Euer Name?«

Seine Augenbrauen heben sich minimal. »Arian, Prinzessin.«

»Arian«, wiederhole ich. »Hat sein Vater ihm die Zunge rausgeschnitten oder hat er ein Schweigegelübde abgelegt, denn zumindest dieses Gerücht scheint zutreffend zu sein.«

Laran versteift sich neben mir. Ob er irgendwann einschreiten wird, wenn ich mich weiterhin nicht an Az' Rat halte? Wenn ich sie so offen provoziere? Ich hatte nie die Absicht, die sanfte, eingeschüchterte Prinzessin zu mimen. Calarianern muss man mit Stärke begegnen, alles andere halten sie für erbärmlich.

»Weder noch, Prinzessin …«

Eine Explosion schneidet Arian das Wort ab. Laran reißt mich von dem Stuhl und wirbelt mich herum. Das einzige Deckenfenster splittert und Glasscherben regnen auf den Tisch. Unsere Tür geht auf und Istasyer prescht in den Raum, in der einen Hand ein Schwert, in der anderen eine Laserpistole.

»Raus!«, brüllt er.

Laran hebt mich hoch und stürmt nach draußen. Eine Rauchwolke hängt am Himmel, wo zuvor unser Transporter war. Wo ist er hin? Wieso sollten die Calarianer ihn abschießen?

Nein! Nein! Nein! Ein monströses Raumschiff schiebt sich durch die Rauchwolke, schwarz und mit dem roten Wappen des Kaisers an der Seite. Laran lässt mich los und positioniert sich schützend vor mir.

Aber die Rakete, die auf uns zurast, kann er nicht aufhalten.

Az hatte unrecht. Der Kaiser ist bereit, uns umzubringen.

Ich reiße den Vorhang zur Seite und stürze mich in die sternenübersäte Leere. Meine Knie drohen einzuknicken. Das Blut rauscht dröhnend durch meinen Schädel.

Du bist in Gefahr, Tali!, brüllt Eden von allen Seiten.

Ich spüre die riesige Kraft, die den Pass zusammenhält, das filigrane Ökosystem. Felsen, die aneinander reiben, auseinanderdriften. Lianen, die sich anspannen. Feuer, das unter mir alles zu Asche verbrennt. Vögel, die panisch aufsteigen. Winzige Lebewesen, die in dem Rauch und den Flammen sterben.

Edens leuchtend grüne Fühler umschließen mich, verbinden

sich mit meiner Haut. Meine Adern leuchten auf. Näher und näher ziehen sie mich an sich heran.

Jetzt, Tali!

Ich öffne die Augen. Spüre den silbernen Raketenkörper, wie er durch die Luft rauscht. Ich reiße die Hände hoch. Wind braust an mir vorbei. Nimmt meinen Geist mit sich hinauf. Ich pralle gegen die Rakete, stemme mich mit allem, was ich habe, gegen sie. Ich spüre, wie ich über den Boden rutsche. Wie der fremde Körper sich verlangsamt.

Mein Schrei dröhnt mir in den Ohren. Ich werde hier verdammt nochmal nicht draufgehen!

Langsamer und langsamer. Immer noch nicht genug. Ich forme die Luft zu einem Trichter. Die Rakete rauscht an ihrem Ziel vorbei.

Die Explosion reißt mich von den Füßen. Laran wirft sich auf mich, hält mich, so fest er kann. Der Felsen unter uns zittert. Edens Schmerz rast ungefiltert durch mich hindurch. Steine brechen auseinander, brennende Splitter taumeln in tausend Richtungen davon, versengen die Luft. Lebewesen, hell glühend, erlöschen. Uralte Bäume stöhnen, ihre Rinde verbrennt genau wie meine Haut. Einer kippt, fällt. Ich rausche in die Tiefe wie ein sterbender Stern.

Zu viel. Viel zu viel.

Ich reiße an dem Vorhang, blinzele gegen die Tränen an. Istasyer rennt über den buckelnden Boden. Er hat uns fast erreicht. Licht blitzt auf, brennt in meinen Augen. Istasyer stürzt, bleibt reglos liegen. Laran springt auf die Füße, zerrt mich mit sich, reißt seinen Ärmel auf. Ein grünes Energieschild baut sich aus einer Manschette auf, absorbiert zwei Laserschüsse.

Ich finde einen festen Stand, wappne mich gegen den Schmerz und stürze mich wieder in Eden. Zwei schwarzvermummte Gestalten klettern über den Container. Laran wehrt ihre Schüsse ab.

Das Feuer breitet sich aus, frisst sich an den Lianen entlang. Ich zerreiße sie, damit es nicht auf andere Brocken überspringen kann. Ein Calarianer springt vom Dach. Ich erwische ihn mit einer heftigen Windböe, die ihn gegen den Container schmettert. Pflanzen wickeln sich um ihn, so fest, dass er sich nicht bewegen kann. Vier weitere Attentäter tauchen auf dem Dach auf. Die Tür donnert gegen die Wand und Arian rennt heraus. Ich hechte vor, ignoriere Larans gebrüllten Befehl und schnappe mir Istasyers Laserpistole, die er fallengelassen hat. Der zweite Attentäter springt vom Dach, landet vor Arian. Ich entsichere die Waffe, ziele.

Der Vermummte sinkt mit gebrochenem Genick zu Boden. Arians Blick bohrt sich über die Entfernung hinweg in meinen. Er wartet, ob ich schieße. Ich reiße die Waffe hoch und treffe einen weiteren Angreifer ins Bein. Er fällt vom Container und Arian tötet ihn mit bloßen Händen.

Wie gerne ich diese Mistkerle selbst töten würde.

Achtung! Edens Warnung fegt durch mich hindurch.

Lenkt meine Aufmerksamkeit auf einen zweiten Raketenkörper. Ich richte mich auf, Laran schiebt sich vor mich. Knurrt, getroffen von einem Laser. Mein Geist rast der Rakete entgegen, so schnell und heftig, dass sie über uns explodiert. Feuer verbrennt meine Haut, meine Nerven. Meine Knie geben nach, aber mein Geist ist oben am Himmel, dirigiert die Windböen wie ein Kommandant seine Armee, damit das Feuer und der Schrott nicht auf den Pass niedergehen. Weitere Raketen zerreißen die Luft. Vier oder fünf Stück, zu viele, als dass ich sie gleichzeitig aufhalten könnte. Attentäter seilen sich vom Luftschiff ab. Ich reiße an ihnen, aber sie hängen fest in ihren Geschirren. Donner grollt in der Ferne. Edens Gedanken an Regen drängen gegen meine. Sie will die Feuer löschen, aber ein Gewitter könnte Laran und meinen Körper umbringen.

Ich folge den Raketen, will sie vom Himmel holen. Nein! Sie sind gar nicht auf uns gerichtet! Sondern auf das Raumschiff. Eine wird vom Himmel geschossen. Die anderen greife ich mit unsichtbaren Fingern. Sie hüpfen auf und ab, entgehen dem Abwehrfeuer und ignorieren die Täuschkörper. Gleichzeitig brennt sich die Explosion der einen bis auf meine Knochen. Das Feuer tanzt um mich wie ein Lebewesen. Ich greife danach, ziehe mehr und mehr zu mir heran, zu einem gewaltigen Ball aus Flammen und Energie. Die Hitze frisst sich durch meinen Geist, der Wind reißt an mir, als wolle er mich wie Konfetti über den Himmel verteilen.

»Tali«, höre ich eine Stimme aus weiter Ferne rufen.

Lass Eden los!, brüllt eine Frauenstimme.

Noch nicht! Ich schleudere das Feuer von mir. Wie ein Komet rast es über den Himmel, teilt sich in viele kleine Schweife auf und trifft zielsicher die Attentäter.

Die Raketen schlagen fast zeitgleich ins Raumschiff ein, Explosionen bringen die nahen Brocken zum Wanken. Wie ein verwundeter Vogel rauscht es vom Himmel.

Tali, wach auf!, ruft Springer. *Du stirbst!*

WAS HABE ICH GETAN

Ich wirble herum, suche nach dem Vorhang. Aber am Himmel sind nur Rauch, elektrische Spannung von den herannahenden Blitzen, Donnerschläge, so gewaltig, dass meine schwarzverkohlten Knochen durchgeschüttelt werden. Eine Gestalt formt sich in dem Rauch, mit smaragdgrünen Augen, und streckt mir eine Hand entgegen. *Folge mir!*, befiehlt mein Vater.

Ich ergreife seine Hand und rausche durch die Luft. Der Rauch brennt in Augen und Kehle. Wir durchbrechen ihn. Ein Felsbrocken breitet sich unter mir aus, ein schmutzig grauer Container, davor zwei Lebewesen. Mein Vater führt mich auf sie zu. Ein Mann mit schwarzen Haaren und einem knisternden Schild aus Energie hält meinen Körper umklammert. Laran, er heißt Laran. Und ich heiße …

»Tali!« Larans Stimme fegt durch mich hindurch.

Druck baut sich auf, die Wärme einer Umarmung. Der Vorhang hängt direkt vor mir. Ich werfe mich hindurch und ziehe ihn hinter mir zu.

»Tali!«

Ich reiße die Augen auf. Bekomme kaum Luft, so fest hält

Laran mich mit einem Arm umklammert. Das Energieschild knistert knapp vor meiner Nase, flackert aber bedrohlich an den Rändern.

»Tali!«

»Ich bin wach«, würge ich hervor. Wie klar meine Stimme klingt! Ich wurde doch verbrannt!

Ich hebe meine Arme, obwohl sie Tonnen wiegen. Keine Verbrennungen. Nur blasse, durchscheinende Haut und grünschimmernde Adern. Ach du Scheiße! Was habe ich getan?

Laran lockert seinen Griff ein wenig. Ich lasse die Hände sinken.

Hätte ich mich in Eden aufgelöst wie mein Vater? Wäre gestorben? Im Palast, unter Anleitung von Ophelie, habe ich es geradeso geschafft, ein paar Gegenstände aufzuhalten, die sie auf mich geworfen hat.

Fuck, ich habe mich fast in Eden verloren. Und das nur, weil wir Kaiser Shakan falsch eingeschätzt haben. Az war sich so sicher, dass er Eden mehr will als seinen Sieg.

»Bleib, wo du bist!«, ruft Laran.

Mein Blick schnellt nach vorne. Arian steht da, umgeben von mehreren toten Attentätern, nur ein paar Schritte entfernt. Die Hände erhoben, als wolle er uns signalisieren, dass uns von ihm keine Gefahr droht. Von wegen! Er hat sie mit diesen bloßen Händen umgebracht und keinen einzigen Kratzer davongetragen.

»Kannst du aufstehen?«, flüstert Laran.

Habe ich eine Wahl? Wenn ich liegenbleibe, kann Laran mich nicht beschützen, kann sich nicht wehren.

Ich kämpfe mich auf die Beine. Laran schirmt mich mit seinem Körper ab und hält gleichzeitig meinen Arm umklammert. So kann er nicht kämpfen. Er braucht beide Hände …

Ach so, das Anker-Ding. Hat mein Vater mich zurückgebracht oder war es Laran? Oder beide? Sobald ich zurück im Palast bin, werde ich Ophelie in meinem Zimmer einsperren, bis sie mir endlich alles verrät, was ich wissen muss, um beim nächsten Mal nicht wieder fast draufzugehen.

Ich versuche, mich aus Larans Griff zu winden. Er ächzt, lässt aber nicht los. Wieso? Scheiße. Er wurde getroffen. Ein dunkelroter Fleck hat sich auf seinem Schulterblatt ausgebreitet.

Schritte. Prinz Enver verlässt den Container. Er blutet aus einem Schnitt über seinem linken Auge. Das könnte eine Narbe geben.

Laran hat keine Chance gegen die beiden. Ich könnte mir wieder eine Waffe schnappen. Istasyers liegt nur ein paar Schritte entfernt. Aber die beiden sind ebenfalls umgeben von Waffen. Nach dem Flackern des Energieschildes zu urteilen, hält es nicht mehr viele Treffer aus. Meine einzige Wahl ist Eden.

Ich schiebe den Vorhang nur ein winziges Stück zur Seite. Schmerz explodiert in meinem Kopf. Eine Nadeldecke schlingt sich um meinen Körper und zerfetzt jeden Millimeter Haut. Ich ziehe den Vorhang zu und kämpfe darum, auf den Beinen zu bleiben und mich nicht auf Laran zu übergeben. Seine Finger bohren sich schmerzhaft in mein Handgelenk, der einzige Halt und Anker, den er mir geben kann.

»Wir werden euch nicht angreifen«, sagt Arian, immer noch die Hände erhoben. »Die Raketen hätten auch uns getötet.«

»Wieso sollte Kaiser Shakan seinen eigenen Sohn töten?«, fragt Laran misstrauisch.

Arian sieht nicht einmal zu seinem Prinzen, bevor er antwortet: »Weil ihm niemand wichtig ist, außer er selbst.«

Laran versteift sich. Schritte, diesmal hinter uns. Ich wirble herum. Hebe die Fäuste und lasse sie wieder sinken. Erleichterung flutet meinen Körper und vertreibt das letzte Fitzelchen Angst, das mich noch auf den Beinen hält.

Keßler, Marks, Browzer, Acolyte, Ringer, Ice und Spook eilen in voller Rüstung an uns vorbei. Die Waffen auf die beiden Calarianer gerichtet.

»Wir bitten um Asyl in Eden«, ruft Arian.

Browzer donnert ihm die Schulterstütze seines Lasergewehrs gegen die Schläfe. Marks zieht einen Sack von seinem Gürtel und stülpt ihn Prinz Enver über den Kopf. Laran lässt mein Handgelenk los, knisternd stirbt das Energieschild.

Keßler dreht sich zu mir herum, aufgrund seines Helms kann ich seinen Gesichtsausdruck nicht erkennen. Aber ich kann mir gut vorstellen, wie vorwurfsvoll und wütend er ist.

»Keßler.« Ich mache einen Schritt auf ihn zu.

Er fängt mich gerade noch rechtzeitig auf. Ich presse mein Gesicht an seine Rüstung, um die Tränen zu verbergen, die wie eine Sintflut über meine Wangen strömen. Aber mein bebender Körper verrät mich ohnehin. Keßler hebt mich hoch und hält mich ganz fest. »Ich hab dich, Kleines.«

»Wir sollten uns auf den Weg machen, bevor Verstärkung eintrifft oder das Gewitter hier ist«, schlägt Ice vor.

»Das Gewitter ist vermutlich schneller«, höre ich Marks.

»Schafft du das?«

Nein. Ich kann nicht mehr.

»Gut.«

Ich öffne die Augen, sehe Laran, verschwommen durch den Tränenschleier. Oh, Keßler hat ihn gefragt.

»Was passiert mit denen?«, ruft Browzer dröhnend.

»Wir nehmen sie mit«, entscheidet Marks. »Browzer, Acolyte und Ringer, ihr seid für sie verantwortlich. Ice, du hilfst Laran. Spook, halt die Augen offen.«

Keßler setzt mich behutsam ab. Ich wische mir schnell über das Gesicht, um wenigstens den Anschein zu erwecken, ich hätte mich wieder im Griff. Fuck, ich könnte nicht weiter davon entfernt sein. Ich habe mit Eden getötet. Ich wäre fast gestorben. Bleiben die Schmerzen? Die Kraftlosigkeit? Weil ich getötet habe? Hat Coram mich davor warnen wollen?

Das Geräusch von reißendem Stoff holt mich aus meinen Gedanken. Laran kniet sich neben mich, während Keßler mein Kleid so verknotet, dass es eine Art Hose darstellt. Mein Blick fällt auf Larans Wunden. Ein Durchschuss in der Schulter, ein Streifschuss am Oberarm. Einer am Bein. »Die müssen gereinigt und verbunden werden.«

»Das hast du schon«, erwidert er.

Es donnert. Sein Blick richtet sich auf die Gewitterfront, die sich schnell nähert.

»Daran würde ich mich erinnern!«, protestiere ich.

Laran zieht die angesengte, blutbesudelte Tunika ein Stück nach unten. Die Wunde, die darunter zum Vorschein kommt, sieht aus, als wäre sie mehrere Tage alt.

»Das kann nicht …« Ich strecke meine Finger aus. Nein, stopp, ich habe sie nicht desinfiziert.

»Eden«, sagt Laran.

»Ich habe es gar nicht gemerkt«, hauche ich. Zu sehr war ich mit dem Kampf beschäftigt.

»Aber du hast es getan. Und du wärst fast gestorben!« Laran legt seine Hand an meinen Hinterkopf und presst seine Stirn gegen meine. »Mach das nie wieder!«

Mein Herz klopft viel zu schnell. Wieder stehlen sich Tränen in meine Augen, aber bevor Laran sie zum Überlaufen bringt, lässt er mich los und steht auf.

»Bringen wir dich in Sicherheit.«

Ich nicke, die Lippen fest zusammengepresst, und versuche aufzustehen. Keßler ist schneller, sein Griff an meiner Schulter so unnachgiebig, dass ich mich sofort wieder auf den Boden sinken lasse.

»Denk nicht mal dran, Kleines«, knurrt er und dreht mir den Rücken zu.

Ich schlinge meine Arme um seinen Hals und Marks hilft mir, meine Beine um Keßlers Hüften zu schließen, dann bindet er mich fest. Ist wahrscheinlich besser so, auch wenn ich mich wie ein Stück Fracht fühle.

Am Rand des Felsens angekommen, lege ich den Kopf in den Nacken und schaue zum nächsten hinauf. Die Lianen sehen nicht besonders stabil aus. Keßler zielt mit seinem Seilhaken, schießt und lässt sich hinterherziehen. Der Fahrwind reißt noch mehr Haare aus meiner ohnehin zerstörten Frisur und zerrt an meiner provisorischen Hose.

»Weiter«, drängt Marks, kaum, dass der Letzte unserer Gruppe gelandet ist.

Ich drehe den Kopf. Beide Calarianer sind wie ich auf Browzers und Acolytes Rücken gebunden. Wieder rauschen wir durch die Luft. Tränen rinnen aus meinen Augen, diesmal hat es nichts mit meiner Erschöpfung zu tun. Ich vergrabe mein Gesicht an Keßlers Rüstung, klammere mich fester und hoffe, dass wir bald da sind. Meine Arme und Beine fühlen sich schwer wie Blei an. Lange halte ich das nicht durch.

Der Donner wird lauter und lauter. Der Himmel bricht auf und durchnässt mich. Wasser rinnt mein Gesicht hinunter und klebt mir Strähnen an die Haut. Warm war mir schon vorher nicht, aber jetzt beginne ich zu zittern, meine Zähne klappern.

»Durchhalten, Tali«, raunt Marks und reibt mir im Laufen mit seinem Handschuh über den Rücken. »Wir sind gleich durch das Minenfeld.«

Minenfeld? Die Bomben! Ich reiße den Kopf hoch, aber die

Vegetation sieht nicht so aus, als ob hier welche hochgegangen sind. Vermutlich nutzen wir einen schwer begehbaren Pfad, den die Calarianer niemals aussuchen würde. Keßler schießt und schon rasen wir wieder durch die Luft. Wieder und wieder und wieder.

Au! Meine Knie schrammen über Stein. Keßler packt meinen Unterarm, als hätte er Angst, ich würde loslassen. Ich lasse auf keinen Fall los! Ich könnte Keßler mit in den Abgrund reißen. Nur über meine Leiche!

»Gut festhalten!«, brüllt er über den nächsten Donnerschlag hinweg.

Das Gewitter ist jetzt direkt über uns. Blitze erhellen die Felswand, die Keßler hinaufklettert. Ich versuche, mich so leicht wie möglich zu machen, nicht zu zittern, und flehe den Felsen an, auf keinen Fall unter unserem Gewicht zu bröckeln.

Ich kann schon fast die Kante sehen, an der ein paar wenige Grasbüschel dem Wind trotzen.

Wir rutschen! Meine Finger schrammen über den Stein, klammern sich an einen winzigen Vorsprung. Mein Herz hämmert gegen die Rippen.

»Keßler?«

»Nicht loslassen!«, ächzt er.

Den Felsen oder ihn? Beides? Meine Beinmuskeln schreien, meine Finger bluten. Keßler zieht sich Stück für Stück höher, bis seine Füße wieder Halt finden. Marks hält neben uns an, klettert dann weiter. Keßler rührt sich nicht. Bin ich zu schwer? Ist der Felsen zu bröckelig? Marks erreicht die Kante und hievt sich in Sicherheit. Eine Liane landet auf meiner Schulter.

»Halt dich daran fest!«, brüllt Keßler.

Ein Blitz durchschneidet den Himmel.

»Tali!«

Ich kann nicht. Die Liane ist klatschnass und glitschig. Wir werden abstürzen!

»Du kannst das!«

Fuck! Ich lasse ihn los, greife die Liane. Keßler löst die Sicherheitsvorrichtung des Klettergurts. Ein Ruck und ich werde nach oben gezogen. Der Wind schleudert mich gegen die Felswand. Aber ich lasse nicht los! Festhalten! Festhalten! Festhalten! Festhalten!

Marks packt meinen Arm und zieht mich über die Kante. Ich breche keuchend und schluchzend auf dem kargen Felsen zusammen. Steinchen bohren sich in meine Haut, Regen prasselt wie kleine Hagelkörner auf mich. Aber ich spüre es kaum. Mein Körper ist am Ende, mein Geist ein einziges Chaos aus Panik und Erschöpfung, die mich in einen Strudel tiefer und tiefer hinabreißen.

»Tali!« Keßler zieht mich an seine Brust.

Flatternd öffne ich die Augen. Er hat endlich den Helm abgenommen. Besorgnis zerfurcht sein Gesicht, Wasser tropft von seinen Haaren. Er dreht sich weg, redet mit Marks, aber mein Gehirn kann seine Worte nicht mehr verarbeiten. Dann schiebt er seine Arme unter mich und hebt mich hoch.

»Wach bleiben, Tali, wir sind gleich da.«

Da? Wo? Ich versuche, mich zu konzentrieren, aber jeder Gedanke wird von Schwärze zerfasert. Ich schwebe durch die Dunkelheit auf einen hellen Strahl zu. Geblendet kneife ich die Augen zusammen und verstecke mein Gesicht an Keßlers Rüstung.

Ein gewaltiges Brummen dröhnt in meinen Ohren. Nichts Lebendiges. Die Mauer. Das Tor.

Ich bin zuhause.

ICH BIN AM LEBEN UND HAB VERSAGT

Ich falle. Werde von der Luft zerrissen. Feuer brennt über meine Beine, meine Arme, meine Hände. Frisst mir die Haut von den Knochen. Ich schreie.

»Tali!«

Ich reiße die Augen auf, strecke die Hände aus, um meinen Fall zu bremsen. Mein keuchender Atem und Keßlers Stimme füllen die erwärmte Luft. Ich kralle mich an die fadenscheinige Decke. Was habe ich getan? Was habe ich bloß getan?

»Tali?« Keßler legt mir seine Hand auf die Schulter. »Es ist alles gut. Du bist in Sicherheit.«

Ruckartig setze ich mich auf und schlinge meine Arme um seinen Hals. Keßler erwidert die Umarmung fest. Sein Herz schlägt gegen meines, die Wärme seiner Haut umhüllt mich. Er riecht ausnahmsweise nicht nach Kampf, sondern nach Seife.

Ein Schluchzen entkommt meiner Kehle und reißt meine Mauern ein. Keßler hält mich noch fester, während ich in seinen Armen vor Trauer und Scham zerfließe.

Ich habe mit Eden getötet. Jetzt habe ich Eden verloren.

Wir haben vielleicht die Schlacht gewonnen, aber den Krieg …

Der Kaiser wird nicht aufgeben. Meine Brüder werden sterben. Edens Bürger werden sterben. Coram. Laran. Ophelie.

Meinetwegen.

Weil ich keine Prinzessin bin.

»Du bist in Sicherheit«, murmelt Keßler zum millionsten Mal. »Niemand ist getötet worden.«

»Doch.« Ich erkenne meine Stimme kaum wieder, schniefend, belegt vor Tränen. »Ich habe getötet. Absichtlich.«

»Du oder die.« Keßler schiebt mich ein Stück von sich weg und sieht mir in die Augen. »Weißt du, wie erleichtert ich war, als ich dich unverletzt gefunden habe? Welche Angst ich hatte? Wenn Laran uns nicht gewarnt hätte? Und du ... du warst ...«

Keßlers Hände streichen über meine Arme, als müsse er sich vergewissern, dass sie noch da sind.

Ich wäre fast gestorben. Aber das kann Keßler nicht wissen. Oder?

»Was war ich?«, hauche ich.

»So durchscheinend«, flüstert Keßler. »Deine Augen waren ... grün und dunkel. Du hast dich an mich geklammert, als hinge dein Leben davon ab.«

Ich runzle die Stirn. »Du hast gesagt, ich soll nicht loslassen.«

Keßler schnaubt und bringt damit ein bisschen mehr von dem Soldaten zurück, den ich kenne. Der vor nichts Angst hat. »Ich fürchtete, du könntest das Bewusstsein verlieren und ganz verschwinden. Wie ...«

Mein Vater.

Ich bohre die Fingernägel in die Handfläche, um mich davon abzuhalten, ihn erneut zu umarmen. Das würde ihm nur bestätigen, wie knapp davor ich gewesen bin.

Stattdessen schüttle ich den Kopf und hoffe, dass meine Stimme nicht allzu sehr zittert. »Du hast mir einen Befehl geben.«

»Seit wann hörst du auf meine Befehle?«

»Wenn dein Leben davon abhängt!« Ich öffne meine Fäuste und starre auf die beinahe verheilten Schürfwunden. »Wir wären fast abgestürzt.«

»Fast«, wiederholt Keßler.

Ein Klopfen an der Tür. Ohne Aufforderung tritt Marks ein – in Uniform. Bringt er mich zurück zum Palast? Oder kommen gar die Stimmen und die Edenprime hierher? Wie lange habe ich geschlafen?

Marks interpretiert meinen panischen Blick offenbar falsch. »Laran geht es gut, seine Wunden sind fast verheilt und Dee hat ihm ein Beruhigungsmittel verabreicht, damit er endlich schläft.«

Laran. Er hat mich beschützt, er wurde meinetwegen verletzt. Und irgendwie habe ich ihn geheilt, während mein Geist oben am Himmel in Konfetti zerrissen wurde.

Ich schwinge die Beine aus dem Bett, stürme auf Marks zu und umarme ihn fest. Sie haben ihr Leben riskiert. Sie haben ihre Befehle ein zweites Mal missachtet. Für mich.

»Geht's dir gut, Wirbelwind?«

Ich schüttle den Kopf.

Marks legt seine Hand an meinen Hinterkopf und murmelt: »Ich weiß. Aber verdammt, Tali, du hast den Calarianern in den Arsch getreten. Ich bin stolz auf dich. Wir sind stolz auf dich.«

Mein Herz wird ganz warm und neue Tränen fließen. Ich löse mich von Marks und wische sie energisch weg. Für einen Moment zupft ein Grinsen an meinen Lippen.

Eden. Ich atme aus und schließe die Augen. Ich überlasse meine Brüder dem Tod.

»Tali?« Marks Hand auf meiner Schulter hält mich davon ab, ihm gänzlich den Rücken zuzukehren.

Ich kann ihnen nicht verraten, was ich getan habe. Vielleicht würden sie es gar nicht verstehen. Das Ausmaß meiner Tat nicht begreifen. Woher auch? Bis vor Kurzem wusste ich selbst nichts von Eden, wie sollen sie es dann?

Also lasse ich die Wut und den Frust sich wie ein Schutzschild um meine Gedanken und mein Herz legen.

»Wieso konntet ihr nicht früher stolz auf mich sein? Wieso durfte ich nicht das tun, wofür ihr mich ausgebildet habt?« Anklagend sehe ich zu Keßler. »Wieso durfte ich dich nicht behandeln? Ich hätte es gekonnt! Das weißt du! Ich habe mich so verdammt nutzlos gefühlt.«

»Ach, Kleines.« Keßler seufzt und wirft Marks einen Blick zu.

Der lässt meine Schulter los und geht wortlos wieder nach draußen. Keßler steht von seinem Bett auf und kniet sich vor mich. Ist das Trauer in seinen Zügen? Wieso sollte er ...?

»Ich weiß, dass du es gekonnt hättest. Da oben.« Er zeigt auf meine Stirn, dann wandert sein Finger zu meinem Herzen. »Aber hier? Ich kann nicht verhindern, dass du mich bluten siehst. Aber dass ich deinetwegen vor Schmerzen schreie, *das* kann ich verhindern.«

Ich schlucke meine Erwiderung mit meiner Wut hinunter. Auch hier wollte er mich nur beschützen. Wie konnte ich nur so blind sein? »Du bist mein Bruder.«

»Ich bin ein Klon, Tali. Wenn ich vor fünfzehn Jahren nicht versagt hätte ...«

»Du bist mein Bruder!«, unterbreche ich ihn. »Und es gibt keinen Menschen auf diesem verfluchten Planeten, der mir wichtiger ist.«

Keßler zeigt keine Spur von Überraschung. Ich hoffe, dass er es schon wusste, bevor ich es endlich über mich gebracht habe, es auszusprechen.

»Wenn ich deinen Vater gerettet hätte, hättest du eine Familie –

wie es richtig ist. Du hättest deinen Vater, eine Mutter …«

Wieder ein Klopfen, aber dieses Mal bleibt die Tür zu.

Keßler erhebt sich. »Sie sind da. Du solltest dir etwas anderes anziehen.«

»Nein, dieses Gespräch ist noch nicht beendet!«

Keßler seufzt. »Tali …«

»Du bist mein Dad.« Keßlers überraschter Gesichtsausdruck lässt mich schnell weiterreden. »Und das nicht, weil du fast für mich gestorben wärst und mich jede Sekunde meines Lebens beschützt hast. Also auch, aber … Du hast mir abends vorgelesen, du hast mich ins Bett gebracht. Du hast mir ein eigenes Zimmer geschenkt, du hast mir so viel beigebracht, du hast mich festgehalten, wenn es mir schlecht ging, und du hast mir Freiraum gegeben, wenn ich ihn gebraucht habe. Wenn ich Hilfe brauchte, warst du da oder hast dafür gesorgt, dass Browzer, Shep oder einer der anderen da war. Du hast mir Grenzen gesetzt und Regeln, die ich brechen konnte.« Ich hole Luft. »Du hättest mich nicht mit Laran gehen lassen, du hast um mich gekämpft.«

»Ich habe dich gehen lassen.« Keßlers Stimme ist dunkel und schwer von Emotionen.

»Weil es das Beste für mich war, die einzige Möglichkeit, die du gesehen hast, um mir zu helfen. Du wolltest immer nur mein Bestes. Das macht einen Vater doch aus, oder?«

Keßler bleibt stumm. Seine Miene fast reglos. Könnte ich doch seine Gedanken lesen! »Wenn ich hierbleiben möchte? Würdest du alles dafür tun?«

»Du bist hier nicht sicher.«

»Ich bin nirgends sicher.«

Keßler schaudert sichtlich.

Ich knie mich ihm gegenüber. »Ich habe versagt. Ich will bei euch sterben.«

Er reißt die Augen auf. »Du wirst nicht sterben! Das werden wir nicht zulassen.«

»Ich darf nicht töten.« Ich kann sehen, dass Keßler genau wie ich an das Raumschiff denkt, an die verkohlten Soldaten an den Seilen, baumelnd im Wind.

»Warst du deswegen so …?«

Ich nicke. »Es tut mir leid.«

»Ihr wärt gestorben. Du musstest dich wehren.«

Ich zucke die Schultern. »Eden ist nicht geschaffen für Soldaten.«

Wieder klopft es an der Tür, drängender diesmal.

Keßler richtet sich auf und fährt sich über die Lippen. Er sieht unsicher aus, was nie vorkommt. Nie! »Wir sind Soldaten. Wir befolgen Befehle – dich zu beschützen.«

»Das könnt ihr nur, wenn wir Eden verlassen!«

»Eden verlassen, heißt desertieren. Wir würden alles verraten, was wir sind.«

»Ihr seid mehr als das!« Wütend balle ich die Fäuste.

Keßler schüttelt den Kopf. »Wenn die Bevölkerung von Eden sich dazu entschließt, den Planeten zu verlassen, können wir sie zu einem sicheren, neuen Zuhause eskortieren.«

»Sie sind fünfzehn Jahre lang nicht gegangen! Wieso sollten sie es jetzt tun?«

Die Tür öffnet sich. Az rauscht herein, seine Kleidung schlammbespritzt und feucht. Keßler salutiert sofort. Ich hasse es.

Ophelie eilt an ihnen vorbei. In Hosen, Hemd und einem dunkelgrünen Umhang, der bis zu ihren Knöcheln reicht, hätte ich sie fast nicht erkannt.

»Du bist am Leben.« Ihre Umarmung ist gleichzeitig fest und zerbrechlich.

Ich schiebe sie energisch von mir weg. »Nicht deinetwegen! Ich wäre fast draufgegangen! Eden ist ein Arschloch!«

Wie eingefroren sieht sie mich an.

»Welch obszöne Wortwahl«, mischt Emilius sich ein und verneigt sich galant vor mir, als wären wir im Palast und nicht in Keßlers Holzbaracke. »Unser Plan ist also schiefgelaufen.«

»Schiefgelaufen?«, wiederhole ich. »Keßler!« Ich funkle ihn an, bis er endlich die Habachtstellung aufgibt. »Der Kaiser hätte uns ausgelöscht. Ihm ist nichts wichtiger als sein verdammter Sieg. Wir müssen Eden verlassen! Istasyer ist schon tot, ich werde keinen weiteren meiner Brüder ...«

»Istasyer«, haucht Ophelie und sinkt in sich zusammen. Az fängt sie auf und presst sie an seine Brust. Er scheint mich mit seinem Blick am liebsten umbringen zu wollen.

»Ein Attentäter hat ihn erschossen«, informiere ich sie, wie Dee es mir beigebracht hat. Kurz und schmerzlos. »Tut mir leid, ich konnte ihn nicht beschützen.«

»Das war auch nicht deine Aufgabe.« Corams Kopf stößt fast gegen den Türrahmen. Er sieht besorgt aus, vielleicht ahnt er, was ich getan habe. »Er hat dich mit seinem Leben beschützt.«

»Er wurde hinterrücks erschossen«, präzisiere ich scharf.

Coram zuckt nicht zusammen, nur seine Augen verengen sich leicht.

»Wir müssen Eden aufgeben.«

»Und dann was?«, fragt Az leise. »Ich war dort draußen. Die Galaxis ist kein Ort für jene, die Hilfe suchen. Heimatlose. Geflüchtete. Verstoßene. Wir haben nur Eden. Hier habe ich meine Heimat gefunden. Ich werde sie nicht einfach aufgeben.«

»Niemand wird das«, flüstert Ophelie. »Meinst du nicht, dein Vater hätte es ihnen nicht vorgeschlagen? Die Klone waren nur sein Plan B.«

»Wir werden alle sterben.«

»Lass dich von dieser Niederlage nicht verunsichern, Tali.

Wir haben immer noch Optionen.« Az lächelt mich aufmunternd an.

Ich kann Coram nicht ansehen, auch nicht Az oder Ophelie. »Nein, haben wir nicht.«

Bevor mich einer von ihnen aufhalten kann, husche ich zur versteckten Fluchttür, von der ich nur weiß, wo sie ist, weil Keßler sie mich im Dunklen hunderte Male suchen ließ, stoße sie auf und renne.

DICH ZERREISSEN ANDERE DINGE

Klatsch. Der Stein versinkt schnell im kleinen See, genauso wie die Sonne hinter den Wipfeln der Bäume. Ich greife ziellos nach dem nächsten und schleudere ihn ins Wasser. Der Wind wispert in den Blättern, als wolle Eden mich verhöhnen.

Wenn Blue meine Tante und Az begleitet hätte, wäre sie längst hier und würde mich trösten. Wenn es mir nicht gut ging, habe ich mich oft hier versteckt. Vielleicht kommt sie auch nicht, weil ich keine Verbindung mehr zu Eden habe. War sie nur meine Freundin, weil sie wusste, dass ich die Prinzessin bin?

Klatsch. Mir ist kalt. Ich hätte was Wärmeres anziehen sollen. Meine Schlafkleidung ist nicht dafür geeignet, hier draußen zu sitzen. Kein Stein mehr – Mist. Ich atme tief ein und ziehe die Knie an die Brust.

Die Oberfläche des Sees wird immer dunkler, je mehr das Tageslicht schwindet. Ein paar Vögel zwitschern in der Nähe, die letzten Strahlen glitzern auf ihrem grünen Gefieder. Etwas raschelt im Unterholz. Ein Ast bricht.

Ich bewege mich nicht. Wenn es Calarianer sind, sollen sie mich ruhig erschießen. Wenn nicht, übersieht mich vielleicht, wer auch immer da kommt.

Leider nicht, Schritte nähern sich. Jemand bleibt hinter mir stehen.

»Geh weg!«

»So wie du nicht gegangen bist?«, fragt Coram.

»Vielleicht hätte ich das tun sollen!« Verfluchte Wut. »Du hattest recht.«

»Das hat schon lange niemand mehr zu mir gesagt.« Er setzt sich mit einem Stöhnen neben mich. »Hilf mir mal aus dem Umhang. Du zitterst.«

Ich öffne die Schnalle an seinem Hals und wickle mich fest in den warmen Stoff ein.

»Du hast getötet.« In seiner emotionslosen Stimme schwingt keine Frage mit.

»Hat Laran es dir gesagt?«

»Nein, du.« Er rutscht auf dem Boden herum, vermutlich, um eine angenehmere Position zu finden. »Falls dem nicht so ist, darfst du mich gerne darüber aufklären, wieso du nicht mehr alles tun willst, um den Calarianern in den Arsch zu treten.«

»Ich wäre fast gestorben.«

»*Das* hat Keßler mir erzählt. Und es ist unsere Schuld. Wir hätten wissen müssen, dass deine Kontrolle über dich selbst und Eden nicht ausreichend genug ist, um deine Kraft in einem Kampf auf Leben und Tod einzusetzen. Das ist unser Fehler.«

»Aber ich habe getötet! Meinetwegen werden wir alle draufgehen! Ich habe Eden verloren!«

»Das bleibt abzuwarten«, brummt Coram.

Verwirrt starre ich ihn an. »Wieso ist Blue dann nicht hier? Sie würde …«

»Ich weiß ja nicht, wie deine Brüder Blue nach Edenstellar bekommen haben, aber sie hat sich mit Zähnen und Klauen gewehrt in den Transporter zu steigen. Versteh ich, das Ding hat furchtbar gewackelt. Dass der nicht auseinanderfällt, ist auch alles.«

Das kann ich mir nur zu gut vorstellen. Nur wenn ich Blue festgehalten habe, war sie die Fahrt über annähernd ruhig.

Trotzdem. »Du hast doch gesagt …«

»Ich weiß, was ich gesagt habe«, unterbricht er mich. »Und doch hat Laran gesehen, wie Keßler am Pass abgerutscht ist und plötzlich von Luft gehalten wurde.«

Fuck! Wir wären gestorben? »Aber ich … ich … war …« Kaum bei Sinnen. Ich hätte es doch gespürt, wenn ich den Vorhang beiseitegezogen hätte!

»Eden lebt in jedem Atom, Tali. In dem See, in den Steinen, die du hineingeworfen hast, in den Bäumen, in der Erde und in der Luft. Eden hat verhindert, dass ihr abstürzt. Und dass heißt, du hast sie nicht verloren.«

»Aber …«

»Ich bin nicht allwissend, Tali.« Corams Blick richtet sich auf den See. Die Dunkelheit hat sich über uns gesenkt und lässt die Bäume wie gespenstige Riesen aussehen. »Ich kann dir nur weitergeben, was mir dein Vater über Eden erzählt hat. Er … war eine sanfte Seele. Er hat es gehasst, mit Ophelie zu streiten oder irgendwem sonst. Du bist in dieser Hinsicht nicht wie er.«

Ich ziehe den Mantel fester um mich. Könnte Coram recht haben? Könnte ich Eden noch nutzen?

»Willst du es probieren?«

Was? Erschrocken schaue ich Coram an.

Sein Ton klingt mitfühlend. »Es ist nur eine Idee, Tali. Gedankengänge eines alten Mannes. Ich verstehe, wenn du es nicht willst.«

Ich atme ein paar Mal gegen die Panik an. Will ich es versuchen? Was, wenn ich wieder diese Schmerzen spüre oder schlimmer noch: Edens Ablehnung? Wenn … die Hoffnung in mir grausam stirbt?

Mit einem Satz bin ich auf den Füßen und stolpere beinahe über Corams viel zu langen Umhang. »Ich will!«

Sein Lächeln kann ich trotz des dichten Barts erkennen, dann wendet er den Blick in Richtung Waldrand. »Laran, komm aus deinem Versteck und mach dich nützlich.«

Laran? Was? Wieso?

Eine Gestalt löst sich aus den Schatten und kommt mit energischen Schritten auf uns zu. Er hält neben Coram an und hilft ihm hoch. Betreten schaue ich zu Boden. Coram hat sich neben mich gesetzt, obwohl er wusste, dass er Hilfe annehmen muss, um wieder auf die Beine zu kommen.

»Seit wann bist du hier?«, frage ich Laran leise.

»Ich habe dich keinen Moment aus den Augen gelassen, seit du das Camp verlassen hast.«

Wirklich? Davon habe ich nichts mitbekommen. »Wieso hast du mich nicht zurückgebracht?«

»Es drohte keine Gefahr. Und ich hatte das Gefühl, du brauchtest die Zeit alleine.«

Ein Danke kribbelt an meiner Zungenspitze, aber ich bringe meine Lippen nicht dazu, sich zu öffnen.

»Wir sollten anfangen, bevor Az deinen Brüder befiehlt, dich zurückzubringen.«

Ich will den Mantel von den Schultern schieben, aber Coram hindert mich daran. »Behalte ihn an, es ist kalt.«

Mein Blick wandert unsicher zwischen den beiden Schilden hin und her. Coram hat es vorgeschlagen, nur seinetwegen denke ich überhaupt darüber nach, Eden nochmal zu berühren. Aber Laran war mein Anker, hat sein Leben riskiert, um mich zu beschützen. Ich habe ihm nur Vorwürfe gemacht, obwohl er nichts dafür konnte.

Ich schlinge Laran die Arme um die Brust und presse mein Gesicht gegen seine kalte Tunika. Sie riecht nach Rauch, Feuer und Blut. Ein Geruch, der mir nur allzu vertraut ist. Der mich mutig werden lässt. Ich atme ihn tief ein.

Laran zögert, dann erwidert er meine Umarmung. So fest, dass ich kaum noch Luft bekomme. Fest genug, um mir zu versichern, dass ich absolut sicher bin.

Ich schließe die Augen und öffne den Vorhang einen winzigen Spalt.

Tali, raunt Eden.

Keine Schmerzen. Keine Nadeldecke. Nur Edens warmes, grünes Glühen, das mich erleichtert willkommen heißt. Erleichtert? Wieso? Ich habe unsere Verbindung aufs Spiel gesetzt. Das Überleben meiner Brüder. Die Möglichkeit, die Calarianer zu bezwingen.

Es tut mir leid, rufe ich in die sternenübersäte Leere. *Ich hatte keine andere Wahl. Sie hätten uns getötet. Laran, meine Brüder …*

Du hast keine … Angst vor mir?

Ich stutze. Angst? Ich wäre beinahe gestorben, aber Furcht habe ich zu keinem Zeitpunkt empfunden. Nur Wut. *Nein. Das erste Mal in meinem Leben habe ich wirklich etwas bewirkt.*

Eden strahlt heller, ihre Kraft flutet durch meinen Körper. Lässt den Vorhang flattern. Ich spüre das Wispern des Windes, der durch die Blätter streicht und an meinen Haarsträhnen zupft. Spüre das Leben im See, im Unterholz, die Wurzeln, die sich unter meinen Füßen verbinden. *Hattest du Angst, ich könnte wie meine Tante werden? Dich fürchten? Dich meiden?*

Ich spüre ihre lautlose Bestätigung, die wie Schauder über meine Haut fliegen. *Ich leide, Tali. Die Calarianer zerstören mich Stück für Stück. Ich bin nur so stark wie du, Tali, verkrafte nur so viel wie du. Dein Vater hätte es zerrissen, zu töten. Dich zerreißen andere Dinge. Ich brauche Hilfe, du brauchst Hilfe. Aber alleine können wir nicht gewinnen.*

Aber Ophelie …?

Sie meine ich nicht.

Ein Bild taucht in meinen Gedanken auf. Eisblaue Augen, dunkelbraune Haare.

Nein! Er ist unser Feind.

Er ist mein Kind, so wie du es bist. Wie alle, die auf mir geboren sind. Du brauchst ihn.

Er ist ein Mörder, Kaiser Shakans Attentäter! Vielleicht hat er schon einen meiner Brüder umgebracht.

Wenn sich ein Calarianer ändern kann, wieso nicht auch ein anderer?

Wind braust gegen mich und schleudert mich zurück in meinen Geist. Nach Luft schnappend reiße ich die Augen auf. Laran hält mich auf Armlänge Abstand, aber seine Hände umschließen meine Oberarme so fest, dass es weh tut. Unzählige Lichter umschwirren uns und zeigen mir ein zweites Mal seine Emotionen.

»Hast du Schmerzen?«, fragt er besorgt.

Einem Calarianer vertrauen? Kaiser Shakans Sohn vertrauen, der kein Wort spricht? Unmöglich!

»Tali?«, fragt Coram. »Was hat Eden gesagt?«

Langsam drehe ich meinen Kopf in Richtung des Camps. »Ich muss mit Prinz Enver reden.«

»ENDLICH!« AZ eilt uns entgegen.

Keßler lehnt scheinbar seelenruhig an einer Baracke, aber selbst auf die Entfernung erkenne ich seine verborgene Anspannung. Er hat die Arme vor der Brust verschränkt und jeder Muskel ist in Alarmbereitschaft.

»Prinzessin, Ihr mögt Euch hier auskennen, aber diese Wälder können gefährlich sein. Calarianische Spione …«

»Wären nie nah genug an mich herangekommen«, unterbreche ich Az, dafür hätte Laran gesorgt.

Mein Schild läuft links hinter mir, Coram rechts.

»Keßler, wo ist der Prinz?«, rufe ich.

Er stößt sich von der Baracke ab und kommt mir entgegen. »Bei Shep und Reega.«

Ich ändere meine Richtung.

Az schließt zu mir auf. »Was habt Ihr vor?«

»Ich muss mit ihm reden.«

Az tritt mir in den Weg. »So könnt Ihr nicht zu ihm. Eure Kleidung sollte Eure Überlegenheit widerspiegeln. So wird er Euch nicht einmal zuhören.«

Er hat recht, außerdem sollte ich Coram seinen Mantel wiedergeben. Ich nicke knapp.

»Ich lasse passende Kleidung bringen.« Az wartet nicht auf meine Zustimmung.

Vor meiner Baracke wartet Dee bereits auf mich. Er folgt mir nach drinnen, während Coram, Laran und Keßler draußen warten. Ich lege den Mantel über einen Stuhl. Dee nutzt die Chance und misst meine Temperatur. Sein Kopfschütteln kann ich auch ohne weitere Worte deuten.

»Ich weiß, aber zu meiner Verteidigung: Ich dachte, wir würden alle sterben.«

»Und das hat sich geändert, meinst du?«, fragt er skeptisch und fährt sich über seinen rasierten Schädel.

»Nicht, solange ich noch etwas mitzureden habe.«

»Eden hat dich also nicht verlassen?«, fragt er und klingt noch skeptischer. Eine mythische Kraft muss für seinen analytischen Verstand ein Ding der Unmöglichkeit sein.

»Nein. Ich bin eine Soldatin.«

Dee seufzt. »Vor allem bist du starrsinnig.«

»Von wem ich das wohl habe.« Ich drehe Dee den Rücken zu und ziehe mich mit steifen Fingern bis auf die Unterhose aus.

Meine beste Hose und ein hellblaues Wollhemd liegen sorgfältig gefaltet in meinem kleinen Schrank, als wäre ich nie weggewesen. Ich nehme sie heraus. »Sind Prinz Enver und sein Leibwächter unverletzt?«

»Bis auf ein paar Kratzer und eine Beule.«

Ich schließe den letzten Knopf und drehe mich zu Dee um.

»Deine Kratzer und aufgeschlagenen Knie sind verheilt. Erstaunlich.«

Ich betrachte meine Fingerspitzen, die aussehen, als wären sie nie mit bröckeligem Felsen in Berührung gekommen. Eden.

Dee zieht die Winterjacke vom Haken, die meine Brüder in der Stadt aufgelesen haben, und reicht sie mir. Das ehemals weiße Fell ist inzwischen eher grau, aber mir wird sofort wärmer.

»Na dann.«

Die Sonne hat heute nicht ausreichend geschienen, die Solarlampen geben nur ein spärliches Glühen ab. Dafür brennen Fackeln und verleihen der kühlen Luft ein bisschen Wärme. Ich bleibe vor Coram stehen, seinen Umhang in den Händen. Ein kurzer Blick in sein verschlossenes Gesicht reicht mir. Ich drücke Laran den Mantel in die Hand und breche wortlos zu Reegas Baracke auf.

»Prinzessin? Prinzessin?«, höre ich schon nach wenigen Metern hinter mir.

Ich gehe weiter.

»Talea?«

Ich seufze, drehe mich um. Ach du Scheiße, was machen die denn alle hier?

Hinter Emilius stehen zwei Frauen und ein Mann, alle

aufwendig frisiert und eindeutig nicht den Umständen entsprechend gekleidet. Eine hält einen Kleidersack über dem Arm, der andere trägt einen Koffer.

»Wieso habt Ihr nicht in Eurer Unterkunft gewartet? Und was habt Ihr da an?«, fragt Emilius vorwurfsvoll.

Oh nein! In dem Sack ist ein Kleid.

»Prinzessin, vielleicht versteht Ihr die Wichtigkeit dieser Zusammenkunft nicht. Wenn Ihr Prinz Enver gegenübertretet, müsst Ihr dies als Leitbild unserer Gesellschaft tun. In Calarian existieren nur wenige Werte, an denen die Stärke einer Frau gemessen wird: Schönheit, Anmut, Eleganz. Ihr müsst ihnen beweisen, dass Ihr die Herrscherin von Eden seid.«

»Das hat sie bereits bewiesen, Emilius«, antwortet Laran und tritt dichter an meine Seite.

»Ihr repräsentiert uns, Euren Vater«, empört sich Emilius.

»Prinz Enver ist unser Gefangener«, dröhnt Coram. »In Calarian hätte man ihn längst hingerichtet, egal, was er trägt.«

Emilius macht einen Schritt auf uns zu, in einer Art beruhigenden Geste die Hände gehoben. »Ich kann ja verstehen, dass Ihr nicht viel Zeit hattet, um Euch an unser Leben zu gewöhnen. Az hat seine Vorliebe für Schwarz immer noch nicht gänzlich abgelegt, aber Ihr seid die Prinzessin. Bald Königin. Ihr könnt Euch nicht mehr in zu großer Kleidung verstecken, Ihr müsst strahlen. Für uns alle.«

Verstecken? Was meint er denn damit? Nur weil ich Kleider unpraktisch finde, heißt das nicht, dass ich mich verstecke.

Bevor ich nachfragen kann, stürmt Coram an mir vorbei. Laran folgt ihm, aber nicht, um ihn zurückzuhalten. Seine Faust landet in Emilius Gesicht. Das Knacken hört man wahrscheinlich noch bis zum anderen Ende des Lagers.

»Laran!«

Keßler stoppt mich, bevor ich einen Schritt weit gekommen bin. Seine Finger graben sich schmerzhaft in meine Schulter. Verwirrt schaue ich zu ihm hoch. Er schüttelt nur den Kopf auf meine stumme Frage.

Ich betrachte wieder die drei Männer. Coram steht so dicht vor Emilius, dass ihre Gesichter sich fast berühren. Ich kann kein einziges Wort aus ihrem leisen Gemurmel heraushören.

»Was ist hier los?« Kerasie stürmt aus der Dunkelheit heran. Sie trägt ihre wilde Mähne zu einem hohen Zopf gebändigt. »Schild, erkläre dich!«

Laran tritt zurück. Blut glänzt auf seinen Knöcheln. Coram zögert sichtlich, dann weicht er ebenfalls zurück. Keiner von beiden antwortet.

Kerasie neigt nur minimal den Kopf vor mir, aber auf ihrem Gesicht erkenne ich keine Respektlosigkeit. Hat sie bemerkt, dass ich Verbeugungen verabscheue? »Tali?«

»Ich …«

»Ich habe nur angemerkt, dass die Prinzessin sich ihrem Stand entsprechend kleiden soll«, unterbricht Emilius mich. Seine Stimme klingt seltsam, vermutlich, weil Blut aus seiner Nase läuft. »Dieses Treffen ist zu wichtig, uns darf kein Fehler unterlaufen.«

Coram schnaubt.

»Ich nehme nicht an, dass dies die exakte Wortwahl gewesen ist, sonst hättet Ihr wohl kaum eine gebrochene Nase, Emilius«, sagt Kerasie scharf.

Die Stimme schweigt.

Kerasie wendet sich mir zu. »Was hat er genau gesagt, Prinzessin?«

Ich schaue zu Keßler, unsicher, ob ich antworten soll. Ich wollte doch einfach nur so schnell wie möglich dieses Gespräch mit Prinz Enver hinter mich bringen und mich dabei nicht wie eine ausstaffierte Puppe fühlen. Keßlers Gesicht ist angespannt, aber er mischt sich nicht ein.

»Ich … ich weiß es nicht.« Ich will nicht noch mehr Zeit vergeuden.

Kerasie zieht die Augenbrauen zusammen, dann wendet sie sich an Laran. »Eine Stimme anzugreifen, ist ein schweres Vergehen, Schild. Ich gebe dir ein letztes Mal die Chance, dich zu erklären.«

Laran schweigt.

»Nun gut«, sagt Kerasie.

»Nein!«, fahre ich scharf dazwischen. Keine Bestrafung! »Emilius hat gesagt, ich soll mich nicht in meiner großen Kleidung verstecken. Aber ich verstehe nicht, was er damit meint. Es war nie besonders einfach, Kleidung für mich zu finden, ich bin halt klein, und die Bewohner von Oldmantells haben nicht viel zurückgelassen.«

Kerasies Augen weiten sich. Doch dann wendet sie sich nur an Dee. »Medic, behandelt seine Nase.«

Dee führt den Befehl sofort aus und führt Emilius in Richtung Krankenstation.

»Entfernt euch!«, befiehlt Kerasie Emilius Gefolge. »Schild, nimm deinen Platz ein. Tali, vergesst, was Emilius gesagt hat. Männer denken manchmal nur mit einem Körperteil. Du bist perfekt, wie du bist. Und kein Kleidungsstück der Welt kann daran etwas ändern. Stärke kommt aus unserem Innern.«

Ohne auf meine Erwiderung zu warten, marschiert sie Dee hinterher. Ihre Wut spricht dafür, dass Emilius nicht so einfach davonkommen wird.

»Was ist hier gerade passiert?« Langsam drehe ich mich zu Laran um.

Laran schweigt.

Ich seufze. Habe ich etwas anderes erwartet? »Coram?«

Er verzieht das Gesicht, seine Augen funkeln immer noch vor Wut.

»Ich werde nicht aufhören, darüber nachzugrübeln und es wird mich die ganze Zeit ablenken. Ist es so schlimm, dass ihr es mir nicht sagen könnt?«

Coram holt tief Atem. »Ich hätte diesem aufgeblasenen Vollidioten mehr als die Nase gebrochen.«

»Coram!«

»Er meinte, du versteckst deinen Körper, weil du ihn nicht magst.«

»Dass ich klein bin, ist jetzt keine Neuigkeit.«

Er verlagert das Gewicht. »Du kennst ja inzwischen ein paar Frauen. Silvi, Kerasie und Nyma … ist dir da nie etwas aufgefallen?«

»Sie haben keine weißen Haare?«

»Stimme Emilius spricht von etwas, das man gut unter ‚weiblichen Reizen‘ zusammenfassen kann«, erlöst Az die beiden. Wo kommt er auf einmal her. Auch Keßler wirkt für einen Moment irritiert, als hätte er ihn nicht kommen hören.

»Das können auch nur Männer sagen.« Ich verdrehe die Augen. »Ein Glück sind meine Brüste so klein. Ellana beschwert sich ständig über ihre Rückenschmerzen. Nyma wollte mir so ein Folterinstrument aufschwatzen, damit die Dinger *mehr zu Geltung kommen.*« Ich male Anführungszeichen in die Luft. »Nein, danke, das Teil ist unbequem und drückt. Und die Kleider waren auch ohne grässlich genug.« Ich schaue zu Coram, dann zu Laran.

»Deswegen sollte man jemandem doch nicht die Nase brechen.«

Beide schauen mich an, als wären mir Tentakel gewachsen.

»Weil es nicht selbstverständlich ist, dass jemand so im Reinen ist mit sich und seinem Körper wie du«, sagt Az.

»Im Reinen? Mein Körper ist eine einzige Baustelle. Meine Ohren sind scheiße, meine Augen auch nicht besonders gut, vor allem, wenn die Sonne scheint. Ich bin klein. Kerasie ist jünger als ich und fast gleich groß.«

»Aber du lässt dich deswegen nicht verunsichern.« Az kniet sich vor mich. Aus der Nähe wirken seine Tätowierungen noch filigraner. »Wir haben alle unsere Schwachstellen, Tali. Deine ist hier.« Sein Blick huscht über Keßler, Marks, Laran und Coram. »Meine schläft gerade in einer Baracke nur ein paar Meter entfernt, weil die Reise hierher ihr alles abverlangt hat. Aber sie ist gekommen, um sich zu versichern, dass es dir gut geht. Mit den Schwachstellen von anderen zu spielen, bedeutet, dass man sich selbst klein und unsicher fühlt. Prinz Enver wird auch nach dieser Schwachstelle suchen, wir wurden dafür ausgebildet. Zeig sie ihm nicht, sonst wird er dich zerstören.« Az zögert einen Moment, bevor er widerwillig hinzufügt: »Die Calarianer haben schon eine Königin gebrochen, lass nicht zu, dass sie dich auch brechen.«

WIE

Mein Atem bildet Wolken vor meinem Mund. Meine gefesselten Hände sind taub vor Kälte. Sollten unsere Bewacher ebenfalls frieren, kann ich es durch ihre Helme zumindest nicht erkennen. Wie konnten wir nur in diese Lage geraten?

Wie konnte ich nur annehmen, der Kaiser würde mich tatsächlich mit der Prinzessin von Eden verhandeln lassen? Hat er gezweifelt, dass sie an dem Treffen teilnimmt? Hat er Arian nicht geglaubt? Oder hat er uns die ganze Zeit beobachtet und erkannt, dass wir nicht seinem Plan folgen? Hätte der Kaiser die Raketen überhaupt abfeuern lassen, wenn ich den Attentäter, der die Prinzessin im Visier hatte, nicht bewusstlos geschlagen hätte? Oder wollte er mich so oder so tot sehen?

Lieber die Prinzessin vernichten, als dass ich ihre Fähigkeiten in die Hände bekomme und … was damit tue? Mein Ziel ist es definitiv nicht, unsterblich zu werden oder die elementare Kontrolle über einen gesamten Planeten in Händen zu halten.

Ich muss nicht in Arians stoisches Gesicht sehen, um zu wissen, dass er sich Sorgen um Rune macht. Der Kaiser wird ihn noch nicht getötet haben, zumindest hoffe ich es. Was auch immer seine überstürzte Handlung zu bedeuten hat, wir sind noch am Leben. Wir sind in Eden. Er weiß, dass ich alles dafür tun werde, um meine Mutter zu retten. Talea Eden ist wahnsinnig stark. Das hätte ich nie von diesem kleinen Mädchen gedacht. Sie wirkte so unscheinbar, so blass, wie eine von Ellyns Puppen, aber aus ihrem Mund kamen keine eingeflüsterten Worte, sondern Befehle und Forderungen. Das hat mir auch Arians Kurzversion bestätigt, bevor das Chaos ausbrach.

Arian berührt meine Schulter mit seiner. Ich hebe den Blick. Die einzige Tür dieses winzigen Schuppens, in der zwei Pritschen an den Wänden stehen und wir wie Sardinien dazwischen hocken, öffnet sich.

Interessante Kleiderwahl. Ohne ihre kleine Statur und die weißen Haare hätte ich das Mädchen vor mir nie für die Prinzessin von Eden gehalten, die allein mit der Kraft ihrer Gedanken zwei Raketen aufgehalten und ein Raumschiff vom Himmel geholt hat.

Ich weiß, dass sie knapp siebzehn Jahre alt ist, aber sie wirkt eher wie dreizehn oder vierzehn. Meine Schwester wäre bei ihrem Anblick vermutlich in Ohnmacht gefallen, ich … bin neugierig.

Ein wildes Feuer blitzt in ihren Augen, ihre Hände sind zu Fäusten geballt. Ihr Leibwächter und ein Klon mit kinnlangen Haaren flankieren sie. An den Rangabzeichen auf seiner Rüstung erkenne ich den Captain wieder, der am Pass zu ihnen gestoßen ist.

Sie macht zwei Schritte auf uns zu und bleibt wieder stehen. Obwohl die dicke Jacke ihre Haltung verbirgt, entgeht mir ihre Anspannung nicht. Sie sieht aus, als wolle sie sich am liebsten auf uns stürzen und mit den Fäusten auf uns einprügeln.

Wenn sie wirklich die Prinzessin von Eden und keine Doppelgängerin ist, habe ich verloren. Ihre Wut und ihr Hass sind unverkennbar. Sie wird mir nicht glauben, sie wird Arian nicht einmal zuhören. Genauso wie in der Baracke.

Ihre Lippen bewegen sich, schnell und zornig. Die Beleuchtung, altmodische Solarmodule, ist hinter ihr und zeichnet harte Schatten auf ihr Gesicht, was es mir schwer macht, ihre Lippen zu lesen. Ein paar Worte glaube ich zu entziffern.

Aus dem Augenwinkel erkenne ich, dass Arian antwortet, doch sie schneidet ihm mit einer harschen Geste das Wort ab. Mein Verdacht erhärtet sich: Sie wissen nichts von meiner Gehörlosigkeit. Die Quellen des übergelaufenen Assassinen haben sich also entweder nicht für mich interessiert oder sind nicht in meinen Wirkungskreis vorgedrungen.

Um Arian mache ich mir keine Sorgen, er kennt mich genau und weiß, was er sagen darf und muss. Aber ihr reicht das nicht. Schon auf dem Pass wollte sie mit mir sprechen. Wieso lässt sie nicht locker?

Ich kann ihr nicht sagen, dass ich gehörlos bin. Ich habe es nie jemanden erzählt. Damit wäre ich für sie wertlos. Schwach. Sie hat mich mitgenommen, damit ich ihr alles erzähle, was ich weiß. Ein Druckmittel gegenüber dem Kaiser. Ich bin nutzlos, und sobald sie das erkennt, bin ich tot.

Sie zeigt mit dem Finger auf Arian. Mit seinen gefesselten Händen kann er mir nicht schnell erklären, was geschieht. Einer der Klone packt ihn an den Schultern und zieht ihn auf die Beine. Er verrenkt sich fast den Hals, seine Lippen formen Worte, aber ich kann sie beim besten Willen nicht identifizieren. Schon ist er draußen und ich mit der Prinzessin und ihren Leibwächtern alleine.

Wieder prasseln lautlose Geschosse auf mich ein. Ich versuche, an ihr vorbei nach draußen zu schauen, aber da stehen zu viele Leute. Werden sie Arian foltern? Töten? Ein Calarianer hätte ihn nicht mal mitgenommen, sondern direkt von dem Felsen in den Abgrund gestoßen, ohne eine gnädige Bewusstlosigkeit.

219

Die Prinzessin wendet sich um. Berät sich mit ihrem Gefolge. Verflucht! Was würde ich alles für ein funktionierendes Gehör geben!

Ihr Blick trifft mich, kritischer. Ihre Augen sind leicht verengt, eine Falte zwischen den weißen Brauen. Sie macht zwei Schritte auf mich zu, bis sie fast vor mir steht. Ein Duft kriecht in meine Nase, überlagert den Schweißgestank und lässt mich leichter atmen. Frisches Gras, Sonnenschein und warme Erde. Ihr Gesicht kommt mir näher und näher. Ihre Haut ist wirklich weiß wie aus Porzellan. Ihre Augen schimmern blau mit Sprenkeln von Grün.

»Wir töten Arian.«

Ich will aufspringen, aber ihr Leibwächter reagiert zu schnell. Schmerz schießt durch mein Steißbein. Er drückt seinen Unterarm gegen meine Kehle. Ich habe sie falsch verstanden, bitte, lass sie mich falsch verstanden haben! Sie können nicht so barbarisch sein! Alles, was ich gelesen habe, spricht dagegen, dass sie Arian einfach hinrichten. Andererseits haben sie keine Wahl. Es herrscht Krieg. Der Kaiser hätte die Prinzessin heute fast ermordet.

Wieder bewegen sich ihre Lippen, aber ich kann mich nicht konzentrieren. Dabei müsste ich genau das! Arians Leben steht auf dem Spiel.

Sanft legt sie ihre kleine, schmale Hand auf den Oberarm ihres Leibwächters. Er lässt sofort von meinem Hals ab. Ich hole tief Luft, meine Kehle schmerzt.

Ein Lächeln teilt ihre Lippen und lässt ihre Augen leuchten. Hat sie Spaß am Foltern? Spaß an Arians Leid?

Die Prinzessin hebt ihren Zeigefinger und tippt an ihr rechtes Ohr, dann schüttelt sie langsam den Kopf.

Dem Stirnrunzeln ihres Leibwächters nach zu schließen, ist ihm nichts Ungewöhnliches an mir aufgefallen. Wieso ihr? Wie habe ich mich verraten?

Sie winkt. Verdammt, wie kann das möglich sein? Wie konnte sie so schnell meine Schwachstelle erkennen? Und ich weiß rein gar nichts über ihre.

Erneut tippt sie sich ans Ohr und schüttelt den Kopf. Ihr energischer Blick verlangt eine Antwort. Soll ich sie ignorieren? Nichts tun? Wird sie dann ernst machen und Arian töten lassen? Mich töten lassen?

»Enver.«

Sie hält ihre Finger wie eine Pistole, drückt ab und zeigt dann erst auf sich selbst und dann auf mich. Ihre Hand drückt meine. Ihre Haut ist erstaunlich warm oder meine einfach entsetzlich kalt. Ich starre auf unsere Hände. Versuche, die sanfte Berührung mit ihrer Wut und ihrer Vorsicht in Verbindung zu bringen. Bemitleidet sie mich?

Ich reiße meine Hand zurück. Ihr Leibwächter zuckt, greift aber nicht ein. Ihre Wut ist zurück. Wie eine Flamme züngelt sie in ihren Augen, macht ihre Porzellanzüge hart. Ich hebe herausfordernd das Kinn.

Wir starren uns an. Eine Unendlichkeit lang.

Abrupt richtet sie sich auf. Ihr Gesicht ist von mir abgewandt, aber offenbar spricht sie mit ihrem Gefolge, denn Bewegung kommt in sie. Die Klonsoldaten schieben Arian wieder herein. Keine Blutergüsse oder Platzwunden in seinem Gesicht.

Der Captain zieht ein Messer aus seinem Stiefel und durchschneidet Arians Fesseln.

Eine kühle Klinge legt sich an meinen Hals. Mein Blick wandert sie hinauf, zu den harten, dunklen Augen des Leibwächters. Wenn ich oder Arian nur zucken, wird er mir die Kehle aufschlitzen.

Die Prinzessin kniet sich wieder vor mich. Ihr Blick bohrt sich in meinen und ihre Lippen formen rasche Worte.

Ich schaue über ihre Schulter zu Arian. Sein Gesichtsausdruck ist reglos, aber seine Muskeln sind nicht angespannt, trotz der Klinge an meinem Hals. Red schon!, dränge ich ihn.

Seine Lippen bewegen sich. Die Prinzessin nickt. Arian hebt die Hände zur ersten Gebärde.

JEDER HAT EINE SCHWÄCHE

In der Stille schlägt mein Herz schnell und heftig. Mache ich mich zum Narren? Wird Arian uns gleich angreifen oder Enver der Klinge an seinem Hals entkommen? Sie sind beide herausragende Kämpfer.

»Wie habt Ihr es herausgefunden?«, fragt Arian.

Die Verwirrung und die Überraschung in seiner Stimme lassen mich lächeln. Aus dem Augenwinkel sehe ich, dass er gleichzeitig die Hände bewegt. Ein paar Begriffe aus der Gebärdensprache, die laut Tej in Galaxica am häufigsten verwendet wird, kenne ich noch. Ein Stich durchfährt mich. Tej ist genauso tot wie Cado, und keiner von uns ist so begabt, in so kurzer Zeit eine ganze Sprache zu lernen. Selbst Cado war immer wieder verzweifelt, weil ihm die passende Gebärde nicht eingefallen ist und er sich so nur schwer verständlich machen konnte.

»Mein Bruder war gehörlos.« Durch eine eurer Bomben.

Ein rascher Blick zu Arian zeigt mir, dass er für Enver übersetzt. »Laut unseren Aufzeichnungen habt Ihr keinen Bruder.«

Envers Augen sind leicht geweitet, sein Blick huscht von Keßler über Marks zu Shep und Reega, die noch immer vor der Tür stehen. Er begreift. Jetzt sind wir gleichermaßen verwundbar.

»Wieso habt Ihr uns geholfen?«, frage ich wieder.

Envers Blick folgt Arians Händen, dann hebt er seine eigenen. Ich strecke meinen Arm nach hinten, schon legt Keßler ein Messer in meine Handfläche und ich zerschneide die Fesseln. Enver knetet seine Finger – und gebärdet.

»Weil es richtig war«, übersetzt Arian.

»Geht das genauer?«

»Wir wussten nichts von dem Angriff. Ich habe dem Treffen zugestimmt, weil die Kaiserin sehr krank ist. Keine Medizin wirkt. Ich habe gehofft, Ihr könntet der Kaiserin helfen.«

»Ihr wolltet mich also entführen?«

Prinz Enver nickt. Ein kalter Schauder läuft mir über den Rücken, und ich packe den Messergriff fester. Natürlich hatten sie auch einen Plan. Ich kann ja nicht die Einzige sein, die sich eine Falle überlegt.

»Die Kaiserin ist wahrscheinlich nicht krank.« Az' Stimme klingt düster. »Der Kaiser vergiftet sie. Wie er es schon bei den Frauen vor ihr getan hat.«

Arian übersetzt nicht. Weil er es dem Prinzen nicht sagen will? Weil er etwas in dieser Richtung bereits vermutet hat? Ich stehe auf und gebe Keßler sein Messer zurück. »Wieso?«

»Weil er ihr überdrüssig ist? Weil sie ihm gefährlich wird? Weil er für eine andere Frau Platz braucht.« Zorn mischt sich in Az' Stimme und zum ersten Mal erhasche ich einen Blick auf den Attentäter, der er gewesen ist.

»Ophelie«, hauche ich.

Az schüttelt den Kopf. Prinz Enver schlägt mit der Faust auf den Boden, das Geräusch lässt mich zusammenzucken. Aber ich kann mich nicht rühren, nichts denken. Außer …

»Wieso sollte er mich dann umbringen wollen, wenn er mich haben will?«

»Ich denke, er glaubte nicht, dass Ihr selbst kommen würdet«, antwortet Az. »Er hat den Kandidaten geschickt, der entbehrlich ist. Der eine Gefahr werden könnte, wenn seine Mutter stirbt. Kein Calarianer würde sich in Lebensgefahr begeben, um sich mit dem Feind zu treffen.«

»Und wieso habt Ihr sie dann gehen lassen?« Keßler klingt nicht minder zornig.

»Weil wir alle hoffen wollten, dass Kaiser Shakan eingesehen hat, dass seine Situation ausweglos ist.«

»Ihr habt Talis Leben für Hoffnung riskiert? Sie wäre fast gestorben!« Keßler sieht aus, als wolle er im nächsten Moment auf Az losgehen.

Marks tritt zwischen die beiden, was sie nicht daran hindert, sich weiter anzuschreien. Ihre Stimmen branden wie Flutwellen gegen mich, reißen mich weiter und weiter in die Tiefe.

Dann war die Hochzeit also kein Bluff. Nur wollte Shakan nie seine Söhne verheiraten, sondern sich selbst. Mit mir.

»Genug!«, donnert Coram und betritt die Baracke.

Arian weicht ihm aus, Keßler und Az verstummen.

»Das ist nicht der Ort, um über so etwas zu diskutieren.« Coram sieht mich an, in seinem Blick liegt mehr Wärme, als sein Tonfall erwarten lässt. »Prinzessin.«

Ich nicke, meine Kehle ist immer noch wie zugeschnürt, und stürme aus der Baracke. Die frische, eiskalte Luft lässt mich zittern.

»Fesselt sie sicherheitshalber«, befiehlt Coram hinter mir.

»Ihr habt nichts zu befürchten«, höre ich Arian noch, bevor ich zu weit entfernt bin.

Ich schlinge die Arme um mich. Atme gegen die Gefühle in meinem Innern an. Coram tritt neben mich und sofort vergrabe ich mein Gesicht an seiner Brust. Tränen brennen in meinen Augen.

»Ist ja gut, Tali«, flüstert Coram und legt seinen Stumpf auf meinen Rücken. »Sprich mit mir.«

»Die Hochzeit …«, bringe ich hervor. »Sie ist kein Bluff.«

»Womöglich.«

»Er will mich wirklich heiraten«, wiederhole ich. »Wieso sollte er sonst seine Frau vergiften? Ophelie hätte er längst heiraten können.«

»Na und? Du wirst ihn nicht heiraten, Tali. Darüber brauchen wir gar nicht diskutieren. Wir haben gebluft, als wir auf sein Angebot eingegangen sind. Wir wollten Zeit schinden.«

»Aber wenn ich ihn heirate, gibt es Frieden. Dann sind meine Brüder in Sicherheit!«

Coram versteift sich. Ich lasse ihn los und blinzle zu ihm hoch.

»Hör mir gut zu, Tali.« Ächzend sinkt er vor mir auf ein Knie. »Solange auch nur ein Calarianer auf Eden ist, wird es keinen Frieden geben. Sie kennen keinen Frieden.«

»Aber …«

»Selbst wenn, würden deine Brüder nicht hierbleiben. Wir bezahlen Galaxica für ihren Schutz. Meinst du, der Kaiser wird weiter für deine Brüder bezahlen oder sie hier dulden? Galaxica wird Schiffe schicken und sie abholen, und dann kämpfen sie in einem neuen Krieg.«

»Das werde ich nicht …«

Bumm.

Ich wirble herum. Glitzersterne regnen vom Himmel.

Die altbekannte Panik drückt auf meinen Magen. Keßler und Marks stürmen aus der Baracke und rüber zum Kommando, um sich einen Überblick zu verschaffen. Laran stoppt neben mir, das Schwert gezogen.

»Fuck!«, fluche ich und renne meinen Brüdern hinterher.

ANGRIFF

Kratzer, ein paar Abschürfungen und Prellungen. Mehr nicht. Dee hat bereits alle aus der Krankenstation entlassen. Trotzdem fühle ich mich wahnsinnig erschöpft. Die Beleuchtung in der Kommandozentrale sticht in meinen Augen. Keßler, Marks, Spook und Coram beugen sich über den Hologrammtisch in der Raummitte. Oldmantells und die Mauer leuchten silbrigblau. Laran steht neben mir, als könne mich selbst hier drinnen jemand angreifen. Az geht auf und ab. Wäre der Tisch nicht zwischen uns, könnte ich vermutlich die Furche sehen, die er in den Boden läuft. Kerasie dagegen hält sich auffallend im Hintergrund.

Trotz meiner dicken Jacke ist mir kalt.

»Die Konstellation des Passes deutet darauf hin, dass es ihre letzte Offensive des Jahres war«, sagt Spook gerade.

»Dafür waren es zu wenige«, knurrt Keßler.

»Der Angriff war unkoordiniert. Sie konnten keine schwere Ausrüstung durch das Minenfeld mitnehmen. Sie hatten nur zwei Detektoren dabei.« Marks richtet sich auf.

»Unser Glück«, murmelt Az. »Nicht auszudenken, wenn sie mit voller Stärke angegriffen hätten. Ophelie …«

»Keiner hätte lebend das Basislager betreten«, unterbricht Keßler ihn.

Das hätte ich verhindert. Ich wäre sogar bis zur Mauer gelaufen und hätte dort eingegriffen, hätten Laran und Coram sich nicht geweigert, mich zu begleiten. Ohne Anker war mir das zu unsicher. Außerdem hätte Keßler mich persönlich umgebracht. Wenigstens ist niemand schwer verletzt worden.

»Calarian gehen die Optionen aus«, sagt Kerasie und verschränkt die Arme. »Ein solcher Angriff ist untypisch für sie.«

Wie lange bin ich schon wach? Es kommt mir vor, als hätte ich vor einer Ewigkeit das letzte Mal geschlafen.

»Hat jemand die Mauer überwunden?«, fragt Az.

»Das hätten die Sensoren erfasst, auch wenn sie Störmelder verwendet hätten«, nimmt Marks die nächste Frage vorweg.

»Vielleicht wollten sie nur unsere Aufmerksamkeit testen.« Keßler verschränkt die Arme. »Oder das waren die letzten Soldaten in ihrem Camp auf dem Pass.«

»Oder sie wollten herausfinden, ob Tali sich in die Verteidigung einmischt. Vielleicht wissen die Calarianer nicht, ob sie überlebt hat«, mutmaßt Coram.

Ich reiße die Augen auf. Corams und Keßlers Blicke huschen über mich, beide runzeln die Stirn. Mir geht es gut. Ich bin nur müde.

»Kaiser Shakan weiß genau, was Tali am Pass getan hat und dass sie und sein Sohn überlebt haben.« Az verschränkt die Arme vor der Brust. »Kaum etwas geschieht, ohne dass er davon erfährt.«

»Wozu dann der Angriff?«, ruft Kerasie. Es ist das erste Mal, dass sie lauter wird.

»Warte, ich frage schnell mal nach«, antwortet Az spitz.

»Wir sollten uns lieber unsere nächsten Schritte überlegen, statt über vergangene Schlachten zu philosophieren«, mischt Marks sich ein. »Das Lager ist nicht sicher. Wir müssen die Gefangenen nach

Edenstellar eskortieren. Ich kann Euch zehn Soldaten zur Seite stellen.«

»Tali?« Laran kniet vor mir. Seine Stirn liegt in Falten und Sorge schimmert in seinen Augen.

»Tut mir leid, ich bin nur so müde.«

Er legt die Hand auf meine Stirn. »Du hast Fieber.«

Wäre zumindest eine Erklärung, wieso ich so friere.

»Das ist meine Schuld.« Laran tritt zurück, um Keßler zu mir zu lassen.

Auch er fühlt meine Stirn. »Bringen wir dich zu Dee.«

Er macht Anstalten, mich hochzuheben, doch ich wehre ihn ab. »Die paar Meter kann ich selbst laufen.«

Bald liege ich unter einer dicken Decke und Dee misst meine Temperatur. Seine besorgte Miene ist Antwort genug. Laran steht hinter meiner Liege und zieht ein Gesicht voller Selbstvorwürfe.

»Es ist nicht deine Schuld, dass ich stundenlang in der Kälte war. Ich wusste ja nicht mal, dass du da warst.« Jedes Wort schmerzt, als müsste es vorher durch einen Tunnel aus Rasierklingen. Ich bin aber auch so dämlich!

Dee schiebt mir eine Tablette unter die Zunge. »Nicht runterschlucken.«

Wohltuende Kühle breitet sich in meinem Rachen aus. Erschöpft und dankbar schließe ich die Augen.

»Morgen früh bringen wir Tali zurück in den Palast. Sie muss die Weihe erfahren«, höre ich Coram sagen.

»Nein.« Ich strecke meine Hand unter der Decke hervor.

Keßler ergreift sie. Die andere legt er sanft auf meinen Kopf und streicht mir mit dem Daumen eine Strähne aus dem Gesicht. »Du bist dort sicherer, Kleines.«

Ich drücke seine Hand fester. Ich will nicht zurück! Nicht ohne euch! Ich sehe ihn bittend an.

»Ich komme nach, sobald der Pass nicht mehr begehbar ist.«

Mehr werde ich wohl nicht bekommen. Ich lasse ihn los und Keßler schenkt mir ein Lächeln. »Versuch zu schlafen.«

Ein Hustenanfall lässt meinen Brustkorb schmerzen und ich spucke fast die kühlende Tablette aus.

Die Tür der Krankenstation öffnet sich. »Der Prinz verlangt nach Informationen«, meldet Reega. »Er möchte mit Tali sprechen.«

»Das werde ich übernehmen.« Schritte lassen mich vermuten, dass Az die Krankenstation verlässt.

Mir ist gar nicht aufgefallen, dass er uns gefolgt ist. Ich atme in meinen schmerzenden Brustkorb. Versuche, den geflüsterten Gesprächen der anderen zu lauschen. Aber meine Erschöpfung ist stärker als meine Neugier.

»TALI!«

Jemand rüttelt an meiner Schulter. Ich bin müde, ich will noch nicht aufwachen. Blue leckt mir übers Gesicht, aber ich habe keine Lust auf ihre Spielchen und versuche, sie wegzuschieben.

Tali! Du musst aufstehen!

Eine Tür fliegt krachend gegen die Wand. Mit einem Schlag bin ich wach und starre in Silvis angsterfülltes Gesicht. Blue springt auf meine Oberschenkel, das Fell gesträubt.

»Was ist los?«, krächze ich.

Laran stürmt heran. Silvi macht ihm Platz und er hebt mich samt Decke auf seine Arme.

»Was …?«

Eine Detonation schneidet meine Frage ab.

Ich verrenke mir den Hals, um aus dem Fenster zu sehen. Wir sind im Palast. In Sicherheit. Die Calarianer können nicht …

Doch wir werden angegriffen. Blue landet auf Larans Schultern und klammert sich fest.

»Lass mich runter!«, brülle ich und wehre mich gegen Larans Griff.

Die Calarianer können meine Brüder nicht besiegt haben! Sie können nicht tot sein!

»Wir werden beschossen.« Laran hat schon fast die Tür erreicht. »Das Raketenabwehrsystem ist ausgefallen.«

Oder wurde sabotiert. Das war der Grund für den Angriff auf die Mauer! Entweder haben Spione es geschafft, das System zu überwinden, oder die Spione hier haben eine Möglichkeit gefunden, es abzuschalten. Das heißt, meine Brüder leben!

Eine weitere Detonation, deutlich näher. Laran eilt dicht gefolgt von Silvi den Flur hinunter.

»Wohin gehen wir?«, frage ich.

»In den Bunker«, antwortet er knapp und öffnet eine Tür in der Wand.

In engen Kurven geht es eine Treppe hinunter. Die Luft schmeckt abgestanden. Meine Halsschmerzen melden sich wieder und ich muss ein Husten unterdrücken.

»Was ist mit meinen Brüdern?«, bringe ich hervor.

»Ich weiß es nicht, Tali«, antwortet Laran.

Er atmet nicht einmal schneller, während Silvi hinter uns zurückfällt.

»Können wir in diesem Bunker irgendwie Kontakt mit ihnen aufnehmen?«

»Das wird Az schon getan haben.«

Das klingt nicht besonders beruhigend.

Unten angekommen, erwartet uns ein Stück kargen Flurs, an dessen Ende eine offenstehende Stahltür. Davor mehrere Wachen. Sie nehmen Habachtstellung an. Drinnen setzt Laran mich auf einem dunkelgrünen Sofa ab. Blue hüpft auf meinen Schoß und wird beinahe zwischen mir und Ophelie zerquetscht, weil sie mich in eine feste und gleichzeitig überaus zerbrechliche Umarmung zieht. Ihr Blumenduft kitzelt in meiner Nase. Blue grummelt unwillig.

Ich löse mich von Ophelie und streichle die kleine Drachin beruhigend. Der Bunker ist etwa so groß wie mein Zimmer. Mehrere Sofas sind an die Wände geschoben. In zwei Vorratsregalen stapeln sich vertraute Proteinkapseln, die für mehrere Monate reichen sollten. Az beugt sich über eine Computerkonsole, die so alt ist, dass ich ihren Zweck nur erahnen kann. Neben ihm steht Kerasie. Die anderen Stimmen haben sich auf die Sofas verteilt. Außer Shona, die neben Silvi steht. Vier Wachen umstellen Prinz Enver und Arian, die in ihrer frischen Kleidung kaum auffallen. Von den Fesseln an Händen und Füßen abgesehen.

Nyma kommt zu mir herüber und reicht mir ein Wasserglas, das ich dankbar austrinke.

»Wusstet Ihr davon?« Ich sehe Prinz Enver an.

»Wir hatten keine Ahnung«, antwortet Arian.

Ich kann nicht sagen, ob er lügt.

Ich setze Blue auf Ophelies Schoß, beide können etwas Beruhigung vertragen. Der enge Raum muss meine kleine Drachin ängstigen. Die Decke um mich gewickelt, stehe ich auf und laufe barfuß zu Az hinüber. »Meine Brüder?«

»Keßler ist mit einer Einheit auf dem Weg, allerdings brauchen sie noch ein paar Stunden, bis sie hier eintreffen.« Sein Blick löst sich nicht von der Maschine.

»Hast du schon Wachen zum Raketenabwehrsystem geschickt?«

Az zeigt auf ein paar Punkte, die sich auf einem runden Bildschirm bewegen. »Sie sind gleich da«, flüstert er. »Im Winterquartier habe ich niemanden mehr erreicht.«

»Das Abwehrsystem ist im Winterquartier?« Wie konnte ich das bei all meinen Streifzügen übersehen?

Az wirft mir einen strafenden Blick zu, bevor er hinüber zu den Gefangenen sieht.

Ich verdrehe die Augen. Die Calarianer wissen doch schon, wo es ist. Sonst könnten sie uns kaum mit Raketen beschießen. »Wie sieht der Plan aus?«

»Warten«, knurrt Kerasie, als wäre sie überhaupt nicht damit einverstanden. »Hier im Bunker sind zumindest wir sicher, oder?«

»Wir haben ausreichend Bunker in der Stadt«, meldet sich Emilius von einem der Sofas. »Die Wachen werden die Spione finden und das Raketenabwehrsystem wieder in Betrieb nehmen.«

»Wir können doch nicht nur warten!«, protestiere ich. »Da draußen sind Menschen, die unsere Hilfe brauchen. Wir müssen eine Versorgungsstation einrichten, eine Funkverbindung aufbauen. Hilfe schicken.«

Az' Blick geht mir durch und durch. »Wir können nichts tun.«

Ich schnaube und wende mich ab. Wie können sie nur! Sind sie wirklich so feige? Sie werden meine Brüder sterben lassen und sich hier verstecken.

Nur, dass meine Brüder ausnahmsweise noch sicher sind und unschuldige Menschen sterben. Mein Blick wandert über die Gesichter der Stimmen. Einige ängstlich, andere verzweifelt. Shona sitzt neben ihrer Mutter, die leise schluchzt. Prinz Envers Blick ruht auf mir.

»Wo ist Coram?«

Silvi hebt den Blick, Angst und Tränen in den Augen. »Er war bei uns zuhause.«

Ich lasse die Decke los und stürme auf die Tür zu, aber Laran verstellt mir den Weg. Ohne ein Wort starrt er mich nieder, sein Körper angespannt. Würde er mich zu Boden werfen, wenn ich auch nur einen weiteren Schritt mache?

»Coram braucht meine Hilfe!«

»Wie meine Frau und meine Tochter«, antwortet Laran, seine Stimme kaum mehr als ein Flüstern.

Was?

»Ich kann nur hoffen, dass sie in einem Bunker sicher sind. Unser Platz ist hier.«

Ich weiche vor ihm zurück. Halte die Luft an, um nicht loszuschreien, auch wenn meine angeschlagenen Lungen schmerzen. Er hat Familie? Er lässt sie dort draußen alleine, um mich zu beschützen? Das ist sowas von falsch! Er sollte sie suchen! Sie finden!

Viele meiner Brüder sind bereits gestorben, um diese Menschen zu beschützen! Ich wäre gestorben, um sie zu beschützen. Weil es unsere Aufgabe ist.

Aber ich kann nicht dort raus. Ich habe keine Abwehrgeschütze, keine tragbaren Schutzschilde, nicht meinen Medic-Rucksack, um Verletzten zu helfen. Ich habe nicht mal verdammte Schuhe!

»Euer Überleben, Prinzessin, ist das einzige, was zählt.« Shona streichelt ihrer Mutter in sanften Kreisen über den Rücken.

»Es zählt gar nichts, wenn alle tot sind.«

»Tali, du bist krank. Bitte, du kannst da nicht raus«, flüstert Ophelie.

Blue sieht mich aus riesigen Augen an, bleibt stumm. Aber ich weiß, was sie mir sagen will.

»Ich muss nicht raus.«

Ich schließe die Augen. Edens Emotionen fluten durch mich hindurch, noch bevor ich mir überhaupt den Vorhang vorgestellt habe. Ihre Angst, ich könnte gelogen haben, weicht Erleichterung, dass ich endlich reagiere.

Laran drückt mein Gesicht an seine Brust. Ich reiße den Vorhang auf. Eden brodelt wie eine Sonne kurz vor ihrer Zerstörung.

Ihre Wut verbrennt meine Adern, ihre Angst um die Menschen jagt Adrenalin durch meinen Körper. Ich stürze mich in die sternenübersäte Leere und Eden entgegen.

ICH BIN ÜBERALL UND NIRGENDWO

ch bin die Luft, die von den Raketen zerrissen wird. Ich bin das Feuer, das in der Stadt wütet. Ich bin die Erde, die aufgebrochen wird und in alle Richtungen explodiert. Ich bin das salzige Wasser, das den Menschen über die Wangen strömt.

Rakete um Rakete rast auf die Stadt zu. Ich bilde Lufttaschen, fange sie auf, drehe sie herum und schicke sie zu ihrem Startpunkt zurück. Aber es sind so viele. Einige entkommen mir, treffen Häuser, Schulen, Gärten, Bäume. Schmerz rast durch mich hindurch.

Gewitterwolken jagen über den Himmel, Blitze zucken, Donner grollt so laut wie die Einschläge. Aber noch zu weit entfernt, um die Brände zu bekämpfen. Pflanzen sterben schreiend, Tiere flüchten, andere sind unter Trümmern gefangen oder im Feuer eingeschlossen. Menschen bluten, wimmern, klammern sich aneinander. Ich lotse sie durch den Rauch, über zerstörte Häuser, gefällte Bäume in Sicherheit unter die Erde.

Der Himmel glüht wie fallende Sternschnuppen. Die Luft bäumt sich auf. Eine Rakete explodiert in meiner Hand. Der Schmerz zerreißt mich, zerstückelt mich. Wie die Bruchstücke einer getroffenen Schule. Der Krater ist so tief, dass Grundwasser ihn flutet. Ich wirble es hoch, zu den Flammen. Leben sickert ins Wasser, panische Kinderstimmen, ängstlich, verwirrt, hoffend, flehend. Mein Vater umarmt sie alle, sein Rücken berührt meinen. Wir schweben vor Edens Herrlichkeit. Er verblasst wie ein Gespenst. Meine Adern grün leuchtend, von Edens Strängen umwoben.

Laserstrahlen rasen. Menschen beschießen sich, ducken sich hinter Trümmer, Barrikaden. Ich verwirble die Luft zu einem Tornado, reiße einen Baum aus der Erde und schleudere die Bösen wie Spielzeugsoldaten in alle Himmelsrichtungen. Sprenge die verbarrikadierten Türen, jage ins Innere des Winterquartiers. Meine Wurzeln brechen aus dem Boden, fesseln Calarianer an die Wände, umschließen Leichen, um sie zu Eden zu bringen.

Eine Rakete trifft den Palast. Eine weitere einen Garten, Edens Zorn brennt mich aus. Immer mehr Raketen bevölkern den Himmel, als wisse der Kaiser, dass seine Spione tot sind. Dass die Guten über meine Wurzeln klettern, hinein ins Winterquartier und zu unser aller Rettung. Ich stemme mich gegen die Raketen. Trümmer regnen herab wie Steine aus einer Schleuder. Ich forme die Luft zu einem undurchdringlichen Schild. Halte durch. Verglühe mit jedem Einschlag weiter.

Ich kann nicht mehr.

Mein Vater dreht sich um, umklammert mich und reißt mich fort. Ich trudele durch die Leere. Oben, unten, rechts, links, bedeutungslos. Ich strecke mich nach Eden, aber sie nicht nach mir.

Mein Vater schwebt zwischen mir und ihr, kaum mehr als ein dunkler Schatten vor ihrer gleißenden Helligkeit.

Wieso hat er das getan?

Raketen treffen Edenstellar. Häuser zerbrechen, Fleisch und Knochen werden zermalmt. Feuer frisst, Wasser sprudelt, Erde sackt ab. Ich rudere mit den Armen. Muss zurück.

Die Raketen trudeln über den Himmel wie besoffene Vögel. Oder ich tue es.

Jemand fängt mich auf. Ophelies Wangen glühen vor grünen Sommersprossen. In und um ihre Augen wirbeln grüne Lichtbänder.

Lass los!, dröhnt ihre Stimme und lässt meine verkohlten Knochen vibrieren.

Sie sterben!, schreie ich.

Du stirbst!

Ich will ihr sagen, dass es mir egal ist. Dass es keine Rolle spielt. Ich bin Eden und Eden stirbt, wenn die Raketen weiter fliegen. Ich bin in jedem Menschen, jeder Leiche, jedem Baum, jeder Blume, jedem Grashalm. In den Flammen und der aufgewühlten Erde, in der Luft, dem Rauch, dem Wasser.

Eine Druckwelle wirbelt uns davon. Ich muss die Augen schließen, kämpfe mich durch die sternenübersäte Leere. Lasergewehre und Raketen treffen Raketen. Der Himmel ist ein Flammenmeer. Versengt mich bis in die kleinste Zelle.

Mein Schrei zerreißt die Welt.

NEIN

»Tali!«

Ich reiße Mund und Augen auf und schnappe gierig nach Luft. Laran lockert seinen Griff gerade genug, dass sich mein Brustkorb ausdehnen kann.

»Bist du wahnsinnig!«, höre ich Az schimpfen.

»Nicht«, haucht Ophelie.

Ich drehe den Kopf. Der ehemalige Assassine hält meine Tante umklammert, streichelt ihr über die hellen Haare und küsst ihre Schläfe. Seine Berührungen sind sanft, aber sein Gesichtsausdruck ist angespannt und wütend. Blue liegt neben ihrem Oberschenkel und zittert sichtlich.

Du bist hier unten sicher!

Ich weiß, aber es gefällt mir trotzdem nicht. Selbst ihre Stimme in meinem Kopf bebt.

Ich atme weiter. Spüre meinen Körper. Meine Gliedmaßen, die nicht verbrannt wurden. Nicht zerrissen wie Konfetti. Ich bin erschöpft, aber nicht annähernd so schlimm wie auf dem Pass. Obwohl ich das sein sollte, alles in mir schreit, dass ich das sollte. Aber … mir geht es gut. Mein Hals kratzt nicht mehr, meine

Lungen können sich ohne Schmerzen füllen. Habe ich mich geheilt, wie ich Laran geheilt habe, ohne es zu merken? Oder werde ich stärker?

»Das Raketenabwehrsystem ist wieder online.« Kerasie strahlt, aber dahinter erkenne ich ihre Angst.

Ich habe so viele Stimmen gehört, so viele Seelen in mich aufgenommen. Es müssen Hunderte gestorben sein. Ich wehre mich gegen Larans Griff und er lässt mich sofort los.

»Wir müssen Hilfe schicken! Es gibt Verletzte!«

Shona springt auf, gefolgt von Emilius und Alejo. Sie nutzen den Computer, um Anweisungen zu verschicken. Ich hoffe, sie sind auf diese Situation vorbereitet. »Wie weit ist Keßler noch entfernt?«

»Drei Stunden«, antwortet Emilius, ohne in seiner Arbeit innezuhalten.

Silvi tritt an meine Seite. Ihre Augen sind gerötet, aber ihre Miene wirkt entschlossen. »Ich muss Coram suchen.«

Energisch schüttle ich den Kopf. »Du musst eine Verletztenstelle einrichten. Der Palast ist größtenteils verschont geblieben. Die Menschen werden hierherkommen und dann brauchen sie jemanden, dem sie vertrauen können.«

»Ich muss zu meinem Mann.«

»Coram will, dass du in Sicherheit bist, Silvi. Ich habe es ihm versprochen. Bitte, lass mich nach ihm suchen.«

»Nein, du kannst da nicht raus«, flüstert Ophelie. »So viel ist zerstört. Es ist nicht sicher.«

Meine Tante sieht in Az' starken Armen so zerbrechlich aus. Ihre Augen und Sommersprossen glühen immer noch. Blue schaut zu ihr hoch und drängt sich gegen ihre Oberschenkel.

Ich schnaube. »Dafür bin ich ausgebildet worden. Ich weiß, was ich tue.«

»Du wärst fast gestorben, Tali. Du weißt nicht, wann es genug ist.«

»Weil du mir nichts erklären willst!« Ich deute auf die Stahltür. »Seit ich denken kann, kämpfen und sterben meine Brüder für euch. Damit die Bewohner von Eden sicher sind! Damit ihr sicher seid! Und jetzt lasst ihr diese Bewohner im Stich, weil ihr Angst habt, mich zu verlieren? Ich hätte jeden Tag meines Lebens sterben können, *jeden verfluchten Tag!* Aber ich bin nicht gestorben, weil meine Brüder mich ausgebildet haben. *Genau hierfür!* Ich habe keine Ahnung von Eden oder Politik oder allem, was eine Prinzessin tut. Aber ich weiß, wer ich bin.«

Ich wende mich Laran zu, um auch seine Widerrede im Keim zu ersticken, aber er hält mir bloß meine alten Stiefel und meine Kleidung entgegen, mit der ich einst hier im Palast angekommen bin. Ich dachte, sie wäre verbrannt worden!

Wenn du willst, komme ich mit dir. Blue hat sich aufgesetzt, die Flügel leicht abgespreizt. Sie zittert immer noch.

Draußen brennt es. Und ich hätte viel zu viel Angst, dich in dem Chaos zu verlieren. Pass für mich auf Ophelie auf, damit Az seinen Job erledigt.

Blue macht sich bei dem Gedanken an Feuer ganz klein. *Pass auf dich auf und gehe keine unnötigen Risiken ein.*

Versprochen. Kann man über diese Gedankenverbindung lügen?

Ich wende mich an Az und die anderen Stimmen. »Sagt allen, dass es hier im Palast sicher ist. Schützt das Raketenabwehrsystem mit allen Mitteln, falls die Calarianer einen zweiten Angriff versuchen. Und holt meine Brüder her, so viele wie möglich, wir werden sie brauchen.«

Az nickt und steht auf, um sich darum zu kümmern.

Shona kommt zu mir herüber. »Ich begleite Euch.«

»Wir auch.«

241

Was? Ruckartig wende ich mich Arian und Prinz Enver zu. Der Leibwächter steht trotz der Fesseln, zwei Wächter umklammern ihn.

Das können sie doch nicht ernst meinen? Der Prinz wirkt verwirrt, als habe er nicht ganz mitbekommen, was hier los ist. Kam die Idee nicht von ihm?

»Wir möchten helfen«, betont Arian. »Und Ihr braucht jede Hilfe, die Ihr kriegen könnt.«

Das ist eine fürchterliche Idee. Sie könnten fliehen, das Raketenabwehrsystem endgültig zerstören, mich umbringen. Laran umbringen. Fuck, wieso denke ich überhaupt darüber nach?

Vertrau ihnen, flüstert Eden.

Sag mir erst, wieso!

Weil ich ihm vertraue.

Argh! Die *beste* Erklärung des Jahrhunderts. »Macht sie los.«

»Prinzessin?« Ich höre Az' Stimme an, dass er denkt, ich würde den größten Fehler meines Lebens machen.

Gut möglich, dass ich das gerade tue. Keßler würde mich definitiv dafür umbringen, aber verflucht, sie hatten ihre Chancen. Mehr als einmal. Wenn sie mich hätten töten wollen, hätten sie es direkt auf dem Pass zu Ende bringen können. Und wenn die Geschichte mit Prinz Envers Mutter wahr ist und ich ihr helfen kann, gibt es vielleicht eine Möglichkeit, dass ich nicht alle Calarianer umbringen muss, um meine Brüder zu retten.

Ich fixiere die beiden. »Ich habe gerade unzählige Raketen aufgehalten und Edenstellar vor der Auslöschung gerettet. Ich werde schon mit ihnen fertig.«

EDENSTELLAR BRENNT. Die Gewitterwolken türmen sich am Horizont und nähern sich mit erstaunlicher Geschwindigkeit. Laran steht direkt hinter mir. Ich bin dankbar für seine Anwesenheit.

»Diese miesen Arschlöcher«, flucht Shona.

Ich ziehe den Schal über meinen Mund und meine Nase. »Achtet auf eure Umgebung. Wohin ihr tretet, wo ihr lang lauft. Wir schicken jeden in den Palast. Unverletzte sollen den Verletzten helfen, andere müssen die Nachricht überbringen, dass es im Palast sicher ist. Los geht's.«

Shona läuft voran über das Pflaster, auf dem nur ein paar kleine Schuttbrocken liegen. Prinz Enver und Arian folgen ihr, beide unbewaffnet. Darauf hat Laran bestanden, auch wenn wir alle wissen, dass sie keine Waffen brauchen, um uns umzubringen.

Ich sehe Laran an. »Such deine Familie.«

»Ich lasse dich nicht alleine.«

»Keine Widerrede, Laran. Ich kann auf mich aufpassen.« Ich tätschle die Laserpistole, die er mir gegeben hat.

»Die Calarianer.«

»Sie haben bis jetzt nicht versucht, mich umzubringen. Wir haben einen gemeinsamen Feind und Eden vertraut ihnen.«

Laran nickt knapp. »Ich bleibe bei dir bis zum Blumenmarkt. Hör auf Shona. Sie kennt diese Stadt besser als du.«

Das war einfach. Vielleicht sollte ich Eden öfters ins Feld führen. Mit schnellen Schritten schließen wir zu den anderen auf. Das Tor ist geöffnet, von den Wachen fehlt jede Spur. Wenn hier überhaupt welche postiert waren, ich habe den Palast noch nie durch den Vordereingang verlassen.

Rauch kratzt in meiner Kehle, wabert wie eine gigantische Wolke um uns. Vom Boden ist das Ausmaß der Zerstörung nicht wirklich zu begreifen, aber je mehr ich sehe, desto stärker erinnere ich mich, an die Eindrücke, die ich mit Eden gewonnen habe. Tiefe Krater, zusammengestürzte Häuser, Grundwasser, das aus der Erde sprudelt. Gefallene Bäume, abgerissene und verbrannte Pflanzen.

Wir biegen um eine Kurve. Fast stößt Shona mit einem Mann zusammen. Sein Gesicht ist dreckverschmiert und verschwitzt, seine Kleidung zerrissen und dunkel vom Rauch. Ihm folgt eine Gruppe verängstigter und verletzter Menschen. Ein Mädchen, kaum älter als fünf, heult und presst ihren sichtlich gebrochenen Arm an sich.

»Stimme Shona«, krächzt der Mann.

»Geht zum Palast, dort wird euch geholfen.«

Ich eile an Shona vorbei. Die Haut des Mädchens ist blass, der Knochen ragt aus ihrem Unterarm und sie verliert viel Blut. Hätte ich doch bloß meinen Rucksack!

Das Reißen von Stoff lässt mich den Kopf drehen, Laran hält mir einen Streifen seiner schwarzen Tunika hin. Ich schlinge ihn um den Oberarm des Mädchens und binde den Knoten so fest, wie ich kann.

»Frag im Palast nach Silvi«, sage ich zu der Mutter. »Und beeilt euch.«

Die Mutter nickt und stürmt los.

»Wer ist noch verletzt?«, rufe ich.

Ich habe keine Gelegenheit, meine Hände zu desinfizieren oder wenigstens zu waschen. Das Blut klebt an ihnen, unter meinen Nägeln. Zum Glück haben die meisten nur Schnittverletzungen, einige Verbrennungen, verstauchte Knöchel, Abschürfungen und blaue Flecken. Um schwere Verletzungen zu behandeln, habe ich nicht die Ausrüstung. Ich hoffe, die Medics im Palast haben genug Vorräte. Keiner von ihnen wird in dieser Nacht schlafen. Aber Schlafmangel ist unsere geringste Sorge.

»Tali.« Laran berührt mich am Arm.

Ich hebe den Blick von der Platzwunde eines Jungen, deren Blutung ich stoppen konnte, die aber genäht werden muss. Die Mutter hält ihn festumklammert, als fürchte sie, er könnte ihr jederzeit entrissen werden.

Wir sind an einem Krater angekommen. Schuttberge, so groß und breit wie Colossia, liegen auf der Straße, haben einen Baum halb unter sich begraben. Ein paar Flammen züngeln. Aber darauf wollte Laran mich nicht hinweisen. Leuchtkugeln steigen von den Blättern auf, allerdings sind sie nicht golden, sondern smaragdgrün. Wie meine Sommersprossen und die Adern unter meiner Haut. Zumindest weiß ich jetzt, wieso Keßler solche Angst hatte, als er mich auf dem Pass gefunden hat. Ich sehe aus wie ein Gespenst.

Aber ich berühre Eden nicht. Wieso zeigt sie sich? Wieso verrät sie mich?

Die Blicke der Menschen liegen auf mir, hoffnungsvoll, überrascht.

»Prinzessin?«, haucht die Mutter des Jungen.

Ich erhebe mich. »Wussten sie es nicht?«, raune ich Laran zu.

»Es war bisher nur ein Gerücht«, antwortet er kaum lauter.

Immer mehr Menschen sehen mich an, flüstern meinen Namen, meinen Titel. Ihre Stimmen verfestigen sich wie ein Summen in meinen Ohren. Was soll ich tun?

Mein Blick bleibt an Prinz Enver hängen, er kniet neben einem älteren Mann und verbindet sein Bein. Er nickt auffordernd mit dem Kinn in meine Richtung. Ich weiß, dass ich etwas tun soll! Aber was?

Noch nie hat mich irgendwer so angesehen. So voller Verwirrung. Schmerz und … Hoffnung.

»Mein Name ist Tali.« Meine Stimme bringt das Summen

sofort zum Verstummen. »Ich bin die Tochter von Tamino Eden. Ich … Es tut mir leid, dass ich euch nicht ausreichend schützen konnte. Ich …«

»Prinzessin Talea hat alles getan, was in ihrer Macht stand, um euch zu retten.« Ausgerechnet Arian springt ein. »Sie hat ihr eigenes Leben riskiert, um die Raketen aufzuhalten. Eden ist mit ihr und mit euch. Geht zum Palast, helft den Verletzten und informiert die anderen in den Bunkern. Die Gefahr ist gebannt. Ihr seid jetzt wieder sicher.«

Es sind nicht Arians Worte. Es sind Prinz Envers. Seine Gebärden sind schnell und flüssig, als tanze er mit den Fingern. Wieso tut er das? Wieso unterstützt er mich?

Sollte er nicht dafür sorgen, dass ich schwach wirke, den Rückhalt des Volkes verliere? Keine Prinzessin bin?

Ich zwinge mich, die Menschen anzulächeln, bringe aber kein weiteres Wort über die Lippen. Zum Glück brauche ich das auch gar nicht. Als wären es meine Befehle gewesen, setzen sie Arians Rat sofort in die Tat um. Sie helfen Verletzten auf, sprechen ihnen Mut zu, bringen sie in Richtung Palast. Der Junge bedankt sich mit einem tapferen Grinsen bei mir.

Ich schaue wieder zu Prinz Enver. Er richtet sich auf, die Bewegung wirkt erschöpft. Dunkle Ringe unter den Augen, ungesunde Blässe – übermüdet. Er wird die ganze Zeit in höchster Alarmbereitschaft gewesen sein. Ist es noch immer. Wieso bloß tut er sich das an?

Ich nicke ihm zu, für ein Danke bin ich noch nicht bereit.

Er erwidert die Geste und gebärdet in Arians Richtung.

»Wir sollten weiter«, übersetzt der Leibwächter.

Wir laufen in die entgegengesetzte Richtung zur Menge, die uns bereitwillig durchlässt. Die Nachricht über mein Erscheinen, über mein Überleben und die Rettung der Stadt verbreitet sich schneller, als wir vorwärtskommen. Das geflüsterte »Prinzessin« und die angedeuteten Verbeugungen zerren noch mehr an meinen Nerven.

Doch je tiefer wir in die Stadt vordringen, je weiter wir uns vom Palast entfernen, desto schlimmer wird die Zerstörung. Als hätten die Calarianer absichtlich den Palast verfehlen wollen.

Laran geht so dicht neben mir, dass sein Arm immer wieder meinen streift. Shona setzt jeden Schritt bedächtig. Der Boden ist mit Schutt, Glassplittern und Erde übersät. Einige Straßen sind unpassierbar, die Schuttberge höher als unsere Köpfe, die Krater zu tief. Prinz Enver und Arian bleiben ebenfalls dicht zusammen. Beide weisen sich immer wieder stumm auf Gefahren hin. Ich finde es fasziniert, wie schnell und einfach ihre stumme Kommunikation ist. Mit Cado war es nie so leicht.

Wir erreichen einen Marktplatz, der fast unberührt von der Zerstörung geblieben ist. Der Duft von Blüten hängt schwer in der Luft, selbst die Rauchschwaden können ihm nichts anhaben. Grüne Leuchtkugeln kommen langsam auf mich zu und tanzen um mich herum. Shona hält an einem Brunnen in der Mitte des Platzes an. Steinerne Blumen umranken ihn. Meine Kehle fleht nach Wasser. Ich tauche mein Gesicht ins kühle Nass und trinke. Wasche mir die Hände und das Gesicht. Die anderen sind ebenso hemmungslos wie ich.

Mit neuer Energie richte ich mich auf. Flammen erhellen den Horizont über den Dächern. Ich kann nicht sagen, welche Himmelsrichtung es ist. Oder wie weit wir vom Palast oder Corams Haus entfernt sind.

»Das ist also der Blumenmarkt«, sage ich, und Laran neben mir richtet sich auf.

Wasser perlt von seiner Stirn. »Ich weiß.«

Hier wollten wir uns trennen. Er sollte seine Familie suchen, sich versichern, dass sie unverletzt ist. Aber ich will nicht, dass er mich alleine lässt. Ich brauche ihn. Schon in der Vergangenheit habe ich mehrmals bis zum Umfallen gearbeitet, bis ich kaum noch geradeaus schauen konnte und im Stehen eingeschlafen bin, aber da war ich sicher im Lager. Hier droht von allen Seiten Gefahr. Und wenn die Calarianer die Kontrolle über das Winterquartier zurückerlangen sollten, brauche ich einen Anker.

»Meine Familie wohnt dort.« Larans Blick schweift nach links. Das Viertel scheint es nicht so schwer getroffen zu haben. »Coram ...«

Ich folge seinem Blick zu den schwarzen Wolken, die von Flammen erhellt werden.

Nein! Coram darf nicht tot sein!

Übelkeit und Angst schießen wie Gift durch meine Adern. Ich habe geglaubt, dass es ihm gutgeht. Ich musste es glauben! Alles andere wollte ich mir nicht einmal vorstellen.

»Tali, wir sollten umkehren«, raunt Laran, seine Stimme voller Sorge. »Es ist zu gefährlich. Ich komme alleine zurück und suche nach ihm.«

»Nein.« Ich presse den Kiefer zusammen, schüttle grimmig den Kopf. »*Nein!*«

»Euer Schild hat recht, Prinzessin.« Shona sieht mich eindringlich an. »Wir sind entbehrlich. Ihr seid es nicht. Er würde nicht wollen, dass Ihr Euch für ihn in Gefahr begebt.«

»Ich weiß.« Aber ich darf jetzt keine Angst haben, darf nicht davonlaufen. »Aber Coram würde das gleiche für mich tun. Und wer bin ich, wenn ich nicht bereit bin, die zu beschützen, die ich liebe?«

»Ich hoffe, dieser Coram ist es wert«, übersetzt Arian.

»Still!«, gebärde ich wütend.

Envers Hände bewegen sich schnell und ebenso wütend. Viel zu schnell, als dass ich ihnen einen Sinn abgewinnen könnte.

»Ihr seid die Prinzessin von Eden, niemand ist wichtiger als

Ihr. Was wird aus all den Menschen, wenn Ihr sterbt? Ihr tragt eine Verantwortung ihnen gegenüber. Ein einziges Leben gegen hunderte, die Eure Hilfe benötigen?«

»Ich bin keine Prinzessin!«

»Das kann man sich nicht aussuchen.«

»Keiner zwingt Euch, mit mir zu kommen!« Ich funkle Enver an, er erwidert meinen Blick genauso intensiv.

Egoistischer Calarianer! Aufgeblasener Hornochse!

Rums!

Ein Funkenregen stiebt in den Himmel. Gerade hat ein Haus den Flammen kapituliert. Ich ziehe meine Kapuze auf und mein Tuch vor Mund und Nase. Laran taucht mit mir in die Gasse ein, die zu Corams Haus führt. Shonas Schritte folgen uns. Wir müssen uns beeilen.

Meine Beine brennen, Schweiß läuft mir in Strömen über den Körper und das Atmen schmerzt. Laran hält mich am Ellenbogen gepackt, als hätte er Angst, ich könnte stürzen. Was bei dem schuttübersäten Boden kein Wunder wäre.

»Nein!« Shona stürmt an uns vorbei, rutscht und fällt neben einer halbbegrabenen Person auf die Knie.

Ihr Schrei hallt in mir wider, hundertfach verstärkt. Meine Knie drohen nachzugeben, aber Laran hält mich aufrecht.

»Es ist nicht Coram, Tali!« Er schüttelt mich. »Es ist nicht Coram!«

Woher weißt du das?, will ich brüllen. Da fallen mir die blutigen Finger auf, die unter einem Stein hervorlugen.

Enver und Arian schließen zu uns auf, die Gesichter staubbedeckt und grimmig.

»Es ist Ott«, krächzt Shona. »Ihr Nachbar. Ich bin als Kind immer in seinen Apfelbaum geklettert. Er hat mich ... wir müssen ihn befreien.«

»Er ist tot«, sagt Arian und klettert auf den Schuttberg, der die Gasse versperrt und größer ist wie er. »Wie alles hier.«

Ich reiße mich von Laran los, schramme mir Hände und Knie auf, um zu Arian hinaufzuklettern. Vor uns züngeln ein paar letzte Flammen. Die Gasse ist kaum noch als solche zu erkennen. Ein größeres Haus ist in sich zusammengefallen und hat die umliegenden Gebäude unter sich begraben. Kleiderfetzen lugen aus den Trümmern. Blütenblätter wie Blutstropfen auf dem staubigen Boden, zerquetschte Pflanzen. Die Vorderseite eines Haus ist zusammengesackt und hat die Tür zusammengestaucht.

Corams Tür.

ERKENNTNIS – BESSER SPÄT ALS NIE

Wie konnte ich nur all die Jahre die Augen verschließen? Eden ist nicht die erste Welt, die die Calarianer eingenommen haben. Seit Jahren fallen Planeten um Planeten, weil der Kaiser seine Macht ausweiten will. So viele Menschen sind gestorben und ich habe einfach weggesehen. Als wäre ich nicht nur gehörlos, sondern auch blind.

Mir wurde die Rolle des Eisprinzen aufgezwungen, vom Kaiser, um meine Gehörlosigkeit zu verstecken, von meiner Mutter, um mich vor ihm zu beschützen. Aber es ist mehr als eine Rolle, es ist zu einem großen Teil von mir geworden. Es ist meine Schuld, dass ich weggesehen habe, meine Schuld, dass ich zu wenig Interesse habe.

Ein loser Stein löst sich unter meinem Schuh, aber Arian stützt mich schnell. Sein Blick ist gleichzeitig fragend und wütend. Ich ignoriere ihn, wie ich ihn die meiste Zeit zu ignorieren versuche, seit wir in den Palast gebracht wurden.

Seinetwegen sind wir jetzt hier draußen, inmitten von Schutt, Rauch und verwundeten Menschen. Er hat mich nicht einmal gefragt. Wieso Prinzessin Talea überhaupt einverstanden war, uns mitzunehmen, ist mir schleierhaft. Arian hat ein bisschen medizinische Ausbildung genossen, aber so richtig angewendet hat er sein Wissen bislang nicht. Er überlässt die schweren Fälle der Prinzessin, die weder vor Blut noch herausragenden Knochen zurückschreckt. Mir dreht sich allein beim Anblick der Magen um.

Immer wieder schielt Arian zum Schild und der Stimme. Er sucht eine Unaufmerksamkeit, damit wir fliehen können. Er glaubt nicht, dass die Prinzessin uns helfen wird. Er hat Angst um Rune. Ich hoffe, dass unser Freund noch nicht tot ist, dass der Kaiser nicht so grausam ist. Aber eigentlich weiß ich es besser. Da der Kaiser keine Möglichkeit hat, uns zu kontaktieren, wird er Rune längst als entbehrlich betrachten.

Es existiert nicht einmal ein Gefängnis in Calarian, alle Verbrechen werden sofort bestraft – offiziell je nach Schwere, doch meistens mit dem Tod.

Vor uns breitet sich ein Platz aus, der von der Zerstörung weitestgehend verschont geblieben ist. Marktkarren und -buden stehen überall verteilt, auf den meisten noch Blumen, alle eingepflanzt in Töpfen.

Die Prinzessin läuft zu einem Brunnen und steckt ihren Kopf in das kühle Nass. Die anderen folgen ihr. Meine Kehle brennt ebenfalls. Ich habe viel zu viel Rauch eingeatmet.

Arian hält mich an der Schulter zurück. »*Jetzt oder nie!*«

»*Und dann? Wir schaffen es nicht alleine nach Calarian, selbst wenn sie nicht die Klone hinter uns herschicken.*«

»*Rune …*«

»*Prinzessin Talea hat versprochen, uns zu helfen*«, unterbreche ich meinen besten Freund direkt.

»*Die Kaiserin hält aber vielleicht nicht mehr so lange durch.*«

Angst regt sich in meinem Inneren, aber ich gebe ihr nicht nach. Ich liebe meine Mutter und verdanke ihr alles, aber wenn sie mir eines beigebracht hat, dann, dass sie mich genauso schützen will wie ich sie. Mich unnötig in Gefahr zu bringen, ist das Letzte, was sie will.

»Alleine stehen unsere Chancen miserabel. Prinzessin Talea wird uns helfen, wir werden Rune und meine Mutter retten und vielleicht diesen Krieg beenden.«

»Dieser Krieg hat dich nie interessiert!«, schleudert Arian mir entgegen.

»Weil ich auf der falschen Seite gestanden habe.« Erst als meine Hände die Gebärden formen, wird mir klar, wie wahr sie sind. Mein Interesse für Eden, für jeden verfluchten Text, meine Abneigung gegen das Kämpfen, die calarianische Politik, den Kaiser.

Arian sieht mich an, als hätte ich ihm eine Ohrfeige verpasst. *»Es ist unsere Heimat.«*

»Nein, es ist ihre Heimat. Und wir haben sie gerade zerstört.«

Ich schüttle seine Hand ab und gehe zum Brunnen. Die anderen scheinen nichts von unserer Unterhaltung mitbekommen zu haben. Ich trinke ein paar Schlucke, was ein wenig das Kratzen in meinem Hals lindert, und kühle mein Gesicht und meinen Nacken.

Arian tut es mir gleich, richtet sich aber viel zu angespannt wieder auf. Ich folge seinem Blick. Die Prinzessin und ihr Schild unterhalten sich. Ihr Blick ist auf eine Stelle gerichtet, die es schlimm getroffen hat. Schwarzer Rauch wabert in den Himmel, Feuerschein leckt daran wie gierige Zähne.

»Prinzessin, wir sollten umkehren«, übersetzt Arian. *»Es ist zu gefährlich. Ich komme alleine zurück und suche nach ihm.«*

»Nein!«, spricht und gebärdet sie.

Wer auch immer dieser Mann ist, den wir suchen, er muss der Prinzessin viel bedeuten. Aber sich dorthin zu wagen, ist lebensmüde. Dass wir es unverletzt bis hierher geschafft haben, hat nichts mit Können zu tun, sondern purem Glück. Das muss selbst die Prinzessin erkennen.

Wieso begibt sie sich weiter in Gefahr? Wie wichtig ist ihr dieser Mann, dass sie ihr Leben und unseres für ihn riskiert?

»Wer ist dieser Mann?«

»Still!« So sicher, als hätte sie diese Gebärde schon häufig benutzt. Trotz der Zerstörung um uns herum wird mir warm ums Herz. Die Prinzessin redet mit mir, auch wenn die Gebärde bei mir wenig Sinn ergibt.

»Ihr seid die Prinzessin von Eden, niemand ist wichtiger als ihr. Was wird aus den Klonen, wenn ihr sterbt? Was aus unserer Übereinkunft? Ihr müsst nicht alles alleine tun, lasst Arian und Eure Stimme weitersuchen. Sie werden ihn finden.« Arian wird ihn finden. Er wird nicht ohne mich nach Calarian zurückkehren.

»Ich bin keine Prinzessin!«

»Das kann man sich nicht aussuchen.« Ich konnte es auch nicht.

»Keiner zwingt Euch mit mir zu kommen!«

Verwirrt schaue ich Arian an. Wieso sollte sie so etwas sagen? Außer Arian hat …?

Er schiebt sich schützend vor mich, alle anderen zucken zusammen. Was ist passiert? Werden wir wieder angegriffen?

»Ein eingestürztes Haus.« Arian deutet vage in eine Richtung.

Die Prinzessin rennt los, direkt in den Rauch hinein. Ihren Schild an ihrer Seite, die Stimme knapp dahinter.

Arian packt mich am Ellenbogen.

»Wir müssen uns beeilen.« Wenn wir sie verlieren, finden wir vielleicht nie wieder zurück zum Palast. Mein Orientierungssinn ist zwar nicht schlecht, aber mit dem dichten Rauch …

»Jetzt ist die Chance …«

»Nein!« Ich reiße mich von Arian los. *»Sie ist unsere einzige Chance, Arian. Die einzige Chance, die Rune hat. Vertrau mir!«*

»*Sie ist ein Kind! Sie hat keine Ahnung, was sie tut. Ihr Leben ist ihr nichts wert.*«

Wut brodelt in mir. »*Aber offensichtlich das Leben von jemand anderem! Wären wir alle weniger egoistisch, gäbe es diesen verdammten Krieg nicht.*«

Arians Gesicht gefriert zu einer Maske, verdrängt die Verzweiflung komplett aus seinen Zügen. »*Wirst du meinen Befehlen folgen, wenn Talea uns nicht helfen wird?*«

»*So wie du meinen?*« Ich funkle ihn an. Er ist meine Verbindung zur Außenwelt, ich muss mich auf ihn verlassen können.

»*Ich habe ihr gesagt, was sie hören musste! Wir sind in einem verdammten Kriegsgebiet und eure Plauderei hat da keinen Platz.*«

»*Die Prinzessin hat versprochen, uns zu helfen.*«

»*Wir sind Calarianer, Enver. Sie hasst uns. Sie wird uns fallenlassen, sobald sie keinen Vorteil mehr in uns sieht. Und dann musst du mir folgen, oder wir werden sterben.*«

EDEN

Nein! Ich rutsche den Schuttberg hinunter, ignoriere die scharfkantigen Trümmer, die brennenden Schnitte und meine Erschöpfung.

»Coram!«

Ich stürze. Er kann da nicht mehr drin sein! Er ist zum Palast gegangen. Oder in einem Schutzbunker. Aber auf keinen Fall mehr da drin. Das ertrage ich nicht. Ich kann nicht noch jemanden verlieren!

»Coram!« Meine Kehle schmerzt.

Tränen strömen aus meinen Augen. Laran zieht mich auf die Beine, hält mich stumm fest.

»Mutter wird das nie verwinden, wenn er …«, flüstert Shona.

»Er ist nicht tot!«, schreie ich.

»Wir sollten hier nicht bleiben«, sagt Arian unvermittelt. »Das Feuer kommt näher.«

Er zeigt auf den rotorangen Lichtschein im dunklen Rauch. Wo bleibt Edens verdammtes Gewitter? Will sie, dass die ganze Stadt abfackelt?

»Wir gehen nicht eher, bis wir Coram gefunden haben!«

Arian verstellt mir den Blick auf das Haus, aber er sieht nicht mich an. »Du nennst dich Schild? Wen schützt du? Wer erteilt dir Befehle? Was ist dein Oberstes Gesetz?« Er zeigt auf mich. »Sie zu beschützen! Sie ist hier nicht sicher. Keiner von uns. Erfülle deine Pflicht, Schild!«

»Haut doch ab!«, brülle ich und schiebe Larans Arm zur Seite. »Keiner verlangt, dass ihr hier seid! Verschwindet!«

»Nicht ohne Euch. Ihr seid die Einzige, die die Kaiserin retten kann, die Einzige, die für Frieden sorgen kann!«

»Den Teufel werde ich tun!«, fluche ich. »Der Kaiser will keinen Frieden, er verdient keinen Frieden. Er hat meine Brüder getötet, Edenstellar angegriffen!«

»Habt ihr das gehört?«, ruft Shona.

Mehr zornige Worte brennen auf meiner Zunge, aber ich beiße mir auf die Lippen und lausche. Ich höre nichts.

Laran hat den Kopf leicht schräg gelegt, die Augen geschlossen. Jetzt reißt er sie auf. »Da ist ein Klopfen.«

Coram! Ich weiß nicht, ob ich seinen Namen nur denke oder wirklich ausspreche.

Ich eile zur Tür, scanne mit den Augen, ob ich irgendwo hinein-kriechen kann. Shona wuchtet Balken beiseite.

»Vorsicht, du könntest alles zum Einstürzen bringen!«, rufe ich. »Coram, kannst du mich hören? Coram!«

»Ich bin schon vorsichtig«, schnappt sie. Ob sie jemals jeman-den unter einem eingestürzten Haus hat befreien müssen?

»Coram!« Warten. »Coram!« Warten. »Coram!«

»Das Klopfen kommt von dort.« Laran zeigt auf eine Stelle. »Da könnte das Schlafzimmer gewesen sein.«

»Coram!«

Prinz Enver berührt meine Schulter.

»Still!«, gebärde ich, ohne ihn anzusehen.

Er dreht mich herum. Seine Fingerspitzen liegen über seiner Handfläche zusammen, er öffnet sie, sodass seine Finger gespreizt sind. Ich schüttle den Kopf. Diese Gebärde kenne ich nicht. Und ich habe auch keine Zeit dafür. Dee hat mir beigebracht, dass Zeit ein entscheidender Faktor bei Verschütteten ist. Wenn Coram in einem Hohlraum gefangen ist, hat er nur eine geringe Menge Sauerstoff zur Verfügung. Wenn er eingequetscht ist, könnte seine Befreiung zum Tod führen. Bitte, bitte, sei unverletzt!

Envers Finger graben sich in meine Schulter, mit der anderen wiederholt er die Gebärde. Ich schaue mich nach Arian um. Wo ist er? Larans Hand legt sich auf den Schwertgriff.

Enver malt einen Halbkreis in die Luft.

»Er ist hintenrum«, interpretiere ich.

Okay, also anders. Ich hocke mich hin und zeige auf den Staub.

Ein Lächeln huscht über Envers Gesicht und er schreibt.

»Eden?«, wiederhole ich laut. Könnte ich? Nein! Ich schüttle heftig den Kopf. Jede kleinste Erschütterung könnte Coram umbringen. Eden ist rohe Gewalt, die Elemente in ihrer wildesten Form. Ich könnte niemals so feinfühlig arbeiten, wie ich müsste.

Erneut gebärdet Enver das Wort Eden, dann zieht er sich den Zeigefinger über den Hals und deutet auf den Schuttberg. Haben wir wirklich keine andere Möglichkeit?

Enver umschließt mit der freien Hand meinen anderen Oberarm. Laran zieht seine Klinge wenige Zentimeter aus der Scheide. Eindringlich sieht Enver mich an. Da sind so viele Worte in seinen Augen, in den zusammengezogenen, dunklen Brauen, der gefurchten Stirn und dem angespannten Kiefer. Dann kniet er sich wieder nieder.

Ihm reicht ein Wort. Festgehalten in Staub und Asche. »Anker.«

»Du?«, flüstere ich überrascht.

Geht das überhaupt? Kann jemand, der es nicht gelernt hat,

ein Anker sein? Und woher weiß er überhaupt davon?

»Nein.« Laran klingt so endgültig.

Wieso sollte nicht Laran wieder mein Anker sein? Dann kann er mich nicht verteidigen, wenn etwas passiert.

»Könnte er?«, frage ich.

Larans Gesicht ist vollkommen reglos, er schiebt den Stahl zurück in die Scheide. »Ja.«

»Passt auf mich auf!«, sage ich zu beiden und hoffe, Enver liest es mir von den Lippen ab.

Ich drücke mein Gesicht gegen Envers Brust. Der Geruch nach Rauch und Schweiß umfängt mich und erinnert mich an Lagerfeuerabende. Seine starken Arme schließen mich um sich, Laran korrigiert seinen Griff und den Druck. Ich schließe die Augen und stürze mich in die Leere.

Statt Schmerzen begrüßt mich Zorn. Allesverschlingender Hass, der wie Feuer durch meine Adern rast.

Endlich!, brüllt Eden mir entgegen. *Die Calarianer sind angreifbar, wir müssen zurückschlagen.*

Ich rase über den Himmel, den Pass hinunter. Wind zerrt an mir, zerreißt mich beinahe, so schnell bin ich. Vernarbter, karger Boden fliegt unter mir vorbei, Häuser aus grauem Stahl teilen die Wolken. Ich weiche ihnen aus, schneide mich an ihren harten Kanten.

Schneller und schneller fliege ich, krache frontal gegen ein Gebäude und werde in alle Winde zerfleddert. Sammle mich wieder zusammen, rase weiter. Leben ruft nach mir, Pflanzen, feuchte Erde. Aber ich sehe es nirgends.

Ich muss Coram helfen!

Wir müssen zurückschlagen!, brüllt Eden.

Nein!

Sie töten mich! Edens Schmerz füllt mich bis in die winzigste

Zelle aus.

Kann ich die Calarianer vernichten? Wie lange hält Coram noch durch?

Was muss ich tun?

Zerfetze sie!

Bilder von eingestürzten Häusern, Überflutungen, Stürmen wirbeln durch meinen Geist. Und ich mittendrin, zerbrochen in Millionen Einzelteile.

Das wird mich umbringen!

Dein Vater hat sich für mich geopfert. Für dich geopfert, damit du zu Ende bringen kannst, wofür er zu schwach war.

Geopfert. Das Wort zerbricht etwas in mir. Opfer heißt Tod. Wie Springer. Tej. Bajo. Cado. Kickster. Flower. Rollins. Cloud. Und all die anderen, die eine blutende Wunde in meinem Herzen hinterlassen haben. Sie haben sich geopfert, um die Bewohner von Eden zu verteidigen. Mein Vater hat sich geopfert, um Coram und mich zu retten. Aber wofür? Wir kämpfen immer noch! Wir sterben immer noch!

Ich kann nicht, ich will mir nicht vorstellen, dass Eden so rachsüchtig geworden ist. Bin ich so? Vor ein paar Tagen hätte ich alles getan, um die Calarianer auszulöschen. Ich wollte ihnen eine Bombe auf den Kopf werfen. Jetzt kann ich diese Bombe sein und …

Nein!, rufe ich. *Ich will mich nicht opfern. Nicht dafür! Es muss einen anderen Weg geben.*

Ich bin nicht mehr das kleine, trotzige Mädchen, das Feuer mit Feuer bekämpfen will. Ich bin nicht wie der Kaiser, der das Leben von Unschuldigen nimmt, um zu bekommen, was er will. Und genau das würde ich tun.

Es gibt keinen anderen Weg!

Doch.

Du kannst es jetzt beenden! Die Calarianer sind angeschlagen!

Sie rechnen nicht mit einem Gegenangriff! Du verrätst deine Brüder. Sie werden sterben, wenn du es nicht tust.

Dann sterbe ich mit ihnen. Ich bin eine Medic, meine Aufgabe ist es, Leben zu retten. Es ist kein Opfer, wenn du dich für den Tod entscheidest statt für das Leben. Das ist Rache.

Eine Ewigkeit bleibt Eden still. Ich hänge zwischen Boden und Himmel, lausche meinem Herzschlag und habe mich bei einer Entscheidung nie sicherer gefühlt.

Gut.

Gut?, wiederhole ich. *Was gut? War das ein Test?*

Wenn ja, wie masochistisch ist Eden? Und wieso sollte sie mich testen, ausgerechnet jetzt? Habe ich nicht bewiesen, dass ich alles tun würde, um sie zu beschützen? Ich wäre auf dem Pass beinahe gestorben!

Das Leben ist immer ein Test. Das, Tali … war deine Weihe. Edens Stimme vibriert in meinem ganzen Körper.

Ich will keine Königin sein.

Königin ist etwas für die Menschen. Die Weihe ist eine Verbindung, die tiefer geht, als alles, was du kennst. Es ist Balance. Du hast dich für das Leben entschieden, für den Frieden, die Hoffnung, das Mitgefühl. Ich habe dich als würdig befunden, eine Verbindung mit mir einzugehen.

Habe ich das nicht längst?

Ich habe das Gefühl, das Eden mich nachsichtig anlächelt.

Nein, du hattest Angst. Du warst mein Werkzeug und ich deines. Deswegen wärst du am Pass fast gestorben, wir haben letztlich auch gegeneinander gekämpft. Jede um ihren Willen. Ein menschlicher Geist, so reif und bemerkenswert er auch sein mag, ist meinem nicht ebenbürtig. Du hast Glück gehabt, dass du dasselbe wolltest wie ich, sonst wärst du längst tot.

Wenn ich mich nicht geweigert hätte …?

Wärst du gestorben.

Das heißt, jedes Mal, wenn ich etwas tue, was du nicht gutheißt, könnte ich sterben, wenn ich nicht stärker bin als du? Wieso hat mir meine Tante das nicht gesagt? Weiß sie das überhaupt? *Meinte Coram das? Musste mein Vater sterben, weil du nicht wolltest, dass er uns heilt?*

Dein Leben ist mein Leben. Mein Leben deines. Ich bin mehr und gleichzeitig nicht mehr als das, was du in deinem tiefsten Inneren bist.

Das ist keine Antwort!, brülle ich.

Wir haben euch geheilt. Dein Vater ist gestorben, weil er getötet hat.

Die Soldaten, die uns angegriffen haben, sage ich tonlos. Mir schwirrt der Schädel von den vielen Informationen.

Wie ich dir bereits gesagt habe, sein tiefstes Inneres war nicht bereit, mit der Schuld des Tods zu leben. Trotzdem hat er es getan, um euch zu schützen.

Was darf ich nicht tun? Jemand Wehrlosen töten? Jemandem die Hilfe verweigern? Den Calarianern vergeben?

Das kann ich dir nicht sagen, flüstert Eden. *Wenn ich es täte, würde es dich verändern.*

Aber woher soll ich dann wissen, was ich darf und nicht darf?

Es sind deine Grenzen. Dein Vater wusste, dass er sterben würde, wenn er die Soldaten tötet. Trotzdem hat er es getan. Du wusstest, dass du sterben würdest, wenn du die Calarianer jetzt angreifst. Und glaub mir, Tali, du wolltest es. Die Weihe erfüllt nur ihren Zweck, wenn du deinen tiefsten Versuchungen gegenüberstehst und dich für eine Seite entscheiden musst.

Coram! Wie lange reden wir schon? Es kommt mir vor wie eine Ewigkeit! Wie konnte ich ihn nur vergessen.

Bleib ruhig. Hier vergeht die Zeit anders. Konzentriere dich. Denk an Coram. An das Gefühl, das er bei dir auslöst, seinen Geruch, seine Wärme. Du wirst schnell merken, dass jedes Lebewesen seine eigene, unverkennbare Lebensspur hinterlässt. Schicke deinen Geist auf die Suche nach ihm.

Ich hole tief Luft. Eden umschließt mich. Wärme füllt mein Inneres, als flackere ein Lagerfeuer in meinem Bauch.

Fühle ihn, Tali!

Ich bin nicht mehr am Himmel über Calarian, sondern in einer Umarmung aus goldenem Licht. Der Duft von Papier, Tinte und regenfeuchter Erde wabert um mich.

Ein zweiter Geruch, etwas weiter entfernt, erfüllt mein Bewusstsein – Stahl und Salbei beruhigen meinen Herzschlag ein wenig. Laran.

Wo bist du, Coram? Ich rufe mir seine große Gestalt vor mein geistiges Auge, sein gleichzeitig gütiges und strenges Gesicht. Wie es sich angefühlt hat, ihn zu umarmen. Da! Ich atme tief den Duft von Äpfeln ein.

Ein goldener Schimmer flackert um Coram. Er liegt bäuchlings unter einem Schrank, halb unter dem Bett, als hätte er versucht, darunter Schutz zu suchen. Das Holz des Schranks ächzt, Steine knirschen und Staub und Putz rieseln auf Corams graues Gesicht. Atmet er?

Coram?, brülle ich und hoffe, dass er aufwacht.

Er kann dich nicht hören.

Wie kann ich ihn befreien?

Spürst du es nicht?, fragt Eden.

Was meint …? Oh. Ich *höre* die Balken nicht ächzen, die Steine nicht knirschen. Ich *fühle* sie. Den Druck, der auf ihnen lastet, die Luft, die zwischen ihnen gefangen ist. Kann ich …?

Ja, beantwortet Eden meinen Gedanken. *Wir sind eins. Du bist die Luft, die Steine, das Holz. Genau wie ich all das bin.*

Behutsam strecken wir uns aus, umschlingen Brocken um Brocken mit einem winzigen Strom Luft. Wie bei den Raketen, nur deutlich vorsichtiger.

Schneller! Wir huschen durch die kleinsten Spalten, strecken uns aus, umgreifen Holz und Stein und heben alle gleichzeitig an. Sie steigen höher und höher, gehalten von unzähligen unsichtbaren Händen. Schrank und Bett heben sich als letzte. Wir fühlen Coram stöhnen. Vorsichtig setzen wir die Trümmer zu beiden Seiten von ihm ab, mit genügend Raum, um ihn zu behandeln.

»Tali!«

Laran. Ich reiße die Augen auf. Prinz Enver hält mich immer noch umklammert. Mein Blick fällt auf Shona, die anscheinend bewusstlos auf dem Boden liegt. Nur ein paar Schritte von Coram entfernt. Was?

Mein Nacken knackt. Laran und Arian stehen sich gegenüber, beide unbewaffnet. Wo ist Larans Schwert? Was geht hier vor sich?

»Renn!«, ruft Laran.

Arian stürzt sich auf Laran, der ausweicht und beinahe stürzt, weil sein linkes Bein unter ihm nachgibt. Ich werfe mich zur Seite und stoße meinen Ellenbogen nach hinten. Prinz Enver keucht, knickt ein und reißt mich mit zu Boden. Ich bekomme eine Hand frei, taste nach meiner Laserpistole. Seine Hand schließt sich um meine. Au! Will er mir den Knochen brechen?

Aus dem Augenwinkel sehe ich Laran taumeln. Arian hebt etwas vom Boden auf. Einen Stein? Larans Schwert?

Tali!

Eden füllt mich wieder aus, fegt Arian von den Füßen, der reglos liegen bleibt. Enver lässt mich los. Ich rolle über den Boden und springe auf. Meine Laserpistole liegt zwischen uns.

»Wieso?«, brülle ich.

Envers Blick zuckt zur Laserpistole. Ich will den Vorhang wegreißen, um mich zu verteidigen. Aber verflucht! Da ist kein Vorhang! Eden strahlt mir entgegen, ein grünes Band schießt auf mich zu und wickelt sich um mein Handgelenk. Sofort sind wir eins. Zwei Steine, größer als mein Brustkorb schießen heran und schweben wie Leibwächter hinter uns. Wenn Enver auch nur zuckt, bombardieren wir ihn.

Das Gefühl von Verrat, bitter und heiß, brennt in meinem Magen. Es fühlt sich machtvoller an, als wären es auch Edens Empfindung.

»Wieso?«

Enver hebt die Arme und sieht sich nach Arian um. Aber sein Leibwächter liegt reglos zwischen den Trümmern, und Laran hält ihm die Klinge an die Kehle. Envers Schultern sinken minimal herab, Sorge schleicht sich in seine Züge und sein Mund öffnet sich ein bisschen, als wolle er nach Arian rufen.

Ich wedele mit der Hand, damit er seine Aufmerksamkeit wieder auf mich richtet.

»Wieso?« Es ist hell genug, dass er mir das eine Wort von den Lippen ablesen können müsste.

Enver deutet auf mich, macht dann die Gebärde für Hilfe und für nicht.

»Wieso?«, beharre ich.

Enver zeigt auf sich. »Mutter.« Dann auf Arian und eine Gebärde, die ich nicht kenne. Er wiederholt sie, korrigiert sie. »Bruder. Hilfe.«

»Wieso?«

Enver hält an beiden Händen Zeige- und Mittelfinger hoch. »Frieden.«

Ich zeige auf mich und gebärde ebenfalls Frieden. »Ich will auch Frieden, aber nicht so. Wolltet ihr mich entführen? Was war der Plan?«

»Kein Plan.« Er gebärdet noch das C vor seiner Brust.

Ich schüttle den Kopf. Keine Ahnung, was er meint.

»Tali.« Laran braucht mich.

Ich lasse die beiden Felsbrocken zu Boden stürzen, sicher, dass

Enver mich nicht mehr angreifen wird. Und wenn, werde ich ihn zu Kleinholz verarbeiten.

Laran stützt sich mit der freien Hand auf einem Felsbrocken ab, der neben Arian liegt. Das Schwert zittert bedenklich.

»Wieso sollte ich euch helfen, wenn ihr meine Freunde verletzt?«, fauche ich. Ich tauche unter Larans linkem Arm hindurch, bin aber zu klein, um ihn ausreichend zu stützen.

Enver kneift die Lippen zusammen. Er kann mich unmöglich verstanden haben. »*Entschuldige*«, sehe ich ihn aus dem Augenwinkel gebärden.

»Ich scheiß auf deine Entschuldigung!« Ich dachte, ich kann ihnen vertrauen! Vielleicht sollte ich ihn auch bewusstlos schlagen und hier zurücklassen. Wenn ich nicht die gleiche Gebärdensprache wie er gelernt hätte, hätte ich es wahrscheinlich längst schon.

Eden bleibt stumm. Für eine Diskussion haben wir sowieso keine Zeit.

»Lehn dich richtig auf mich«, befehle ich Laran. »Wo bist du verletzt?«

»Du musst nach Coram sehen.« Er verlagert sein ganzes Gewicht auf das rechte Bein.

»Du zuerst.« Blut färbt Hose und Schmutz unter Larans Kniekehle dunkel.

»Ich war zu langsam. Arian hätte mich töten können, aber er wollte mich nur aufhalten.«

»Kannst du das Bein beugen?« Ich werde jetzt bestimmt nicht jubeln, dass Arian Laran nicht umgebracht hat.

Laran schüttelt den Kopf.

Schlecht. Wahrscheinlich sind ein oder mehrere Muskeln durchtrennt. So kann er nicht laufen. Ich weiß nicht, wie schlimm Coram und Shona verletzt sind. Alleine bekomme ich alle drei niemals hier weg.

Hitze kribbelt, als würden Ameisen über meine Haut laufen. Fuck! Wie konnte ich nur so dumm sein? Ich habe keine Möglichkeit, Hilfe zu rufen. Das Feuer kommt schnell näher. Edens Gewitterwolken sind noch nicht da. Blue hätte Hilfe holen können. Ich hätte sie trotz ihrer Angst vor Feuer mitnehmen sollen. Wir sind verloren, außer …

Kannst du Hilfe zu uns führen?

Ich habe keine Stimme, antwortet Eden.

Das ist mir schon klar. *Keßler wird dich erkennen. Bitte.*

In der Ferne durchschneidet ein Blitz die Rauchwolken und Donner knallt.

»Lass Arian. Wenn er aufwacht, regelt Eden das.« Laran stützt sich auf mich und ich bugsiere ihn zu Shona hinüber. Sie rührt sich, vielleicht wacht sie gleich auf. »Pass auf sie auf.«

Laran sinkt neben Shona zu Boden und schüttelt sie sanft an der Schulter. Gleichzeitig verbinde ich mit meinem Halstuch seine Wunde.

Gut, Enver hat sich keinen Millimeter bewegt. Sein Blick huscht zwischen mir und Arian hin und her. Wut hilft mir jetzt nicht! Konzentrier dich.

Mit wildpochendem Herzen eile ich zu Coram, knie ich mich neben ihn und halte meinen Zeigefinger unter seine Nase. Bitte, bitte, atme. Die Schuttberge seines Hauses ragen zu beiden Seiten in die Höhe.

Er öffnet die Augen und funkelt mich an. »Was glaubst du, was du da tust?«, knurrt er. Die Schärfe in seiner Stimme wird allerdings durch einen heftigen Hustenanfall zunichtegemacht.

»Überprüfen, ob du noch atmest.« Vor Erleichterung breche ich beinahe zusammen. Er lebt und er ist grummelig, also kann es ihm nicht so schlecht gehen. Trotzdem ist er verletzt und ich bin die Einzige, die sich um ihn kümmern kann.

Also nicht die Nerven verlieren und arbeiten!

»Natürlich atme ich noch. So ein kleines Erdbeben …«

»Die Calarianer haben uns angegriffen, Coram«, unterbreche ich ihn.

Er öffnet die Augen ein Stück weiter und hebt den Kopf.

»Nicht bewegen!«, herrsche ich ihn an.

Er grummelt irgendetwas Unverständliches. Sorgfältig betaste ich ihn von seinem Nacken bis zum Steißbein. Das fadenscheinige Hemd ist grau von Staub und Schweiß, dünn genug, dass ich die Wirbel einigermaßen spüren kann.

»Kannst du deine Füße bewegen?«

»Silvi? Geht es Silvi gut?«

»Ja.« Ich zwicke in seine Kniebeuge. Um ihm die Stiefel aufzuschnüren, fehlt mir die Zeit.

»Aua!« Und in die andere. »Aua! Verdammt!«

»Danke, dass du meine Frage beantwortet hast«, kommentiere ich spitz. Ich glaube nicht, dass seine Wirbelsäule verletzt ist, aber wenn die Situation anders wäre, würde ich nach Verstärkung und einer Trage rufen.

Shona kniet sich neben mich. Sie ist blass. Ich sollte ihre Pupillen kontrollieren, um festzustellen, ob sie eine Gehirnerschütterung hat, aber ich habe nicht mal eine verfluchte Taschenlampe bei mir. Wenn ich hier rauskomme, werde ich nie wieder ohne meinen Medic-Rucksack irgendwohin gehen.

»Was machst du denn hier?«, fährt Coram seine Tochter an.

Ich widme mich sicherheitshalber nochmal seinem Rücken, wo der Schrank auflag. »Tut das weh?«

»Ich bin ein alter Mann, mir tut immer alles weh!«

»Coram!«, rufe ich frustriert. Das ist nicht hilfreich.

»Antworte ihr, verdammt!«, grollt Shona. »Jetzt ist nicht die Zeit, den Helden zu spielen.«

Wow, also entweder färbe ich auf sie ab oder die Bewohner von Eden fluchen doch mehr als gedacht. Oder zumindest einige.

»Mir geht's gut!«

»Dir ist dein verdammtes Haus auf deinen Dickschädel gekracht.« Shona sieht aus, als wäre sie noch lange nicht fertig, aber Corams Hustenanfall lässt sie verstummen.

»Hilf mir, ihn aufzurichten!« Dafür müssen wir ihn erstmal umdrehen. Ich stabilisiere Corams Nacken mit einer Hand und schiebe an seiner Schulter, während Shona die meiste Arbeit erledigt. Als wir Coram in eine sitzende Position gebracht haben, klopfe ich ihm behutsam auf den Rücken.

Nach einer Ewigkeit ebbt der Husten ab und Coram spuckt aus. Kein Blut. Spricht dafür, dass der Husten vom Staub kommt.

»Ihr hättet mich nicht suchen sollen.«

»Das hättest du wohl gerne«, schnappt Shona.

»Tali!«, ruft Laran.

Ich wirble herum, springe auf die Füße und hebe meine Hände. Eden rauscht durch mich hindurch und entreißt mich fast meinem Körper. Enver steht dicht neben Arian, der sich den Hinterkopf reibt.

»Gib mir einen Grund.« Meine Stimme klingt gefährlich leise.

»Es tut mir leid, Prinzessin Talea«, übersetzt Arian »Ihr hasst Calarianer und das zurecht. Ich dachte nicht, dass Ihr uns freiwillig helfen würdet. Meine, also Envers, Mutter befindet sich in Lebensgefahr und Ihr seid die Einzige, die ihr helfen kann. Wir haben Euch unterschätzt.«

Ich schnaube. »Weil ich klein bin? Ich habe Euer Leben gerettet, zwei Mal. Was muss ich denn noch tun?«

»Prinz Enver meint Euer Mitgefühl, Prinzessin«, erwidert Arian. »In Calarian …«

»Wir sind nicht in Calarian.«

»Aber viele Eurer Brüder wurden von Calarianern getötet«, übersetzt Arian wieder. »Verzeiht, dass wir Euch nicht vertraut haben. Nachdem, was Ihr gesagt habt, gingen wir davon aus, dass Ihr Rache üben wollt.«

»Fuck, ich war wütend! Ich dachte, …« Ich schaue zu Coram und kämpfe gegen die Tränen an. Was hätte ich getan, wenn ich ihn verloren hätte? Hätte ich die Calarianer angegriffen, wie beim Test?

»Ich wollte mich rächen«, flüstere ich. »Niemand hätte sterben müssen, wenn Euer Volk, Euer Vater nicht so blutrünstig wäre. Aber Ihr habt damit nichts zu tun, oder? Ihr seid keine Gefahr? Ihr wollt Frieden?«

Bitte, sag Ja. Ich weiß nicht, was ich tun werde, wenn sie wieder Anstalten machen, meine Situation auszunutzen. Sie sind zu zweit und selbst, wenn Arian eine Gehirnerschütterung hat, ist er ein würdiger Gegner.

Enver schweigt mir einen Moment zu lange, bevor er rasch gebärdet. Arian zögert, aber Enver wiederholt seine Gebärden, harscher.

»Nein, Prinzessin, wir kamen nicht, um Frieden zu schließen. Wir wollten nur die zwei Menschen retten, die uns mehr bedeuten als unsere eigenen Leben.«

Ich atme langsam aus, merke erst jetzt, dass ich die Luft angehalten habe. »Und ich will meine Brüder beschützen, meine Familie. Und dabei helft ihr mir jetzt, das Feuer kommt nämlich verdammt schnell näher. Dann können wir darüber reden, wie wir alle bekommen können, was wir wollen.«

»Natürlich«, stimmt Arian nach einem Austausch mit Enver zu.

»Und wehe, ihr greift uns nochmal an, dann begrabe ich euch mit mehr als nur einem Haus.«

EDENS MACHT

Ein Donnerschlag unterstreicht meine Worte. Der Himmel bricht auf und durchnässt uns. Ich streiche mir die Haare aus dem Gesicht. Das wird es nicht einfacher machen für Keßler, uns zu finden. Wenn Eden es überhaupt schafft, sich bemerkbar zu machen.

Enver hilft Laran auf. Mein Leibwächter presst die Kiefer fest zusammen und würdigt den Prinzen keines Blickes. Arian tritt langsam zu mir, bedacht, bloß keine schnelle Bewegung zu machen.

Ich sehe zu Coram, ziehe fragend die Brauen hoch und gebe ihm eine letzte Chance, mir zu sagen, wie schlimm seine Schmerzen sind. Arian kniet neben ihm nieder.

»Ich kann alleine laufen.«

»Kannst du nicht!«, knurre ich und nicke Shona und Arian auffordernd zu.

Sie wuchten Coram in die Höhe. Ich schnelle vor und ziehe sein Hemd aus der Hose.

»Tali!«, murrt Coram.

Bis auf ein paar Abschürfungen ist seine Haut blass. Ich taste über seinen weichen Bauch, definitiv nicht behutsam, und schaue mir seinen Rücken an. Dort, wo der Schrank auflag, bilden sich Blutergüsse. Ein Scanner würde mir mehr verraten, aber zumindest hoffe ich, dass Coram keine schwerwiegenden inneren Verletzungen hat. Er zuckt zusammen, als ich über die Blutergüsse streiche.

»Sag mir sofort, wenn du dich schwächer fühlst oder sonst eine Veränderung bemerkst, ja? Schwindel, Kurzatmigkeit, Herzrasen.«

Coram nickt. Wie er so zwischen seiner Tochter und Arian hängt, wirkt er kleiner, älter.

Konzentration! Ich muss Laran und Coram in Sicherheit bringen. Wir haben keine Zeit für Sorgen, ich kann nur reagieren, wenn sich sein Zustand verschlechtert. Ich überprüfe, ob Larans provisorischer Verband noch sitzt.

»Das gleiche gilt für dich, verstanden!«

Auch Laran stimmt mit einem Nicken zu.

»Dann los.«

»Dort entlang sind weniger Trümmer.« Arian zeigt mit dem Kopf nach links.

Die Gasse ist so schmal, dass sie kaum zu dritt nebeneinanderhergehen können. Aber über den Schuttberg zu klettern, wo wir hergekommen sind, ist keine Option. Ich stelle mich an Larans Seite, damit er sich auf mich stützen kann.

Laran hüpft vorwärts und stützt sich fast ausschließlich dabei auf Enver. Der Regen hat ein paar Strähnen aus seinem Haarknoten gelöst, die ihm jetzt ins Gesicht hängen. Mir selbst kleben die Haare am Schädel und Wasser läuft mir in die Augen. Vermutlich könnte ich es schaffen, den Regen von uns fernzuhalten. Aber dafür will ich keine Kraft verschwenden. Ich weiß nicht, wie lange ich noch durchhalten muss.

Shona und Coram streiten leise. Ich kann aber nur zerstückelte Worte verstehen, weil das Gewitter um uns herum so laut ist. Ich schiebe mit Eden Trümmer aus unserem Weg, damit wir vorbeikommen. Umwege können wir uns nicht leisten. Ganze Schuttberge weichen zur Seite oder erheben sich über uns, bis wir alle sicher hindurch sind. In keinem waren Überlebende. Ich hoffe, Coram war der einzige Idiot, der nicht in die Schutzbunker geflohen ist.

Es fällt mir immer schwerer, die Verbindung mit Eden zu halten. Kopfschmerzen pulsieren an meinen Schläfen. Meine Beine fühlen sich wie Blei an und meine Kehle kratzt vom vielen Rauch.

Wie weit ist es noch bis zum Palast? Ich habe die Orientierung verloren. Selbst mit den goldenen Leuchtkugeln, die um mich herum schweben, kann ich kaum drei Schritte weit sehen. Ohne Larans Führung wäre ich aufgeschmissen.

Ein Blitz zuckt über den Himmel, im gleichen Atemzug zerreißt ein Donnerschlag die Luft.

»Prinzessin?«, ruft Shona.

Ich drehe den Kopf, sehe aber nur Larans Arm, der über meiner Schulter liegt. Er lehnt sich gegen Enver, sodass ich mich ganz zu den dreien umdrehen kann.

»Was ist?«

»Ihr sagtet, er soll sich melden, wenn es ihm schlechter geht.« Die Sorge in Arians Stimme trifft mich wie eine kalte Dusche. Er wird sich nicht um Coram sorgen, sondern nur darum, was ich tue, wenn Coram es nicht schafft.

Ich eile zurück und umschließe Corams Gesicht mit den Händen, stelle mich auf die Zehenspitzen und drücke mein Ohr an seine kalten Lippen. Seine Atmung geht flach und schnell.

»Silvi«, murmelt er.

Ich suche am Hals nach seinem Puls. Drücke auf den Punkt unter seinem Kieferknochen. Nichts. Verdammt! Das ist aber die richtige Stelle. Endlich! Viel zu schnell, wie erwartet. Ich kann weder seinen Blutdruck messen noch überprüfen, ob die Kälte

273

seiner Haut vom Regen herrührt. Aber seine Symptome sprechen für einen Schock. Fuck! Coram muss innere Blutungen haben.

Ich habe doch nicht so viel riskiert, um ihn jetzt zu verlieren!

»Tali?« Shonas Stimme zittert. »Er hat eben noch mit mir geredet.«

Ich reibe über sein Brustbein. So fest, dass meine Knöchel schmerzen. »Coram, Coram, hörst du mich? Wo hast du Schmerzen?«

Seine Lider flattern träge. Ich reibe noch fester.

»Coram, du musst wachbleiben! Rede mit mir! Wo sitzt der Schmerz?«

»Silvi«, flüstert Coram.

»Ja.« Verflucht, er erkennt mich nicht mehr. »Sag mir, wo der Schmerz sitzt.«

Er reagiert nicht.

»Was hat er? Bis eben ging es ihm doch gut!«

Wenn Shona jetzt hysterisch wird, verliere ich Coram definitiv. Es gibt nichts Fataleres.

»Er hat innere Blutungen«, erklärt Arian. »Der Palast ist zu weit entfernt, Prinzessin, wir können nichts mehr tun.«

Nein! Ich weigere mich, das auch nur zu denken.

Enver tritt neben mich, Laran lehnt auf einem Bein an einer Hauswand.

»Ihr habt alles getan, was Ihr konntet«, übersetzt Arian.

Habe ich nicht. *Eden! Wie hat mein Vater uns geheilt?*

Stille. Mein Kopf pulsiert im Takt meines Herzschlages. Ich spüre Eden, kann sie aber nicht erreichen. Es fühlt sich an, als würde ich nach Nebel greifen. Verflucht nochmal!

Eden, ich kann ihn nicht sterben lassen. Er … ich brauche ihn. Er ist Familie.

Wieder keine Reaktion.

Ich werde es nicht ausnutzen, wenn du das denkst. Nicht für mich

selbst. Ich werde niemanden verraten, was du kannst! Bitte, Eden.
Bitte, danach tue ich alles, was du willst.

Folge mir, Tali, erklingt die Stimme meines Vaters.

Ich reiße die Augen auf. Seine goldene Gestalt schimmert nur
eine Handbreit von meinem Gesicht entfernt. Die Regentropfen
tanzen um ihn, oder die winzigen Lichtpunkte tanzen um die Regentropfen.

»Schnell, folgt mir!«, rufe ich.

Shona reagiert nicht, brüllt nur ihren Vater an. Enver schiebt sie
zur Seite, um Coram selbst zu stützen. Er und Arian haben Mühe,
Coram über den unebenen Boden zu schleifen, da sie ihn durch
seine fehlenden Arme nicht richtig festhalten können. Laran und
Shona bleiben hinter uns zurück. Mein Vater führt uns durch ein
paar Straßen, bis er vor einer Mauer verharrt. Ohne Berührung
gleitet der Stein zur Seite.

Sie müssen hier warten, sonst kann ich Eden nicht überreden, es zu
tun. Nur Geweihte dürfen sehen, was ich dir gleich beibringe.

Wie kriege ich Coram da runter?

Lass ihn schweben. Mein Vater klingt, als hätte er das schon mal
gemacht.

»Achtung, ich probiere etwas.« Ich zwinge meinen schmerzenden Körper zum Durchhalten und forme eine Trage aus Luft,
mit der ich Coram behutsam aus den Armen der Calarianer hebe.
Schmerzen schießen wie Messerstiche durch meine Schläfen. Obwohl sie meine Kraft bereits mehrmals mitangesehen haben, wirken Enver und Arian überrascht.

»Bleibt hier«, befehle ich ihnen. »Und lasst niemanden mir
folgen. Dann werde ich alles tun, um euch zu helfen.«

Ich schicke Coram voran und klettere durch die Öffnung. Was,
wenn sie mich erneut verraten? Laran ist zurückgeblieben. Coram
halbtot.

Kurz bevor ich durch den Eingang trete, drehe ich den Kopf. Beide sehen mich an, erschöpft, klitschnass.

»Bitte, vertraut mir.«

Eine Armee aus glühenden Lichtern begleitet meinen Abstieg. Ich spüre die Anziehung des Grünen Flusses.

Steig in den Fluss, befiehlt mein Vater.

Ich bin so nass, dass ich kaum einen Unterschied bemerke. Der Fluss steht vollkommen still, keine Strömung treibt mich vom Ufer weg. Schnell lasse ich Coram zu mir herunterschweben und halte seinen Kopf mit beiden Händen über Wasser. Der Fluss und Eden halten mich aufrecht, als stünde ich auf festem Grund.

Corams Lider sind geschlossen, seinen Puls kann ich kaum noch ertasten. Seine Atmung ist noch flacher geworden, unregelmäßig.

Rufe nach Eden. Mit deinem ganzen Sein. Lass sie die Kontrolle übernehmen, lass sie in dein Herz.

Angst flackert in meinem Magen auf. *Und dann?*

Vertrau darauf, dass Eden euch rettet.

Hat Eden die Wahrheit gesagt? Du bist nicht wegen uns gestorben?

Mein Vater lächelt traurig. *Edens Definition nach bin ich nicht tot, Tali. Ich lebe in ihr weiter. Du hast keinen Anker. Wenn du nicht den Weg in deinen Körper zurückfindest, wirst du sterben. Also finde ihn!*

Etwas Heißes schlingt sich um meinen Knöchel und reißt mich unter Wasser. Mit den Fingerspitzen stütze ich Corams Hinterkopf, während immer mehr grünglühende Tentakel aus der Dunkelheit sich um meinen Körper winden.

Fuck! Keßler, Hilfe!

KENNE DEINE GRENZEN

Mein Kopf wird nach oben gerissen und durchbricht die Wasseroberfläche. Ich schnappe nach Luft. Die smaragdfarbenen Tentakel verschwinden in der Dunkelheit des Flusses, dafür ist die Höhle mit Abermillionen Leuchtkugeln erfüllt.

»Nein.« Ich wehre mich gegen den Griff, schlucke Wasser. Fuck! Ich hätte wissen müssen, dass die Calarianer ihr Wort brechen. Wie konnte ich mich nur auf sie verlassen? Ich muss Coram retten. Wo ist Coram?

»Ruhig, Kleines.«

Keßler? Ich reiße den Kopf herum. »Was machst du hier? Wo ist Coram? Geht es ihm gut? Niemand, der nicht geweiht ist, darf das Ritual sehen!«

Keßler antwortet nicht, vermutlich hat er mein halbersticktes Gestammel nicht verstanden.

Ich darf nicht versagt haben. Coram muss leben. Ich habe es Silvi versprochen. Ich ertrage es nicht, noch jemanden zu verlieren.

Ich strample und treffe Keßler mit dem Knie. Er grunzt, hält mich aber eisern fest. Wieso kann ich mich nicht erinnern, was geschehen ist? Eden hat mich gepackt, oder zumindest hielt ich es für Eden, hat mich unter Wasser gezogen – und dann nichts mehr. Als hätte ich nicht existiert. Als wäre ich ausgelöscht worden.

Hände greifen mich unter den Achseln und ziehen mich aus dem Wasser. Wer ist noch hier? Marks? Shep?

Ich reiße mich los, stürze auf die Knie, der Schmerz rast bis in meine Hüfte und Fußgelenke. Huste Wasser aus. Ich bin eiskalt, meine Glieder schmerzen und jeder Gedanke, mich aufzurichten, verblasst im Angesicht meiner Erschöpfung.

Ich starre auf meine Handrücken. Meine Haut wirkt in dem grünlichen Licht meiner Adern noch blasser, durchscheinend. Wie bei meinem Vater. Wäre ich gestorben, wenn Keßler mich nicht gerettet hätte? Aber was ist mit Coram? Ich muss ihn finden.

Ich stemme mich hoch, hebe den Blick.

»Coram«, hauche ich.

Er kniet vor mir, klitschnass wie ich selbst. Außer ihm und Keßler, der sich gerade aus dem Fluss hievt, ist niemand hier, aber wer hat mich …?

Fassungslos starre ich auf Corams Arme, auf seine Hände, die mit grünleuchtenden Sommersprossen überzogen sind.

Mein Blick zuckt zwischen Keßler und Coram hin und her. Habe ich …? Hat Eden …? Aber wie …? Selbst die fortschrittlichsten Technologien der Galaxis, zumindest die, die Dee zur Verfügung stehen, können keine Gliedmaßen nachwachsen lassen.

»Wenn du das noch einmal tust, dann schwöre ich dir, werde ich dich persönlich umbringen«, knurrt Coram. »Ich bin ein alter Mann, niemand, für den es wert ist, sein Leben zu riskieren. Hörst du, Tali!«

Ich starre immer noch auf seine Finger. Träume ich? Bin ich gestorben?

»Wie?«, bringe ich heraus.

»Wie?«, wiederholt Coram wütend. »Du wärst fast gestorben wie dein Vater. Wieso hast du geglaubt, ich würde das nochmal ertragen? Ich habe schon Tamino verloren, dich zu verlieren …«

Ich greife seine Hand, streiche über das kalte Fleisch, spüre die Schwielen, die Sehnen, die Knochen.

Danke, Eden, flüstere ich der leuchtenden Sonne in meinem Geist entgegen. *Wie hast du das geschafft? Wieso ist Coram nicht tot? Mein Vater hat gesagt, du duldest keine Zuschauer, die nicht geweiht sind.*

Eden bleibt still, aber ich spüre ihre Erschöpfung wie meine eigene. Entweder hat sie mich vorhin ausgeschlossen, wollte nicht, dass ich Coram rette, oder sie war mit etwas anderem beschäftigt. Dem Feuer? Dem Gewitter?

Ich lasse seine Hand los und strecke meine ins Wasser. Es ist erstaunlich kalt. *Vater?*

Augenblicklich taucht er in der Leere auf und zieht mich an sich. Die Berührung ist sehr zart, kaum spürbar.

Tu das nie wieder! Versprich es mir! Eden hätte dich fast nicht gehen lassen. Wenn Keßler nicht rechtzeitig gekommen wäre …

Du hast gesagt, niemand darf es mit ansehen. Aber Keßler …

Er hat Edens Geheimnis fünfzehn Jahre lang bewahrt.

Keßler wusste, dass Eden Leben retten kann. Und er hat nie auch nur versucht … was? Wieso hat er mir nicht gesagt, dass ich meine Brüder hätte retten können? Dass ich mit Eden …

Ich hätte sie retten können. Unverständnis und Wut ballen sich in meinem Magen und drohen aus mir herauszubrechen.

Tali, du wärst fast gestorben. Die Macht, Leben zu retten, dürfen wir nur in absoluten Notfällen einsetzen. Sie widerspricht Edens Natur, deswegen wollte sie dir auch nicht helfen.

Wieso kann sie es dann überhaupt?, brülle ich.

Weil sie das Leben selbst ist, Tali. Um dich und Coram damals zu retten, habt ihr jeweils einen winzigen Teil von Eden in euch aufgenommen. *Das macht dich so viel stärker als mich. Und deswegen lebst du noch! Coram zu heilen und ihm seine Arme wiederzugeben sind zwei vollkommen unterschiedliche Dinge. Es ist falsch, Tali.*

Ist es nicht!

Mein Vater seufzt. *Aus Edens Sicht schon. Sie empfindet Gefühle anders als wir. Solange ihr das Gleiche bewirken wollt, seid ihr eins. Wenn nicht, kämpfen eure Präsenzen gegeneinander und du verlierst. Du verlierst immer, Tali. Verstehst du das. Du musst deine eigene Grenze kennen. Genauso wie du Edens Grenzen kennen solltest.*

Klar, nichts einfacher als das.

Sie will sich beschützen. Er streicht mir über die Wange. *Sie ist die Natur, der Kreislauf des Lebens. Keine Person. Auch wenn es manchmal den Anschein hat. Eden allein entscheidet, ob sie uns ihre Kraft schenkt und was wir mit dieser Kraft anfangen dürfen. Wenn wir sterben, können wir ein Teil von ihr werden. Deswegen lebt die Bevölkerung so friedlich, deswegen werden diejenige, die es nicht tun, mit Verachtung gestraft. Nur wer Edens Meinung nach würdig ist, darf nach seinem Tod in ihr weiterleben. Sie kann eine Freundin sein, eine Retterin in der Not. Aber vergiss nie, was sie auch sein kann: Sie ist dieser Planet und sie hat keine Bedenken, jeden auszulöschen, der ihr schadet.*

Wieso hat sie es noch nicht getan? Die Calarianer, meine ich? Wenn ich mich beim Test nicht dagegen entschieden hätte …

Weil weder meine Mutter noch ich bereit waren, unsere Lebensweise für Vergeltung zu verraten. Die Grenze zu übertreten. Wir kannten nur Frieden. Wir sind Frieden. Eden braucht uns für die Balance, sonst könnte sie sich leicht selbst vernichten. Und damit uns alle. Noch sind wir nicht an dem Punkt, an dem ihr keine andere Wahl bleibt. Aber er rückt unausweichlich näher – das hat deine Weihe gezeigt.

Hast du mich deswegen zu meinen Brüdern geschickt? Damit ich den Krieg kennenlerne?

Der ertappte Ausdruck in seinem Gesicht ist mir Antwort genug.

Ich weiche vor ihm zurück. *Du hättest meine Brüder eher alle sterben lassen, als dich selbst zu opfern. Du bist nicht besser als all die anderen.*

Sie sind Klone, gezüchtet für den Kampf. Nicht, um kleine Mädchen großzuziehen. Du warst eine hilflose Prinzessin, du solltest nicht den Tod aus der Nähe kennenlernen. Du hast aus ihnen mehr gemacht als Soldaten, und sie haben aus dir mehr gemacht als eine ängstliche Prinzessin. Nein, damals hatte ich keine andere Wahl. Keßler hat meinen Befehl, dich zu beschützen, zu wörtlich genommen.

Er hätte mich nicht mitnehmen sollen? Ich wäre nicht bei ihnen aufgewachsen? Keine von ihnen gewesen? Stattdessen im Palast geblieben, abgeschottet von allen, damit mich ja kein Spion erwischt.

Nein, aber du bist froh, dass er es getan hat.

Schnell reiße ich meine Hand aus dem Wasser. Ich habe genug von seinen Geständnissen, seinen Erklärungen und was auch immer das eben sein sollte. Ich springe auf die Füße, taumle, aber Keßler fängt mich auf und hält mich fest umklammert.

»Geht es dir gut, Kleines? Bist du verletzt?«, murmelt er in mein Ohr.

»Wie hast du mich gefunden?«, flüstere ich und schüttle gleichzeitig den Kopf.

»Az hat gesagt, dass du nach Coram suchst. Als wir sein Haus gefunden haben, war es nicht mehr schwer, deiner Spur zu folgen.«

»Und Enver hat dich reingelassen?«

»Wir waren in der Überzahl, aber der Prinz weiß mehr, als er zugibt. Ich musste ihm nur sagen, dass ich weiß, was du vorhast.«

»Verdammte Calarianer!«, flucht Coram.

»Los, sonst weiß ich nicht, wie lange Marks die anderen noch zurückhalten kann.« Keßler löst sich von mir, hilft Coram auf die Beine, der noch etwas wackelig ist.

Ich blicke die unregelmäßigen Stufen hinauf, die mit glitschigen Pflanzen und Trümmern bedeckt sind. Auf dem Weg nach unten habe ich sie kaum wahrgenommen. Mein Körper protestiert allein beim Hinsehen mit neuen Schmerzen. Aber ich darf meine Schwäche nicht zeigen, da oben warten zwei Calarianer auf mich, meine Brüder, vielleicht Laran und Shona. Ich muss stark sein.

Keßler geht zwischen uns, um mich oder Coram zu stützen, sollten wir Hilfe brauchen. Aber ich zwinge meine Muskeln, zu gehorchen. Einen verdammten Schritt nach dem anderen.

Es hat aufgehört zu regnen. Mein Blick fällt direkt auf Enver, der mit dem Rücken zu uns steht. Er tritt zur Seite und macht so den Eingang komplett frei, vermutlich hat Arian ihn informiert, dass wir kommen. Der Regen hat den Schmutz weggewaschen und nur noch ein bleiches, übermüdetes Gesicht zurückgelassen. Ich nicke Enver zu, mehr Dankbarkeit kann ich vor den anderen nicht zeigen. Dankbar? Ich hätte nie gedacht, dass ich das mal über einen Calarianer denken würde. Aber wenn ich ehrlich bin, hat auch Enver mein Leben gerettet, da er Keßler durchgelassen hat.

»Na endlich!«, ruft Browzer und reißt mich in eine knochenzerbrechende Umarmung. »Habt ihr euch da unten häuslich eingerichtet?«

»Also so gemütlich ist es da auch nicht«, grummelt Coram.

»Vater?«, höre ich Shona.

Ich schiele zu ihr hinüber. Sie schlägt sich die Hand vor den Mund.

»Wie ist das möglich?«, murmelt Arian und starrt Corams Arme an.

Ihre Blicke wandern zu mir, brennen sich in meine Haut. Ich

versuche gegen den Kloß in meiner Kehle an zu schlucken. Sehne mich in Browzers schützende Umarmung zurück.

»Eden«, raunt Shona und sieht mich an, als wolle sie gleich überwältigt in Ohnmacht fallen.

Coram tritt neben mich und legt mir seine Hand auf die Schulter. Sein fester Griff treibt mir Tränen in die Augen. Nicht schwach werden!

Ich greife seine Hand. Aus Fleisch und Blut.

»Ich weiß nicht, was geschehen ist. Es ist … einfach passiert«, presse ich hervor. Meine Stimme zittert. Ich räuspere mich. »Ich weiß nur eines, ich will niemanden mehr verlieren.«

Keiner sagt, dass ich das nicht werde. Die betretene Stille schneidet wie ein Messer durch mich hindurch.

»Wir sollten los«, meldet sich Marks. »Bringen wir Tali ins Warme.«

ALS DER PALAST in Sicht kommt, kann ich kaum noch einen Fuß vor den anderen setzen. Ich spüre meine Finger und Zehen nicht mehr. Keßler und Shep flankieren mich, während Browzer Coram stützt und Arian und Enver sich um Laran kümmern.

Die Wachen verbeugen sich vor mir. Shona setzt sich an die Spitze und führt uns im Eilschritt auf die geöffneten Tore zu.

Kerasie rennt uns entgegen. »Ist alles in Ordnung, Prinzessin?« Ihr Mantel ist mit Blut befleckt. Vermutlich hat sie den Verletzten geholfen.

»Mehr oder weniger. Zeig Browzer, wo mein Zimmer ist. Und sag dann Silvi Bescheid.«

Ihr Blick fällt auf Coram und ihre Augen weiten sich. Ruckartig nickt sie und bedeutet Browzer, ihr zu folgen. Ich betrete nach

283

ihnen die Halle. Auf den unteren Stufen der Treppen, die links und rechts zu der Galerie und den höheren Stockwerken führen, sitzen Flüchtlinge, zerschunden und verdreckt. Deutlich mehr hocken auf dem Boden, unterhalten sich leise, spenden Trost. Die Stimmen klingen wie ein rauschender Wasserfall, der mich wegzureißen droht. Ich atme gegen die Erschöpfung an und marschiere nach links, von wo die meisten Schmerzensschreie kommen. Niemand muss mir Platz machen, sie haben offenbar eine Gasse für weitere Verletzte frei gelassen.

Die großen Flügeltüren führen in einen riesigen Raum. Kronleuchter hängen unter der Decke, so viele, dass ich sie gar nicht zählen kann. Die Leuchtkugeln werden noch heller, sobald ich über die Schwelle trete.

Es stinkt nach Blut, Schweiß und Angst. Die Menschen liegen in Reih und Glied auf dem Boden oder behelfsmäßigen Matratzen. Unverletzte Bewohner kümmern sich um sie.

Ellana entdeckt mich als erste. »Gut, dass ihr zurück seid!«

Aber sie hält kaum inne und zieht dem nächsten Patienten Glassplitter aus dem Arm. Schon nach wenigen Augenblicken erkenne ich Dees Farbschema. Links die leichteren Fälle, rechts die schweren und ganz hinten die kritischen. Dort versuchen meine Brüder alles, um Leben zu retten. Dee entdecke ich unter ihnen, der immer wieder um Rat konsultiert wird.

Ich entdecke eine freie Stelle bei den Leichtverletzten. »Hier.«

Arian und Enver lassen Laran zu Boden sinken. Mein Schild ist blass, Schweißperlen glänzen auf seinem Gesicht.

»Shep, ich brauche meinen Rucksack.« Noch bevor ich zu Ende gesprochen habe, setzt mein Bruder sich bereits in Bewegung.

Ich knie mich neben Laran nieder und löse behutsam den blutigen Verband. Die Wunde ist verdreckt, das Blut geronnen.

»Kannst du dich auf den Bauch legen?«

Laran zögert. Seine Frau und seine Tochter, stimmt. Shep kommt und stellt meinen Rucksack neben mich. Gut bestückt, als hätte er nur auf mich gewartet.

»Kannst du Larans Familie suchen?«

Shep lässt sich beschreiben, wie sie aussehen und wie sie heißen. Ich höre nur mit halbem Ohr zu, da Laran sich endlich hingelegt hat, und greife nach meinem Scanner. Das vertraute Summen lässt mich ruhiger werden. Die Anzeige bestätigt meine Vermutung. Zwei der Hamstrings-Muskeln sind durchtrennt, der dritte angerissen. Ich reinige und desinfiziere meine Hände, dann die Wunde, was Laran ein Knurren entreißt. Keßler reicht mir eine längliche Ampulle mit Nanosonden.

»Das wird sich gleich verdammt komisch anfühlen, aber wenn die Nanosonden ihre Arbeit erledigt haben, kannst du in ein paar Stunden wieder auftreten.«

»Nanosonden?«, wiederholt Laran.

»Ja, tolle kleine Dinger. Also keine Widerrede und nicht bewegen!«

Ich halte die Ampulle gegen seine Haut über der Wunde und drücke den Kopf am oberen Ende. Danach verbinde ich die Wunde, damit Laran nicht daran kratzen kann und keine Keime in die Wunde gelangen.

»Möchtest du ein Schmerzmittel?«

Laran schüttelt den Kopf.

»Dann ruh dich aus.«

Bevor er mir widersprechen kann, eile ich auf Dee zu. Noch bevor ich ihn erreiche, ruft er mir zu: »Links, vier drei.«

Die besagte Patientin hat üble Verbrennungen an ihrem rechten Arm. Sie wimmert leise und ihre Augen sind groß vor Schmerz und Angst. Ich knie mich neben sie und nehme die Pinzette, um die gröbsten Hautfetzen zu entfernen. Für einen Moment sehe ich Keßler vor mir und höre Dee, wie er mich wegschickt. Heute nicht. Heute darf ich meinen Job machen.

Ich drücke die gesunde Schulter der Frau. »Das wird gleich höllisch wehtun, aber du schaffst das.«

Ihre Augen weiten sich noch etwas mehr. »Prinzessin?«

Ich lächele sie an und verabreiche ihr ein Schmerzmittel. Keßler fixiert den verletzten Arm und ich ziehe den ersten verbrannten Hautfetzen ab. Der Schrei geht mir durch Mark und Bein, aber ich mache weiter, wie ich es gelernt habe.

Nachdem ich die Wunde mit FROST bedeckt habe, richte ich mich auf. Meine Beine schmerzen von der unbequemen Haltung und mein Rücken fühlt sich lädiert an. Wo sind Enver und Arian? Ich habe nicht bemerkt, wann sie gegangen sind. Ich hoffe, er und Shona lassen sich auf eine Gehirnerschütterung untersuchen.

»Gut gemacht«, lobt Keßler mich.

Ich schenke ihm nur ein kurzes Lächeln, bevor ich mich dem nächsten Brandopfer zuwende. Es sind so viele Verletzte und nur so wenige Medics, die sie behandeln können.

Irgendwann gehen mir die Schmerzmittel aus, danach der FROST. An den Schreien, dem Schluchzen rundum erkenne ich, dass es meinen Brüdern genauso geht. Ich blende alles aus, mache weiter.

»TALI?«

»Hm?« Ich hebe den Blick, meine Augen brennen, meine Lider sind bleischwer.

»Hier.« Silvi reicht mir einen Becher mit Wasser.

Ich versuche, das Zittern meiner Hände zu ignorieren. Verflucht, tut das Wasser gut. Wann habe ich das letzte Mal was getrunken? Wie viel Zeit ist vergangen? Mein Blick wandert über die zahllosen Verletzten, viele davon inzwischen verarztet und schlafend. Es ist stockdunkel draußen.

»Danke.« Meine Stimme klingt angeschlagen, obwohl ich in den vergangenen Stunden kaum geredet habe.

»Hat Az dich gefunden?«, fragt Silvi.

Fragend sehe ich zu Keßler, der die ganze Zeit nicht von meiner Seite gewichen ist. Er schüttelt den Kopf.

»Er wollte mit dir sprechen.« Silvis Stimme klingt unsicher. So kenne ich sie nicht, allerdings ist dies auch eine Ausnahmesituation.

»Alles okay bei dir?« Ihre aufgelöste Frisur und die Ringe unter ihren Augen sprechen für Erschöpfung.

»Ja, schon … aber … hast du … hast du Coram gefunden? Ich kann ihn hier nirgends finden …«

»Hat dir niemand Bescheid gesagt?«, frage ich. Fuck, ich hatte doch irgendwen beauftragt, sie zu holen, oder?

Silvi hält die Luft an, Hoffnung erhellt ihre Augen, gleichzeitig zittern ihre Hände.

»Es geht ihm gut«, sage ich schnell. »Er …«

»Wir bringen dich zu ihm«, unterbricht Keßler und zieht mich auf die Beine.

»Nein, ich muss …«

»Du brauchst eine Pause, Tali. Es hilft niemanden, wenn du umkippst.«

Sein Befehlston verjagt meine Anspannung – das Einzige, was mich hat durchhalten lassen. Ich schaue mich ein letztes Mal um, ob nicht doch noch jemand meine Hilfe braucht. Aber so, wie es aussieht, sind die Schwerverletzten alle versorgt. Dee kümmert sich mit den anderen um die Leichtverletzten. Also nicke ich.

Keßler hält mich leicht am Ellenbogen gepackt, bis wir die Treppen erreichen, die in die oberen Stockwerke führen. Ich stütze mich auf das Geländer und schleppe mich eine Stufe nach der anderen nach oben. Silvi muss immer wieder warten, damit wir zu ihr aufschließen können.

»Er ist in Talis Zimmer«, erlöst Keßler sie schließlich, nachdem sie zum fünften Mal ungeduldig innegehalten hat.

Silvi wirft mir einen fragenden Blick zu, aber ich wedle bloß träge mit der Hand.

Als ich endlich oben ankomme, ist Silvi längst nicht mehr zu sehen. Ich lehne mich gegen die Balustrade, die die Empore begrenzt. »Nur eine Minute.«

Wenn ich könnte, würde ich mich zusammenrollen und augenblicklich einschlafen. Aber noch ist es nicht vorbei. Az will mit mir sprechen, ich muss herausfinden, wo Enver und Arian abgeblieben sind und ob noch Menschen vermisst werden. Wir müssen die Hinterbliebenen trösten und einen Plan für die Beerdigungen aufstellen.

»Da bist du.«

Keßler versperrt mir den Blick auf Az, der geräuschvoll die Treppe hoch eilt, als hätten meine Gedanken ihn herbeigerufen.

»Wo warst du? Ophelie hat sich Sorgen gemacht. Sie hat …«

»Dafür ist später noch Zeit.« Keßler spricht leise, aber mit Autorität in der Stimme.

»Die Gerüchte verbreiten sich schnell, die Menschen haben Angst. Wir müssen offiziell deine Rückkehr verkünden, um ihnen Hoffnung zu geben.«

»Nicht jetzt«, knurrt Keßler.

Ich schiebe mich an ihm vorbei. Az übermüdete Augen weiten sich und er macht einen Schritt rückwärts. »Was ist …? Tali, was hast du getan?«

Ich muss schrecklich aussehen. Verschwitzt, dreckig, blutbesudelt und nach Rauch und Verbranntem stinkend.

»Meinen Job«, antworte ich und bin froh, dass die Herausforderung, mir bloß nicht zu widersprechen, in meiner Stimme mitklingt.

»Sah sie auf dem Pass auch so aus?« Az greift meine Hand und betrachtet sie eingehend.

Keßler nickt knapp.

Was ist denn los? Meine Adern schimmern noch leicht grün, obwohl es Stunden her ist, dass ich fast im Fluss gestorben wäre. Meine Haut ist blasser als sonst, aber das mag an meiner Erschöpfung liegen.

»Tali, du musst vorsichtiger sein«, schimpft Az. »Ich rede mit Ophelie. Jetzt hat sie keinen Grund mehr, sich zu weigern.«

»Weigern?«, wiederhole ich.

Az schnaubt. »Eden macht ihr Angst, Tali. Wie alles andere ihr Angst macht. Aber dein Leben ist wichtiger. Es tut mir leid, dass ich nicht mehr getan habe, früher eingegriffen habe.«

»Mehr?« Mein Kopf fühlt sich an, als wäre er mit Watte gefüllt. Dabei spüre ich, dass mir hier etwas Wichtiges entgeht.

Az richtet sich auf. »Bring sie in ihr Zimmer. Wir reden, sobald sie sich ausgeruht hat.«

Schon rennt er die Treppe wieder hinunter.

Verwirrt schaue ich zu meinem Bruder hoch. »Keßler?« Unzählige Fragen schwingen in seinem Namen mit.

Doch statt mir auch nur eine zu beantworten, geht er in die Knie und zieht mich in eine feste Umarmung, als hätte er Angst, ich könne mich sonst auflösen.

»Sehe ich so beschissen aus?« Ich versuche, den größer werdenden Kloß in meiner Kehle mit Humor zu bekämpfen.

Keßler löst sich von mir und sieht mir in die Augen. »Dein Körper bestand fast nur noch aus Licht. Du warst ... so durchscheinend. Bist es noch. Im ersten Moment dachte ich,

ich hätte dich verloren, wie …«

»Hast du nicht«, flüstere ich und umfasse sein Gesicht. »Du hast mich gerettet.«

»Kleines, was du gesagt hast …«

Ich schüttle schnell den Kopf. Ich kann jetzt nicht darüber reden. »Weißt du, wo mein Zimmer ist?« Ich lasse ihn los und schaue zu den Fluren, die rechts, links und in der Mitte von der Empore abgehen. Sie sehen alle gleich aus: grüne Wandfarbe, Landschaftsgemälde, gleichaussehende Türen. Ich würde mein Zimmer wahrscheinlich nicht mal wiederfinden, selbst wenn wir dieselbe Treppe hinaufgehen würden, die Laran mich hinuntergetragen hat. Ist das erst ein paar Stunden her? Es kommt mir wie ein ganzes Leben vor.

Keßler richtet sich auf. »Es ist nicht weit. Laran hat es mir erklärt.«

Ist es tatsächlich nicht. Keßler öffnet eine Tür und ich stolpere erleichtert über die Schwelle. Die umherschwirrenden Leuchtkugeln werden kaum heller, was vermutlich an meiner Erschöpfung liegt. Silvi kommt auf mich zu und drückt mich an sich. Sie ist warm und weich, und ich würde mich am liebsten nie wieder aus der Umarmung lösen.

»Danke, Tali. Du bist ein Wunder.«

Mein Blick fällt auf mein Himmelbett. Coram liegt darin, den Oberkörper mit Kissen halb aufgerichtet. Er ist zu weit entfernt und meine Augen sind zu müde, um seinen Gesichtsausdruck zu deuten. Als Silvi mich freigibt, taumle ich an seine Seite. »Gib mir deine Hände.«

Coram gehorcht ohne Murren.

»Zudrücken.« Nicht so kräftig, wie ich erwartet habe, aber ausreichend. Ich lasse ihn los und fahre mit der Spitze meines Zeigefingernagels über seine Haut. »Spürst du das?«

Corams warmen Hände legen sich an meine Wangen. Sie sind groß, kräftig und schwielig, als hätte er jahrelang mit ihnen gearbeitet.

»Danke«, haucht er mit kratziger Stimme.

Ich falle in seine Arme, vergrabe mein Gesicht an seiner Schulter und zerfließe in Tränen.

SEI DU SELBST

Sonnenlicht kitzelt auf meiner Nasenspitze. Träge öffne ich die Lider, reibe mir über die verklebten Augen und blinzle ins Sonnenlicht.

»Hallo, Tali, wie fühlst du dich?«

Fuck! Der Angriff. Die Verletzten. Laran. Coram. Ruckartig setze ich mich auf und stoße fast gegen Silvi, die sich zu mir heruntergebeugt hat.

»Wie lange habe ich geschlafen?«, rufe ich panisch.

»Wir haben gleich Mittag«, antwortet sie. »Nur ein paar Stunden.«

Ich schlage die Decke zurück. Blue faucht und windet sich darunter hervor. »Tut mir leid, Blue.«

Kein Coram. Kein Keßler. Kein Laran. Nur Silvi. Habe ich das alles nur geträumt? Nein, ich stinke und das Bett ist schmutzig von meiner Kleidung.

»Wieso habt ihr mich nicht geweckt? Wo sind Coram und Keßler? Was ist mit den Calarianern? Hat Az schon …«

»Ruhig.« Silvi fasst mich energisch an den Schultern. »Es geht ihnen allen gut, dank dir. Keßler ist vor der Tür. Coram ist bei den

292

Stimmen, sie planen deinen ersten öffentlichen Auftritt und er will sicherstellen, dass sie nicht übertreiben.«

Was sie natürlich trotzdem tun werden, grummelt Blue.

Ich ignoriere sie, mit einem öffentlichen Auftritt kann und will ich mich jetzt absolut nicht befassen.

»Laran ... geht es ihm gut? Hat Shep seine Familie gefunden?«

»Ja, seine Frau war heute morgen kurz hier. Wie ich ihn kenne, steht er auch schon wieder vor der Tür.«

Ich reiße mich von Silvi los, stürme zur Tür, obwohl meine Muskeln und Knochen schmerzen, und reiße sie auf. Keßler und Laran drehen sich beide zu mir herum.

»Was machst du hier?« Ich zeige den Flur hinunter, hoffentlich in Richtung Treppe. »Du solltest bei deiner Familie sein. Dich ausruhen!«

Laran verzieht keine Miene. »Dee hat mir sein Okay gegeben. Meine Frau und meine Tochter schlafen im Gästezimmer nebenan.«

»Oh.« Ich bin bei den Gästen untergebracht? Wäre vermutlich für die Spione zu auffällig gewesen, mich in mein altes Kinderzimmer einzuquartieren.

»Ich hätte sie dir nicht verheimlichen dürfen. Aber ich nahm an, du würdest mich nicht als deinen Schild annehmen, wenn du es wüsstest.«

»Verdammt richtig.«

»Dann werde ich bei den Stimmen um meine Entlassung bitten.«

»Den Teufel wirst du tun.«

Er hebt minimal die Augenbrauen.

»Du hast mir das Leben gerettet. Mehrmals! Und jedes Mal hast du überlebt. Du hast jemanden, zu dem du unbedingt zurückkehren willst, das macht es weniger wahrscheinlich, dass du dich für mich opferst.«

Laran runzelt die Stirn und verengt die Augen.

»Das ist seine Aufgabe.« Keßler verschränkt die Arme vor der Brust.

»Ich habe genug von dem ganzen Opfer-Scheiß!« Ich weiß genau, dass Keßler nicht nur Laran meint. Und das macht mich verdammt wütend. »Sich opfern kann jeder. Ich will, dass ihr lebt! Ihr alle! Also tut das gefälligst!«

Damit will ich die Tür hinter mir zuknallen, aber Laran fängt sie ab. »Es ist passiert, oder? Im Grünen Fluss?«

Ich atme lange aus und schüttle den Kopf. »Bei Corams Haus.«

Dass sie es wissen, spielt keine Rolle mehr. Öffentlicher Auftritt. Mich dem Volk vorstellen. So, wie Az mich auf der Treppe angesehen hat, bin ich die längste Zeit Soldatin gewesen.

»Hat Eden dich … bist du …?«

»Geweiht?« Verächtlich spreche ich das Wort aus, mit dem er offenbar ringt. »Ein Hoch auf die zukünftige Königin.«

MEINE WEISSEN HAARE hängen noch feucht zu beiden Seiten meines Gesichts herab. Immerhin habe ich wieder ein bisschen Farbe bekommen. Oder bin zumindest nicht mehr durchscheinend. Meine Augen leuchten allerdings noch grün. Ich glaube nicht, dass sie je wieder blau werden. Ich trage nur ein Unterhemd und Unterhose. Mein Körper ist unversehrt, obwohl er voller Abschürfungen und blauer Flecken sein sollte. Genauso wie meine Erkältung spurlos verschwunden ist.

Silvi tritt hinter mich, eine Bürste in der Rechten. Ich genieße die Borsten, die sacht über meine Kopfhaut streichen. Blue liegt neben mir auf dem Teppich, zusammengerollt und dösend. Sie wollte mit mir kuscheln, mich trösten, aber ich habe es nicht ertragen. Ich wäre nur in Tränen ausgebrochen. Während unserer Rettungsmission waren die Weihe und deren Konsequenzen so weit weg, nur ein Staubkorn in meinen Gedanken. Jetzt ist sie überall und macht mich panisch.

»Du hast ihnen Angst eingejagt, Tali«, sagt Silvi leise und ihr Spiegelbild schaut mir direkt in die Augen. »Coram hat mir nicht alles erzählt, aber ich kenne meinen Mann besser als jede andere. Männer halten sich gerne für undurchschaubar, aber sie sind sehr leicht zu lesen, wenn sie sich um jemanden sorgen. Das betrifft auch Klone.«

Ich gebe ein unbestimmtes Geräusch von mir. Glauben sie etwa, ich hätte mich freiwillig für Coram geopfert? Ich wollte nicht sterben! Ich bin froh, dass Keßler mich gerettet hat. Wieso muss das alles so verdammt kompliziert sein? Wieso kann der Kaiser nicht einfach einsehen, dass er nie über Eden triumphieren wird? Wieso kann er nicht aufgeben und den Planeten verlassen?

»Ich muss gestehen, ich habe seit ihrer Ankunft nicht viel über diese Klone nachgedacht. Ich hatte einen sturen, alten Esel, um den ich mich kümmern musste, und eine genauso sture Tochter, die sich mehr und mehr von ihm distanziert hat.« Silvi legt die Bürste zur Seite, ihre Nägel gleiten über meine Kopfhaut und verursachen eine angenehme Gänsehaut. »Sie wurden uns als perfekte Soldaten verkauft. Unbezwingbar und am besten, keine Gefühle. Aber ich hätte wissen müssen, dass das eine Lüge ist. Sie fühlen genauso wie wir. Und dein Bruder ist krank vor Sorge um dich. Erst ein paar Minuten, bevor du aufgewacht bist, ist er nach draußen gegangen.«

Verdammt, Keßler. Er hat gemerkt, dass ich langsam wach wurde, und ist mir entweder ausgewichen oder wollte mir Zeit geben. Vielleicht hätte ich doch mit ihm reden sollen.

»Laran ist hier hereingehumpelt, konnte kaum auftreten vor

Schmerz, aber er hat sich erst beruhigt, als er dich tief und fest schlafen gesehen hat. Ich kenne nicht viele Menschen, die eine solche Wirkung auf andere haben.«

»Ich bin die Prinzessin. Sie müssen …«

Silvi schüttelt den Kopf. »Sie müssen gar nichts. Worüber, glaubst du, haben wir uns gestritten, als du und Laran an diesem Abend einfach in unser Haus geschneit seid? Zu Anfang bist du vielleicht die winzige Prinzessin gewesen, die sie geglaubt hatten, beerdigt zu haben. Sie haben sich schuldig gefühlt. Aber das hat sich gewandelt. Du magst es vielleicht noch nicht aussprechen, Tali, oder dir auch nur eingestehen, aber ich weiß, wer du bist. Und sie wissen es auch.«

Ich schlucke gegen die Tränen an. Ich bin nicht fit genug für diese Art von Gespräch. Ich will nicht über die Weihe reden, die Königinnensache, die Herrschaft über ein ganzes Land, das ich nicht kenne.

»Und wir sind stolz auf dich. Genau so, wie du bist.« Silvi legt mir ihre Hände auf die Schultern. »Danke, dass du mir Coram zurückgebracht hast.«

»Das war ich nicht … Eden …«

Sie dreht mich herum. Ich weiche ihrem Blick aus.

»Ich rede nicht von seinen Händen, Tali. Ich rede von dem Mann, der am Todestag deines Vaters gestorben ist. Diesen Mann hast du mir zurückgebracht, einfach nur, indem du geblieben bist, obwohl er alles getan hat, um dich von sich zu stoßen.«

»Das einzige Mittel bei Sturköpfen«, antworte ich, weil ich diese Ernsthaftigkeit nicht ertrage.

Die Wahrheit kann ich Silvi nicht sagen. Obwohl ich glaube, dass sie sie bereits kennt. Ich brauche Coram. Genau wie ich Keßler und Laran brauche. Und Silvi.

»Nicht weinen, Schätzchen«, sagt Silvi sanft und wischt die

Träne fort, die sich rausgestohlen hat. »Es wird alles wieder gut werden.«

»Ich will das nicht, Silvi. Ich will keine Prinzessin sein. Wieso … wieso kann ich nicht …?«

Sie zieht mich an sich und ich verstecke mein Gesicht an ihrer Brust.

»Was kannst du nicht?«, fragt sie sanft.

»Wie meine Brüder sein?«

Sie löst sich von mir und legt ihre Hand unter mein Kinn. Langsam hebe ich den Blick.

»Du bist wie deine Brüder, Tali. Du bist mutig und stark und hilfsbereit. Du tust alles, um diejenigen zu beschützen, die du liebst.«

»Aber ich muss eine Prinzessin sein, und das passt nicht zusammen.«

»Wer sagt das? Ophelie?« Silvi lächelt. »Ein hübsches Kleid und Make-up machen doch keine Prinzessin aus dir. Az und die Stimmen haben in den vergangenen fünfzehn Jahren regiert. Wenn Ophelie sich mal dem Volk gezeigt hat, waren vorher Stunden um Stunden gutes Zureden und Üben dafür notwendig. Tali, hör mir jetzt genau zu. Es ist nicht wichtig, ob du die Erwartungen von anderen erfüllst. Egal, ob es meine, Corams oder Az' sind. Wichtig ist, dass du deine an dich selbst erfüllst. Du willst wie deine Brüder sein? Gut. Aber noch wichtiger ist: Sei du selbst.«

Ich schaue zu dem Albtraum aus grünem Stoff, der auf einem Bügel an der Tür hängt. Nyma hat das Kleid vorbeigebracht und wäre geblieben, um mich fertig zu machen, wenn Silvi sie nicht wieder weggeschickt hätte.

»Bist du bereit?«, fragt Silvi leise.

Ich betrachte die junge Frau im Spiegel, die in dem pompösen Bad immer noch fehl am Platz wirkt. Blue hat den Kopf gehoben und sieht zu mir hoch, dann dreht sie den Kopf Richtung Wanne. Davor liegt meine verdreckte Kleidung, die Silvi noch nicht entsorgt hat. Sie zu reparieren, ist unmöglich.

Die Stadt ist nicht verloren, sie kann wieder aufgebaut werden. Aber es wird Zeit brauchen. Ich hab nie viel gehabt und das meiste gehörte zuvor jemand anderem. Unten im Thronsaal warten Menschen auf mich, die bis auf die Kleider an ihrem Leib alles verloren haben. Verschüttet oder von Flammen verzehrt.

Die Menschen haben nichts mehr und ich soll dieses extravagante Kleid anziehen? Du hast recht, Blue. Scheiß drauf!

DIE PRINZESSIN HAT ALLES VERÄNDERT

Die Unruhe im Thronsaal ist mit Händen greifbar. Die Menge ist so gewaltig, als wären alle Bewohner von Edenstellar, die fit genug zum Stehen sind, hier versammelt. Arian steht dicht neben mir am Rand der Halle, nahe der Stufen, die zum Thron führen. Die Zeichnungen werden dem allerdings nicht annähernd gerecht. Der Thron wirkt, als wachse er aus dem Baum heraus. Rosafarbene Blüten trotzen dem Winter. Die Äste strecken sich bis unter die gewaltige Glaskuppel, die im Sonnenlicht glitzert, als hätte es den Rauch der Feuer oder das Unwetter nie gegeben. Az steht neben dem Thron, die Hände hinter dem Rücken verschränkt und trägt einen dunkelgrünen Anzug, der ihn deutlich von der Menge abhebt. Neben ihm die Edenprime in einem schneeweißen Kleid, das ihre ohnehin blasse Erscheinung wie einen Geist wirken lässt. Die Stimmen haben sich in zwei Halbkreisen links und rechts vom Thron aufgestellt.

Blütenranken winden sich um die Säulen und bedecken die Wände wie Gemälde. Auf ihnen sitzen fast unbeweglich Insekten mit blauglühenden Flügeln. Die Klonsoldaten reihen sich in voller Rüstung zu beiden Seiten der Menschenmenge auf und bilden eine Abschirmung vor dem Thron. Ob das einen Attentäter aufhalten würde, die Prinzessin zu töten?

Arian hat mir die Schwachstellen sofort aufgezeigt, und ich bin mir sicher, dass auch Az sie kennt. Aber außer den Klonen hat Eden keine Armee, die wenigen Palastwachen sind nicht ausreichend ausgebildet.

Arian gebärdet, dass Az immer noch auf Zeit spielt.

Ich habe angenommen, Talea werde uns direkt wieder in Ketten legen lassen, sobald wir den Palast betreten. Aber nichts dergleichen ist geschehen. Wir werden nicht mal mehr bewacht. Tatsächlich glaube ich, dass die Prinzessin uns vergessen hat.

Mein Magen rebelliert, wenn ich daran denke, mit welcher Präzision und Kaltschnäuzigkeit sie die Verbrennung der verletzten Frau behandelt hat. Immer wieder habe ich mich nach ihr umgeschaut, während ich mich um kleinere Verletzungen gekümmert habe. Aber da habe ich keinen Moment an ihre Sicherheit gedacht. Über die Spionin in der Waschküche haben wir Az informiert. Es können auch mehr sein, ich glaube nicht, dass alle beim Angriff getötet wurden. Wenn nur einer bei den Verwundeten in der Halle gewesen wäre …

Sie hat das Leben der Verletzten über ihr eigenes gestellt. Sie hat keinen Moment gezögert, keine Minute verschnauft. Wie eine Maschine ist sie von einem Patienten zum nächsten und hat kein einziges Mal den Klon Medic zu Rate gezogen. Da er ihre Arbeit nicht kontrolliert hat, müssen sie schon früher zusammengearbeitet haben. Offenbar hat sie sich nicht nur bei den Klonen versteckt. War sie an den Kämpfen beteiligt? Hat sie ihre verwundeten Brüder behandelt? Hat sie …?

Arian stupst mich mit dem Ellenbogen an. Wieso? Auf der Empore ist sie nicht und Az wirkt nicht so, als hätte er sie gerade angekündigt. Aber die Energie der Menge hat sich verändert. Die nervöse Unruhe ist fort und hat etwas anderem Platz gemacht … Überraschung? Ehrfurcht?

»*Wo ist sie?*«

»*Eingang*«, gebärdet Arian.

Ich stelle mich auf die Zehenspitzen, kann aber nur die Menge sehen, die ihr Platz macht, und die glühenden Lichter, die Talea ständig begleiten.

Arian tippt mir auf die Schulter. »*Die Bürger bedanken sich.*«

Es dauert nicht so lange wie erwartet, bis die Prinzessin die Stufen vor dem Thron erreicht. Die Klone lassen sie durch, ohne die Menge aus den Augen zu lassen. Kein Schuss, kein hinterlistiger Angriff. Arians Blick huscht über die Menge.

Hat sie …? So erschrocken wie die Stimmen schauen, war dieser Auftritt nicht abgesprochen.

Es sieht aus, als wäre die Prinzessin direkt vom Schlachtfeld und der Krankenstation auf die Bühne gestiegen. Nur ihre gewaschenen Haare und das saubere Gesicht offenbaren, dass sie sich ganz bewusst entschieden hat, genauso auszusehen wie die meisten ihrer Untertanen. Auf ihrer Schulter thront die weiße Drachin. Wieder durchströmt mich Erleichterung, dass mein Volk es nicht geschafft hat, alle Wolkendrachen auszurotten.

Einen langen Moment steht sie dort oben, flankiert von ihrem Schild und dem Klon-Captain, und schaut in die erwartungsvollen Gesichter rundum. Die Edenprime tritt neben sie und ergreift ihre Hände. Grünes Licht umhüllt erst ihre Finger und dann die Körper der beiden Frauen. Wie auf ein stummes Kommando lässt Talea die Edenprime los, wirbelt herum und setzt sich auf den Thron. Die kleine Drachin breitet auf ihrer Schulter die Flügel aus.

Ich kann das kollektive Luftholen spüren. Tausende Leuchtkugeln formen sich wie Regentropfen auf den Blätterspitzen, lösen sich und schweben unter das Dach des Thronsaals. Warm und grün pulsieren sie im Takt eines Herzschlages, färben sich nach und nach golden. Licht strömt durch die gewaltigen Wurzeln des Baumes und durch den Thron.

Ich kann mir nichts Schöneres vorstellen. Allein das zu sehen, war all die Strapazen und die Ungewissheit wert. Ich fühle mich … hoffnungsvoll.

»Eden hat sie geweiht«, fasst Arian zusammen.

Er ist angespannt, bis in die Haarspitzen. Dieses bedeutende Schauspiel scheint keine Wirkung auf ihn zu haben.

Alle Menschen im Saal knien nieder. Das erste Mal in meinem Leben tue ich es nicht aus Zwang, sondern weil ich mich bewusst dafür entscheide. Arian folgt mir schnell. Sein überraschter Blick versucht, mich festzunageln, aber ich nehme ihn nur aus dem Augenwinkel wahr. Prinzessin Talea sieht mich direkt an. Hat sie bemerkt, dass wir uns verzögert hingekniet haben? Wusste sie die ganze Zeit, wo wir stehen?

Ihr Gesichtsausdruck ist hart wie Stein, ihre Hände krallen sich um die Armstützen, als wolle sie sich am liebsten abstoßen und fliehen. Meine Mutter würde die Brauen hochziehen, der Kaiser sie auslachen, wie wahrscheinlich jeder an seinem Hof. Meine Schwester würde ihr zujubeln, zumindest hätte sie das früher getan. Und ich?

Ich starre sie an, als sehe ich sie zum ersten Mal. Nicht die junge Möchtegern-Prinzessin, nicht die Retterin, die alleine mit Edens Kraft ein Raumschiff vom Himmel geholt hat und dadurch so erschöpft war, dass sie kaum stehen konnte, nicht das Mädchen, das meine Schwäche schneller entdeckt hat, als jeder Spion am calarianischen Hof.

Ich sehe sie. Ich spüre sie, als hielte ich sie noch immer fest, zwischen eingestürzten Häusern, Schutt und Flammen. Sie hätte alles Recht dazu gehabt, uns einzusperren, zu töten. Vielleicht tut sie es noch, vielleicht erinnert sie sich gerade genau wie ich daran.

Mein Herz schlägt viel zu schnell und ich bekomme keine Luft mehr, als hätte sie mir alleine mit ihrem Blick eine Schlinge um den Hals gelegt.

Ich weiß kaum etwas über Talea Eden.

Aber ich weiß, dass sie für ihre Freunde, ihre Familie alles riskiert, selbst ihr eigenes Leben. Dass sie mutig ist, stark, aufopferungsvoll und sich nichts vorschreiben lässt, von niemandem.

Sie ist all das und mehr, als ich gehofft habe. Meine Mutter hatte recht. Die Prinzessin wird alles verändern, sie hat bereits alles verändert.

Sie hat mich verändert.

Vor ein paar Tagen ist mir übel geworden bei dem Gedanken, sie zu heiraten, und sei es nur eine Farce, damit der Kaiser bekommt, was er seit Jahren will. Seit Ewigkeiten bin ich jemandem versprochen, der mich genauso wenig respektiert wie ich sie. Ich habe nie eine Chance gehabt, mich zu verlieben, denn niemand in Calarian ist bereit, mir einen Schritt entgegenzukommen. Darf es nicht wegen meines Geheimnisses.

Arians und mein Plan war, die Prinzessin zu benutzen, so wie wir benutzt worden sind.

Nicht, mich in sie zu verlieben.

»Alles okay?«

Nein, nichts ist okay. Wir erheben uns mit der Menge. Az spricht, Arian fasst zusammen. Der ehemalige Assassine will den Menschen Mut machen, Hoffnung geben. Nichtigkeiten. Nicht zu ihm sehen sie auf. Kaum ist der Applaus verklungen, springt die Prinzessin auf die Beine und verlässt den Thronsaal durch die Tür hinter dem Thron. Die Versammlung löst sich auf, doch viele bleiben in Grüppchen stehen und unterhalten sich.

»Das war's?«, fragt Arian.

Wären wir in Calarian, hätte der Kaiser mehrere Stunden für diese Verkündigung und Zeremonie angesetzt. So ist kaum Zeit verstrichen. An den verwirrten, leicht pikierten Gesichtern der Stimmen kann ich ablesen, dass sie nicht erfreut über den Ablauf sind. Vermutlich haben sie sich mehr hoheitsvolles Benehmen versprochen. Vielleicht sind sie genauso festgefahren in ihren Ritualen und Vorstellungen wie die Calarianer.

Und Talea Eden hat das alles mit ihrem Mut zerschossen.

Arian berührt mich an der Schulter. Ein Klon steht neben uns und sieht mich auffordernd an. Obwohl sie ihre Rüstungen alle individuell gestaltet haben, kann ich sie kaum voneinander unterscheiden.

»Die Prinzessin wünscht uns zu sehen.«

Ich nicke und bedeute dem Klon, voranzugehen. Wird sie ihr Versprechen halten? Wird sie meine Mutter und Rune retten? Und … Calarian vernichten? Den Kaiser, meinen Vater?

Ich befürchte, dass das eine nicht ohne das andere funktionieren wird. Der Kaiser wird nicht eher Ruhe geben, bis er Eden in seiner Gewalt hat. Bis er durch ihre Heilkräfte unsterblich ist. So weit darf ich es auf keinen Fall kommen lassen. Er würde alles zerstören.

Wird Talea uns zur Rechenschaft ziehen, weil wir ihren Schild verletzt haben und sie entführen wollten? Arians grimmigem Gesichtsausdruck entnehme ich, dass er genau das glaubt.

Kaum sind wir über die Schwelle getreten, richtet sich der Blick der Prinzessin auf mich. Sie hat die Arme verschränkt und scheint Az zu ignorieren, der auf sie einredet. Ihre smaragdgrünen Augen leuchten noch immer und Leuchtkugeln umschweben sie. Seit ich ihr Anker gewesen bin, sind diese ihre ständigen Begleiter.

Der Raum ist verhältnismäßig winzig. Außer einer dunkelgrünen Couch und einem kleinen Beistelltisch ist er frei von Mobiliar.

Eine weitere Tür scheint zu einem Innenhof zu führen, zumindest kann ich ein paar Büsche erkennen. Es sind mehr Personen anwesend, als ich erwartet habe.

Der alte Mann namens Coram steht zwischen Az und der Prinzessin wie ein lebender Beweis von Taleas Macht. Hinter ihr der Klon-Captain und ihr Leibwächter. Zwei weitere Klone – der Arzt und der mit den weißsilbernen Haaren, der aus einem anderen Genpool stammt. Shona, die junge Stimme Kerasie und in einer Ecke, fast versteckt, die Edenprime. Sie streichelt die Drachin, die sich auf ihrem Schoß eingerollt hat.

Ich verbeuge mich vor der Prinzessin. Zwei Hände packen mich erstaunlich kräftig an den Schultern und schieben meinen Oberkörper in die Höhe.

»*Nein!*«, gebärdet sie. Ist sie wütend, dass ich mich vor ihr verneigt habe?

Ihre Kleidung riecht noch nach Rauch und Verbranntem. Das leichte Make-up kann die dunklen Ringe unter ihren Augen nicht ansatzweise kaschieren. Ihre Wimpern sind ebenso weiß wie ihre Augenbrauen. Das ist mir bisher nicht aufgefallen.

Sie dreht sich einmal im Kreis, um jeden Anwesenden zu fixieren, dabei bewegen sich ihre Lippen zornig. Der alte Mann verbirgt nur mit Mühe und Not ein Grinsen, Az' Schultern sinken noch weiter herab und der Captain sieht sie stolz an. Ich schaue zu Arian.

»*Wenn sich noch jemand vor ihr verbeugt, reißt sie ihm persönlich den Kopf ab.*«

Was für ein Temperament.

Sie wendet sich wieder mir zu und deutet auf sich selbst. Dann buchstabiert sie erstaunlich schnell ihren Spitznamen – Tali. Die Gebärde danach ist eine Mischung aus *Klein* und *Groß*. Ich muss schmunzeln. Passend.

Ich buchstabiere ihr meinen Namen, obwohl sie ihn bereits kennt, und füge dann meinen Namen als Gebärde hinzu. Sie setzt sich aus dem E und dem Zeichen für Buch zusammen, allerdings nur mit einer Hand – damit sie nicht ganz so leicht zu entschlüsseln ist.

Ob Tali die Gebärde für Buch kennt?

»*Hast du einen Plan?*«, übersetzt Arian.

Keine Zeit für Smalltalk. Mein Herz schlägt etwas schneller. Tali ist bisher schmerzhaft ehrlich zu mir gewesen. Kann ich genauso ehrlich sein? Kann ich ihr sagen, dass ich absolut keinen Plan hatte? Dass ich mein ganzes Leben versucht habe, nicht aufzufallen? Es dem Kaiser recht zu machen und alles dafür zu tun, damit er vergisst, dass ich existiere? Dass ich sie auf Arians Drängen hin entführen wollte, um dann Meilen um Meilen zu Fuß zurückzulegen, über einen Pass zu klettern und sie dann in unsere Stadt zu schmuggeln? Eine Verzweiflungstat, zwar geboren aus Sorge und Liebe zu Mutter und Rune, aber trotzdem lebensmüde.

Tali fixiert mein Gesicht. Vielleicht kann sie sogar meine Miene lesen, so leicht, wie sie das mit meiner Gehörlosigkeit herausgefunden hat.

Ich entscheide mich für die Wahrheit. Ihre Augen folgen meinen Händen. Ich gebärde langsamer als sonst, gebe ihr die Chance, vielleicht einige zu erkennen. Immer wieder zuckt ihr Blick in mein Gesicht, erfasst jedes Blinzeln, jede Regung. Gebärdensprache ist normalerweise eine ausdrucksstarke Sprache, die man sowohl mit den Händen als auch mit der Mimik spricht. Die Mimik ersetzt die Tonlage. Zu einem passenden Zeitpunkt muss ich sie fragen, woher sie das alles weiß.

Jahrelang habe ich mich mir eine eiserne Maske antrainiert, um kein Gefühl nach außen zu zeigen, um mich nicht zu verraten. Wir konnten die Gebärdensprache nur benutzen, wenn wir unter uns waren. In letzter Zeit ist es mir sogar schwergefallen, meine Maske vor Arian und Rune fallenzulassen, was die Kommunikation noch schwieriger und länger gemacht hat. Jetzt ist es, als hätte Tali diese Mauern eingerissen, ohne dass ich es mitbekommen habe. Arians Stirnrunzeln, während er übersetzt, entgeht mir allerdings nicht, ihm muss bewusst sein, dass sich etwas verändert hat.

»Ich glaube dir«, lese ich von ihren Lippen.

Dass niemand den Stein, der von meinem Herzen donnert, hören kann, grenzt an ein Wunder.

»Wirst du mir helfen?«

Die Gebärde für Hilfe versteht sie, das weiß ich, trotzdem wartet sie, bis Arian meine Frage ausgesprochen hat. Und noch ein bisschen länger. Ich knete meine Finger und verlagere das Gewicht. Sie kann ruhig sehen, wie unruhig mich ihr Schweigen macht.

Ich will ihr erklären, dass ich einen Fehler gemacht habe. Dass ich Angst hatte, sie könne … mehr wie ein Calarianer sein. Aber all das ließe mich nur verzweifelter wirken. Wir haben genug aus Verzweiflung getan, jetzt müssen wir mit Hoffnung und Vertrauen arbeiten. Tali hat mich gebeten, ihr zu vertrauen. Zwar in einem anderen Kontext, aber das spielt keine Rolle.

Sie hat mir vertraut. Jetzt ist es an der Zeit, das zu erwidern.

Az macht einen Schritt auf sie zu, aber sofort schießt ihre Hand in die Höhe und bringt ihn zum Schweigen. Ihre Stirn liegt in Falten, ihr Blick richtet sich geradeaus auf meinen Brustkorb, als wolle sie direkt in mein Herz sehen. Es klopft viel zu laut. Alles hängt von ihrer Entscheidung ab. Ich kenne das Gefühl nur zu gut, auf andere angewiesen zu sein, aber dieses Mal verspüre ich keine Abscheu.

»… du mir hilfst.« Sie unterstützt ihre Worte mit Gebärden oder versucht es zumindest. Den nächsten Teil verstehe ich nicht.

Ein kurzer Blick zu Arian reicht.

Meint sie das ernst? Ich verziehe das Gesicht, weil ich dieser Forderung niemals nachkommen kann. In den vergangenen Stunden ist mir klar geworden, dass es unmöglich ist, sie alleine nach Calarian zu schmuggeln. Selbst wenn wir Unterstützung bekommen und den Pass irgendwie überwinden. Weder der Klon-Captain noch ihr Leibwächter werden sie alleine gehen lassen.

»*Ich kann nicht versprechen, dass niemand mehr sterben wird.*«

Sie presst die Lippen zusammen. Glitzert da eine Träne in ihrem Auge? Wie kann man so viel Liebe für so viele unterschiedliche Menschen empfinden? Ich hatte immer nur meine Mutter, meine Schwester, Arian und Rune … und ganz früher vielleicht sogar meinen Vater.

»*Zu viele Menschen sind bereits gestorben. Eden hat mir einen Ausweg angeboten. Ich kann die Calarianer vernichten, dann muss niemand mehr sterben. Vielleicht schaffe ich es, deine Mutter und Rune zu verschonen.*«

Die Edenprime zuckt zusammen und macht sich noch kleiner. Ich schmecke ihre Angst beinahe auf der Zunge. Auch die anderen begreifen offenbar langsam, was Tali gesagt hat. Der Klon-Captain macht einen Schritt auf sie zu, aber ich packe Tali an den Oberarmen. Der Drang, sie zu schütteln, brennt in meinen Muskeln, aber ich gebe ihm nicht nach. Tali wirkt nur kurz überrascht, bevor sie jemanden über meine Schulter ansieht. Vermutlich ihren Schild.

Ich erinnere mich nur zu gut, an die Angst des Captains, als ich ihn Tali die Treppe hinunter folgen ließ. Seine Gebärde für Tod und sein Fingerzeig auf den dunklen Eingang tauchen vor meinem inneren Auge wieder auf. Ich habe keine Sekunde gezögert und ihn vorbeigelassen. Diese Angst, die ich jetzt wieder in seinem Gesicht sehe, sagt mir alles, was ich wissen muss: Tali wird sterben, wenn sie diese Option wählt.

»Es ist der einzige Weg!«

Ich schüttle den Kopf. Schnell wirble ich sie herum, zeige ihr die entsetzten Gesichter ihrer Freunde, ihrer Familie.

Aus dem Augenwinkel sehe ich Arian gebärden. Er weiß genau, was ich ihr sagen will, und sagt es für mich. *»Und wie werden sie sich fühlen, wenn du tot bist?«*

Die Lippen des alten Mannes bewegen sich, aber durch den Bart habe ich keine Chance, sie zu lesen. *»Wir entwickeln einen Plan, Tali. Das ist nicht der einzige Weg.«*

»Ich werde nicht von deiner Seite weichen.« Das Gesicht des Klon-Captains ist entschlossen, aber voller Zuneigung. Er kniet sich auf den Boden, Talis Drohung zum Trotz. Sie streift meine Hände ab und wirft sich in seine Arme.

Meine Haut prickelt, wo ich sie festgehalten habe. Langsam sickert die Erkenntnis ein. Was habe ich mir nur dabei gedacht? Wie komme ich dazu, Tali etwas ausreden zu wollen, sie zu berühren, sie daran zu erinnern, was ihre Freunde, ihre Familie fühlen würden, wenn sie sich opfert? Diese Impulsivität habe ich mir vor Jahren abtrainiert, weil sie mich nur in Schwierigkeiten gebracht hat. Was macht dieser Ort nur mit mir? Diese Situation? Tali?

WIR HABEN KEINE ZEIT, ZU WARTEN

W enn sich noch einer bei mir bedankt, schreie ich. Laran schickt die Dienerin mit einem auffordernden Blick aus dem Besprechungsraum. Ich halte das Glas, das sie mir gebracht hat, so fest, dass meine Knöchel hervortreten. Az, Coram und vor allem Marks beugen sich über das Hologramm des Passes und beratschlagen seit gefühlten Stunden, wie man am besten nach Calarian kommt. Blue leckt einmal beruhigend über meine Hand. Seit der Weihe weicht sie mir nicht mehr von der Seite. Allein bei der Erinnerung an den Marsch durch die Menschen beginnt mein Herz wieder zu rasen. Mich auf den Thron zu setzen, war deutlich weniger schlimm. Weder hat Eden zu mir gesprochen, noch habe ich etwas anderes gespürt als ihre stetige Anwesenheit, die sich seit der Weihe wie ein zweiter Herzschlag in meiner Brust eingenistet hat. Der Vorhang – mein Sicherheitsnetz, wie Coram mir gesagt hat – ist weg, meine Verbindung zu Eden die ganze Zeit präsent. Nicht überwältigend wie beim ersten Mal, dafür viel tiefergehender, als hätte ich jetzt endlich die Kontrolle, nur das wahrzunehmen, was ich möchte oder sich in meiner direkten Umgebung befindet.

Blue leckt erneut über meine Hand und schaut mit ihren großen blauen Augen zu mir hoch. Ich muss dem Drang widerstehen,
sie an mich zu drücken, wie ich es als kleines Kind getan habe.

Coram haut neben mir mit der Faust auf den Tisch. Ich zucke
zusammen. »Der Pass ist unpassierbar! Vor dem Frühling haben
wir keine Chance, nach Calarian zu kommen!«, unterbricht er Az.

Ich muss mich wieder auf das Problem konzentrieren. Sie haben beide recht. Az, der so diplomatisch wie möglich versucht,
einen Weg zu finden, mein Versprechen einzulösen. Marks und
Coram, die genau wie ich wissen, wie tödlich es ist.

Wir sitzen zwar im Besprechungssaal der Stimmen, aber außer
Az, Coram, Marks und Keßler ist niemand anwesend. Laran steht
an der Tür Wache, Keßler irgendwo hinter mir. Seit unserem Gespräch im Treppenhaus haben wir kein Wort mehr miteinander
geredet, abgesehen von der Umarmung, als stünde etwas wie eine
verdammte Mauer zwischen uns.

Seit meiner Weihe überfallen mich Erinnerungen aus meiner
Kindheit, die ich längst vergessen geglaubt habe.

Ellana hat immer versucht, mir schickliches Benehmen beizubringen. Sie hat mir Geschichten von Prinzen und Prinzessinnen,
von Königen und Königinnen erzählt, die ich nie hören wollte.
Lieber Reegas Tiergeschichten oder die Heldentaten meiner Brüder. Erst jetzt wird mir klar, dass sie mich auf dieses Leben hier
vorbereiten wollte. Ich habe mich schon damals nicht dafür interessiert, wie soll ich es jetzt?

Mein Blick wandert hoch zu dem Bild an der Wand, der Frau,
der ich nie mehr als einen kurzen Blick geschenkt habe. Sie strahlt
mit meinem Vater um die Wette, als wäre sie von einem warmen Schimmer umgeben. Ihre goldenen Haare reichen ihr bis zur
Hüfte, ihre Wangen sind rosig, die Lippen rot und die Wimpern
schwarz, als hätte man sie mit Farbe angemalt. Sie ist das Bild, das

in meinem Kopf entsteht, wenn das Wort Prinzessin fällt. Aber nicht bei Mutter … Da kommt keines, wenn ich ehrlich bin.

Meine Eltern sind tot. Zwar kann ich noch mit meinem Vater sprechen, aber der Gefühlswirrwarr, den ich in seiner Gegenwart spüre, macht es nicht einfacher, meine Rolle zu akzeptieren. Er kann mir meine Entscheidung nicht abnehmen. Genauso wenig wie einer der anderen.

»Tali, sollen wir eine Pause machen?«, fragt Marks, der neben mir sitzt.

Ihn an diesen Tisch zu bekommen, sitzend, war schon ein Gewaltakt. Bei Keßler habe ich es erst gar nicht versucht.

»Finden wir denn später eine Lösung?«, frage ich leise und senke meinen Blick auf den Tisch und die holographische Karte vom Pass, die darüber schwebt.

Keßler, der ein verdammt guter Kletterer ist, der einen losen Stein auf fünfzig Meter Entfernung wittern kann, ist abgerutscht und wäre gestorben, wenn Eden uns nicht aufgefangen hätte. Wie soll ich den Pass überwinden? Oder Enver?

Ohne Verluste schaffen wir es nicht nach Calarian, nicht vor dem Frühling. Doch dann bricht die gesammelte Macht des Kaisers über uns herein. Uns bleibt nur der Winter, bevor wir vernichtet werden.

Die drei Männer am Tisch schweigen.

»Nein«, kommt es von Keßler, irgendwo hinter mir. »Es gibt keine Lösung für dein Ultimatum.«

»Ultimatum?«, wiederhole ich. Ich kann meine Wut und Verletztheit nicht aus meiner Stimme verbannen, Keßler ansehen schon mal gar nicht. »Ich ertrage es einfach nicht, wenn noch jemand stirbt.«

Blue kuschelt sich enger an mich, aber gerade will ich mich nicht beruhigen. Ich will meine Wut.

»Wenn Prinz Enver die Wahrheit sagt, und der Kaiser von deiner besonderen Fähigkeit weiß, wird ihn nichts mehr aufhalten«, sagt Az vorsichtig. »Keine Mauer, keine Abwehrgeschütze, nicht mal du. Das Leben seiner Soldaten ist ihm nichts wert. Selbst wenn sie alle sterben, damit er dich und Eden in die Finger bekommt, würde er keine Sekunde zögern, diesen Befehl zu erteilen. Und wenn er dich nicht kriegen kann, wird er ganz Eden auslöschen.«

»Wie könnte er Eden …«

»Ich weiß es nicht. Dieses Wissen besaßen nur die Hüter und der König. Dein Vater hat es Ophelie nicht verraten, und als Behati es ihr sagen und sie zur Königin krönen wollte, hat sie sich geweigert. Deswegen ist sie nur Edenprime.« Az sieht aus, als wolle er noch mehr sagen, tut es aber nicht.

»Aber ich bin jetzt Königin …«

»Du bist geweiht«, unterbricht Coram mich.

»Das heißt, ich kann mich weigern, Königin zu werden?« Eine zentnerschwere Last fällt von meinen Schultern. Keine Prinzessin. Keine Königin. Nur Soldatin.

»Das könntest du?« Az lässt die Worte wie eine Frage klingen.

»Gut.« Ein Lächeln breitet sich auf meinem Gesicht aus.

Ich sehe zu Marks, dann zu Keßler. Aber nichts von ihrer Anspannung schwindet.

Az setzt erneut an. »Damit würdest du viel aufgeben, Tali. Auch …«

»Es ist ihre Entscheidung«, unterbricht Keßler ihn. »Wenn wir sie beeinflussen, ist es keine freie Entscheidung mehr.«

Einen Moment sieht Az so aus, als wolle er widersprechen, schließt dann aber die Lippen.

Ich habe genug von den Entscheidungen, genug in eine Vorstellung meiner Eltern gezwängt zu werden. Ich bin nicht wie sie. Ich will …

»Ich weiß nicht, was ich will«, flüstere ich die Wahrheit.

»Noch haben wir Zeit«, erwidert Az. »Prinz Enver wird einsehen, dass es unmöglich ist, jetzt aufzubrechen. Außerdem hast du ihm keinen Zeitpunkt genannt, an dem du dein Versprechen einlösen wirst.«

»Wir haben keine Zeit«, erwidere ich etwas lauter.

»Wir wissen nicht einmal, ob die Königin und Rune noch am Leben sind«, schaltet sich Coram ein. »Ihr könntet euer Leben vollkommen sinnlos …«

»Die Königin lebt. Noch.« Az faltet die Hände auf dem Tisch. »Ihre Leibwächterin und ihre Dienerin sind verschwunden, aber so konnte sich meine Informantin als Dienerin der Königin einschleusen. Über einen Leibwächter namens Rune habe ich allerdings nichts erfahren. Was nur ausschließt, dass er öffentlich hingerichtet wurde.«

»Wir können nicht weglaufen, und wir werden nicht standhalten, wenn die Calarianer angreifen.« Nacheinander sehe ich Az, Coram und Marks an. »Angriff ist der einzige Weg, der uns bleibt.«

»Hast du einen Plan?«, fragt Az.

Ich schnaube und schüttle den Kopf. »Nein, und wenn man meine halsbrecherischen Aktionen miteinbeziehst, bin ich die letzte, die einen vernünftigen Plan auf die Beine stellen sollte. Aber ich habe Marks.« Ich sehe meinen Bruder an. »Hilfst du mir?«

»Ein Angriff ohne Verluste …«

»Ich weiß.« Ich balle meine Hände so fest, dass meine Knöchel schmerzen. »Aber wenn wir warten, sterben wir alle, oder?«

OB SICH ENVER SO FÜHLT?

Der Wind bläst mir die Haare aus dem Gesicht, die untergehende Sonne malt den Himmel in unterschiedlichen Grüntönen
und die Stille, so weit oben auf einem Balkon, umgibt mich wie
eine schützende Blase. Kein Streit, keine Vorwürfe, keine Pläne.
Nur die Natur. Die Stadt liegt tief unter mir, Rauch und Gewitterwolken haben sich verzogen. Blue saust durch die Luft, spielt
mit ein paar Wattewölkchen und lässt ihr Fell vom Sonnenuntergang färben. Ob sie sich im Palast genauso eingesperrt fühlt wie
ich?

Ja, tue ich.

Ich zucke zusammen. Die Gedankenverbindung reicht echt
weit. Blue schlägt ein paar Mal mit den Flügeln, um Höhe zu
gewinnen, und gleitet dann in gleichmäßigen Kreisen über mir.

Wieso warst du so still in letzter Zeit?

Ich hatte nicht das Gefühl, dass meine Meinung dich interessiert.
Sie klingt ein bisschen eingeschnappt.

Tut mir leid. Es war alles ein bisschen viel und ich war …

Mit dir selbst beschäftigt, unterbricht sie mich. *Ich auch.*

Willst du drüber sprechen?

*Als du den Bunker verlassen hast, habe ich es nicht lange da unten
ausgehalten. Also bin ich nach oben und habe mich versteckt. Behati hat
mich gefunden, als die Sonne aufgegangen ist. Sie hat mir von meiner
Mutter erzählt und dass deine geplant hat, sie freizulassen, sobald der
Krieg vorbei ist.*

Denkst du auch darüber nach? Ein Stich bohrt sich in meine
Eingeweide, gleichzeitig weiß ich, dass es das beste für Blue ist. *Ich
wollte dich niemals zwingen, bei mir zu bleiben. Ich hoffe, du hattest
nicht das Gefühl …*

Das hast du nicht!, beteuert sie. *Ich bin deine Freundin, aber ich
bin auch eine Wolkendrachin und ich glaube nicht, dass ich die letzte bin.*

Ich hoffe es auch.

Wirst du dich selbst opfern?, fragt Blue unvermittelt. *Denn das möchte ich auch nicht.*

Ich könnte es. Ich könnte die Calarianer vernichten, ohne dass noch jemand Unschuldiges sterben muss. Aber wie viele Unschuldige leben in Calarian?

Darüber habe ich nie nachgedacht, sie waren für mich immer die gesichtslosen Feinde. Jetzt hat mein Feind ein Gesicht, sogar zwei, wenn ich ehrlich bin, und weder Enver noch Arian sind grausam und bösartig. Verzweifelt, ja, aber das bin ich selbst.

Ich glaube nicht. Ich habe mich schon einmal dagegen entschieden. Aber daran denke ich nicht. Enver hat sich vor mir verneigt. Irgendetwas in seinem Gesicht war anders, weniger verschlossen, weniger … ich finde nicht das passende Wort.

Die Emotionen meiner Brüder zu lesen, fällt mir so leicht, Verletzungen zu erkennen, genauso … aber bei anderen?

Ich seufze und stütze mich auf das Geländer.

Da kann ich nur raten. Vielleicht, weil ich sie nicht gut kenne oder nicht weiß, ob sie wirklich mein Bestes wollen.

Ich würde alles für meine Brüder tun. Aber wie weit würde Enver gehen? Wie weit Arian? Werden sie mir wieder in den Rücken fallen?

Enver wirkte entsetzt, als er begriff, dass ich sterben würde, um die Calarianer auszulöschen. Er hat meine Schwäche gegen mich benutzt, meine Freunde, meine Brüder. Seine Berührung hat irgendetwas in mir ausgelöst, ich habe mich entblößt gefühlt, ertappt. Da predige ich, dass niemand sich mehr opfern soll, und ich schlage es selbst vor, denke ernsthaft darüber nach. Wie …

Was?

Ich wirble herum, hole zum Schlag aus und stoppe rechtzeitig vor Envers Nase.

Tali, nicht!, dröhnt Blues Stimme noch in meinem Kopf.

Die Überraschung in Envers Gesicht hätte mich in jedem anderen Moment schmunzeln lassen. Jetzt weiche ich zurück und knalle schmerzhaft gegen die Brüstung. Wieso habe ich ihn nicht gehört? Was macht er hier?

»*Entschuldigung*«, gebärdet er.

Dann zeigt er auf mich und auf seine Ohren. Ich schüttle den Kopf. Es ist doch offensichtlich, dass ich ihn nicht gehört habe. Hat er sich an mich herangeschlichen? Will er mich vom Balkon … Schwachsinn! Wir sind jetzt Verbündete.

Vielleicht sogar Freunde?

Ich lass euch dann mal alleine. Blue rauscht in die Tiefe. Sie klang aber nicht beleidigt, dass wir unterbrochen worden sind, sondern eher erheitert. Wieso auch immer?

»Arian?«, frage ich.

Dieses Mal schüttelt Enver den Kopf. Er tritt ans Geländer, deutet auf den Sonnenuntergang und grinst mich an. Wie jung und kraftvoll er auf einmal wirkt. Als wären all der Ernst, der Schmerz und seine Vergangenheit von ihm abgefallen. Er versteckt sich also auch hinter einer Maske. Wie muss es für ihn gewesen sein, in Calarian aufzuwachsen, gehörlos, alleine?

Ich würde definitiv nicht mit ihm tauschen wollen.

Schnell drehe ich den Kopf, damit er mich nicht beim Starren erwischt, und betrachte selbst die intensiven grünen Schattierungen. Wirklich schön. Solange man den Blick nicht senkt und die Stadt betrachtet. Als wir mittendrin steckten, kam es mir so vor, als wäre alles zerstört worden. Von hier oben erkennt man, dass zum Glück kaum mehr als ein Drittel betroffen ist. Die ersten Aufräum- und Bergungsarbeiten haben schon begonnen. Ob einer der Stimmen dies organisiert hat? Oder meine Brüder?

Seltsam, dass mir das keiner gesagt hat. Andererseits weiß ich ja auch nicht, ob ich Königin werden will, und bin froh, über jede Entscheidung, die sie mir abnehmen.

»Dein erster?« Ich deute auf den Sonnenuntergang und zeige den erhobenen Zeigefinger.

Enver nickt. Seine schmalen, langen Finger formen Zeichen, die ich nicht alle verstehe. Aber ich habe Calarian durch Edens Augen gesehen. Kaum Grün, Verschmutzungen, Dreck, Ausbeutung. Ich könnte mir nicht vorstellen, dort aufzuwachsen.

Andererseits haben meine Brüder, vor allem Marks, vor Eden ein paar Orte und Welten gesehen, die alle vom Krieg zerfressen waren. Er macht vor nichts und niemandem halt.

»Danke für deine Hilfe.«

Hat ihm jemand meine Entscheidung mitgeteilt? Sind Marks und Az sogar schon mit dem Plan fertig? Wieso hat mir niemand Bescheid gesagt?

»Du hast mir das Leben gerettet. Und, ehrlich gesagt, haben wir keine große Wahl.«

Enver runzelt die Stirn, greift in seine Hosentasche und zieht einen altmodischen kleinen Papierblock und einen kurzen Bleistift heraus. Wo hat er den her? Mein Hals schnürt sich zu, ich kenne die Zeichnung, die er gerade überblättert.

Tejs Notizen. Er muss den Block im Lager gelassen haben, bevor sie aufgebrochen sind, um die Minen zu entschärfen und auf dem Pass zu platzieren. Wenn er einen Einfall hatte, was sehr oft vorgekommen ist, hat er in diesen Block gekritzelt. Envers Handschrift ist elegant mit vielen geschwungenen Bögen, ganz anders als Tejs kantige Buchstaben.

Enver fragt mich, ob er mich richtig verstanden hat.

Ich nicke. »Du hast Keßler zu mir gelassen, obwohl ich gesagt habe, dass niemand mir folgen soll. Ohne Keßler wäre ich …«

Enver hält mir Block und Stift hin. Ich kann ihn nicht nehmen, das wäre nicht … Tej hat ihn nie jemand anderem außer Marks und Keßler gezeigt.

Enver runzelt die Stirn.

»Tej ist tot.« Ich zeige auf den Block und ziehe mir den Finger über den Hals, weil ich die richtige Gebärde nicht kenne. Ich habe mich damals geweigert, sie zu lernen.

Das tut mir leid, schreibt Enver. Er weicht meinem Blick aus, lässt den Block hängen. Ich betrachte sein Gesicht, das sich wieder vor mir zu verschließen droht. Tej hat Cados Welt größer gemacht, so konnte ich weiter mit ihm reden … Es wäre nicht richtig, Envers kleiner zu machen, nur wegen meiner Trauer.

Ich nehme ihm den Block ab und schreibe, was er nicht verstanden hat, dass ich ihm dankbar bin, weil er Keßler zu mir gelassen hat.

Ich reiche ihm den Block, damit er meine Krakelschrift nicht auf dem Kopf entziffern muss. Er liest und die Falten auf seiner Stirn vertiefen sich.

»Ich hatte nicht groß eine Wahl«, lese ich laut vor. »Wieso?«

Er schreibt und ich lese über dem Kopf mit. *Sie waren in der Überzahl, Keßler hat uns bedroht. Wenn ich ihn nicht durchgelassen hätte, hätte er uns womöglich angegriffen.*

»Nein. Wieso?«, beharre ich. Keßler hat gesagt, dass mehr dahintersteckt. Und das glaube ich auch. Enver war nicht so überrascht wie die anderen, als er Coram gesehen hat. Eher niedergeschlagen, als … hätte sich seine Vermutung bestätigt.

Ich entreiße ihm den Block. *Weiß der Kaiser es von dir?!*

Der Kaiser hätte es ihm nicht verraten, oder? Einem Tyrannen wie ihm muss die Gefahr viel zu groß erscheinen, dass Enver ihn sonst hintergeht.

Enver zeigt keine Reaktion. Ich halte ihm den Block noch

näher vor die Augen, als mache es einen Unterschied.

»Warst du es?«, brülle ich.

Der Wind trägt meine Stimme über die Brüstung.

»Nein.«

Ich schaue über Envers Schulter zur Tür, die zum Treppenhaus führt. Arian kommt heran, seine Schultern und der Kiefer angespannt. »Ich habe es ihm gesagt.«

»*Nein!*« Enver funkelt Arian wütend an.

»Er versucht, mich zu beschützen. Er weiß, dass ich keinen Wert für Euch habe. Ich habe es dem Kaiser verraten und ich habe Enver überredet, Euch zu entführen.«

»*Nein! Nein! Nein!*«, gebärdet Enver immer wieder und reißt mir den Block aus der Hand.

Er lügt!!! Keine Schnörkel oder ausschweifende Bögen, harte, schnelle Linien. Kaum habe ich den letzten Buchstaben erfasst, schreibt er wieder.

»Wenn Ihr jemanden bestrafen wollt, dann mich.« Arian hält mir die Handgelenke hin, als solle ich ihn festnehmen. »Aber haltet Euer Versprechen, befreit Rune.«

Laran eilt durch die offenstehende Tür auf den Balkon, seine Hand am Schwertgriff.

»Ich bestrafe hier niemanden! *Stopp!*«, gebärde ich in Envers Richtung, damit er aufhört zu schreiben. »Arian, du hast schon verstanden, dass wir euch helfen wollen? Ihr habt ein paar verdammt furchtbare Entscheidungen getroffen, aber wer nicht? Dich K.o. zu schlagen, hat verdammt gut getan. Und ich werde es sofort wieder tun, wenn ich das Gefühl haben sollte, du hintergehst mich. Aber das tust du nicht. Du schützt ihn, wie Laran mich schützt.« Ich deute auf Enver, dann mache ich die Gebärde für Bruder. Die für Mutter fällt mir nicht mehr ein. »Du willst deinen Bruder und seine Mutter retten.«

»Was hat Enver dir erzählt?« Arians Stimme ist gefährlich leise.

»Nur das«, sage ich und bedeute Laran, zurückzubleiben. Wieso sollte das ein Geheimnis sein? Wenn Enver mich angelogen hat …

Ich verfolge das lautlose Gespräch der beiden, ohne etwas zu verstehen.

Arian sieht mich wieder an, eine Ader an seiner Schläfe pulsiert. Enver schreibt etwas auf seinen Block, Arian schlägt ihm diesen aus der Hand.

»Nochmal, Prinzessin.« Er funkelt mich an. »Ich habe dem Kaiser von Edens Gabe erzählt, dass sie ihn unsterblich machen kann. Es war die einzige Chance, Rune zu retten, uns zu retten. Ihr habt unser aller Leben für einen alten Mann riskiert. Ihr versteht, wieso ich das getan habe.«

»Nein«, sage ich, weiß aber nicht, ob es gelogen ist.

Enver gebärdet wieder, aber Arian beachtet ihn nicht. Die Verzweiflung in seinen Augen vertreibt meine Wut. »Bestraft mich, aber rettet Rune und die Kaiserin.«

»Ich habe euch ein Versprechen gegeben, und das beabsichtige ich zu halten. Az' Spione haben ihn darüber informiert, dass die Kaiserin und Rune am Leben sind. Wir brechen sobald wie möglich auf.« Die Lüge kommt mir viel zu einfach über die Lippen.

»Ihr nehmt uns mit?«, fragt Arian und wirkt seltsam gefasst.

Ich wäre vor Erleichterung wahrscheinlich in mich zusammengesackt.

»Es wäre ein größerer Fehler, es nicht zu tun«, erwidere ich.

Arian wendet sich Enver zu. Ich hoffe, er gibt unser Gespräch ehrlich wieder. Enver entspannt sich jedenfalls ein wenig. Ich hebe den Block auf und lese im schlechten Licht, was Enver zuletzt geschrieben hat.

Rune ist nicht Arians Bruder, er ist sein Geliebter.

Ich will fragen, wieso er gelogen hat, halte aber inne, bevor ich den ersten Buchstaben aufs Papier bringe. Hat Enver gelogen? Wenn ich mich richtig erinnere, hat er eine Gebärde benutzt, die ich nicht kenne. Erst danach hat er sie in Bruder abgeändert. Damit ich verstehe, wie wichtig Arian Rune ist? Um eine Verbindung zu schaffen, die gar nicht da ist?

Ich war nie verliebt. Ich kenne nur die Geschichten von Ellana. Oder zumindest das, woran ich mich bruchstückhaft erinnere.

»Wir danken Euch, Prinzessin«, reißt Arian mich in die Realität zurück. »Wir werden Euch in jeder erdenklichen Weise helfen.«

Enver sieht aus, als ob er noch etwas sagen will, aber nicht Arian als Übersetzer benutzen möchte. Wir stehen uns gegenüber, starren uns an, dann gebärdet er.

»Gute Nacht, Prinzessin.« Arian verlässt zuerst den Balkon.

Ich sehe den beiden nach und wende mich dann an Laran, der stumm mit der Hand auf dem Schwertgriff zugesehen hat.

»Wir haben ein Problem.«

Laran nickt. »Ich behalte sie beide im Auge.«

»Arian«, präzisiere ich. »Behalte Arian im Auge.«

»Ich stimme dir zu, dass es ein größerer Fehler wäre, sie hierzulassen, aber ihn anzulügen, könnte noch für Schwierigkeiten sorgen.«

Ich weiß. Verdammt, ich tue Arian gerade genau das an, was meine Brüder bei mir gemacht haben. Das könnte in einem Desaster enden. Trotzdem. »Wir brauchen ihn.«

»Wir könnten Az mitnehmen. Fünfzehn Jahre sind kein Wimpernschlag, aber er wäre ein geringeres Risiko.«

Ich schüttle den Kopf. »Wir brauchen Az hier. Jemand muss Eden anführen, wenn … etwas schief geht.«

Laran seufzt. »Das könnte Coram tun.«

Ein schnaubhaftes Lachen bricht aus mir hervor. »Coram?«

Larans Mundwinkel heben sich etwas. »Er wäre der einzige, der alles zusammenhalten könnte.«

»Mit seinem Dickschädel. Nein, Eden braucht die Edenprime und sie braucht Az.«

»Hat sie dir nach der Weihe etwas Nützliches verraten?«

»Wie lange hast du vor der Tür gewartet? Fünf Minuten?« Wieder steigt die Frustration in mir hoch, die ich bei meinem Monolog gegenüber meiner Tante empfunden habe. Ich hatte geglaubt, dass sie nach der Weihe zugänglicher wäre, dass ich Eden besser kontrollieren kann, aber der Angriff hat sie wieder zurückgeworfen. Sie hat kein Wort gesagt, obwohl ich sie regelrecht angefleht habe, mir zu helfen und mir alles zu erzählen, was sie über Eden weiß.

Sie kann nicht ernsthaft erwarten, dass ich mich jedes Mal in Lebensgefahr begebe, um mit meinem Vater zu sprechen?

Laran wirkt bedrückt. »Ich wünschte, ich könnte dir helfen.«

»Du hast mir geholfen, mehr, als du ahnst.« Ich lege meine Hand auf seine Schulter und sehe hoch in sein Gesicht. Dass er mal etwas anderes außer seine stoische Maske zeigt, sagt mir, wie nahe ihm dieses Thema geht.

»Lässt du mich mit dir nach Calarian gehen?«

»Du bist mein Schild«, erwidere ich leise. »Ich meine, was ich zu dir gesagt habe. Und ich vertraue dir.«

Er legt seine Stirn gegen meine. Seine Hand ist warm in meinem Nacken. »Ich glaube an dich, Talea Eden.«

Zum ersten Mal überhaupt habe ich nicht das Gefühl, das er mit diesem Namen jemand Fremden anspricht.

»DA BIST DU.«

Ich hebe das Kinn von meinen Unterarmen. Coram schließt die Tür, nimmt eine Decke von einer Couch und kommt zu mir ans Fenster. Klar, dass er mein Zittern bemerkt. Ob er auch gemerkt hat, dass ich geweint habe?

Ich weine viel zu viel in letzter Zeit, als müsste ich all die Jahre aufholen, die ich die Tränen immer unterdrückt habe.

»Ist alles ein bisschen viel, hm?« Er legt die Decke um mich.

Kaum berühren mich seine Hände, bricht der Damm erneut. Schniefend fahre ich mir über die Augen.

Coram lässt sich mit einem Ächzen mir gegenüber sinken. »Ich hab dir schon mal gesagt, dass du deswegen nicht heulen sollst. Ich will mich nicht wiederholen.«

Ich wische mir über die Nase. »Okay.«

»Ich habe mit Az geredet …«

»Du meinst, du hast ihn angebrüllt?« Schon wieder.

Er grummelt etwas in seinen Bart.

»Steht der Plan?«

»Ein paar Details müssen noch geklärt werden.«

Ich seufze. »Lass dir nicht alles aus der Nase ziehen, bitte.«

Coram schaut aus dem Fenster. Sterne funkeln am dunklen Nachthimmel.

Ich beuge mich vor und greife seine Rechte. »Wir haben keine andere Wahl.«

Er atmet geräuschvoll aus und seine Schultern sinken ein Stück herab. »Muss mir aber nicht gefallen.«

»Mir gefällt es auch nicht. Aber die Alternative noch weniger. So … haben wenigstens ein paar von uns eine Chance.«

»Ich wünschte nur, ich könnte dich begleiten«, grummelt Coram und sieht mich an. »Aber … ich wäre nur Ballast.«

»Du bist kein Ballast«, widerspreche ich und beiße mir

sofort wegen der Lüge auf die Lippen. »Am liebsten würde ich niemanden mitnehmen.«

»Erklär das deinen Brüdern. Weder Marks noch Keßler schienen begeistert, ihnen mitteilen zu müssen, dass sie nicht alle mitkommen können.«

Wärme flammt in meinem Brustkorb auf. »Wen hat Marks ausgewählt?«

»Shep, Acolyte, Spook, Ice und sich selbst.« Für einen winzigen Moment, eine mikroskopischkleine, bedeutungsschwere Pause breitet sich Hoffnung in mir aus. »Und Keßler.«

Ich hätte wissen müssen, dass er sein Versprechen wahr macht.

Ich schlucke gegen den Kloß in meinem Hals an, der mir die Luft abzuschnüren droht. Für nichts auf der Welt würde Keßler mich im Stich lassen.

»Marks hat versucht, es ihm auszureden. Aber du kennst ihn ja.« Coram zuckt die Schultern. »Und seine Argumente waren zu gut. Damit wärt ihr elf.«

Elf? Ich zähle im Kopf nach. »Wer noch?«

»Shona und Kerasie.«

»Nein!« Ich springe auf. »Sie haben keine Kampferfahrung, sie sind dafür nicht ausgebildet … wieso sollten sie?« Kerasie ist etwa in meinem Alter. Sie können sie nicht als mich ausgeben! »Nein. Nein. Nein.«

»Die beiden haben sich freiwillig gemeldet. Keßler war nicht begeistert, aber auch ihre Argumente waren zu gut.«

»Sie ist deine Tochter«, flüstere ich und sinke erschöpft zu Boden.

Coram packt meine Schulter. »Und ich werde genauso wenig versuchen, sie zu überreden, hier in Sicherheit zu bleiben, wie ich es bei dir tun werde. Was sie mir von dem Angriff erzählt haben, was du getan hast, Tali … nicht einmal dein Vater war so mächtig.«

Er hat gezögert, das Notwendige zu tun, und das hat er mit dem Leben bezahlt. Ich weiß, dass du nicht zögern wirst.«

Was ist notwendig? Den Kaiser gefangen nehmen, ihn töten. Enver auf den calarianischen Thron setzen, damit er die Truppen abzieht.

»Laran hat mir das mit Arian erzählt«, fährt Coram fort. »Ich werde es den anderen sagen, damit sie vorbereitet sind. Aber ich denke, du solltest es dir nochmal überlegen, ihn mitzunehmen. Du brauchst nur einen Calarianer.«

»Und Enver braucht Arian.«

So gerne ich auch etwas anderes behaupten würde, ich kann nicht so schnell Gebärdensprache lernen, um Enver ausreichend zu verstehen. Wir können von Glück reden, dass er überhaupt die gleiche Gebärdensprache gelernt hat wie Tej. Zettelkommunikation ist im Ernstfall viel zu langsam. Ich muss darauf vertrauen, dass die Freundschaft zwischen Enver und Arian ausreicht. Der einzige Unbekannte in meiner Gleichung ist Rune. Wenn er gefoltert wird oder gar tot ist, kann ich nicht einschätzen, wie Arian reagiert. Ich war noch nie verliebt und werde es wohl auch nie sein.

»Was würdest du für Silvi tun?«

Coram runzelt die Stirn. »Alles.«

»Würdest du jemanden entführen oder töten?« Zumindest eines davon hat Arian schon versucht.

»Wieso willst du das wissen?«, fragt er misstrauisch.

»Weil ich nicht einschätzen kann, was Arian tun wird, wenn Rune …« Er ist ein Attentäter, Laran konnte ihn nur mit Mühe in Schach halten. Meine Brüder werden nicht viel mehr Erfolg haben. Sie sind zwar für den Nahkampf ausgebildet, aber deutlich besser und effektiver im Fernkampf. Es könnte jemand sterben, wenn ich es nicht schnell genug schaffe, Arian mit Eden zu überwältigen.

»Du solltest dir lieber Sorgen um den Prinzen machen«,

brummt Coram. »Für meinen Geschmack ist er zu aufdringlich.«

»Ich glaube, Enver liebt seine Mutter. Aber ich denke nicht, dass er sie so liebt wie ich meine Brüder. Die versuchte Entführung und Larans Verletzung waren Arians Werk. Und Arian liebt Rune. Wie du Silvi, also …«

Corams Stirnfalten werden bei jedem Wort tiefer.

»Ich meine, seine Liebe ist anders als die, die ich für meine Brüder empfinde. Deswegen weiß ich nicht … also … ich kann … ich weiß nicht, wie er reagieren wird.« Wieso fällt es mir auf einmal so schwer, darüber zu sprechen? Früher war es nie ein Thema. Und wieso, verflucht, denke ich gerade nicht an Arian?

»Ich verstehe nicht, was du meinst, Tali.«

»Na ja, die Liebe zu meinen Brüdern ist anders als eure Liebe. Zumindest wenn es nach Ellana geht. Meine Brüder haben sich noch nie verliebt, in wen auch? Aber Ellana war verliebt, sie hatte einen Mann und ein Kind. In den Geschichten waren es auch meistens Mutter, Vater, Kind – ich mochte sie nicht, weil ich keine Eltern hatte. Arian und Rune können zusammen keine Kinder bekommen, aber sie sind auch nicht verwandt. Du hast ein Kind und ich kenne keinen anderen, den ich fragen …«

»Tali«, bremst Coram mein Gestammel. »Hat dir niemand erklärt, das …?«

»Doch, aber ich hab nicht richtig zugehört. Ich wollte nicht zuhören. Ihre Geschichten haben eine Welt gezeichnet, in die meine Brüder und ich nicht gepasst haben. In der ich anders war als meine Brüder und das wollte ich auf keinen Fall sein.«

Corams Lachen unterbricht mich. Ich glaube, es ist das erste Mal, dass ich es höre. Es ist laut und ein wenig grummelnd, und steigert meine Verwirrtheit noch. Wie kann er über das Thema lachen?

»Ich gehe mal Silvi holen, so ein Gespräch überstehen wir beide nicht.« Er wischt sich eine Träne aus dem Gesicht. »Dann wirst du ein paar Sachen deutlich besser verstehen.«

»Nein.« Ich greife nach seinem Arm.

Die Heiterkeit verschwindet aus seinem Gesicht und macht der vertrauten Nachdenklichkeit Platz. »Ich bin wirklich nicht der Richtige, um mit dir darüber zu reden. Das Gespräch mit Shona …«

»Ich kann keine Kinder bekommen«, unterbreche ich ihn. Kein Stammeln, kein Zögern. Ich schäme mich nicht dafür, die Information hat mich damals eher erleichtert. Mich meinen Brüdern ähnlicher gemacht. Jetzt weiß ich nicht mehr, ob es so gut ist. Wie alt ist meine Tante? Kann sie noch Kinder gebären, will sie überhaupt Kinder? Wer wird Eden im Gleichgewicht halten, wenn wir beide tot sind? Eden braucht jemanden, mit dem sie sich verbinden kann. Muss diese Person zwingend von der ersten Eden abstammen? Oder kann sie sich jeden erwählen? Wieso hat sie das dann noch nicht getan? Nur weil sie die ganze Zeit wusste, dass ich am Leben bin? Argh, ich bekomme Kopfschmerzen von den ganzen Überlegungen. An denen ich, verflucht nochmal, sowieso nichts ändern kann.

Reglos starrt Coram mich an.

»Dee hat mich untersucht, weil ich mit vierzehn immer noch nicht geblutet habe. Ich habe eine Fehlbildung an den Eileitern.« Sag doch was, Coram. »Ich muss meine Brüder beschützen, und Shona und Kerasie. Sie verlassen sich auf mich, und ich bin die Einzige, die Arian mit Eden aufhalten kann. Ich … ich muss wissen, wie sich eine solche Liebe anfühlt, Coram. Und ich will nicht meinen Vater fragen, ich will ihm nicht … ich will nicht … ich weiß nicht, ob er es verstehen wird. Du bist der Einzige, den ich kenne, der mir die Wahrheit sagt. Weil ich dieses Mutter, Vater, Kind nie haben werde …«

Coram packt mich an den Schultern. »Jetzt hör mir mal genau zu, Tali. Und vergiss am besten alles, was da von diesen Erzählungen noch völlig chaotisch in deinem Kopf herumspukt. Das ist völliger Schwachsinn. Ich liebe Silvi. Ich würde sie genauso lieben, wenn wir kein Kind hätten. Ein Kind macht die Liebe nicht stärker, du liebst nur eine Person mehr. Du hattest bisher nur noch keine Chance, dich zu verlieben. Sonst wüsstest du längst, dass genau das Falsche hängen geblieben ist. Oder hast du jemand Gleichaltrigen kennengelernt, der nicht gerade Calarianer und dein Todfeind ist?«

Ich schüttle den Kopf, bringe kein Wort heraus. Erinnere mich kaum, was ich eben noch gesagt habe. Es ist einfach aus mir herausgesprudelt. Meine Angst, meine Unsicherheit, meine Zweifel.

Coram schnaubt. »Ich kenne niemanden mit einem größeren Herzen als dich. Dir haben bloß die Zeit und der oder die Richtige gefehlt, um Gefühle zu entwickeln. Aber das wird kommen, versprochen, Tali.« Er strafft die Schultern. »Und jetzt genug der Gefühlsduselei. Und kein Wort zu irgendwem! Verstanden? Selbst Silvi würde mich ewig damit aufziehen.«

»Und dann würde sie dir sagen, was für ein wunderbarer Ehemann du bist.«

Silvi? Ich drehe den Kopf. Wie lange steht sie da schon? Wie viel hat sie gehört?

Mit einem sanften Lächeln kommt sie zu uns herüber und setzt sich so, dass wir einen kleinen Kreis bilden. »Laran, Keßler und Az sind vor der Tür.«

Oh! Hitze schießt mir in die Wangen, genau wie in Corams.

»Wenn du das nächste Mal Zeit für klärende Gespräche brauchst, solltet ihr vielleicht abschließen oder zumindest Laran sagen, dass ihr nicht gestört werden wollt.«

Oh scheiße. Haben sie es auch gehört?

»Und Coram hat recht, Tali. Die Liebe trifft uns in den Momenten, in denen wir am wenigsten damit rechnen. Wie sonst hättest du das sture Herz dieses alten Mannes erweichen können?«

Enver. Seine blauen Augen, seine starken, schlanken Hände, die mich festhalten, die Panik, die mich hinter seine Maske schauen ließ. Was soll das jetzt?

Coram seufzt. »Den Blick kenne ich.«

Silvi schmunzelt und zieht mich an sich. »Hör nicht auf den alten Mann. Aber versprich mir eines, Tali, verbieg dich nicht für jemanden. Liebe bedeutet auch, du selbst zu sein, nur mit jemand anderem.«

Ich erwidere die Umarmung. Coram drückt sich an uns beide.

»Unsere Liebe ist nicht anders, als die zu deinen Brüdern, Tali«, flüstert Silvi. »Liebe ist alles. Jeder empfindet sie unterschiedlich, für jeden ist etwas anderes wichtig. Aber gleich ist, dass wir diesen Menschen für nichts auf der Welt verlieren wollen.«

LASS NICHT LOS

Der Wind zerrt so kräftig an mir, allein das Sicherungsseil verhindert, dass er mich vom Felsen in den nur zwei Meter entfernten Abgrund reißt. Meine Finger sind trotz der Handschuhe steif gefroren, Schnee heftet sich an meine Wimpern und Augenbrauen, sticht, wo mein Gesicht nicht vom Schal geschützt ist. Wie schnell das Wetter umgeschlagen ist! Es sind kaum ein paar Tage vergangen, seit Keßler mich über den Pass getragen hat.

Ich habe gewusst, dass es an Unmöglichkeit grenzt, diese Mission im Winter zum Erfolg zu führen. Aber nicht, wie unmöglich.

Der Schnee und die Wolken haben mir jedes Zeitgefühl geraubt. Wenn es nach meinem durchgefroren, erschöpften Körper geht, sind wir schon ewig unterwegs. Aber ich befürchte, dass wir nicht einmal die Hälfte geschafft haben.

Als Marks uns in dem kleinen, warmen Besprechungsraum vorgewarnt hat, hat keiner damit gerechnet, dass es so schlimm wird. Mitten in der Nacht sind wir von Edenstellar in einem alten Transporter losgefahren, ich habe kein Auge zugekriegt, obwohl meine Brüder ausnahmslos geschlafen haben. Blue hat sich auf meinem Schoß zusammengerollt und gezittert.

Ich wünsche, sie wäre jetzt hier. Auch wenn der Wind sie wahrscheinlich längst davon geblasen hätte. Aber Keßler und Marks hielten es für zu gefährlich, sie mitzunehmen.

Marks hebt die Hand. Ich gehe in die Knie und taste nach der Laserpistole, die ich am Gürtel trage. Wenn uns hier Calarianer begegnen, lache ich sie aus. Lache uns aus.

»Vor uns ist das Minenfeld.«

Fuck, das hatte ich vergessen. Wie sollen wir bei dem Schnee auch nur eine erkennen?

Keßler huscht gebückt zu Marks hinüber und sofort nimmt Acolyte seinen Platz an meiner Seite ein.

»Sag mir bitte, dass Spook vorgegangen ist, um die Minen zu entschärfen.«

»Würd's für uns einfacher machen, aber er entschärft nur die Nötigsten, damit wir vorbeikommen. Die Minen sind unsere Versicherung, falls wir scheitern.«

»Verdammt.«

»Verdammt richtig.« Acolyte legt seine Hand an den Helm, vermutlich erhält er eine Nachricht über Funk. »Wir gehen in einer Reihe, du bleibst die ganze Zeit hinter mir und trittst genau dahin, wo ich hintrete. Unter keinen Umständen verlässt du meine Spur. Hast du verstanden, Tali!« Er sieht zu Laran. »Du bleibst hinter ihr.«

Mein Schild nickt, ohne zu zögern.

»Aber …«

»Fuck, Tali, keine Widerrede!«

Ich beiße mir unter dem Schal auf meine eiskalten Lippen und schmecke Blut. Keiner meiner Brüder setzt sich in Bewegung. Warten sie ernsthaft darauf, dass ich es Acolyte verspreche?

»Na gut.«

»Ich erschieße dich eigenhändig, wenn du es nicht tust«, grummelt Acolyte. »Kann losgehen.«

Offenbar glaubt er mir nicht ganz und ich kann es ihm nicht übelnehmen. Allerdings gehen wir so eng zusammen, um uns nicht in dem Schneechaos zu verlieren, dass es vermutlich egal ist, ob ich in seine Spur trete oder nicht. Wenn einer von uns eine Mine auslöst, sind wir alle tot.

Acolytes letzte Worte gingen offenbar über Funk, denn Keßler setzt sich noch langsamer als vorher in Bewegung. Was täte ich jetzt nicht alles dafür, wenn ich ebenfalls einen Helm hätte, um mit ihnen über Funk zu kommunizieren! Aber vielleicht halten sie auch Funkstille, um Keßler nicht in seiner Konzentration zu stören.

Spur. Schritt. Spur. Schritt. Ein Fuß nach dem anderen. Das ist wie eine von Keßlers Übungen. Spur. Schritt. Spur. Schritt. Es existieren keine Kälte, kein Schnee, kein Wind. Spur. Schritt. Spur. Schritt.

Boom.

Ich erstarre, mein Herz droht mir aus meiner Brust zu springen. Keßler hat die Faust gehoben. Hektisch blicke ich mich um, aber von nirgends rast Feuer auf uns zu. Nicht eine Spur von Rauch in dem Schneechaos. Spook!

Acolyte packt mich, bevor ich einen Schritt machen kann. »Was hab ich dir gesagt!«, schnauzt er mich an.

»Wir …« Ich breche ab. Mein Bruder ist tot. Wir können nichts mehr tun.

Wenn wir kopflos losstürmen, lösen wir nur weitere Minen aus. Er würde niemals absichtlich auf eine treten. Wollte er uns damit warnen? Hat er versucht, eine zu entschärfen?

»Wir gehen weiter«, sagt Acolyte. »Denk an deine Befehle!«

Schritt für Schritt für Schritt. Mit jedem dränge ich meine Trauer zurück, stelle die Mission in den Vordergrund.

Wenn ich Eden kontrollieren dürfte, wäre es deutlich einfacher, voranzukommen. Aber Az hat mich gewarnt, dass die Calarianer hier überall Wettersonden platziert haben, um kleinste Anzeichen für ein Gewitter frühzeitig messen zu können. Die würden sofort anschlagen. Der Schnee ist unsere beste Tarnung. Welcher lebensmüde Idiot würde jetzt schon über den Pass klettern?

Aus Calarian bestimmt niemand. Nicht einmal, wenn der Kaiser persönlich hinter ihnen her wäre, oder? Nicht zurücksehen! Ich kann und darf keine Rücksicht auf Enver und Arian nehmen. Sie werden schon zurechtkommen.

Acolyte bleibt stehen und hockt sich hin, um dem Wind weniger Angriffsfläche zu geben. Ich kauere mich in seinen Schutz. Sofort kriecht die Kälte tiefer in mich hinein. Erfrierungen habe ich bisher noch keine behandelt, ich hätte Dee darum bitten sollen, dass er es mir beibringt. Ich bin mir ziemlich sicher, dass meine Zehen erfroren sind. Den anderen wird es kaum besser gehen.

»Was ist?«, brülle ich gegen den Wind an.

»Keßler sondiert die Lage.«

Ich recke den Hals, kann aber nichts erkennen. Oder doch? Ist der Schnee da vorne dunkler?

Acolyte legt die Hand an den Helm.

»Sag schon.«

Er hält mir den anderen Zeigefinger hin. *Warte.*

Ein calarianischer Hinterhalt ist unwahrscheinlich. Wahrscheinlicher ist, dass wir den Ort erreicht haben, der mit den meisten Minen gespickt ist.

»Spook konnte nicht alle Minen entschärfen, damit wir sicher durchkommen«, sagt Acolyte. »Wir müssen zurück und einen anderen Weg nehmen.«

Was? Wir können nicht zurück. Das dauert viel zu lange. Ich habe keine Ahnung, wie wir das durchhalten sollen. »Nein.«

»Das ist ein Befehl.«

»Nein. Sag Keßler, wir können nicht umdrehen. Wir müssen es irgendwie schaffen.«

»Das ist zu gefährlich, Tali«, grollt Acolyte.

»Lass mich mit Keßler sprechen!«

Acolyte zögert, dann zieht er sich den Helm vom Kopf und mir direkt auf.

»Keßler, wir können nicht umdrehen.«

»Tali, wieso …« Er bricht ab. »Wir können nicht weiter. Es ist viel zu gefährlich.«

Ein Bild taucht auf dem in das Visier integrierten Schirm auf. Ich sehe nur knapp die Hälfte, weil der Helm zu groß ist. Wirbelnder Schnee vor Schwärze, Blut, eine Abbruchkante ins Nichts, handgroße Felsbrocken, die umhertreiben. Wo ist der nächste Felsen?

»Spook?«

»Er ist tot«, antwortet Keßler leise.

Ich beiße mir auf die Lippen, kämpfe gegen die Tränen an. Verflucht, das ist meine Schuld! Doch umkehren? Aber finden wir einen anderen Weg? Haben wir doch keine Chance? Nein, wir müssen weiter! »Wenn wir jetzt aufgeben, ist er umsonst gestorben.«

»Wir suchen einen anderen …«

»Es gibt keinen anderen Weg«, unterbreche ich ihn. »Das hast du selbst gesagt. Dieser oder keiner.«

»Ich habe keine Ahnung, wie ich euch da heil rüber bekomme.« Ist das Resignation in Keßlers Stimme?

»Wohin?« Verflucht, was tue ich hier?

Keßler zoomt sein Sichtfeld auf einen Felsen, weit entfernt im Schneegestöber.

»Wenn wir …«

Er erahnt, was ich vorschlagen will. »Der Wind würde uns gegen die Felsen schlagen.«

»Und wenn ich mit Eden nur einen kleinen Teil abschirme?« Diese Sensoren können nicht überall sein.

»Wir haben wohl keine andere Wahl.«

Ich ziehe mir den Helm vom Kopf. Acolyte schiebt mir erst die Kapuze zurecht und setzt ihn sich dann auf. Er lauscht sichtlich, nickt einmal.

Langsam arbeiten wir uns bis zu Keßler vor. Ich schaue weder nach rechts noch nach links, versuche, die rundköpfigen Minen, die teilweise aus dem Schnee herausragen, nicht zu beachten.

»Was ist der Plan?«, ruft Laran mir zu.

»Eden.« Ich deute nach vorne, wo ich den Felsen vermute, den Keßler entdeckt hat.

Keßler schießt, der Haken kratzt über Fels und stürzt in die Tiefe.

»Sind da drüben auch Minen?«, fragte ich Acolyte.

»Nein, um uns herum sind die letzten.«

Marks probiert es ebenfalls und scheitert. Keßler hat seinen Haken wieder eingeholt, zielt. Der Haken saust durch die Luft und ich gebe ihm mit Eden einen winzigen Schubs. Er bohrt sich in den Felsen. Da dieser etwas unter unserem treibt, können wir uns an dem Seil einklinken und hinunterrutschen. Keßler hämmert unser Ende mit einer Art großem Nagel vorsichtig in den Felsen, dann klinkt er sich ein.

Laran umarmt mich von hinten.

Kaum habe ich meine Sinne ganz für Eden geöffnet, stürmt sie mir entgegen. Angst flutet meine Adern, die eindeutig nicht meine ist. Ich spüre die Risse im Felsen unter meinen Füßen, die sich mit jedem Windstoß tiefer und tiefer hineinfressen. Wir stehen auf einer Zeitbombe. Scheiße.

Ich strecke beide Armen vor und schaffe so eine Art Röhre, um die der Schnee nur noch wilder wirbelt, weil ich ihn von seiner Bahn abhalte.

Keßler wartet meine Aufforderung nicht ab, rast, gehalten vom Seil, über den Abgrund und klammert sich an den Felsen. Ich spüre, wie seine Finger sich am Stein festkrallen, wie solide und fest der Fels im Gegensatz zu dem anderen ist. Kerasie, Shona, Ice und Shep folgen als Nächstes.

Ein paar Felsensplitter stürzen in die Tiefe. Enver und Arian schieben sich vorsichtig an uns vorbei, fliegen nacheinander über den Abgrund.

»Schneller«, flüstere ich.

Acolyte klinkt sich ein – und erstarrt.

»Tali, stopp!«, ruft Marks.

Ich lasse Eden los. Der Wind peitscht mir Schnee ins Gesicht. Marks Helm drückt auf meinen Kopf, er versucht offenbar, mich abzuschirmen.

»Eine Drohne.«

Ich hebe nicht den Blick, wahrscheinlich würde ich sie sowieso nicht sehen. Aber wieso habe ich sie nicht gespürt?

»Wir müssen rüber.«

Das Drängen in meiner Stimme ist ihnen wohl nicht entgangen, denn Acolyte nimmt zwei Schritte Anlauf und fliegt über den Abgrund. Krachend donnert er gegen den Felsen, Shep und Ice halten ihn gerade noch fest, bevor er am Seil wieder zurückgerutscht wäre. Verdammt, das schaffe ich nie im Leben.

Marks klinkt sich ein, schnappt sich mein Handgelenk und zieht mich zu sich. Der Fels knirscht unter unseren Füßen. Wir rauschen über den Abgrund. Mein Magen hüpft mir in die Kehle. Wir fallen! Marks bremst, Schmerzen schießen durch meine Schulter und mein Handgelenk. Eden drängt gegen mein Bewusstsein. Ich spüre, wie Teile des gewaltigen Felsens auseinanderbrechen. Greife blindlings zu. Eine Liane schlingt sich um Laran und bremst seinen Sturz. Sein Schmerz vibriert in meinen Knochen. Trümmer mit und ohne Minen trudeln in die Tiefe. Einer knallt gegen die Sonde, sie fällt wie ein Stein vom Himmel. Ich fange die Übrigen behutsam mit Eden auf, stabilisiere sie, sodass sie nirgends anstoßen und die Erschütterung eine Kettenreaktion auslöst. Gefahr gebannt. Vorerst.

Ich öffne die Augen. Wir baumeln über dem Abgrund, schaukeln wild. Laran spüre ich unter uns, verborgen in den Wolken.

»Sie sollen ihn auffangen«, presse ich durch zusammengebissene Zähne und schwinge die Liane in einem unmöglichen Bogen nach oben. Sie taucht aus der Wolke auf und schleudert Laran in die Arme meiner Brüder. Dann werden wir Stück für Stück nach oben gezogen, während der Wind uns hin und her wirft. Ich knalle mit der Schulter gegen den Fels, habe aber keine Chance, mich daran abzustützen, zu helfen.

»Nicht loslassen«, brüllt Marks.

Definitiv nicht, aber meine eiskalten, tauben Finger haben keine Kraft mehr. Das Innenfutter der Handschuhe streicht über meine Haut, wie die sanfte Berührung von Blues Fell. Schon stürze ich in die Tiefe.

Ich bin sowas von tot.

KEIN ZURÜCK

Marks ist alleine auf den Felsen geklettert, schweratmend, fluchend über sich selbst, den Pass, diese ganze Mission. Wir hocken im Windschutz eines Knäuels Lianen. Arian dicht an mir, aber Körperwärme können wir uns schon lange nicht mehr spenden. Keßler steht mit dem Rücken zu uns und starrt hinaus in das Schneechaos. Wie konnten wir Tali verlieren? Ohne sie ist diese Mission sinnlos. All die Pläne funktionieren nur, wenn Tali hier ist. Aber sie ist tot und teilt das Schicksal von Dutzenden calarianischen Soldaten, die vom Pass bezwungen wurden.

Meine Finger sind zu taub, um zu gebärden. Deswegen kann ich nicht fragen, wie wir weitermachen. Ob wir umkehren? Ob wir vorwärtsgehen? Welche Wahl wir haben? Wieso hat Eden Tali nicht gerettet?

Eden hat Coram Arme wachsen lassen, ihn vor dem Tod bewahrt. Eden hat Laran aufgefangen, der sich nach Marks und Keßler wohl die größten Vorwürfe macht. Wieso nicht Tali?

Wieso ist Tali abgestürzt?

Das ergibt so wenig Sinn. Sie ist mächtig. Sie hat Raketen

aufgehalten, Soldaten getötet und ein Raumschiff zerstört … sie hat ein Haus angehoben und Corams Leben gerettet. Auf so eine unsinnige Art zu sterben …

Tali ist nicht tot. Sie kann nicht tot sein. Keßler hätte längst jemanden losgeschickt oder wäre selbst losgeklettert, um ihre Leiche zu bergen.

Wollen sie Tali etwa auf diese Art schützen? Glauben sie nicht daran, dass sie ihren Plan umsetzen kann? Ist die Gefahr vor uns so viel gefährlicher als das hier?

Arian stupst mich an. Kerasie ist aufgestanden und deutet in eine Richtung. Keine Ahnung, welches der Länder dort liegt – oder gar nichts.

»Wir gehen weiter«, gebärdet Arian steif. »Kerasie spielt ihnen vor, die Prinzessin zu sein.«

War das von Anfang an der Plan der Klone? Arian hat mir gesagt, Shona und Kerasie kommen mit, weil sie den Klonen nicht länger die alleinige Verantwortung für Erfolg oder Misserfolg aufbürden wollen. Dass Tali es verlangt hat, da sie unbedingt will, dass ihre Brüder als Menschen angesehen werden. Dass nicht nur sie für Eden sterben.

Arian schien es nicht anzuzweifeln, er war schlicht erleichtert, dass wir endlich aufbrachen. Haben wir uns beide blenden lassen? Ging es nur darum, Tali zu beschützen? War der Plan von Anfang an, Kerasie gegen sie auszutauschen? Aber wieso der Sturz? War es ein abgekartetes Spiel? Tali hat sich irgendwo unter uns mit Edens Hilfe gebremst, ist weich gelandet und wird jetzt von anderen Klonen eingesammelt und in Sicherheit gebracht? Würde Tali das zulassen? War sie vielleicht sogar eingeweiht?

Arian zieht mich auf die Füße. Ich habe keine Zeit mehr, darüber nachzudenken. Wenn ich mich nicht konzentriere, kann ich genauso schnell wie Tali abstürzen.

ARIAN BLEIBT STEHEN und hebt die Hände. Sofort tue ich es ihm gleich. Der Smog, der weit schlimmer ist als in meiner Erinnerung, kratzt in meiner Kehle und lässt meine Augen tränen.

Soldaten schälen sich aus dem Rauch, die Gewehre auf uns gerichtet. Arian redet und bedeutet mir, vorzutreten. Ich hoffe, er behält recht und der Kaiser glaubt nicht, dass wir die Seiten gewechselt haben. Sondern, dass wir entkommen konnten und die Prinzessin geradewegs zu ihm bringen. Ohne Tali können wir in dieser Unterzahl sowieso nichts gegen seine Soldaten oder ihn ausrichten. Selbst, wenn wir ihn töten, befiehlt Dankre oder einer seiner Generäle sofort den Gegenschlag.

Die Soldaten senken ihre Waffen. Kerasie fällt auf die Knie, vor Erschöpfung oder geschauspielert, kann ich nicht sagen. Aber Arian nutzt die Gelegenheit und erteilt Befehle. Ich marschiere zu Kerasie und ziehe sie am Arm in die Höhe. Ihr Blick trifft meinen, die Angst schreit mir geradezu entgegen. Dann blinzelt sie mir zu.

Ein geschlossener Luftgleiter wird vorgefahren. Ich zerre Kerasie darauf zu und steige gemeinsam mit ihr und Arian ein. Kerasies Brust hebt und senkt sich angestrengt, eine Träne glitzert auf ihrer von der Kälte geröteten Wange. Ihr Blick schweift durch die spärliche Kabine mit den Klappsitzen, die zwanzig Mann Platz bieten. Meistens werden die Soldaten allerdings stehend transportiert, dafür sind wenigstens Haltestangen an der Metalldecke angebracht. Ein Soldat hat den Platz uns schräg gegenüber direkt neben der Luke gewählt.

Der Weg war so beschwerlich, mehr als einmal haben mich meine Zweifel und meine Scham fast dazu bewegt, den Befehl zur

Umkehr zu geben. Und jetzt sitzen wir hier, auf dem Weg in den Palast, auf dem Weg zum Kaiser.

Säße mir nur Tali gegenüber! Aber der Teil, der glaubt, dass sie am Leben ist, ist froh, dass sie nicht hier ist. Die Soldaten haben nicht mal Fragen gestellt, wollten keine Beweise sehen. Entweder haben sie zu viel Angst vor meinem Ruf oder, wahrscheinlicher, sie haben auf uns gewartet. Hat der Kaiser mit unserer Rückkehr gerechnet? Wollte er mich an dem schicksalhaften Tag auf dem Pass gar nicht auslöschen? Sollten seine Männer mich in Sicherheit bringen?

Ruckelnd kommt der Gleiter zum Stillstand. Die Wache springt auf, zieht ihre Waffe und zielt auf die Luke. Bitte, lass alles gut gehen. Arian steht auf und positioniert sich vor mir, Sekunden später öffnet sich die Luke. Ich erkenne niemanden. Arian stürzt vor und bricht der Wache das Genick.

Marks klettert herein, dicht gefolgt von Shona, die eine Atemmaske über Mund und Nase trägt.

»*Sie tauschen gerade die Rüstungen*«, übersetzt Arian.

Marks zieht den Helm ab und kniet sich vor Kerasie. Die junge Stimme zittert vor Kälte, aber ihr Blick unter der Kapuze ist energisch. Arian dreht den Kopf weg und signalisiert mir dadurch, dass ihr Gespräch privat ist. Wissen, worum es geht, würde ich trotzdem gerne. Ich glaube nicht, dass Kerasie jetzt noch einen Rückzieher macht. Wenn sie den Kaiser nicht überzeugt, sind wir alle tot.

Der Gleiter setzt sich wieder in Bewegung, direkt auf die Hauptstadt zu. Hätte das Gefährt Fenster, könnte ich wahrscheinlich schon die riesigen Kraftwerke erkennen, die die Stadt einrahmen wie natürliche Berge.

»*Laut Navigationscomputer erreichen wir den Palast in zwei Stunden. Wir sollten uns ausruhen*«, übersetzt Arian Marks Anweisung.

Nach seiner angespannten Haltung und dem zusammengepressten Mund zu schließen, wird Arian alles andere tun, aber
bestimmt nicht schlafen. Er ist an Schlafmangel gewöhnt, im Gegensatz zu mir. Neben Kerasie und Shona bin ich der dritte, der
am schlechtesten auf diese Mission vorbereitet ist, und trotzdem
dafür verantwortlich, dass wir hier sind. Marks setzt sich neben
Kerasie und schließt tatsächlich die Augen. Ob er schläft, kann
ich nicht sagen.

*»Wo werden sie Rune festhalten? Ein richtiges Gefängnis existiert
nicht.«*

Arian zuckt die Schultern.

*»Wenn wir unsere Ankunft ankündigen, wird der Kaiser meine
Mutter in den Thronsaal bringen. Rune vielleicht auch.«* Wir haben
schon darüber gesprochen. Mehrmals. Aber vielleicht sind es meine Nerven, die gerade endgültig mit mir durchgehen, oder Arians
abwesender Blick, als hätte er längst mit der Hoffnung abgeschlossen, Rune noch lebendig vorzufinden.

Arian sieht mich beim Gebärden nicht an. *»Ohne die Prinzessin
spielt es keine Rolle. Wir werden alle sterben.«*

WIR HABEN EIN PROBLEM

Die Luft braust an mir vorbei, lässt meine Augen tränen. Ich überschlage mich, Lianen rauschen an mir vorbei, aber ich bekomme keine zu packen. Sie sind zu glitschig vom Schnee und Eden ist keine Hilfe. Sie hat Laran aufgefangen. Wieso, verflucht, fängt sie mich nicht auf? Wieso kann ich mich nicht mit ihr verbinden? Werde ich ewig fallen und im Weltraum erfrieren?

Die Wolken reißen etwas auf. Grüne Blätter unter mir. Ich werde also nicht ewig fallen.

Ein Schatten schießt auf mich zu.

Eine riesige, weiße Gestalt setzt sich unter mich. Ich klammere mich an eine rosa Zacke, die aus weichem Fell herausragt. Langsam wird mein Fall gebremst. Meine Stiefelspitzen streifen Blätter. Mein Herz wummert gegen meine Rippen, und das Blut rauscht mir laut in den Ohren. Ich streiche durch das seidige Fell. Dutzende Erinnerungen wollen meinen Geist überladen.

Ruhig, dringt eine bekannte Stimme in meinen Geist und legt sich wie eine wärmende Decke über mich. Sie klingt erwachsener, aber trotzdem genau wie … *Blue?*

Ein Lachen hallt durch meinen Kopf. *Das war ganz schön knapp.* Gleichmäßig schlägt sie mit den gewaltigen Flügeln und bringt uns sicher auf einen Felsen runter, ohne auch nur einen der gewaltigen Bäume zu streifen. Sofort springe ich von ihrem Rücken und falle beinahe auf die Nase. Schnell rapple ich mich wieder auf und stolpere ein paar Schritte von ihr weg, um ihre ganze Gestalt betrachten zu können.

Wahnsinn. »Was ist mit dir passiert?«

Meine winzige Drachin, die etwa so lang wie mein Arm ist … war … ist riesig. Von ihrer Nasenspitze bis zum Schwanz misst sie sicher gut fünfzehn Meter. Sie breitet die Flügel aus, einen über mir, schützt mich etwas vor dem Schnee. Früher war sie süß, jetzt ist sie atemberaubend und majestätisch.

Ich bin eine Wolkendrachin. Dies ist mein Zuhause.

Aber … wieso bist du hier? Bist du uns gefolgt? Ich klappere so mit den Zähnen, dass Blue vermutlich kein Wort verstanden hätte, wenn ich laut gesprochen hätte.

Sie schüttelt ihren großen Kopf. *Wir folgen Keßlers Plan. Deswegen sollten wir keine Zeit verschwenden. Spook wartet auf uns.*

»Spook?« Er ist am Leben! Keßlers Plan? Jetzt kapiere ich gar nichts mehr. Wir haben unzählige Pläne durchgekaut und keiner beinhaltet, dass ich von einem Felsen stürze und von einer Drachin aufgefangen werde. So viel hätte schiefgehen können!

»Ich kann dir alles erklären – auf dem Weg.« Die letzten drei Worte betont sie energisch.

Das ist meine einzige Freundin, seit ich ein kleines Mädchen war. Wir haben gekuschelt, gespielt und ich habe ihr all meine Geheimnisse anvertraut. Wieso habe ich plötzlich panische Angst, auf ihren Rücken zu klettern?

Ich lasse dich niemals fallen.

Ich atme tief durch, renne auf sie zu, bevor ich es mir anders überlegen kann, und klettere auf ihren Rücken. Ihr Fell ist nass, aber das spüre ich kaum. Wenn ich nicht bald ins Warme komme, ist so ein Flug mein geringstes Problem. Ich setze mich zwischen zwei Zacken vor ihren Flügeln. Es fühlt sich ein bisschen wie bei einem Pferd an – nur deutlich größer.

Gut festhalten.

Sie spannt die Flügel und die kräftigen Beine an. Mein Magen schlägt einen Salto, als Blue in die Luft springt und in die Tiefe rauscht. Der Wind fährt unter ihre Flügel und wir fliegen. Ich klammere mich an ihre Zacke und presse mich eng an sie. Verflucht, sind wir schnell!

Einzig der Gedanke, dass Spook am Leben und das alles Keßlers Plan ist, lässt mich nicht den Halt verlieren. Ich atme ein und aus gegen den klatschnassen Schal vor meinem Gesicht und hoffe, dass wir bald ankommen.

»TALI!«

Blinzelnd drehe ich den Kopf. Im Gegenlicht eines hellen Feuerscheins eilt eine Gestalt auf mich zu. Ich habe nicht die Kraft, mich aufzurichten, kaum genug für die Erleichterung, die sich in meinem erfrorenen Inneren ausbreitet. Spook streckt die Arme aus und löst behutsam meinen Griff um Blues Zacke. Dann trägt er mich bis zum Feuer und bettet mich daneben. Kleidungsschicht um Kleidungsschicht schält er von meinem zitternden Körper und hüllt mich in eine warme Decke. Ich seufze erleichtert und gegen meinen Willen fallen mir die Lider zu. Kurz bevor ich einschlafe, spüre ich, wie Spook sich hinter mich legt und festhält.

Als ich aufwache, strahlt mir durch eine Felsöffnung ein blauer Himmel entgegen. Was für ein schlechter Scherz! Spook sitzt mit seinem Scharfschützengewehr am Eingang. Er trägt wieder Rüstung und Helm.

Das Feuer brennt noch. Nach dem Vorrat an einer der Höhlenwände zu schließen, sind wir nicht die ersten, die hier eine Nacht verbringen.

»War das alles nötig?«, frage ich. Seltsam, dass meine Stimme nicht kratzig klingt. Ich fühle mich nicht so, als wäre ich gestern beinahe erfroren. Hat Eden mich geheilt? Oder sind seit der Weihe meine Abwehrkräfte besser geworden?

Spook dreht sich nicht zu mir um. »Einem Calarianer ist nicht zu trauen, vor allem nicht, wenn er erpresst wird. So halten die beiden dich für tot und Stimme Kerasie wird deinen Platz einnehmen.«

»Sie waren alle eingeweiht?«

»Nur unsere Brüder und Stimme Kerasie.«

»Also hocken wir sicher in dieser Höhle, bis alles vorbei ist?« Das kann nicht ihr Ernst sein! Sie können mich davor nicht beschützen! Der Kaiser wird Kerasie nie als … »Woher wusstet ihr, dass es klappt? Woher wusstet ihr, dass Blue so riesig wird? Dass sie mich rechtzeitig auffangen kann? Euer Plan hätte tierisch in die Hose gehen können!« Wo ist Blue eigentlich? Hab ich das alles nur geträumt?

»Zum größten Teil war es Keßlers und Reegas Plan. Reega wusste, dass die Wolkendrachen in ihren natürlichem Gebiet – dem Pass – durch die Wolken und die besondere Kraft, die das Gebirge zusammenhält, ihre Größe ändern können. Und bevor du weiter schimpfst: Sobald ich den Befehl von Keßler erhalte, fliegen wir los.«

»Wohin?«

Spook sieht mich an. »Nach Calarian. Wir brauchen dich, aber wir machen dich nicht früher zur Zielscheibe als notwendig. Also zieh dich besser an.«

347

Wenn Arian oder Enver uns verraten, wird Kerasie sterben. Wieso hat sie in den Plan eingewilligt? Was hat Keßler vor? Will er um jeden Preis mein Leben beschützen, egal, wer bei dem Versuch draufgeht? Nein – so ist Keßler nicht, zumindest, wenn es um die Leben seiner Kameraden und Schutzbefohlenen geht. Er wird alles tun, um Kerasie zu schützen.

Ich öffne den Rucksack und wühle herum, bis ich die Wechselkleidung gefunden habe, die in eine wasserdichte Tasche eingepackt ist, und eine Blechdose mit Notrationen. Ich schlucke eine, um meinen knurrenden Magen zu beruhigen.

»Also, was ist der Plan?«

»Wir schleichen in den Palast und töten den Kaiser, bevor er bemerkt, dass wir überhaupt da sind.«

Deswegen ist Spook also dabei. Wenn er will, kann er sich quasi unsichtbar machen. Wenn wir früher verstecken gespielt haben, habe ich ihn nie gefunden. Selbst Keßler ist es schwergefallen.

Spook erhebt sich, sein Helm schrammt beinahe die Höhlendecke. »Bis du bereit?«

Wenn ich nur daran denke, weiter zu klettern, schwindet mein Mut. »Wie ... wie kommen wir nach Calarian?«

Als hätte meine Frage es heraufbeschworen, ertönt ein lautes Rauschen, gefolgt von einem kleinen Beben und Knirschen.

»Reega würde seine rechte Hand hergeben, um mit mir den Platz zu tauschen.«

Ich schnappe meinen Rucksack und stelle mich neben Spook. Definitiv kein Traum. Im Licht der Morgensonne wirkt Blue noch größer, ihr Fell schimmert feucht und über ihre rosa Flügel rinnen Wasserperlen. »Kann sie uns beide tragen?«

Sie reckt ihren Hals stolz in die Luft, breitet die Flügel zu ihrer vollen Spannweite aus und knurrt mich an. Das beantwortet dann meine Frage.

Spook setzt sein Gepäck auf, schultert das Scharfschützengewehr und überprüft, dass die Pistolen an seinen Hüften fest verankert sind. Blue winkelt ein Vorderbein an und beugt sich herunter, damit wir bequemer auf ihren Rücken steigen können. Kaum sitzen wir, Spook hinter mir, breitet Blue die Flügel aus und macht einen Schritt ins Leere.

Der Wind saust an mir vorbei. Ich rutsche. Spook hält mich fester.

Das machst du mit Absicht!

Blue kichert in meinem Kopf, breitet die Flügel aus und unser abrupter Sturzflug endet. Deutlich langsamer als gestern gleiten wir durch die Luft. Wo der Wind den Schnee weggeblasen hat, leuchten überraschend grüne Blätter. Tierspuren zeigen sich auf der geschlossenen Schneedecke. Aus einigen Felsen ragen die Wurzeln der Bäume. Wolken, die aussehen wie Watte, hängen sich in den großen Ästen auf oder zerfasern an den gewaltigen Stämmen, von denen manche so breit sind, dass ich sie selbst mit doppelter Armlänge nicht umfassen könnte. Wie die Felsen ihr Gewicht halten, ist mir ein Rätsel.

Blue schlägt ein paar Mal kräftig mit den Flügeln, um über einen kleineren, aber scharfkantigen Felsen hinwegzufliegen. Ein Rauschen dringt an meine Ohren – Wasser?

Suchend drehe ich den Kopf, aber erst, als wir um eine Kurve kommen, entdecke ich ein schillerndes Glitzern, das sich wie ein Band durch die Luft zieht.

Was ist das?

Der Fluss des Lebens, antwortet Blue ehrfürchtig. *Er verbindet die beiden Teile des Planeten zu einem Ganzen. Wir sind nahe des Kerns, also haltet euch gut fest, damit ihr nicht hineinfallt und weggespült werdet.*

Ich gehorche sofort. Spook spürt meine Anspannung, lässt eine Hand los und legt sie auf die Pistole.

»Keine Feinde!«, brülle ich über das Rauschen des Flusses und den Flugwind hinweg. »Gut festhalten.«

Er lehnt sich gegen mich, bis ich fast auf Blues Hals liege. Die Drachin erhöht das Tempo. Das Schrapp-Schrapp-Schrapp ihrer Flügel klingt wie ein aufgeregter Herzschlag. Die Geschwindigkeit treibt mir Tränen in die Augen, aber ich halte sie offen. Brocken um Brocken, mal kaum vier Armlängen im Durchmesser, andere deutlich größer als die Drachin, ziehen an uns vorbei. Von einem stürzt Wasser hinab in den Fluss. Blue umrundet es so eng, dass ich nur den Arm ausstrecken müsste, um meine Fingerspitzen einzutauchen.

Ein weiterer Felsen ist deutlich karger, aber größer. Sind das Baracken? Wir sind so schnell vorbei, dass ich es nicht richtig habe erkennen können. Wolken legen sich kühl und feucht wie Nebel auf meine Haut. Ein paar graue Schneeflocken tanzen um uns herum.

Blue bremst und setzt auf. Diesen Felsen habe ich gar nicht bemerkt. Spook springt sofort vom Rücken der Drachin und zielt mit beiden Pistolen in den Nebel. Ich lausche, höre aber nichts. Anspannung breitet sich von meinem Magen in mir aus, bis meine Arme und Beine kribbeln.

Wir sind in Calarian, und diese Wolken sind keine – es sind die widerlichen Abgase aus ihren Fabriken. Blue kann uns unmöglich noch näher bringen. Die Calarianer haben genug Flugabwehrgeschütze, Drohnen und Frühwarnsysteme. Ich rutsche von ihrem Rücken und lege meine Hand auf ihre Flanke.

Danke, dass du uns so weit gebracht hast. Ich wage es nicht, die Worte laut auszusprechen.

Tu alles, um Eden zu retten. Blues Stimme klingt angriffslustig, als wolle sie am liebsten ein paar Häuser zerstören.

Ich sehe in den Nebel und spüre durch die Verbindung zu ihr eine uralte Sehnsucht. Wusste sie auf dem Balkon schon von

Keßlers Plan? *Werde ich dich wiedersehen, wenn ich das überlebe?*

Natürlich! Ihre Stimme hallt sanft und melodisch in meinem Geist wider. *Aber zuerst werde ich nach meinen Artgenossen suchen. Wenn noch welche von ihnen am Leben sind, werde ich sie finden.*

Wenigstens ein Hoffnungsschimmer an diesem Tag. Ich schmiege mich an sie, kämpfe gegen die Tränen. Ich hasse Abschiede. Schnell trete ich ein paar Schritte zurück. Blue spreizt die Flügel, hebt schwungvoll ab und verschwindet im Rauch. *Das ist kein Abschied!*

»Alles gesichert«, erklingt Spooks Stimme direkt neben mir.

Obwohl ich das von ihm gewöhnt bin, zucke ich zusammen. Er hält mir eine Atemmaske hin, die mir für etwa sechs Stunden frischen Sauerstoff gewährt. Davon hatten meine Brüder noch genau drei: eine für mich, eine für Kerasie und eine für Shona. Der Filter in den Helmen meiner Brüder sollte ausreichend funktionieren. Laran, Enver und Arian kommen hoffentlich ohne zurecht.

»Halt dich an meinem Gürtel fest«, sagt Spook.

Die Maske saugt sich an meinem Kinn, meiner Wange und der Mitte meiner Nase fest. »Ich bin kein …«

»Das ist ein Befehl!«, unterbricht Spook mich scharf.

»Verstanden, Sir.«

Bald verstehe ich, wieso ich mich festhalten soll. Je weiter wir kommen, desto dichter wird die graue Suppe und schon bald kann ich nicht mal mehr Spook erkennen. Vermutlich nutzt er die Infrarot-Schicht, um nicht direkt vom Felsen zu fallen. Sind wir überhaupt noch auf dem Pass oder schon auf dem Festland?

»Sind die anderen vor oder hinter uns?«, flüstere ich.

»Pscht!«

»Sind Soldaten hier?«, frage ich noch leiser.

Spook nickt nach links. Dieser orangefarbene Schimmer könnte ein Lagerfeuer sein. Stehlen wir uns gerade durch ein calarianisches Soldatenlager und keiner bemerkt uns? Haben die keine Wachen aufgestellt? Keine Möglichkeit, durch den Rauch zu sehen?

Ein Husten erklingt irgendwo vor uns. »Dieser Wind ist grauenerregend. Schon schlimm genug, dass der ganze Smog auf den Pass geblasen wird, aber dann könnten sie uns wenigstens wie jedes Jahr abziehen.«

»Halt die Klappe, Paulus. Meine Schwester in der Stadt meint, da sei's kaum besser.«

Ein Ausspucken.

Spook schleicht unbeirrt vorwärts. Mein Herz schlägt mir bis zum Hals. Wenn sie uns entdecken, sind wir tot. Wie viele Calarianer sind hier stationiert? Zwanzig, fünfzig, hundert? Selbst mit den anderen zusammen hätten wir keine Chance gegen eine solche Übermacht.

Spook schiebt mich zur Seite. Jemand schlurft an uns vorbei. Unwillkürlich strecke ich mich nach Eden aus. Sofort legt sich eine Schwere auf meine Glieder, die mich zu Boden gezwungen hätte, wenn Spook mich nicht festhalten würde.

Schnell lasse ich Eden los und ihre Empfindungen verschwinden. Spook zieht mich weiter. Ich versuche, jeden störenden Gedanken wegzuschieben. Dafür bleibt Zeit, sobald wir diese Todesfalle verlassen haben.

Erst als Spook die Waffen sinken lässt, bleibe ich stehen und ziehe an seinem Munitionsgürtel. Er dreht sich sofort zu mir um.

»Wir haben ein Problem«, flüstere ich.

Wegen des Helms kann ich seine Miene nicht lesen.

»Ich kann mich nicht mit Eden verbinden.«

CALARIAN

Wie können die Calarianer nur so leben? Die Abgase haben sich zwar etwas gelichtet und ab und an blitzt die Sonne durch, aber das macht den Anblick nicht besser. Der Boden ist trocken und rissig, keine Bäume und Büsche. In einiger Entfernung kann ich Felder erkennen, allerdings wirken die Pflanzen mehr tot als lebendig.

Überall um uns herum stehen riesige Türme, aus denen grauer Rauch quillt. In der Ferne zeichnet sich eine Stadt ab, die trotz der nebelhaften Konturen gewaltig aussieht.

Was ist das für ein Geräusch? Ein leises Summen?

Spook bleibt stehen und dreht sich um. »Na endlich.«

Ich mache einen Satz rückwärts. Ein raupenähnliches Metallmonster rast in irrer Geschwindigkeit auf uns zu. Es hat ein bisschen Ähnlichkeit zu den Truppentransportern, die uns immer zwischen dem Camp und dem Winterquartier hin und her gebracht haben, wirkt aber deutlich moderner, etwas kleiner und viel, viel schneller.

»Was …«

Das Gefährt hält vor uns an, wirbelt Staub auf. Eine Klappe

353

an der Seite öffnet sich nach oben und Acolyte streckt den Kopf heraus. »Wer braucht eine Mitfahrgelegenheit?«

Ich grinse und eile auf meinen Bruder zu. Doch statt ihn zu umarmen, was er offensichtlich erwartet, boxe ich ihn gegen die Schulter. Da er eine Art calarianische Uniform trägt, tut es auch nicht weh. »Ihr hättet mich einweihen sollen!«

»Um dann endlos zu diskutieren?« Er schüttelt den Kopf. »Du hättest Nein gesagt.«

Hätte ich. Ich steige in die enge Fahrerkabine, die aus nicht mehr als einer Sitzbank und einer Steuerarmatur besteht. Statt einem Fenster zeigt nur ein Bildschirm unsere Umgebung an. Gruselig. Spook quetscht sich neben mich.

Ich nehme die Maske ab. »Also wie lautet der Plan?«

»Spook schmuggelt dich in den Palast, während Ice am Pass für ein Ablenkungsmanöver sorgt«, antwortet Acolyte bereitwillig.

Ich schaue Spook herausfordernd an. *So* geht das.

Unter dem Helm verdreht er bestimmt die Augen.

»Im Palast trefft ihr Marks. Wenn die Lagepläne von Stimme Az noch korrekt sind, was bei einem Thronsaal wahrscheinlich ist, bringt er euch direkt dorthin und mit ein bisschen Glück seid ihr rechtzeitig da, dass du Kerasie dabei helfen kannst, den Kaiser zu überzeugen, dass sie du bist.«

»Da gibt es nur ein kleines Problem. Eden ist hier verdammt schwach, ich bekomme sie kaum zu fassen.« Die Untertreibung des Jahres. Ohne Eden sind wir aufgeschmissen.

»Az hat so etwas befürchtet. Im Palast gibt es allerdings ein Arboretum – ganz viele grüne Pflanzen«, fügt Acolyte auf meinen fragenden Blick hinzu. »Die könnten ausreichen.«

»Wenn es das noch gibt.«

»Prinz Enver hat es bestätigt«, sagt Spook.

Allein die Erwähnung von seinem Namen lässt meinen Magen

seltsam flattern. »Geht …« Ich räuspere mich. »Geht es den anderen gut?«

»Alle fit und bereit, die Mission zu beenden«, antwortet Acolyte. »Können wir los?«

Wartet er auf meine Zustimmung? Ich nicke.

Acolyte schiebt den Steuerregler nach vorne. Die Beschleunigung drückt uns in die Sitze. »Das Baby hat etwas mehr auf dem Kasten als unsere, ne?«

Ich muss lächeln, weil Acolyte die Geschwindigkeit sichtlich genießt. Andererseits nähern wir uns der Stadt so deutlich schneller und damit unserem Ziel.

Keßlers und Marks' Pläne beinhalten die Gefangennahme des Kaisers, um ihn vor das Gericht von Galaxica zu stellen. Ihn auszuschalten, ist nur der Notfallplan vom Notfallplan. Nur wollen wir Az' Worte nicht mehr aus dem Kopf gehen. Dass wir den Kaiser unmöglich lebend gefangen nehmen werden. Eher wird er alles vernichten, bevor er sein Imperium aufgibt.

Schon nach zwanzig Minuten erreichen wir die Stadtgrenze, ohne auch nur eine Sicherheitsschleuse zu passieren. Entweder sind Militärfahrzeuge davor gefeit oder Acolyte weiß genau, welche Route er nehmen muss, um ihnen zu entgehen.

Ich habe noch nie so hohe Häuser gesehen, die Spitzen verschwinden in der Smog-Wolke.

Doch, natürlich habe ich sie gesehen. Mein Geist ist an ihnen zerschellt, als Eden Rache wollte. Oder mich testen. In Realität stehen die Gebäude dicht an dicht, sodass geradeso für Straßen und Gehwege Platz ist. Pflanzen würden hier sowieso nicht lange überleben. Aber früher muss es sie doch gegeben haben? Oder ist die ganze Stadt von vornherein darauf ausgelegt worden, alles zu zerstören und dann weiterzuziehen?

»Verdammt gruselig«, murmle ich.

»Du sagst es«, grummelt Acolyte.

Wenn wir mal Menschen auf den Straßen sehen, weichen sie direkt in die Schatten der Häuser aus, als wollten sie sich unsichtbar machen. Einige tragen Masken vor den Gesichtern, manche nur Schals.

»Wart ihr schon mal an so einem Ort?«

»Also, auf Crissin war alles zerbombt, aber … nicht so.« Acolyte erhöht die Geschwindigkeit wieder etwas.

»Ich war auf Dorrandor«, raunt Spook. »Wir kamen drei Tage vor Kriegsende an, für die Sieger ist nichts übrig geblieben außer einer Staubkugel. Soweit ich weiß, lebt dort keiner mehr.«

»Wieso führen Menschen immer noch Krieg, wenn das dabei herauskommt? Es ist ja nicht so, als wüssten sie nicht, dass es genauso passieren wird. Und sie tun es trotzdem. Das ist doch kein Leben.« Ich schaudere.

Spook verschränkt die Arme. »Ein paar wenige profitieren, aber die meisten anderen haben keine Wahl oder haben sich entschieden wegzusehen. Eine Welt ist immer im Krieg. Und sobald das hier vorbei ist, tja, dann werden wir zum nächsten gebracht.«

»Werdet ihr nicht!«, widerspreche ich. »Das habt ihr nicht verdient. Ihr seid Helden.«

»Wir sind Soldaten, Tali. Was sollen wir ohne Krieg tun?«

»Wollt ihr denn euer ganzes Leben lang kämpfen? Wenn ich mich zurückerinnere, will ich mich nicht an die Kämpfe erinnern. Ich will mich an Lagerfeuergeschichten, Fangen und Versteckenspielen, Umarmungen und Witze und alles andere erinnern. Und das will ich für unsere Zukunft.«

»Ja, das war gut.« Acolyte grinst. »Browzer und ich haben dich immer höher und höher geworfen, weil du unbedingt die Sterne berühren wolltest. Das Donnerwetter von Keßler klingelt mir immer noch in den Ohren.«

»Ja, weil Tali sich alle Knochen hätte brechen können«, grummelt Spook. »Da vorne sind die Koordinaten von Marks. Du solltest anhalten.«

Die Gasse ist kaum breit genug, dass unser Gefährt hindurchpasst. Acolyte bremst ruckartig, aber das Rumpeln mit dem unser Truppentransporter dann immer auf dem Boden aufgesetzt ist, bleibt aus. Aus dem Schatten löst sich eine vertraute Gestalt. Acolyte öffnet die Luke und springt hinaus. Spook und ich folgen dichtauf. Der Transporter schwebt noch. Marks trägt die Uniform eines calarianischen Soldaten und hält Spook einen Kleiderstapel hin.

»Dir ist nichts passiert?«, versichert er sich bei mir.

»Nein, aber es war ziemlich knapp.«

Marks nickt. »Unser Timing war nicht ganz perfekt. Ich wollte dich eigentlich loslassen.«

Ich schnaube. »Dann hätte ich zumindest gewusst, dass ihr etwas vorhabt.«

Mein Bruder grinst und wendet sich Acolyte zu. »Wir sind im Zeitplan, aber sieh zu, dass du loskommst.«

»Ja, Sir.« Acolyte verwuschelt mir die Haare. »Ohren steif halten und über das Richtige nachdenken, ja. Lass dich nicht ablenken.«

Wenn ich ihn jetzt umarme, breche ich in Tränen aus. Ich hasse Abschiede. »Pass auf dich auf.«

Acolyte nickt und steigt wieder ein. Die Luke schließt sich hinter ihm und schon ist er in der Smogwolke verschwunden. Spook gesellt sich zu uns, nun in Uniform, aber sicher nicht die eines Soldaten. Dafür ist sie viel zu unauffällig, als solle man mit seiner Umgebung verschmelzen. Diener vielleicht?

Er weitet mit einem grummeligen Gesichtsausdruck den Kragen. »Ein bisschen eng.«

»Sind sie alle«, antwortet Marks und wendet sich der dunklen Ecke zu, aus der er gekommen ist. »Tali, zieh deine Maske auf.«

357

Ein Rohr, daneben ein Lüftungsgitter mit einem Propeller, fachmännisch herausgebaut, ragt ein paar Zentimeter aus der Wand.

»Ich hoffe, deine Kletterkünste sind in der letzten Zeit nicht eingerostet«, grummelt Spook.

»Von wegen.« Mir wird morgen alles weh tun, wenn ich diesen Tag überlebe.

Marks klettert zuerst hinein, dann ich. Das Rohr ist breit genug, um darin zu krabbeln, allerdings für Marks und Spook etwas ungemütlicher als für mich. Immer wieder müssen wir anhalten, damit Marks die Propeller, die die schlechte Luft nach draußen blasen sollen, herausschrauben und Spook sie wieder einsetzen kann. Jedes Geräusch hallt in der engen Röhre wider, genauso wie mein trommelnder Herzschlag.

»Wieso schraubst du die Dinger wieder rein?«, will ich nach dem dritten Propeller wissen. »Wir würden Zeit sparen …«

»Sie sind alarmgesichert. Wenn sie zu lange inaktiv sind …« Marks führt seinen Satz nicht zu Ende, aber ich kann mir vorstellen, was passieren würde. Wahrscheinlich hat Az ihnen das verraten, genauso wie den hoffentlich sichersten Weg.

»Ab hier kein Wort mehr«, flüstert Marks irgendwann.

Ich folge ihm tiefer und tiefer in die Eingeweide des Palastes. Ich gebe keinen Laut von mir, ignoriere meine brennenden Muskeln und den Schweiß, der sich unter meinen Achseln und auf meiner Stirn sammelt. Wieso habe ich nicht mehr trainiert? Ich hätte es müssen, stattdessen habe ich vor dem Fenster gesessen und Löcher in die Luft gestarrt.

Marks hebt die Faust und hält an.

Meine leicht keuchenden Atemzüge sind die einzigen Geräusche in der Stille. Marks wartet, bis ich wieder zu Atem gekommen bin, dann tastet er die linke Wand ab. Ein Bedienfeld leuchtet auf,

auf dem er in rascher Folge einen Zahlencode eingibt. Lautlos gleitet eine Luke zur Seite, kaum groß genug, dass sich ein Erwachsener hindurchquetschen kann. Keiner rührt sich. Ich lausche, kann aber nichts hören.

Marks schwingt sich hinaus und hebt mich heraus, bevor ich meine Gliedmaßen sortieren kann. Der Gang ist schmal und hoch und verlassen.

Spook folgt, legt seine Hand auf meine Schulter und drückt einmal kräftig. »Bis später.«

Ohne ein weiteres Wort eilt er lautlos davon. Marks zieht mich in die andere Richtung. Ich stopfe die Atemmaske in meine Tasche. Habe ich ihren Zeitplan verlangsamt? Kommen wir zu spät? Wo sind wir überhaupt?

Der Gang wirkt karg und eigentlich eher dämmrig. Keine Bilder, keine Pflanzen … da ist der Palast in Edenstellar deutlich angenehmer. Ich kann mir gar nicht vorstellen, wie es für Enver gewesen sein muss, hier aufzuwachsen.

Marks gestikuliert mir, richtet die geöffnete Handfläche gen Boden und verschwindet hinter einer Biegung. Ich kauere mich gehorsam hin. Sind dort vorne Wachen?

Ein Handgemenge?

Ich will aufspringen, Marks helfen, aber sein Befehl, zu warten, lässt mich zögern. Er wird alleine zurechtkommen, oder? Ich könnte es schlimmer machen. Ich will nicht, dass er verletzt wird. Ich habe Keßler versprochen, dass ich alle Befehle befolgen werde.

Bevor ich mich zu einer Entscheidung durchringen kann, taucht Marks wieder auf und bedeutet mir, ihm zu folgen. Wir betreten einen Gang, der so schmal ist, dass ich beide Arme nicht gänzlich zur Seite ausstrecken könnte. Am Ende schimmert die Wand, als sei sie transparent. Davor liegt die Leiche eines Soldaten. Hinter uns schließt sich fast lautlos eine Tür und verschmilzt mit der Wand. Wenn ich nicht wüsste, dass sie eben noch da gewesen war, würde ich dort niemals einen Durchgang vermuten. Marks zieht ihn ein Stück zur Seite, ich schaue mir den Mann nicht genauer an. Unzählige wie er haben meine Brüder getötet.

Marks legt den Zeigefinger auf die Lippen und eine Hand auf meinen Rücken. Ach, das ist eine Art Barriere! Ich kann in den Thronsaal hinunterblicken. Der Thron des Kaisers ist ein Kunstwerk aus Edelsteinen und einem Material, das silbrig schimmert.

Der Mann, der darauf sitzt, wirkt in Realität noch viel furcht-einflößender als im Hologramm, als hege er keinen Zweifel daran, Edens Macht gleich in Händen zu halten. Sein weißes feines Hemd spannt an den Oberarmen. Seine Krone leuchtet, als sei sie aus Sternenlicht erschaffen. Bis auf ein paar wenige Wachen ist er in dem gewaltigen Thronsaal alleine.

Dies ist der Mann, der in Eden eingefallen ist. Der die Ermordung meiner Eltern befohlen hat. Der meine Brüder auf dem Gewissen hat. Der seine eigene Frau vergiftet und jeden töten lässt, der ihm im Weg steht oder nicht seiner Meinung ist.

Der Mann, den wir gefangen nehmen wollen. Ich greife nach Eden und spüre ihre schwache Präsenz in mir. Taubheit lässt meine Arme und Beine schwer und kalt werden. Eine bleierne Müdigkeit, als hätte ich ewig nichts getrunken, erfüllt meinen Kopf und legt sich auf meine Zunge.

Nein! Ich lasse Eden los und sinke gegen Marks. Wenn ich meine ganze Kraft zusammennehme, kann ich vielleicht den Kaiser überzeugen, dass Kerasie ich bin. Aber ich weiß nicht, ob ich danach noch für irgendetwas zu gebrauchen bin.

Marks sieht mich fragend an.

»Ich kriege das hin«, flüstere ich. Ich muss.

Er lehnt mich behutsam gegen die Wand, geht zu der Leiche und nimmt das Scharfschützengewehr an sich. Im Notfall wird er den Kaiser töten. Ich hoffe immer noch, dass es nicht soweit kommen muss.

IRGENDETWAS IST FALSCH

Alles läuft viel zu glatt. Sie kontrollieren zwar die Ausweise von Keßler, Laran und Shep, allerdings wie blutige Anfänger. Arian hat mir mitgeteilt, dass der Großteil der Soldaten zum Pass beordert wurde. Ice und Acolyte haben pünktlich wie ein Uhrwerk mit dem Ablenkungsmanöver begonnen. Wenn mein Zeitgefühl mich nicht trügt, müsste Marks gleich ein Feuerwerk in einem der Kraftwerke starten, die den Palast mit Strom versorgen.

Kerasie läuft neben mir, den Blick gesenkt, Tränenspuren auf der Wange und zitternd. Ihre weißgefärbten Haare glänzen im Licht. Ich halte sie etwas fester als nötig, denn ich habe keine Ahnung, ob sie das nur spielt. Ich bin mit Intrigen und Machtspielen groß geworden, aber niemand hätte auf Schwäche gesetzt, um einen Vorteil zu erlangen.

Wir biegen in den Gang zum Thronsaal ein. Die Soldaten, die uns anführen, sind schwer bewaffnet. Es wird keine leichte Aufgabe, sie auszuschalten. Vor allem, wenn gleich alle anderen ihre Waffen abgeben müssen. Ich hoffe, sie lassen Arian mit rein.

Als spüre er meine Besorgnis, rückt Arian näher an mich heran.

Ein paar Meter vor den großen Flügeltüren bleiben wir stehen. Laserpistolen und -gewehre wandern über einen Tresen und hinein in eine gesicherte Waffenkammer. Aber niemand verlangt, dass Hunter, Shep und Laran ihre Helme abziehen. Fühlt der Kaiser sich so überlegen? Traut er mir keinen Verrat zu?

Als wir die Schwelle übertreten, läuft mir ein Schauder über den Rücken. Der Thronsaal ist kein Ort, den ich in guter Erinnerung habe. Nicht, dass ich oft hier gewesen wäre. Dunkel erinnere ich mich an eine Hinrichtung, die der Kaiser persönlich vollstreckt hat. Selbst damals war sein Leibwächter Brun nicht anwesend gewesen.

Der Kaiser erwartet uns bereits auf seinem Thron, der schon durch die halbe Galaxie gereist ist. Je nachdem, welchen Planeten der Kaiser gerade als seinen Hauptsitz auserwählt hat. Jeder Edelstein stammt von einer Welt, die von Calarianern erobert wurde. Es sind viel zu viele.

An jeder wuchtigen Säule steht eine Wache in voller Montur. Obwohl ihr Kopf stur geradeaus gerichtet ist und ich es durch die Helme nicht erkennen kann, fühle ich mich beobachtet. Vier weitere Wachen sind neben dem Thron postiert. Von meiner Mutter oder meinen Halbbrüdern fehlt jede Spur. Ist Dankre zum Pass geschickt worden? Ist meine Mutter noch am Leben? Ich widerstehe dem Drang, mich auffälliger nach ihr umzusehen. Sie muss hier sein!

Keßler, Laran und Shep bleiben hinter uns zurück. Zwei verbeugen sich, der Dritte hält Shonas Arm umklammert. Ich zerre Kerasie grob nach vorne, der Kaiser würde es merken, wenn ich mich zurückhalte. In den Kleidern, die sie im Transporter angezogen haben, wirken beide Frauen harmlos.

Ich verneige mich vor meinem Vater, tief und lange. Plötzlich zerrt Kerasie an meinem Arm. Ich packe instinktiv fester zu und richte mich auf. Ihr Blick trifft meinen, voller Wut und Verachtung. Sie bewegt ihre Lippen, aber ohne Kontext fällt es mir schwer …

Ihr Kopf wird herumgerissen, ihre Beine geben nach. Ich fange sie auf, streiche ihr die gefärbten Haare aus dem Gesicht. Ihre Augen sind geöffnet, aber der Blick leer. Sie ist tot. Erschossen. Wieso? Von wem?

Jemand packt mich, zieht mich rückwärts. Kerasie rutscht aus meinen Armen und fällt zu Boden. Eine Flut aus weißen Haaren und Stoff. Ich weiß, dass sie nicht Tali ist. Trotzdem durchziehen Risse mein Herz. Lass Tali am Leben sein! Und ganz weit weg von hier.

Ich reiße den Blick hoch. Der Kaiser sitzt immer noch auf seinem Thron, eine Wache neben ihm richtet die Laserpistole auf mich.

Woher weiß der Kaiser es? Wieso hat er Kerasie erschießen lassen?

Ich wehre mich gegen den Griff, trete nach hinten aus, ohne zu treffen. Ein Arm legt sich um meinen Hals, drückt auf meinen Kehlkopf. Ich kenne nur einen, der so gut kämpfen kann, der genau weiß, was ich tun werde.

Arian lockert seinen Griff, sobald ich mich nicht mehr wehre, aber nicht genug, dass ich mich befreien könnte. Hilflos muss ich zusehen, wie Assassinen Keßler, Shep, Laran und Shona auf die Knie zwingen, ihnen die Helme abnehmen und Laserpistolen an die Schläfen drücken.

Arian stößt mich ebenfalls auf die Knie, dann fühle ich die Mündung einer Waffe an meinem Hinterkopf. Triumphierend erhebt der Kaiser sich von seinem Thron, kommt aber nicht die Stufen herunter. Kurz verschwindet der Druck an meinem Hinterkopf, um direkt wiederzukommen. Arian stellt sich schräg vor mich, schiebt seine Waffe in das Holster an seiner Hüfte. Nein! Das glaube ich nicht. Das will ich nicht glauben!

»Ich habe dir einiges zugetraut, aber nicht, dass du das Leben deiner Mutter aufs Spiel setzt«, übersetzt Arian, zögert, doch offenbar brüllt ihn der Kaiser an, denn er fährt fort: *»Dein Leibwächter weiß, wem seine Treue gilt.«*

Ich wollte nicht glauben, dass Arian so leicht zu manipulieren ist. Mit Rune erwischt zu werden, war sein Todesurteil, daran ändert sein Verrat an mir nichts. Der Kaiser verschont niemanden.

»Wo ist Prinzessin Talea Eden?«

Ich bewege keinen Finger, starre meinen besten Freund nur herausfordernd an. Was hat der Kaiser von ihm verlangt, damit Rune freikommt? Mich? Uns alle auf dem Silbertablett serviert? Nein, er will Tali. Keßler hat es geahnt und sie aus dem Spiel genommen. Denn dass Tali am Leben ist, ist für mich keine bloße Hoffnung mehr.

»Sie ist tot«, lese ich von Arians Lippen ab.

»Tot?«, wiederholt der Kaiser.

Es ist nur ein Blinzeln, ein kaum wahrnehmbares Nicken. Shona fällt vorneüber, reglos. Wenn meine Schwester den Kaiser so sehen würde, wüsste sie endlich, was für ein Monster er ist. Wieso hast du das getan, Arian? Wieso?

»Wo ist die Prinzessin?«, brüllt der Kaiser mich an, sein Gesicht zu einer Fratze verzogen.

Ich antworte nicht. Sehe ihn nicht an. Nur Arian. Vorwurfsvoll. Verletzt. Wütend. Ich werde Tali nicht verraten.

Der Kaiser wirbelt herum und winkt ungeduldig mit der Hand. Sofort öffnet sich eine Tür hinter dem Thron und zwei Wachen zerren meine Mutter herein. Ihre Haare sind nicht richtig frisiert und sie trägt nur einen Morgenrock über ihrem Nachthemd. Das kann nicht … das … Ihr Gesicht ist bleich und eingefallen, die

Knochen ragen spitz aus ihrer Haut. Ohne die Soldaten könnte sie sich wahrscheinlich kaum aufrecht halten. Ich werde den Kaiser umbringen. Ich werde …

Der Kaiser lässt sich von einer Wache eine Laserpistole reichen, schlendert zu meiner Mutter herüber. Das kann er nicht tun!

»*Wo ist die Prinzessin?*«, übersetzt Arian erneut. Sein Blick ist flehend. Um Runes willen. Um meiner Mutter willen.

Der Kaiser wird sie erschießen. Mein Vater. Ihr eigener Ehemann.

Wenn eine Bitte um Frieden nicht hilft, dann vielleicht eine Drohung. »*Tali lebt und wenn auch nur einer ihrer Brüder nicht zurückkehrt, wird sie Calarian angreifen. Sie wird uns vernichten.*«

Ob Arian meine Worte Eins-zu-eins übersetzt, kann ich nicht sagen. Aber Keßler springt auf. Seine Lippen kann ich von meiner Position aus nicht lesen, aber der Kaiser ist an seinen Worten auch nicht interessiert. Ein Hieb auf Keßlers Schläfe und er stürzt bewusstlos zu Boden.

»*Ich danke dir für deine Kooperation*«, übersetzt Arian. Seine Miene eine emotionslose Maske.

Ein Lichtblitz. Meine Mutter reißt den Mund auf, starrt ihren Mann an.

Nein!

Ich springe auf die Füße. Etwas trifft mich am Hinterkopf und schaltet die Welt aus.

ERSCHIESS IHN

»D a stimmt was nicht«, murmelt Marks.

Ich starre Keßlers Hinterkopf an, als könne ich ihm mitteilen, dass ich hier bin. Zumindest nehme ich an, dass es Keßler ist. Durch die calarianischen Rüstungen kann ich ihn und Shep nicht auseinanderhalten.

Sie bleiben vor dem Thron stehen und verneigen sich.

»Sie ist nicht die Prinzessin.«

Arians Stimme schneidet durch meine Knochen, zerfetzt meine Blutgefäße und mein Herz. Wieso? Wieso verrät er uns?

Die Soldaten, die Keßler und die anderen eskortiert haben, zücken ihre Waffen, zwingen sie auf die Knie. Nein!

Ich presse meine Hände gegen die Scheibe, aber Marks zieht sie sofort weg, bevor sie ganz hindurch sind. Doch keine Barriere! Ein Hologramm?

Ein Laserschuss hallt im Thronsaal wider, Kerasie stürzt und Enver kann sie gerade noch auffangen. Fuck! Ich muss da runter. Ich muss ihnen helfen, vielleicht kann ich Kerasie noch retten.

Doch ich bin wie erstarrt. Ich weiß, dass Kerasie tot ist. Ich hatte nicht einmal die Möglichkeit, die Täuschung zu festigen.

Arian hat uns verraten. Er hat zwar nicht abgedrückt, aber seinetwegen ist Kerasie tot.

Der Kaiser erhebt sich von seinem Thron und die Stille nach dem Kampf wird ohrenbetäubend laut.

»Erschieß ihn«, flüstere ich.

Marks drückt leicht meine Hand, hebt aber das Gewehr nicht an. »Dann verraten wir unsere Position. Ich muss dich hier rausbringen.«

»Ich gehe auf keinen Fall ohne Keßler!«

»Ich habe so einiges von dir gedacht, aber nicht, dass du das Leben deiner Mutter aufs Spiel setzt«, dröhnt die Stimme des Kaisers durch den gesamten Thronsaal.

Eine Gänsehaut breitet sich auf meinen Armen aus, gleichzeitig hüpft mein Herz. Enver wusste es nicht. Enver hat mit dem Verrat nichts zu tun.

Aber warum hat Arian es getan? Ich glaube nicht, dass Rune hier ist. Wie konnte er mit dem Kaiser Kontakt aufnehmen? Mir wird eiskalt. Hat Arian das die ganze Zeit geplant? Die fehlgeschlagene Entführung? Der Angriff auf dem Pass – hat er uns geholfen, weil er erkannt hat, dass ich die echte Prinzessin bin?

Mündungsfeuer blitzt auf und Shona fällt zu Boden. Marks presst seine Hand auf meinen Mund und erstickt den Schrei. Er zieht mich in seine Arme und will mich hochheben. Ich hämmere auf seine Brust. »Nein!«

Ich höre meinen Schrei selbst nicht. Nicht, Shona. Wie soll ich das Coram sagen? Er wird es nicht verstehen, er wird mich hassen, dass ich seine Tochter nicht beschützen konnte.

»Wo ist die Prinzessin?« Der ganze Thronsaal scheint zu beben. Oder bin ich es, die bebt?

»Ich bin hier«, flüstere ich.

Keßlers Misstrauen war angebracht. Wieso habe ich das

zugelassen? Wieso sind wir hier? Wir hätten nicht kommen dürfen. Ich hätte wissen müssen, dass wir mit den Calarianern keinen Frieden schließen können.

Marks lässt mich langsam los und sieht mich gequält an. »Wir können nichts tun.«

»Ich kann sie vernichten.«

Er zögert.

»Deshalb bin ich doch hier.« Er rührt sich nicht. »Vertrau mir.«

»Okay.«

Ich klammere mich an ihn, er umschließt mich noch fester. Mein Geist ruft nach Eden. Schwäche flutet meinen Körper, Taubheit und Kälte meine Glieder. Die Wände scheinen näher zu rücken, schließen mich und Marks ein. Mein Geist taumelt durch die Leere. Wo ist Eden? Ich spüre ihre Präsenz, wie einen winzigen Lichtschimmer. Aber ich finde sie nicht.

Wo bist du?, schreie ich in die Leere. Meine Stimme verhallt ohne Echo. Ungehört.

»Wo ist die Prinzessin?«

»Die Prinzessin lebt.«

»Nein! Das ist eine Lüge! Die Prinzessin ist …« Keßlers Stimme schlingt sich wie ein Seil um meinen trudelnden Körper und reißt ihn aus der Leere.

Ich sacke in Marks Armen zusammen, sodass er in die Knie gehen muss. Ich drehe den Kopf, suche nach Keßler … Nein! Ich schreie gegen Marks Handfläche.

»Er lebt!«, dringt seine Stimme wie durch Watte zu mir durch. »Sie haben ihn bewusstlos geschlagen.«

»Ich danke dir für deine Kooperation«, sagt der Kaiser zufrieden.

Ein Laserschuss blitzt durch den Saal, trifft eine Frau – wo ist die auf einmal hergekommen? – und lässt sie in den Armen der

Soldaten, die sie halten, zusammenbrechen. Enver springt auf, wird aber sofort niedergeschlagen. Ist das seine Mutter?

Fuck! »Lebt sie?«

Marks lässt mich los und schaut durch das Zielfernrohr des Scharfschützengewehrs. »Bauchtreffer.«

Ich muss sie heilen, ich habe es Enver versprochen!

»Exekutiert die anderen«, befiehlt der Kaiser, als wären meine Brüder keine Lebewesen.

Nein! Keßler! »Töte …!«

»Nein, mein Kaiser.« Arian sinkt vor ihm auf die Knie, dass seine Stirn fast den Boden berührt. »Nehmt sie als Druckmittel für die Prinzessin. Sie bedeuten ihr alles, sie wird alles tun, was Ihr wollt, um ihre Leben zu retten.«

Marks zieht mich auf die Beine. »Wir müssen gehen.«

Ein paar Schritte taumle ich hinter ihm her. »Nein.«

»Tali, das ist ein Befehl!«

»Und dann?«, flüstere ich zitternd. »Wir können nicht gewinnen. Sie werden jeden Einzelnen von uns abschlachten. Sie werden Keßler, Shep und Laran foltern.«

»Ich bringe dich zum Pass, von dort kannst du mit Eden alles vernichten.«

Ich balle die Hände zu Fäusten. »Ich werde nicht gehen.«

Marks Kiefer spannen sich an, eine Ader an seiner Schläfe pocht. »Ich habe Keßler versprochen, dich in Sicherheit zu bringen.«

»Ich bin nirgends sicher! Wenn ich die Calarianer vernichte, sterbe ich.« Ich mache einen Schritt auf Marks zu, Tränen brennen in meinen Augen. »Lass mich Keßler retten.«

Marks knirscht mit den Zähnen. Zu lange starrt er mich an. »Verflucht.«

Er rennt an mir vorbei und blickt hinunter in den Thronsaal.

Bis auf die Leichen von Shona und Kerasie, die mutmaßliche Kaiserin und vier zurückgebliebenen Wachen ist er verlassen. Mist, ich habe nicht mitbekommen, wie sie Keßler und die anderen weggebracht haben.

»Volle Konzentration, Soldatin! Kannst du die Soldaten mit dem Scharfschützengewehr ausschalten?«

Ich bin keine Soldatin. Keine Emotionen, keine Gewissensbisse. »Ist das eine rhetorische Frage?«

Marks schmunzelt, reicht mir das Scharfschützengewehr und schraubt den Kletterharken auf sein Lasergewehr. »Falls sie mich zu früh bemerken, schieß! Andernfalls warte auf mein Signal.«

Marks wartet meine Bestätigung nicht ab, zielt an die Decke vom Saal und schießt. Der Kletterharken bohrt sich fest und Marks schwingt sich lautlos durch das Hologramm. Er landet und versteckt sich hinter einer Säule. Von einer Deckung zur nächsten huschend, schleicht er sich näher an die Soldaten heran. Worauf warten die eigentlich? Mein Blick wandert über Shona und Kerasie. Konzentration! Ich kann nichts mehr für sie tun.

»Ich bin eine Soldatin«, flüstere ich. Wie meine Brüder. Keine Fehler mehr. Keine Gefühle mehr. Die Vergangenheit kann ich nicht ändern, aber noch kann ich Keßler und die anderen retten.

Ich atme tief durch und schaue durch das Zielfernrohr.

Marks hebt die Faust, gestikuliert in Richtung des entferntesten Wächters. Ich ziele und lege meinen Finger auf den Abzug. Fast zeitgleich feuern wir. Zwei stürzen zu Boden. Sauberer Kopfschuss, Eagle wäre stolz auf mich.

Die Soldaten eröffnen überrumpelt das Feuer, aber Marks ist schon längst wieder in Deckung. Ich schieße wieder, treffe. Den letzten schaltet Marks aus. Marks verharrt regungslos in Deckung. Ich zähle lautlos die Sekunden, ob uns jemand gehört hat und zur Verstärkung anrückt. Als keine kommt, läuft er zu mir zurück und wirft mir sein Lasergewehr mit dem Seilende nach oben. Ich fange es auf, lasse das Scharfschützengewehr zu ihm hinunter fallen und schwinge mich hinterher.

Shona erreiche ich zuerst. Der Schuss hat ihr halbes Gesicht verbrannt. Ich knie neben ihr nieder. Mein Hals ist wie zugeschnürt, meine Augen brennen. »Es tut mir so leid«, würge ich hervor. Aber ich denke nicht an Shona, nur an Coram. Fuck!

Schwerfällig erhebe ich mich, kann sie nicht weiteransehen, muss weitermachen, und sinke neben Kerasie zu Boden. Der Schuss hat sie aus weiterer Entfernung getroffen, war aber ebenso tödlich. Meinetwegen! Meinetwegen! Meinetwegen!

»Tali!«

Ich springe auf, taste nach meiner Waffe.

Marks kniet neben der Kaiserin. »Sie lebt noch.«

Ich sprinte zu ihm. Die Kaiserin hat die Augen geöffnet, ihre Atmung ist angestrengt. Ich erkenne Enver in ihren Zügen.

»Der Kaiser hat selbst geschossen«, sagt Marks, als könne er es immer noch nicht glauben.

Was für ein Arschloch! Entweder ist er ein miserabler Schütze oder er wollte, dass die Kaiserin leidet.

»Hier.« Marks schiebt einen Finger in seinen Kragen und zieht an einer Metallkette, an der ein durchsichtiger Flakon hängt, und sich über den Kopf. »Wasser aus dem Grünen Fluss. Stimme Behati hat es mir gegeben.«

Ich reiße es ihm aus der Hand, öffne den Flakon. Sofort spüre ich Edens Kraft, die nach mir ruft. »Du hattest es die ganze Zeit?«

»Du wärst blindlings losgestürmt, hättest du davon gewusst.«

Sehr wahrscheinlich. Ich gieße einen Großteil der Flüssigkeit auf die Wunde der Kaiserin und lege dann meine Hände darauf. Eden zupft an meinem Bewusstsein und ich teile es bereitwillig mit ihr. Ich spüre, wie Marks mich von hinten umarmt. Ich werde eins mit dem Wasser, wir führen es durch die Zellen, die Blutbahn der Kaiserin. Schließen Gefäß um Gefäß, heilen die Verbrennungen, erneuern das verlorene Blut und reinigen ihren Körper vom Gift.

Als ich die Augen wieder öffne, liegt die Frau gleichmäßig atmend vor mir. Die Lider geschlossen, die Haut nicht mehr blutleer, aber immer noch blass. Sie wird Zeit brauchen, bevor sie sich vollständig von der Vergiftung erholt.

»Kann ich dich loslassen?«, fragt Marks vorsichtig.

»Ja.« Ich stehe auf und taumle, weil Edens Schwäche mich wieder überspült. Schnell trenne ich die Verbindung vollständig.

»Gut, wir bringen sie an einen sicheren Ort. Wenn alles glatt gelaufen ist, wartet Spook am Treffpunkt.«

»Ich bin hier«, erklingt seine Stimme hinter uns.

Ich wirble herum, entdecke ihn aber nicht. Von einer Sekunde auf die andere wird Spook sichtbar. »Ich habe in der Waffenkammer ein wunderbares Spielzeug entdeckt. So sind die Angreifer auf das Winterquartier wahrscheinlich über die Mauer gekommen, ohne dass wir sie gesehen haben.«

»Du warst die ganze Zeit hier und hast nichts getan?«

Sein Gesichtsausdruck wird hart. »Was genau hätte ich tun sollen?«

»Sie retten, sie befreien, den Kaiser …«

»Ich habe mich Keßler zu erkennen gegeben, aber er hat mir befohlen, mich an den Plan zu halten. Genauso wie Marks sich an den Plan gehalten hat, bis eben.«

»Und wieso bist du dann hier und nicht am Treffpunkt?«

Spooks schnaubt. »Weil ich dich kenne. Du lässt keinen von uns zurück. Schon gar nicht Keßler.«

Meine Wut verpufft so schnell, wie sie gekommen ist. »Danke.«

»Dank mir noch nicht. Unsere Chancen stehen verdammt schlecht.«

Ein langsames Klatschen untermalt Spooks Worte. »Wie wahr. Wie wahr.«

Blitzschnell ziehen meine Brüder ihre Waffen und schieben mich zwischen sich. Die Wand hinter dem Thron flimmert und verschwindet. Der Kaiser lächelt uns süffisant an, umringt von seinen Soldaten. Fuck!

Meine Brüder feuern, aber die Laserschüsse verpuffen sinnlos an einem Kraftfeld. Eine Falle. Der Kaiser hat uns eine verdammte Falle gestellt und ich bin blind hineingestolpert.

»Ich glaube, wir befinden uns in einer Art Pattsituation.« Der Kaiser hebt den rechten Zeigefinger. »Ich könnte meine Wachen vor dem Thronsaal alarmieren und sie würden euch ausschalten.«

»Nicht ohne genug von ihnen mitzunehmen«, knurrt Spook.

»Wertlose Leben. Aber ich glaube, die Leben der beiden Klone empfindet Ihr nicht als wertlos, nicht wahr, Prinzessin?« Das Lächeln des Kaisers wird noch breiter. »Und auch nicht das der drei, die gerade auf dem Weg in mein Gefängnis sind. Wer von ihnen wohl Keßler ist? Einer der Klone oder doch der Mensch?«

Ich balle meine Hände zu Fäusten. Am liebsten will ich meinen Brüdern befehlen, so lange auf das Kraftfeld zu feuern, bis es zusammenbricht. Aber das würde zu viel Zeit verschwenden.

»Ich denke, es ist einer der Klone. Aber ich kann auch einfach Arian fragen.« Ein Mann im Hintergrund reicht dem Kaiser einen kleinen Gegenstand. Vermutlich eine Art Kommunikationsgerät.

»Was wollt Ihr?«, flüstere ich. Meine Stimme bebt vor Wut.

»Hat es Euch mein Sohn nicht verraten?« Er wirkt überrascht, aber vielleicht ist er einfach nur ein guter Schauspieler. »Ich will Euch. Eure Fähigkeit. Eden.«

»Wieso wolltet Ihr uns am Pass dann umbringen? Wieso Edenstellar bombardieren?«

»Der Befehl am Pass kam von meinem anderen Sohn, aber seid versichert, darum habe ich mich gekümmert. Die Möglichkeit, ich könne unsterblich werden und ihm nie den Thron vererben, hat ihn wahnsinnig werden lassen.« Er betrachtet seine Fingernägel, als wäre dies eine Lappalie.

Wie grausam, wie egoistisch kann ein Mensch sein, seinen eigenen Sohn zu töten? Seine Frau tödlich zu verwunden und zum Sterben liegen zu lassen?

»Edenstellar habe ich bombardieren lassen, um Euch aus Eurem Loch zu locken, in dem Ihr Euch versteckt habt. Kam es Euch nicht komisch vor, dass der Palast nicht getroffen wurde?«

»Ich kann Euch nicht unsterblich machen. Eden würde mich eher töten, als das zuzulassen.«

Der Kaiser verengt ein wenig die Augen. »Eden kann nicht töten, deswegen leben die Bewohner auch so friedlich.«

»Eden ist kein Mensch. Sie ist die Natur selbst und der Tod gehört zum Kreislauf des Lebens. Sie kann töten und sie wird töten, weil ich absolut kein schlechtes Gewissen dabei habe, Euch umzubringen.«

»Das glaube ich Euch aufs Wort. Eure Schießkünste sind beeindruckend. Aber ein Vögelchen hat mir gezwitschert, dass Ihr eine Medic seid und Euch dem Schutz des Lebens anderer verpflichtet habt. Also, Prinzessin, könnt ihr dabei zusehen, wie ich die Klone töte?«

Bevor ich etwas erwidern kann, wird über uns ein Bild projiziert. Rauch wabert, so detailgetreu, dass ich ihn fast riechen kann. Der Lauf einer Waffe kommt ins Bild, es schwenkt ein wenig herum. Ich beiße mir auf die Lippe, damit kein Laut aus meinem Mund dringt. Ice kniet im Dreck, umgeben von unzähligen Feinden, die ihre Waffe auf seinen Kopf richten. Den Helm haben sie ihm abgenommen, seine Rüstung ist mit Ruß und Blut überzogen.

Er hat eine Platzwunde an der Schläfe und mehrere kleiner Splitterwunden an der linken Seite, sein Ohr hängt in Fetzen.

Es gibt keine Warnung. Alle Waffen feuern, auch wenn ein Schuss gereicht hätte. Ice kippt vorneüber und bleibt reglos auf der harten, toten Erde liegen.

»Das ist eine Aufzeichnung«, raunt Spook, als würde es das irgendwie besser machen. »Sie sind schon tot.«

Sie?

Das Bild wechselt. Marks will mich mit seiner freien Hand an sich ziehen, aber ich rühre mich keinen Millimeter. Im Hintergrund brennt eines der Kraftwerke. Acolyte baumelt an einem Strick davor. *Klon* steht mit Blut auf seiner Stirn geschrieben. Nein. Galle steigt mir in die Kehle. Aber ich breche nicht zusammen. Weine nicht. Schmerz bohrt sich hohl in mein Herz. Ich habe mich an Worte geklammert, von denen ich wusste, dass sie eine Lüge waren.

»Ich kann noch weitermachen, Prinzessin. Wie Ihr sicher wisst, bin ich kein Freund von Gefangenen.«

»Ihr seid ein Monster.«

Wieder lächelt der Kaiser, Triumph flackert in seinen Augen. »Wie recht Ihr doch habt.«

Neben Marks wird jemand sichtbar und nimmt meinen Bruder in den Schwitzkasten.

Ein Schuss.

»Nein!«

Spook stürzt zu Boden – eine faustgroße Brandwunde in der Brust.

»Nein!«, brülle ich und greife mir seine Waffe.

Doch bevor ich zielen kann, tritt sie mir jemand aus der Hand. Ich hebe die Fäuste, bekomme aber keine Chance, auch nur einen Schlag auszuführen. Arian wirbelt mich herum und presst seinen Unterarm auf meinen Kehlkopf. Der Schmerz rast mir bis ins Gehirn, schlimmer ist aber das Gefühl, keine Luft mehr zu bekommen. Mein Blick fällt auf Spook, der rasselnd atmet. Seine Hand tastet nach der Waffe. Seine Augen bewegen sich unstet in seinem Bemühen, bei Bewusstsein zu bleiben.

»Bitte«, würge ich hervor, weiß aber nicht, ob es verständlich ist.

Arian lockert seinen Griff ein wenig, sodass ich wieder Luft bekomme.

»Bitte.« Ich taste nach dem Flakon. Wo habe ich ihn hingesteckt? Habe ich ihn überhaupt noch?

Arian schubst mich neben Spook so hart auf die Knie, dass der Schmerz meine Wirbelsäule entlangfährt. Aber das ist nichts zu den Qualen in meinem Inneren. Ich umfasse Spooks bleiches Gesicht, halte es, halte ihn fest.

»Es wird alles gut«, flüstere ich. »Ich bin hier. Du wirst wieder gesund werden.«

»Lügnerin«, keucht Spook. »Mach … sie … fertig.«

Ich halte mit aller Kraft, die noch irgendwo in mir ist, die Tränen zurück. Ich will nicht, dass er mich weinen sieht. Ich lehne meine Stirn an seine.

»Steh auf!«, fordert Arian mich auf.

Das werde ich ganz bestimmt nicht. Ich lasse Spook nicht alleine.

Arian packt meinen Oberarm und zieht. Ich nutze seinen Schwung und ramme meine Faust gegen seinen Kiefer, drehe mich wieder Spook zu. Aber Arian zerrt mich rückwärts.

Ich wehre mich nicht mehr.

Spooks Augen starren blicklos an die Decke, ein leichtes Lächeln liegt auf seinen Lippen, als hätte er den Kinnhaken noch mitbekommen.

»Du Mistkerl!«, brülle ich. »Verfluchtes Arschloch. Verräter. Du Monster!«

»Marks lebt«, raunt er mir zu.

So wie mein Bruder daliegt, mit dem Rücken zu uns auf der Seite, glaube ich das weniger.

»Gib dem Kaiser, was er will. Dann verschont er Keßler und die anderen. Er hält seine Versprechen.«

»Das glaubst du doch wohl selbst nicht«, erwidere ich zornig.

»Doch«, flüstert Arian so leise, dass ich es mir auch einbilden könnte.

Wir passieren einfach so das Kraftfeld, das uns eben aufgehalten hat, und erreichen den Kaiser. Er streckt seine Hand aus, ich presse mich gegen Arian, kann aber nicht ausweichen.

Die Finger des Kaisers streichen erstaunlich sanft über meine Haut. »Wie Ihr seht, ist Eure Gegenwehr sinnlos. Ich bekomme immer, was ich will.«

EIN FUNKE

»Wachen, geleitet die Prinzessin zu ihren Freunden.«

Ich wehre mich nicht. Zu viele Waffen sind auf mich gerichtet. Arian lässt mich los, dafür nehmen zwei andere seinen Platz ein.

»Weckt jemand mal meinen Nichtsnutz von Sohn, er soll meinen Triumph nicht verpassen.«

Enver? Er ist noch hier? Arian rührt sich nicht. Die Soldaten weichen zur Seite und einer tritt gegen ... Enver! Er liegt bewusstlos in der hinteren Ecke des versteckten Raumes. Der Wachmann will ein zweites Mal zutreten, da greift Enver nach dem Stiefel und zieht den Mann von den Füßen. Sofort richten sich mehrere Pistolenläufe auf ihn. Langsam, mit erhobenen Händen steht Enver auf. Sein Blick fällt auf mich und statt Überraschung oder Schock erkenne ich nur Enttäuschung in seiner Miene. Wusste er, dass ich am Leben bin? Dass ich hier bin? Hat Keßler es ihm doch verraten? Oder hat er es vermutet?

»Bringt sie nach unten.«

Der Kaiser legt eine Hand auf die Wand und öffnet eine

verborgene Tür. Stufen führen hinunter in die Dunkelheit. Er geht mit einer Wache voran, danach ich mit meinen Anhängseln. Holographische Fackeln flackern an den Wänden auf, wenn der Kaiser sich ihnen nähert. Hitze strahlen sie allerdings keine ab. Ich höre Envers Schritte hinter mir, kann aber den Kopf nicht drehen, um zu sehen, wie nah er ist. Und wie viele Soldaten hinter ihm kommen.

Tiefer und tiefer gehen wir hinunter. Bald kribbeln meine Fingerspitzen, weil die Soldaten mich so festhalten, dass kaum Blut hineingelangt. Als könnte ich irgendwohin fliehen!

Die Treppe mündet in einen etwa fünf Meter langen und zwei Meter breiten Gang, der an einer soliden Tür endet. Wieder legt der Kaiser seine Hand auf ein unsichtbares Sensorfeld und die Tür öffnet sich. Ein gewaltiger Raum breitet sich vor uns aus, eine hohe Decke aus riesigen Metallplatten, die sporadisch von Säulen gestützt wird. Dutzende, wenn nicht hunderte Behälter von etwa zwei Metern Höhe reihen sich aneinander. Die meisten leuchten, offenbar sind sie mit Energie betrieben. Ausrüstungsgegenstände und seltsame Apparaturen links und rechts erinnern mich ein wenig an Dees Labor.

Ein Mann mit Halbglatze und großer Brille auf der schmalen Nase eilt auf uns zu. »Der Prozess ist erfolgreich abgeschlossen, Eure Majestät. Soll ich zwei weitere Tanks vorbereiten?«

Der Mann trägt einen Kittel und sieht mich an, als wäre ich sein nächstes Abendessen. Er kann kein Medic sein. Vielleicht ein Wissenschaftler? Das hier ist kein Gefängnis. Was meint er mit Tanks?

Nein! Das kann nicht … das ist nicht …

»Gefällt Euch mein Gefängnis, Prinzessin?«, fragt der Kaiser.

Wir nähern uns der vorderen Reihe der Behälter. Neben jedem ist ein Bedienfeld angebracht, auf dem Vitalzeichen angezeigt werden.

Nein!

Schmerzen rasen durch meine Schultern, meine Handgelenke, aber es gelingt mir nicht, mich von den Wachen loszureißen. Ein Schrei drängt gegen meine geschlossenen Lippen, ich kann ihn gerade noch aufhalten. Die Tränen nicht. Sie schießen in meine Augen und verraten jedem mit nur einem Fünkchen Verstand meine Schwäche.

»Kryo-Gel, eine erstaunliche Erfindung, findet Ihr nicht auch?« Der Kaiser fixiert mich mit triumphierenden Blick. »Sie sind am Leben. Noch. Ihr seht, wie einfach eine Kooperation ist.«

Am Leben. Enver, inzwischen auf meiner Höhe, wehrt sich gegen seine Soldaten, hat aber genauso wenig Erfolg wie ich.

»Ein einfaches Ja genügt, Prinzessin. Mehr verlange ich nicht.«

»Niemals!«

Der Kaiser winkt seinen Wachen. Sie zerren mich vorwärts und pressen meine Stirn gegen die kühle Scheibe. Ich starre in Keßlers regloses Gesicht, kann die Augen nicht schließen. Das Kryo-Gel lässt seine Haut gelblich wirken. Seine Lider sind geschlossen, er trägt keine Atemmaske, keine Blubberbläschen bilden sich in dem Gel. Ich kann nicht erkennen, ob die Schlagader an seinem Hals pocht, ob sich sein Brustkorb ausdehnt.

»Schein-Tod. Ein schönes Wort, oder? Nicht ganz am Leben, nicht ganz tot. Aber sobald ich diesen Knopf drücke ...« Der Kaiser tritt neben mich.

Die Wachen zwingen mich, auf die Schalttafel zu schauen. Keßlers Herz schlägt kaum, aber sein Sauerstoffgehalt im Blut sieht okay aus.

»... stirbt man innerhalb von Minuten. Viele unsere Vorfahren sind auf diese Art gestorben, meistens ist den Raumschiffen die Energie ausgegangen. Die armen Seelen haben davon nichts gespürt, es sollte ja keine Bestrafung sein.«

Sein Lächeln verursacht mir Übelkeit und ich würde nichts lieber tun, als ihm auf die blank polierten Schuhe zu kotzen. Außer ihn umzubringen, natürlich.

»Ich habe meine Wissenschaftler die Tanks verbessern lassen. Vor dem Versiegeln der sauerstoffreichen Nährstofflösung wird das Gel mit Adrenalin angereichert, so wird der komatöse Zustand beendet und die Person erlangt das Bewusstsein zurück. Ertrinken ist ein wirklich scheußlicher Tod, habe ich mir sagen lassen.«

Der Kaiser zieht seinen Finger zurück und schreitet zum nächsten Tank, wo sich bereits der Wissenschaftler positioniert hat. »Lass ihn raus. Wie du siehst, Prinzessin, halte ich meine Versprechen.«

Die Wachen zerren mich von Keßlers Tank fort. In dem anderen schwebt ein junger Mann, groß gewachsen und dunkelhaarig. Das muss Rune sein. Er ist tatsächlich noch am Leben. Um seinetwegen hat Arian uns verraten, um ihn zu retten, sind Ice, Acolyte und Spook gestorben. Und wir auch bald. Aber ich bin nicht wütend. Nicht auf ihn. Er ist nur ein Spielball des Kaisers.

Der Calarianer drückt ein paar Knöpfe, aber ich kann von meiner Position aus nicht erkennen, welche. Eine Atemmaske an einem Schlauch schiebt sich wie eine Schlange durch die Flüssigkeit und saugt sich zielsicher an Runes Mund und Nase fest.

»Sehet und staunt, Prinzessin.«

Ich kann nichts erkennen. Nichts geschieht. Ist es ein Bluff? Plötzlich sinkt der Pegel der Flüssigkeit, enthüllt erst Runes Gesicht, dann seine Schultern. Als das Gel komplett verschwunden ist, springt die Glasfront des Tanks auf. Arian stürzt heran und fängt Rune auf. Die Atemmaske löst sich und ein Keuchen explodiert in der Halle wie ein Bombeneinschlag.

»Ich halte meine Versprechen«, wiederholt der Kaiser und

beginnt, vor mir auf und ab zu laufen. »Ich habe dir versprochen, deine Mutter endgültig zu töten, wenn du mich enttäuschst.«

Enver bäumt sich auf, also hat er wohl genug verstanden.

Der Kaiser lächelt ihn an, so eiskalt, als wäre Enver irgendein dahergelaufener Verräter und nicht sein eigener Sohn. »Dieses Versprechen habe ich gehalten.«

Nein, hast du nicht, du Bastard! Ich habe sie gerettet. Und du hast dabei zugesehen, du hast … Wieso hat er sie nicht nochmal getötet? Wollte er mich testen? Sehen, ob es funktioniert? Sehen, ob ich wirklich dazu imstande bin, eine tödliche Wunde zu heilen? Hätte er mich direkt oben erschossen, wenn ich nicht dazu in der Lage gewesen wäre?

Nichts davon kann ich Enver sagen. Aber ich kann es Arian sagen. Hat der Kaiser ihn zuschauen lassen? Oder hatte er sich schon an Marks herangeschlichen?

»Sie lebt!«, brülle ich. »Ich habe mein Versprechen gehalten.«

Sieh mich an, Arian! Er hat nur Augen für Rune, den er fest in seinen Armen hält, als wollte er ihn nie wieder loslassen.

»Du glaubst doch nicht ernsthaft, dass er euch verschonen wird! Er wird euch hinrichten, wie er Ice, Acolyte und …« Die Hand eines Soldaten presst sich fest auf meinen Mund und erstickt jedes weitere Wort.

Der Kaiser sieht mich an, den Kopf leicht schräg gelegt. Ein diabolisches Lächeln huscht über sein Gesicht. »Verehrter Doktor, zeige doch meiner jungen Braut, wie ich Widerworte vergelte.«

Nein! Nein! Nein!

Alles in mir versteift sich, mein Kopf schreit in Endlosschleife, als könnte das irgendetwas ändern. Als könnte es den Doktor aufhalten, zu Keßlers Tank zu gehen, einen einzigen, verfluchten Knopf zu drücken. Enver kämpft gegen seine Bewacher, Arian zieht die Schultern hoch, als könne er so die Welt aussperren.

Meine Welt wird von zwei braunen Augen gefangen genommen, in panischer Angst aufgerissen. Keßler stemmt die Fäuste gegen das Glas. Die Wachen schleifen mich direkt vor den Tank. Keßlers Finger fahren über die Kanten, wo Metall an Glas grenzt, suchen einen Spalt, eine Schraube, irgendetwas. Das Gel färbt sich kränklich gelb. Seine Fäuste hämmern gegen die Scheibe, aber kein Riss zeigt sich in dem Glas. Ich höre nicht mal etwas. Seine Schlagader pocht viel zu schnell.

»Gehorche mir, Prinzessin, unterwirf dich mir, und ich lasse deinen Freund leben.«

Er wird Keßler weiter hier einsperren, jeden meiner Brüder, jeden Freund. Er wird vor nichts und niemandem halt machen. Er wird sie foltern, bis er mich gebrochen hat, bis ich nichts weiter bin als seine willenlose Marionette.

»Es tut mir leid«, forme ich mit den Lippen.

Ich kann Keßler nicht retten.

Ich kann niemanden retten.

Keßler verharrt, Fäuste und Stirn an der Scheibe. Er öffnet seine Hand, Daumen, Zeige- und kleiner Finger in die Höhe gestreckt.

»Ich liebe dich auch«, sage ich lautlos, weil die Wachen noch immer meine Handgelenke umklammern.

Ich muss nicht die Augen schließen, um das winzige Ende des Lichtstrahls zu finden, der mich noch mit Eden verbindet. Auf einmal ist es einfach, als hätte die Hoffnungslosigkeit eine Tür in meinem Geist weit aufgestoßen. Tiefer und tiefer folgen wir, Eden und ich, dem Strahl in unser Inneres. Keßler kämpft, aber der Sauerstoffmangel trübt sein Bewusstsein. Er würgt, schnappt nach Luft. Einmal. Zweimal. Doch da ist keine Luft. Seine Halsmuskeln sind angespannt, seine Adern treten hervor. Die Leere wird dunkler und dunkler, die Sterne bleiben über uns zurück. Keßler versucht, Blickkontakt zu halten, aber Angst und Licht schwinden aus seinen Augen. Sein Atem stoppt. Seine Hände rutschen vom Glas. Die Fäuste öffnen sich. Schwerelos treibt er im Gel.

So schwerelos wie wir. Schwärze umgibt uns. Aber wir fühlen uns sicher. Meine Trauer wird zu Edens, ihr Hass zu meinem. Ein Funke beginnt in unserem Herzen zu brennen.

Keßlers Kopf sinkt nach vorne, die Lippen leicht geöffnet, die Lider nur halb geschlossen. Ich muss nicht auf das Bedienfeld sehen. Ich kenne den Tod.

»Ihr hättet ihn retten können, Prinzessin. Ein Wort von …«

Der Funke explodiert und verbrennt Tali zu Asche.

NICHT AUFGEBEN

Eine grüne Stichflamme schießt aus dem Nichts bis zur Decke. Von Talis Leibwächtern bleibt nichts übrig. Mein Vater taumelt zurück. Meine Wachen reißen die Augen auf, lockern ihren Griff. Ich ramme dem einen Mann meinen Ellenbogen in den Magen und entziehe mich ihnen. Den zweiten stoße ich in Richtung des Feuers. Noch bevor er Tali erreicht, ereilt ihn das gleiche Schicksal wie ihre Bewacher. Der erste Soldat läuft, sich den Bauch haltend, dem Kaiser hinterher auf den Ausgang zu. Ich erhasche einen kurzen Blick auf die leuchtende Krone.

Dann wird mein Vater von der Feuersbrunst verschlungen. Flammen ohne Rauch und so grün wie Talis Augen.

Tali!

Ich will einen Schritt auf sie zu machen, da schlingen sich kräftige Arme um mich.

Arian! Wieso kümmert er sich nicht um seinen eigenen Scheiß, wie die ganze Zeit schon? Wenn er Tali vertraut hätte, wäre all das nicht passiert! Ich wirble herum – diesmal lässt er mich gewähren – und schlage nach ihm.

Arian weicht mir aus. »*Wir müssen hier weg!*«

Rune steht schwankend hinter ihm und betrachtet mit weit-aufgerissenen Augen das Inferno. Seine Kleidung und seine Haare sind feucht vom Gel. Er sieht abgemagert aus, als hätte er in dem Tank nicht nur Muskelmasse verloren.

»Nicht ohne Tali!«

»Du bist tot, bevor du sie erreichst!«

»Sie wird mir nichts tun!«

»Sie hat gerade den Kaiser ermordet!«

»Sie hätte uns genauso schnell umbringen können!«

Arian runzelt die Stirn, sein Blick schweift zu den Tanks. Das Feuer kommt keinem von ihnen zu nahe, dafür breitet es sich rasend schnell über die Decke aus, frisst sich hindurch, als bestünde sie aus Papier. Direkt in den Palast, zu den Calarianern. Zu der Leiche meiner Mutter. Zu meiner Schwester. Ich hoffe, sie hat genug Zeit, um sich in Sicherheit zu bringen.

»Hilfst du mir?«

Arian wirft einen Blick zu Rune, der nickt entschlossen, obwohl er sichtlich Mühe hat, sich auf den Beinen zu halten. Ich habe keine Ahnung, wie diese Tanks funktionieren. Aber eines weiß ich, wenn wir Keßler nicht wiederbeleben können, wird ganz Calarian brennen.

»Arian, hilf mir mit Keßler. Rune, befrei die anderen.«

»Das Feuer?«

»Sie wird uns nichts tun!« Ohne abzuwarten, ob die beiden mir gehorchen, laufe ich zu Keßlers Tank.

Der Wissenschaftler ist nirgends zu sehen, wahrscheinlich ebenfalls tot. Aber ich habe genau zugesehen, als er die Schalttafel bedient hat. Ich drücke die gleichen Knöpfe wie der Arzt, aber nichts tut sich. Ist das Ding defekt? Reagiert es nicht, weil es von Keßler keine Lebenszeichen mehr empfängt?

Das muss doch aufgehen! Irgendwie muss man die Leichen

herausbekommen, ansonsten bräuchte der Kaiser weit mehr Tanks …

Ja!

Die Tür springt auf. Keßler kippt mir entgegen, mit einem Schwall eiskalten Gels. Ich will ihn gerade auf den Boden legen, da greift Arian sich Keßlers linken Arm und wuchtet sich den schlaffen Körper über die Schulter. Was hat er vor? Das Feuer strahlt keine Hitze ab, wir hätten genug Platz, um hier auf dem Boden die Wiederbelebung zu beginnen. Je länger wir warten, desto unwahrscheinlicher wird es, dass wir Keßler zurückbringen können.

Arian spurtet hinüber zu Runes Tank. Ich folge ihm. Die Tür steht noch immer offen, am Boden ist ein bisschen Kryo-Gel zurückgeblieben. Ich helfe ihm, Keßler auf den Boden zu legen. Arian hämmert auf einen Knopf auf der Kontrollstation. Die Maske schlängelt sich herunter. Arian presst sie auf Keßlers Mund und Nase – der Roboter saugt sich sofort fest. Er drückt noch ein paar Tasten. Gel schießt den Schlauch nach oben. War das alles in Keßlers Lunge?

»*Danke!*«

»Dank mir noch nicht«, lese ich von Arians Lippen ab.

Ungeduldig zähle ich die Sekunden, verdrehe immer wieder den Kopf. Dort, wo Tali stand, lodert noch immer die Stichflamme bis zur Decke. Aber das Feuer hält Abstand zu uns.

Die Maske löst sich und fährt wieder ein.

Arian überstreckt Keßlers Hals und beatmet ihn, dann beginnt er mit der Herzdruckmassage. Ich taste am Hals nach Keßlers Puls. Finde ihn nicht. Verdammt! Er darf nicht tot sein! Wird Tali sich beruhigen können, wenn Keßlers Herz nicht wieder zu schlagen beginnt? Oder wird sie meine Heimat niederbrennen? Viele Calarianer sind schuldig, aber genauso viele haben nicht gekämpft

388

und einfach nur das Pech gehabt, auf der falschen Seite geboren worden zu sein.

Laran, klatschnass vom Kryo-Gel, fällt neben mir auf die Knie und übernimmt die nächste Runde. Wahrscheinlich traut er Arian gar nichts mehr zu.

»Was ist passiert?«, übersetzt Arian und antwortet im selben Atemzug: *»Der Kaiser hat Keßler getötet und Tali hat … Eden … keine Ahnung.«*

Die Decke steht inzwischen wider aller Logik in Vollbrand, immer wieder lösen sich Metallteile und krachen herunter. Bisher noch weit von uns entfernt.

Laran schaut zu Tali hinüber und Schmerz zerreißt seine stoische Maske. »Wir müssen hier weg«, lese ich von seinen Lippen ab.

»Nicht ohne Tali!« Wir können sie nicht zurücklassen!

Ich kann … ich will mir nicht vorstellen, dass Eden Tali ausgelöscht hat, dass sie nicht mehr zu retten ist. Und wohin sollen wir überhaupt? Der Weg zur Treppe ist zwar frei, aber wir haben keine Ahnung, wie es im Palast aussieht. Wie sollen wir an den Wachen und dem Feuer vorbeikommen, unterwegs meine Schwester einsammeln, wenn wir sie bei dem Chaos überhaupt finden, und dann durch die halbe Stadt zum Anfang des Passes, den keiner von uns in diesem Zustand überleben wird?

Shep stürmt auf uns zu und übernimmt die Herzdruckmassage. Arian springt auf, um Rune zu stützen, der heran wankt. Laran lässt den Kopf hängen und schließt die Augen. Sein Schmerz trifft mich, lässt mich zurücktaumeln. Seine Lippen bewegen sich, aber ich kann die Worte nicht lesen.

»Was hat er gesagt?«, frage ich Arian.

Mein bester Freund, der mich verraten hat, der meine Mutter geopfert hat, der *uns* fast geopfert hätte, sieht mich an und zögert.

»Bitte!«, flehe ich.

»*Tali ist verloren.*« Die Schuldgefühle in seiner Miene sind nicht geschauspielert. »*Es tut mir leid.*«

»*Nein!*« Wütend starre ich Laran an.

Tali wollte kämpfen, sie wollte leben. Sie würde … Ich blicke auf Keßler hinunter. Sein Kopf wippt auf und ab, so heftig versucht Shep, sein Herz wieder zum Schlagen zu bringen.

Tali hätte nachgeben können.

Ich hätte sofort nachgegeben, um meine Mutter zu retten.

Tali nicht. Sie wusste, dass der Kaiser Keßler, Shep und Laran nur als Druckmittel am Leben lassen würde. Gefangen, bewusstlos. Sie wusste, dass es keinen anderen Ausweg gab.

Der Boden bebt und wirft Rune fast von den Füßen, doch Arian hält ihn fest. Laran greift nach seinem Schwert, das er nicht mehr trägt.

Ich wirble herum und hebe die Fäuste. Die Tür zum Treppenhaus ist bis zur Hälfte zur Seite geglitten und hat sich dann offenbar verkeilt. Der Strahl einer Taschenlampe schneidet heraus. Marks humpelt zu uns herüber, dicht gefolgt von meiner Mutter und meiner Schwester. Sie leben! Wie? Wieso?

Ich bin schon fast bei ihnen, bevor ich überhaupt realisiere, dass ich auf den Beinen bin. Fest drücke ich meine Mutter an mich. Sie fühlt sich kein bisschen zerbrechlich an. Ihr Kleid ist voller Blut und Asche. Sie drückt mich genauso fest an sich, streicht beruhigend über meinen Rücken, als wäre ich derjenige, der getröstet werden müsste. Sie war tot!

Meine Schwester klammert sich an mich. Panisch, ihre Augen rot vom Heulen. Sie zittert wie verrückt.

Ich löse mich von meiner Mutter. Sie streicht mir über die Wange. »*Tali hat mich geheilt.*«

»*Wie? Wann?*« Wieso hat sie nicht früher Eden benutzt, um uns oben im Thronsaal zu helfen? Kam sie zu spät?

»Damit«, knurrt Marks, der uns eben erst erreicht hat, und hält mir eine Phiole hin, in der noch etwas Flüssigkeit glänzt. An seinem Hals bildet sich ein furchtbarer Bluterguss.

Ich schaue zu Tali hinüber. Wirkt das Wasser auch ohne ihre Hilfe? Bei jemandem, der schon tot ist?

Ich greife mir die Phiole und sprinte zurück. Mit zitternden Fingern löse ich den Verschluss, öffne Keßlers Mund und schütte den kläglichen Rest des Wassers hinein.

Bitte, lass es funktionieren.

Atemlos starre ich auf Keßlers bleiches, regloses Gesicht. Kein Schluck- oder Würgereflex, kein Zucken der Lider. Er kann nicht tot sein. Meine Mutter legt ihre Hand auf meine Schulter. Marks fällt neben Keßler auf die Knie, hält seinen Mund zu und massiert mit der anderen seinen Kehlkopf. Shep hält keinen Moment mit der Herzdruckmassage inne, obwohl ihm der Schweiß in Strömen übers Gesicht läuft. Marks presst seine Lippen auf Keßlers, beatmet ihn.

Meine Schwester kauert sich zitternd neben unsere Mutter. Eine Staubwolke rollt über uns hinweg.

Die Decke über unserem einzigen Ausgang ist heruntergekommen, die Trümmer sind viel zu groß, um auch nur in Erwägung zu ziehen, sie zu bewegen. Wir sind eingesperrt.

Marks lässt von Keßler ab und humpelt auf die Flammensäule zu, weicht aber schnell wieder zurück.

Will Tali nicht, dass wir zu ihr kommen? Oder will Eden es nicht? Tali hat gesagt, dass Eden Calarian vernichten will. Dass Tali dabei sterben wird.

Wind streicht über meine Haut. Shep hält inne. Keßlers Wimpern flattern. Er scheint zu husten.

Das Wasser hat funktioniert! Keßler lebt!

Talis Flammen lodern so wild und grün wie zuvor. Hat sie es nicht mitbekommen?

Er lebt, und sie stirbt.

Nein, das werde ich nicht zulassen!

Ich werde nicht zulassen, dass Tali sich opfert. Das ist mein Land, mein Volk, mein Vater, der ihre Welt zerstört hat.

Arian packt blitzschnell mein Handgelenk. Ich funkle ihn an. Noch nie hat sich etwas so richtig angefühlt.

»Sie wird dich töten!«, lese ich von seinen Lippen ab.

»Sie braucht einen Anker!«

Arian zögert, dann gibt er mein Handgelenk frei und stellt sich meiner Mutter in den Weg. Ich sprinte an Marks vorbei.

Die Hitze trifft mich ins Gesicht, als wolle sie mich zurückzwingen. Aber ich werde nicht langsamer. Ich blinzle und bin schon mitten im Flammenmeer. Der Schweiß trocknet, noch bevor er aus der Pore herauskann, aber ich bin kein Häuflein Asche.

Tali sitzt fast vor Keßlers Tank auf dem Boden, als würde sie meditieren. Aber ihr Körper besteht nicht mehr aus Haaren, Haut und Knochen, sondern nur noch aus grünem Feuer.

Ein neues Erdbeben wirft mich fast um. Ich kann Tali nicht rufen oder sonst irgendwie auf mich aufmerksam machen. Ich kann sie nur direkt anfassen. Die Flammen haben mich bisher nicht verbrannt, also wird sie mich auch nicht verbrennen.

Ich war schon einmal ihr Anker. Das letzte Mal habe ich sie kaum eine Minute so gehalten, bevor sie mich zusammengeschlagen hat. Vorsichtig knie ich mich hinter sie und ziehe sie an mich.

Schmerz explodiert an meinem Gesicht, meiner Brust, meinen Armen. Meine Kleidung verbrennt, meine Haut steht in Flammen.

Zum ersten Mal in meinem Leben schreie ich.

SCHREI

Ein Schrei rast durch uns hindurch, teilt uns wie eine Sintflut. Heiser und qualvoll. Ich habe diese Stimme noch nie gehört und weiß, dass ich sie auch nie wieder hören werde.

Noch mehr Schreie. Voller Verzweiflung und gleichzeitig voller Freude. Voller Erleichterung. Bäume, Grashalme, Blütenblätter, die endlich befreit werden von der Tyrannei. Aber sie alle sterben, sterben im Kampf gegen die Monster, im Kampf für die Freiheit.

Eden stirbt.

»Eden?«, rufe ich panisch. War das ihre Stimme? Ihr Todesschrei?

»Tali«, antwortet sie leise, nicht heiser, nicht gequält. Sie ist schwach, aber am Leben. Ich kann sie spüren, als sitze sie neben mir und hielte mich im Arm. Aber sehen kann ich sie in der absoluten Finsternis, die mich umgibt, nicht.

»Was habe ich getan?«, flüstere ich fassungslos.

Du bist ich. Ich bin du. Wir haben die Welt in Brand gesetzt.

Ich erinnere mich nicht. Oder doch? Die Flammen? Die Erde? Der Wind?

Du hast ihn genommen, haucht Eden. *Meinen Schmerz, meinen*

393

Hass über meinen größten Verlust, du hast ihn zu deinem Schmerz,
deinem Hass gemacht. Wir sind eins, wie ich es zuvor nur mit zwei
Menschen war.

Meine Neugierde siegt über meine Verwirrung. »Mit wem?«

Eden, das Mädchen, das mich vor Jahrhunderten zuerst sprechen
hörte, und deine Mutter. Eine nahm mir die Zeit, die andere der Mann,
der durch unsere Hand gestorben ist.

Wen haben wir getötet? Den Kaiser? Wann? Wie? »Und was
tun wir jetzt? Wir können nicht alles vernichten!«, rufe ich hinaus
in die Leere.

Ich spüre die Flammen, die sich außerhalb meiner Kontrolle durch Häuser und Straßen fressen, der Wind, der sie vor sich
hertreibt, die Erde, die aufbricht und die Hälfte des Planeten in
Stücke zu reißen droht. Ich spüre die Angst der Calarianer, ihre
Schmerzen, ihren Verlust. Wie viele von ihnen habe ich bereits
getötet? Wie viele werden noch sterben?

Wir könnten es. Aber …

Eine Frau tritt aus den Flammen. Hellblonde Haare reichen
ihr bis zur Hüfte, ihre Haut ist von der Sonne gebräunt und ihre
blauen Augen lächeln warm auf mich herab. Sie kniet sich vor
mich und greift meine Hände. Im Gegensatz zu meinem Vater
spüre ich ihre Berührung.

»Mom?«, flüstere ich. Das Wort fühlt sich seltsam und richtig
zugleich an. Sie sieht dem Bild im Besprechungssaal der Stimmen
so ähnlich.

»Hallo, Schatz«, erwidert sie genauso leise.

Ich schniefe und sie streicht mir eine Strähne hinter das Ohr.

»Niemand hat mir gesagt, dass du auch geweiht bist.«

»Ich bin nicht geweiht, meine Süße. Ich konnte nie mit Eden
reden, so wie dein Vater oder wie du es kannst. Aber ich habe
mit ihr gesprochen, jeden Tag. Ich habe sie geliebt, weil sie mich

damals gerettet und direkt in die Arme deines Vaters geleitet hat.«
Sie lächelt, aber es erreicht nicht ganz ihre Augen. »Ich weiß, wo
du bist. Der Kaiser wollte mich auch heiraten, fiel auf meinem
Heimatplaneten ein und ermordete meinen Vater. Er starb genau
wie deiner in einem dieser Tanks.«

»Aber …«

»Du warst noch so klein, als wir dich verlassen mussten. Genau
wie Tamino bin ich dir in Wirklichkeit nie von der Seite gewichen.
Ich habe euren Geschichten gelauscht, dir zärtlich durchs Haar
gestrichen oder dich in eine bestimmte Richtung gelockt, wenn
du dich mal wieder verlaufen hast. Ich bin dankbar, dass Keßler
dir ein so guter Vater war.«

»Wie bist du damals entkommen?« Vielleicht können wir es
auf dem gleichen Weg. Ich erinnere mich dunkel daran, mehrere
Treppenhäuser zum Einsturz gebracht zu haben, damit die
Soldaten nicht meinen Bruder und die Kaiserin töten, nicht bis
zu uns vordringen.

»Als mein Vater starb, waren meine Trauer, mein Zorn so groß,
dass Eden den Boden gespalten hat. Ich fiel und fiel und wurde
vom Grünen Fluss mitgerissen. Weiter und weiter, bis er mich
direkt in Taminos Arme spülte.«

»Aber wie?«

»Das kann dir Tamino besser erklären. Aber verstehst du, das
ist euer Ausweg. Reise durch den Fluss nach Hause. Rette deine
Familie, rette den Sohn meiner Zofe, sie musste meinetwegen so
viel ertragen, und rette dich selbst.«

»Ich will nicht sterben, aber der Krieg muss enden. Die
Calarianer dürfen so nicht weiter existieren.« Ich will nicht in eine
Welt zurückkehren, in der Keßler nicht mehr lebt.

»Der Kaiser ist tot. Genauso wie seine Söhne und hunderte
seiner Soldaten und Anhänger«, sagt meine Mutter sanft, obwohl

ich ihr ansehen kann, dass sie genau weiß, was mein eigentlicher Grund ist.

»Der Krieg wird weitergehen, solange noch ein Calarianer lebt. Sie kennen nichts anderes!«, rufe ich trotzdem.

»Du wärst tot, wenn ein Calarianer dich nicht zurück in deinen Körper gerufen hätte.«

Enver.

Er hat geschrien! Er hatte Schmerzen! Meinetwegen!

Natürlich will er nicht, dass ich seine Heimat vernichte oder dass ich dabei umkomme. Er hält mich für die Einzige, die den Frieden bringen kann. Wieso muss er den Helden spielen? Wieso ausgerechnet jetzt?

»Nein.« Ich schüttle den Kopf. »Ich mag ihn, aber was er von mir verlangt … das … das kann ich nicht tun. Ich bin keine Prinzessin! Ich kann nicht ohne …«

»Ich weiß«, flüstert meine Mutter. Tränen laufen ihr über die Wangen. »Und Enver weiß das auch. Er kennt dich, Tali. Deswegen hat er auch dich über sein Volk gestellt.«

Obwohl ich so viele getötet habe?

»Er hätte dich töten können, aber daran hat er keinen einzigen Moment gedacht. Er opfert sein eigenes Leben, um dich zu retten. Dich und Keßler.«

»Keßler?«, echoe ich.

Geh, höre ich meine Mutter in meinen Gedanken, aber ich habe mich schon längst aus Edens Umarmung befreit und reiße die Augen auf.

Sehe gerade noch, wie die grünen Flammen in sich zusammenfallen und verschwinden. Arme umklammern mich. Ich will sie lösen und Enver auf mich aufmerksam machen …

Fuck! Envers Arme sind schwarz verkohlt. Ich habe ihm das angetan! Wenn ich mich bewege, werde ich ihm noch mehr weh tun.

Bevor ich mich zu einer Entscheidung durchringen kann, lockert Enver wimmernd seinen Griff. Ich wirble zu ihm herum. Auch sein Brustkorb ist verbrannt, und die rechte Seite seines Gesichts. Überall dort, wo er mich berührt hat.

»Fuck!«, fluche ich.

Arian wirft sich neben mir auf die Knie, die Arme verzweifelt erhoben, offenbar genauso unsicher wie ich, wo er ihn gefahrlos berühren kann. »Du bist so bescheuert!«, flucht er, seine Hände zittern bei den Gebärden.

Envers Augenlider flattern. Ist er bei Bewusstsein? Bitte nicht! Die Schmerzen müssen …

»Tali!«, ruft Shep.

Ruckartig hebe ich den Kopf. Keßler!

Ich springe auf die Füße, fliege geradezu hinüber und knalle gegen Keßler. Er grunzt vor Schmerz, aber ich lasse ihn nicht los. Ich werde ihn nie, nie, nie wieder loslassen.

»Sachte, Kleines. So schnell wirst du mich nicht los.« Seine Stimme ist rau und schwach, aber er lebt. Verflucht, er lebt.

»Wie? Wann? Was?«, bringe ich heraus, dabei will ich eigentlich so viel mehr sagen.

»Später, Tali«, sagt Marks. Arian hat nicht gelogen! »Konzentrier dich. Wir müssen einen Weg hier raus finden. Der Ausgang ist versperrt.«

Behutsam lasse ich Keßler los. Er ist bleich, seine Kleidung und seine Haare feucht vom Kryo-Gel. Seine Atmung geht flach, reflexartig strecke ich meine Hand aus und finde seinen Puls.

»Ich habe ihm die Rippen gebrochen«, erklärt Shep und schaut in die Richtung, aus der ich gekommen bin. »Der Prinz braucht deine Hilfe.«

Ich atme tief durch und drehe mich um. Der Anblick aus der Ferne macht es nicht besser. Wie konnte ich ihm das nur antun?

Wie konnte ich das irgendwem antun? Galle drängt gegen meine Kehle und meine Knie drohen nachzugeben.

Keßler legt mir die Hand auf die Schulter. »Durchhalten, Kleines. Du schaffst das.«

Ich nicke und schlucke gegen die Übelkeit an. Gegen die Tränen kann ich allerdings nichts tun.

Arian hat Enver auf den Rücken gelegt, den Kopf in seinen Schoß gebettet. Die Kaiserin kniet neben ihrem Sohn, die Augen panisch aufgerissen. Ihre Tochter, zumindest dem Aussehen nach, steht hinter ihr, sieht aber zu mir. Auch sie ist verdächtig blass um die Nase, aber in ihren rotverquollenen Augen glimmt Wut.

Ein Windhauch streicht mir übers Gesicht und erinnert mich an die Worte meiner Mutter. Wir müssen zum Grünen Fluss, dort kann ich Enver heilen.

»Kommt mit!« Ich laufe zu Enver und knie mich neben ihn.

Halt ihn gut fest, wispert der Wind mit der Stimme meiner Mutter. *Der Fall ist tief und Eden erschöpft. Dein Vater kann euch nur mit eurer eigenen Kraft über Wasser halten.*

Ich warte, bis alle mich erreicht haben, dann lege ich meine Handfläche auf den Boden. Eden drängt von der anderen Seite dagegen. Ihr Herzschlag – der Herzschlag des Lebens – pulsiert im Gleichtakt mit meinem und füllt die Leere in meinem Inneren.

An meinen Fingerspitzen wachsen hauchzarte Knospen. Ranken brechen von unten den Boden auf und schlängeln in alle Richtungen davon. Laran legt seine Hand auf meine Schulter und drückt fest zu. Blauleuchtende Blüten sprießen. Sie verteilen sich, bis das Loch groß genug ist, dass man zu zweit hinunterspringen kann.

Das Rauschen von Wasser dringt an meine Ohren. Die Blüten fallen als leuchtende Farbtupfer in die Dunkelheit. Tausende Leuchtkugeln flackern auf und erhellen die gewaltige unterirdische

Höhle. Sie schweben durch das Loch herauf und beginnen, sich im Raum zu verteilen.

»Das wird jetzt höllisch wehtun, aber gleich ist es vorbei«, sage ich zu Enver, obwohl er mich nicht hören kann.

Ich strecke die Hände nach Enver aus.

»Nein!«

»Er stirbt, Arian.« Meine Stimme klingt so ruhig, dass ich einen Moment selbst von mir überrascht bin. »Vertrau mir dieses Mal. Lass mich das wieder in Ordnung bringen.«

So behutsam wie möglich ziehe ich Enver an mich, trotzdem wimmert er, sein Kopf sinkt zur Seite und er verstummt. Er hat das Bewusstsein verloren. Wie konnte er mich die ganze Zeit so festhalten? Wie lange musste er mich festhalten, bevor ich wieder zu mir gekommen bin?

»Vertraut mir«, wiederhole ich, an alle gerichtet. »Vertraut Eden. Sie bringt uns sicher nach Hause.«

Eine Ranke umklammert meinen Knöchel und zieht mich und Enver mit einem Ruck durch die Öffnung.

LEBE

Wir rauschen durch die glühenden Leuchtkugeln tiefer und tiefer hinab. Fallen ewig. Die Höhle ist so wunderschön wie auf unserer Seite des Planeten. Vielleicht sogar noch schöner, weil die Blumen hier unten auf diesem verseuchten Teil des Planeten überlebt haben.

Das Rauschen wird lauter, der Fluss unter uns kommt näher. Wir werden langsamer und langsamer, gleiten sanft durch die Oberfläche. Das Wasser ist kühl, aber nicht kalt. Wie eine riesige Hand schwebt die Präsenz meines Vaters unter mir, hält mich und damit Enver sicher über der Oberfläche.

Kaum berührt das Wasser Envers Haut, beginnt sie warm und grün zu leuchten. Die verbrannten Fetzen lösen sich, hinterlassen eine dunkle Spur, die langsam hinab sinkt. Behutsam drehe ich seinen Kopf, damit auch seine verletzte Gesichtshälfte mit dem Wasser in Kontakt kommt. Sein Puls wird kräftiger, seine Haltung entspannt sich. Aus der Bewusstlosigkeit erwacht er allerdings nicht.

»Tali!«, ruft Laran.

Ich versuche, den Kopf etwas aus dem Wasser zu heben. Da!

Shep umklammert Keßler, während Laran und Marks sich gegenseitig helfen. Wo sind die anderen? Haben sie gezögert? Fallen sie noch?

Wieso hilft Eden ihnen nicht? Ich spüre in mein Inneres und merke sofort, wie schwach mich das macht, wie schwach Eden ist.

Shep und Keßler werden unter Wasser gesogen. Nein!

»Hilf ihnen!«, rufe ich meinem Vater zu.

Ignoriere Edens und meine Schwäche und versuche, den Fluss zu kontrollieren. Millionen Nadeln bohren sich in mein Rückgrat. Mir wird schwarz vor Augen und mein Kopf taucht unter.

Ich kann nicht, höre ich wie aus weiter Ferne die Stimme meines Vaters, *aber sie können. Ruf sie.*

Wen? Wir sind alleine. Nur Eden, nur ich. Wenn unsere Kraft nicht reicht, werden alle sterben. Ich habe meine Familie in den Tod geführt!

Nein, Tali.

Ich schnappe nach Luft, Tränen schießen mir in die Augen. Neben mir taucht Bajo auf, sein Gesicht leuchtend und nicht von Narben entstellt, seine Arme stark und kräftig.

Hab keine Angst, kleine Schwester. So hat er mich früher immer genannt, selbst als er seine Arme verloren hatte und in Depressionen versank.

Der grüne Fluss beginnt zu schimmern. Gestalten tauchen aus den Tiefen auf, alle ähnlich und doch so unterschiedlich in ihren Wesen. Sie bringen Shep und Keßler an die Oberfläche und alle vier an meine Seite. Springer, Tej, Stardust, Mission und Cado grinsen mich an.

»Tali.« Keßler hält sich an meinem freien Arm fest. »Was passiert hier?«

»Unser Brüder«, bringe ich schluchzend heraus. »Sie sind hier.«

»Du siehst sie?«, fragt er mit rauer Stimme.

Ich kann nur nicken.

Auch die Königin, die Prinzessin, Arian und Rune nähern sich, sicher gehalten von meinen Brüdern. Sie sind gesprungen, sie haben mir vertraut. Flower, der mit Dee als Arzt gearbeitet hat, Ferox und Kitster, die vor fünfzehn Jahren starben, um Eden das erste Mal zu beschützen. Aramis, Neptun, Hades und Heat, die in Oldmantells gefallen sind.

Acolyte, Spook und Ice nehmen den Platz meines Vaters ein.

Es tut mir so leid. Meine Tränen vermischen sich mit dem grünen Fluss.

Du hättest es nicht verhindern können. Acolyte streicht mir das Wasser von den Wangen.

Du hast dich nie unterkriegen lassen, Tali, und das wirst du auch jetzt nicht, sagt Spook und lächelt mich an.

Alles ist gut, kleine Schwester, flüstert Bajo sanft und hält mich noch etwas fester.

Ich sehe zu Springer, seine selbstgestochenen Tattoos leuchten grün. *Danke, dass du Keßler gerettet hast.*

Ich würde es immer wieder tun, Tali. Er ist unser Captain, er hat uns allen viel öfter das Leben gerettet, als du weißt.

Ich glaube, ich weiß so vieles nicht.

Tej schmunzelt. *Wenn wir es dir erzählt hätten, hätten Keßler und Marks uns einen Kopf kürzer gemacht. Der Krieg ist kein Ort für kleine Mädchen und echte Kriegsgeschichten noch weniger.*

Dann waren eure Geschichten gelogen?

Acolyte schnaubt. *Natürlich nicht, wir haben nur die schlimmsten Sachen ausgelassen. Bis Keßler und Dee dich nicht mehr vom Schlachtfeld fernhalten konnten.*

Wir waren niemals Kinder. Flower treibt neben Bajo. Sein Tod ist der Grund, wieso ich Dee überhaupt assistieren durfte. *Krieg führen war einfacher, als ein Kind großzuziehen und es so gut wie möglich von allem Schlimmen zu bewahren.*

Wieso habt ihr mich nicht in den Palast gebracht?

Die meisten Augenpaare richten sich auf Keßler, der mich trotz seiner Erschöpfung beobachtet, als hoffe er, zu verstehen, was wir reden.

Wir waren Soldaten, sagt Bajo leise. *Aber du hast uns zu einer Familie gemacht. Es gab plötzlich mehr als unsere Aufgabe, Eden und die Menschen zu beschützen. Nach jeder Schlacht, nach jedem Dienst hast du mit leuchtenden Augen im Lager gewartet, wolltest alles wissen, wolltest spielen, lernen. Keiner von uns hat es übers Herz gebracht, dich in den Palast zu bringen. Keßler am wenigsten, und er ist nun mal der Captain.*

Keßler packt meinen Unterarm fester, erst denke ich, er will mir damit sagen, dass er bei mir ist. Dann höre ich das Rauschen.

»Was ist das?«, frage ich laut.

»Der Pass«, antworten Laran und Ice gleichzeitig.

Mein Herz schlägt schneller. Wir sind mit Blue an dem Wasserfall vorbeigeflogen. Ich hätte nur die Hand ausstrecken müssen, um ihn zu berühren. Gehalten von nichts anderem als der Schwerkraft.

Keine Angst, Tali, grollt Ferox mit tiefer Stimme.

Wir halten euch fest, fügt Bajo hinzu.

Genieß den Anblick, rät mir Tej.

»Uns passiert nichts!« Gerade ist über uns noch die pflanzenerleuchtete Höhlendecke, dann rauschen wir durch die sternenübersäte Leere. Felsbrocken wirbeln an uns vorbei, Leuchtkugeln umschwirren uns wie ein Riesenschwarm Fische.

»Wow«, stößt Envers Mutter aus.

Enver regt sich in meinen Armen. Ich drücke ihn einmal fest an mich, um ihm zu signalisieren, dass alles gut wird und ich ihn auf keinen Fall loslassen werde. Er ergreift mein Handgelenk und erwidert den Druck. Ich will ihm sagen, wie dankbar ich bin. Wie sehr es mir leidtut, so viele Calarianer getötet zu haben. Dass ich ihn verbrannt habe, dass ich ihn fast getötet habe.

Aber meine Hände sind nicht frei und selbst wenn, bräuchte ich Arians Hilfe. Und noch bin ich nicht bereit, diese anzunehmen. Er soll dankbar sein, dass ich ihn überhaupt mitgenommen habe, dass ich sein Leben verschone, dass meine Brüder ihn über Wasser halten.

Er hat Keßler gerettet. Flower sieht sich nach Arian um.

Und Marks verschont, sagt Spook. *Sei nicht zu streng mit ihm.*

Ich weiß nicht, ob ich das kann.

Na, du konntest uns verzeihen, dass wir dich in den Palast haben gehen lassen, grummelt Acolyte, als mache er sich immer noch Vorwürfe. *Dann kannst du auch ihm verzeihen.*

Das ist nicht dasselbe.

Ich sehe hinauf zu den Felsen. Irgendwo hier ist Blue. Ich habe überlebt. Ich hoffe, dass ich sie eines Tages wiedersehe und sie mir ihre Familie vorstellt.

Eden zupft leicht an meinem Bewusstsein. Dankbarkeit flutet meinen Geist, so intensiv, dass kein Wort der Welt sie beschreiben könnte.

Meine Heimat kommt schnell näher, die hohen Bergspitzen glitzern in den ersten Strahlen des Morgenlichts. Die Mauer kann ich nirgends entdecken, dafür eine gewaltige Höhlenöffnung. Schon Augenblicke später sind wir hindurch. Noch mehr Leuchtkugeln gesellen sich von den Pflanzen an den Felswänden zu uns.

Was geschieht, wenn wir Edenstellar erreichen? Ein Kloß wächst in meiner Kehle heran, genährt von dem Loch in meinem Herzen, das mit jedem meiner verlorenen Brüder größer geworden ist.

Ihr werdet den Fluss verlassen, sagt Tej und merkt nicht, wie sehr mir seine Worte Angst machen.

Das Leben muss weitergehen, kleine Schwester.

Aber ich kann euch besuchen? Kann ich mit euch sprechen, wie mit meinem Vater?

Die Höhle um uns herum scheint dunkler zu werden. Ich spüre die Trauer meines Vaters. Obwohl er seinen Platz meinen Brüdern überlassen hat, ist er noch hier.

Flower schüttelt den Kopf. *So mächtig sind wir nicht, Tali. Eden ist schwach und damit der Schleier, der uns von den Lebenden trennt. Wir sind gestorben, Tali, wir sind ein Teil von Eden, von der Erde, der Luft, dem Wasser und dem Feuer. Wir sind jederzeit um dich.*

Aber ...

Und wir sind hier. Spook legt seine Hand auf mein Herz und sein Glühen wird so stark, das auch die anderen es sehen. Denn Keßler legt seine Finger über Spooks und Tränen glänzen in seinen Augen. *Wir werden niemals fortgehen, solange du dich an uns erinnerst.*

Lebe, Tali, sagt Acolyte. *Lebe und genieße es in vollen Zügen. Du hast noch so viel vor dir, verschwende es nicht in Trauer. Erinnere dich an uns, und wenn du uns brauchst, sind wir da.*

Danke, denke ich, *für alles.*

Das Rauschen des Flusses wird leiser, die Strömung langsamer, bis wir kaum noch vorwärtstreiben. Ich sehe mich um und entdecke einen zugewachsenen Vorsprung, der aussieht, als wäre er schon lange nicht mehr benutzt worden. Arian klettert als Erster heraus, hilft der Kaiserin, Envers Schwester und Rune. Dann folgen Laran, Marks und Shep.

Keßler hält sich an dem glattgeschliffenen Stein fest und sieht sich zu mir um. »Tali?«

Ich schaue in jedes einzelne Gesicht meiner Brüder, kämpfe gegen die Tränen an und den Drang, diesen Fluss, sie, niemals zu verlassen.

Bajo nickt mir zu. *Geh, kleine Schwester.*

Enver löst sich von mir und Laran zieht ihn ans Ufer. Keßler wartet auf mich. Ich lasse Bajo los, der mir einen sanften Stoß gibt und damit direkt in Keßlers Arme schubst.

»Kannst du ihnen sagen, dass wir sie nie vergessen haben?«, flüstert Keßler.

Ich lächle meine Brüder und dann Keßler an. »Das wissen sie schon.«

Auch Keßler lächelt, wenn auch etwas schief.

Nass, erschöpft und frierend kämpfen wir uns die Treppe empor. Ich werfe keinen Blick zurück. Wenn ich es tun würde, weiß ich nicht, ob ich gehen könnte. Oben begrüßt uns eine solide Steinmauer, deren Ranken sofort zu leuchten beginnen und die Steine einfach zur Seite schieben.

Sanftes Licht von fluoreszierenden Blüten fällt aus der Öffnung. Weder Laran noch Arian scheinen sich hinauszuwagen, also schiebe ich mich an ihnen vorbei und betrete einen Innenhof. Wenn man das so nennen kann. Ein gewaltiger Baum mit violett-leuchtenden Blüten wächst neben einem Teich, auf dem Seerosen glühen. Gras reicht bis an die überdachten Säulenwege heran, die den Garten begrenzen.

Edens Präsenz ist so intensiv, als stehe sie direkt neben mir. Noch schwach, aber deutlich kräftiger als in Calarian. Wind flüstert in den Blüten und erzeugt Ringe auf dem Teich. Sitzt da jemand?

Weißes Haar leuchtet im Mondlicht auf, als eine Wolke aufreißt. Coram. Mein Hals schnürt sich zu. Erinnerungen prasseln auf mich ein. Shona auf den Knien, eine Laserpistole an der Schläfe.

Ich mache einen Schritt rückwärts. Ich kann das nicht. Ich kann ihm nicht gegenübertreten. Ich kann ihm nicht sagen, dass seine Tochter tot ist. Dass ich sie nicht retten konnte, dass ich sie nicht zurückgebracht habe.

Keßler legt den Arm um meine Schultern, stützt sich auf mich. Er muss nichts sagen, allein die Geste bringt mich wieder in meinen Medic-Modus, der mich bis zum Umfallen durchhalten lässt.

Ich atme einmal tief ein und nähere mich dann Coram.

»Tali?« Schneller als erwartet richtet er sich auf und kommt uns entgegen. »Woher kommt …? Wie …?«

Keiner antwortet, also straffe ich die Schultern und bete, dass meine Stimme nicht zittert. »Das ist eine lange Geschichte. Coram, Shona ist tot.«

Dee wäre stolz auf mich, gleichzeitig bricht mir das Herz, als Coram einen Schritt zurückmacht und mich anstarrt, als hoffe er, dass ich lüge. Dann fliegt sein Blick über unsere Gruppe. Seine Schultern sacken herab, und er senkt den Kopf.

»Hat sie gelitten?« Seine Stimme zittert ein wenig.

»Nein.«

Er nickt und richtet sich wieder auf. »Es war nicht deine Schuld. Sie wusste, worauf sie sich einlässt.«

Ich weiß nicht, was ich darauf sagen soll. Kann ihm immer noch nicht in die Augen sehen.

»Wir sollten zu Az und den anderen. Ihnen sagen, dass du in Sicherheit bist.« Ohne unsere Zustimmung abzuwarten, wendet Coram sich um und hinkt auf einen unscheinbaren Ausgang zu.

Ich werfe noch einen Blick hinauf zum Baum, bilde mir ein, im Wispern des Windes die Stimme meiner Mutter zu hören, aber wenn sie es wirklich ist, verstehe ich kein Wort.

Ich stütze Keßler. Der Weg durch den Palast kommt mir unheimlich weit vor. Meine Schultern und mein Rücken schmerzen, tief in mir hat sich eine Erschöpfung festgesetzt, die nur die Zeit heilen kann.

Den Wachen vor dem Saal der Stimmen fallen beinahe die Augen aus dem Kopf, als sie uns sehen. Im nächsten Moment sinken sie auf die Knie und pressen ihre Stirn gegen die Steinplatte. Ich ignoriere sie, dafür habe ich keine Kraft.

Kurz vor der Tür will Shep mich ablösen, aber ich klammere mich an Keßler und schüttle knapp den Kopf. Wenn ich ihn jetzt loslasse, werde ich selbst zusammenbrechen. Ich darf noch nicht zusammenbrechen. Wenn die Stimmen aktuelle Übertragungen von der Lage in Calarian haben, werden sie mich in der Luft zerfetzen.

Ich bin eine Soldatin.

Meine Brüder haben schon viele Menschen getötet. Menschen, die sie angegriffen haben. Menschen, die ihren Tod wollten. Ich habe getötet, ohne zu zögern.

Aber was ich in Calarian getan habe, das war ... Hass und Schmerz in seiner reinsten Form. Ich erinnere mich kaum. Nur an Hitze und grenzenloser Macht, an den peitschenden Wind und die krachende Erde. An das Gefühl von Freiheit und Tod im selben Atemzug.

Werde ich mich erinnern, wenn ich diese Bilder sehe?

Die Wachen öffnen die Tür und ich habe keine Chance mehr, meiner Tat zu entgehen. Das Hologramm flimmert. Smaragdgrüne Flammen, Rauchwolken, eingestürzte Häuser, Straßen. Der Palast liegt in Trümmern, kein Stein steht mehr auf dem anderen.

Aber keine Erinnerungen, als wäre nicht ich diejenige gewesen, die alles zerstört hat.

Ich trete näher, Keßler an meiner Seite. Seine Körperwärme kämpft gegen das Eis an, das Schicht für Schicht mein Herz überzieht.

Die Qualität der Übertragung ist schlecht, das Bild flackert die ganze Zeit. Moment. Das ist kein Flimmern, das ist Regen! Es schüttet regelrecht. Eden löscht die Flammen.

Meine Knie geben nach. Keßler hält mich mit einem Ächzen gerade noch fest. Plötzlich ist Laran an meiner Seite, stützt mich.

»Wie seid ihr hierhergekommen?«, fragt Az und lenkt meine Aufmerksamkeit das erste Mal auf die versammelten Personen.

Enver humpelt an mir vorbei, den Blick starr auf die Übertragung gerichtet. Seine Haltung verrät mir nicht, was in ihm vorgeht.

»Wie Eure Königin.« Die Kaiserin stellt sich neben mich, das Kinn erhoben, die Schultern gestrafft, ihren Blick auf das Bild von meinen Eltern an der Wand gerichtet. »Ich nahm Saphiras Platz ein, als sie flüchten konnte. Der Kaiser machte mich, ein Dienstmädchen, zur Kaiserin über sein Imperium, um nicht das Gesicht zu verlieren. Jahrelang habe ich versucht, sein Temperament zu mildern, ihn zu bremsen. Es ist mir leider nicht gelungen. Ich hoffe trotzdem, dass Ihr mir die Freundlichkeit des Asyls erweist, bis ich zurückkehren kann und das Verlassen Eurer Welt einleiten werde. Ich werde nicht eher ruhen, bis die Welten, die mein Mann erobert hat, wieder befreit sind und vielleicht …« Sie wendet sich mir zu. »Ich die Schuld, die ich all die Jahre auf mich geladen habe, wiedergutmachen kann. Ihr habt mir eine zweite Chance geschenkt, Prinzessin Talea. Ich werde sie nichtvergeuden.«

»Was ist mit Enver?« Ich schaue seinen Hinterkopf an. Er fixiert nur das Hologramm, als könne er dadurch seinem Volk helfen.

»Ich lasse ihm die Wahl.«

Wieso erleichtert mich diese Antwort nicht? Enver wird sich für die Pflicht entscheiden, für sein Volk. Wie … ich es tun würde.

»Natürlich gewähren wir Euch Asyl.« Az wirft mir einen seltsamen Blick zu, als hätte ich das sagen müssen. »Wir haben nur zwei Transporter und sobald das Unwetter nachgelassen hat, schicken wir Hilfsgüter zu Eurem Volk. Einer unserer besten Medics steht bereit …«

»Nein!«

Alle starren mich an.

Die Panik lässt mein Herz viel zu schnell schlagen. Ich will nicht, dass Dee sich in Gefahr begibt. Wir wissen nicht, ob alle Soldaten tot sind. Ob sie die Raumschiffe nicht sofort vom Himmel schießen oder Dee auflauern.

»Er hat sich freiwillig gemeldet«, sagt Emilius. »Wir können nicht tatenlos zusehen, wie Menschen leiden. Auch wenn sie unsere Feinde waren.«

Keßler gräbt seine Finger in meine Haut, der Schmerz lässt mich die Lippen aufeinanderpressen. Ich werfe ihm einen Blick zu, sein Kiefer ist angespannt, die Augenbrauen zusammengezogen. Er ist genauso wütend wie ich, hält sich aber zurück.

»Egal, was dort passiert ist«, fährt Emilius fort, als hätte er die Reaktion nicht bemerkt, »sind wir allein von unseren Grundprinzipien aus dazu verpflichtet, Menschen zu helfen. Eden hilft schließlich auch.«

Wie er *Menschen* betont, lässt meine Sicherung endgültig durchbrennen. »Verpiss dich!«

Az Augenbrauen heben sich minimal.

Emilius glotzt mich mit offenem Mund an. »Wie bitte?«

»Verpiss dich!«

Emilius sieht aus, als hätte ich ihn geschlagen.

»Dee ist ein Medic, und das hast du ausgenutzt! Er hat sich nicht freiwillig gemeldet, das hätte er nie – nicht für so einen selbstmörderischen Plan. Wenn auch nur ein Soldat noch am Leben ist oder auch nur ein Calarianer, der weiß, wie man eine Rakete abschießt, ist unser Rettungsteam tot.« Ich deute auf das Hologramm. »Wir haben sie angegriffen. Wir haben den Palast in Schutt und Asche gelegt. Was würdet ihr denken, wenn plötzlich Schiffe am Himmel auftauchen?«

Ich atme schwer und sehe Az wütend an. »Macht einen neuen Plan – einen realistischen Plan –, und dann können wir darüber reden, ob meine Brüder und ich ihnen helfen.«

Ich sehe Az an, dass er mich auf keinen Fall wieder nach Calarian lassen möchte, dass er widersprechen will, aber er bekommt keine Chance dazu.

»Tali!«, dröhnt Browzer. Seine schweren Stiefel donnern auf den Boden. Schon hat er mich in eine zerquetschende Umarmung gezogen. »Du bist wieder da und noch in einem Stück.«

»Nicht mehr lange, wenn du so weitermachst.« Shep legt unserem Bruder die Hand auf die Schulter.

»Oh.« Browzer setzt mich wieder ab. »Entschuldige, Tali.«

Ich nicke, versichere mich, dass Keßler und Laran Browzers Ungestüm unbeschadet überstanden haben, und wende mich wieder Az zu.

»Ihr unternehmt nichts, bis Marks diesen Plan abgesegnet hat. Er ist *unsere* Stimme.« Ich sehe zu Marks, um mich zu versichern, dass er das in seiner Verfassung hinbekommt. Er nickt mir zu. Wie ich ihn kenne, hat er sich auf dem Weg hierher, bereits einen Plan zurechtgelegt.

Coram, der schräg hinter meinem Bruder steht, nickt ebenfalls. Er wird sich um ihn kümmern.

Ich wende mich an Enver, der sich inzwischen zu mir umgedreht hat. »Schlafen? Wir reden morgen?«

Dass er zustimmt, überrascht mich. Ich hätte mit mehr Gegenwehr gerechnet, allerdings sieht er aus, als würde er gleich zusammenklappen.

»Was geschieht jetzt mit mir?« Arian tritt vor, als erwarte er verhaftet zu werden.

Ich suche nach dem Zorn, den ich in Calarian noch gefühlt habe – finde aber nur Erschöpfung und Müdigkeit. »Er hätte euch nicht verschont.«

»Ich musste ihm glauben. Ich hätte nicht ohne Rune weiterleben können. Es wäre …«

»Ich weiß«, unterbreche ich ihn. »Du und Enver habt euer Volk gerettet.«

»Enver war Euer Anker … ich habe Euch erst …«

»Du hast Keßler gerettet.«

Verstehen glimmt wie eine kleine Flamme in Arians Augen auf, deswegen spare ich mir weitere Erklärungen und komme direkt zur Sache. »Was jetzt mit dir geschieht? Du wirst diesen Palast fürs Erste nicht verlassen. Einer meiner Brüder wird dir nicht von der Seite weichen. Du wirst mir jede freie Minute, die ich erübrigen kann, Gebärdensprache beibringen. Und allen anderen, die es lernen wollen. Ich hoffe, du wirst ihm dabei helfen, Rune.«

»Und Enver … er …«

»Du wirst seine Welt größer machen, damit er nicht mehr auf dich angewiesen ist. Ob er dir vergeben kann, ist nicht meine Entscheidung.«

Arian sieht aus, als wolle er noch etwas sagen, nickt dann aber nur.

Ohne ein weiteres Wort verlasse ich den Besprechungssaal der Stimmen. Hunter, gestützt von Laran, dicht neben mir. Browzer hinter mir, als hätte er jetzt den Part meines Leibwächters übernommen. Eagle grinst mir zu und signalisiert mir, dass er die Bewachung von Arian übernehmen wird.

»Laran, wo lang?«, frage ich matt.

Seinen Anweisungen folgend bleiben wir nach einer Weile vor einer Zimmertür stehen, die nicht meine ist. Browzer öffnet sie und prüft, ob sich calarianische Spione im Raum versteckt haben könnten. Eigentlich sinnvoll, aber ich kann kaum noch stehen und will mich einfach nur noch ins Bett fallen lassen.

Browzer kommt wieder heraus. »Alles klar.«

Shep will Enver hinbringen, aber er hält ihn zurück und sucht meinen Blick. »*Danke.*«

»*Ich danke dir.*«

Sein Blick gleitet über unsere Gruppe und bleibt an Arian hängen, Schmerz stiehlt sich in seine blauen Augen. Er sieht mich wieder an und ich erkenne, wie sehr er mit sich ringt, mir etwas zu sagen und dafür Arian zu benutzen, weil ich es nicht verstehen werde.

»Morgen.«

Er nickt und lässt sich von Shep ins Zimmer bringen. Ich warte, bis mein Bruder wieder herauskommt.

»Er ist direkt eingeschlafen«, informiert er mich.

Eagle spricht in sein Funkgerät, fordert Verstärkung an. Ich schaffe ein dankbares Nicken, bevor Shep mich auf seine Arme hebt. Er trägt mich langsam, damit Keßler mit Larans Hilfe nicht den Anschluss verliert, den Gang hinunter. Eagle, Arian und Rune bleiben zurück.

Kaum, dass wir angekommen sind, überprüft Browzer mein Zimmer. Shep setzt mich behutsam ab und versichert, sich, dass ich stehenbleibe.

»Geh zu deiner Familie, Laran.« Ich muss nicht über die Schulter sehen, um zu wissen, dass mein Schild nicht begeistert ist. »Browzer passt heute auf mich auf.«

»An mir kommt niemand vorbei!«, brüllt mein Bruder aus dem Zimmer.

Laran ignoriert meine Anweisung und nimmt neben mir Haltung an. »Tali, ich muss mich entschuldigen. Ich hielt dich für verloren, ohne Enver …«

»Ich war verloren, Laran.« Ich lege ihm die Hand auf die Schulter. »Du musst dich für nichts entschuldigen.«

Er neigt den Kopf, nicht vor seiner Prinzessin, sondern vor mir. Ich lächle ihn an. »Gute Nacht, Laran.«

Mein Schild geht langsam den Flur hinunter und verschwindet hinter der Biegung. Browzer kommt heraus und stellt sich links neben der Tür auf. Keßler lehnt an der anderen Seite.

Ich nehme seine Hand. »Keßler?«

»Browzer hat recht, Tali, niemand wird durch diese Tür kommen.«

»Doch, du, und zwar jetzt!«

Für einen Moment sieht er aus, als wolle er mir widersprechen, aber dann senkt er den Kopf und lässt sich von mir ins Zimmer ziehen. Shep nickt uns zu.

»Du ruhst dich auch aus!«, befehle ich ihm.

»Ja, Ma'am.«

Der Fluss hat Keßler das Gel vollständig abgewaschen, jedoch ist seine Kleidung noch nass. Genau wie meine.

»Ausziehen!«

Keßler gehorcht und ich verschwinde schnell im Bad. Als ich in meiner Nachtkleidung herauskomme, sitzt Keßler in eine Decke gewickelt auf der Couch. Er hat die Unterarme auf die Oberschenkel gestützt und lässt erschöpft den Kopf hängen.

Ich setze mich neben ihn, im Schneidersitz, weil meine Füße auf dem Boden eiskalt werden.

»Es tut mir leid«, bricht Keßler die Stille. »Ich hätte dich beschützen sollen, stattdessen ...«

»Du wärst fast gestorben, Keßler!« In meiner Stimme höre ich die Tränen, die ich mit aller Macht zurückzuhalten versuche. »Du *bist* gestorben. Und ich habe es zugelassen. Ich hätte ... ich wünschte ... ich konnte nicht ...«

»Ich weiß, Kleines«, sagt er und zieht mich an sich.

Seine Wärme umfängt mich, sein Geruch nach Wald und Erde

und Zuhause. Ich kann nichts gegen die Tränen tun, die still über meine Wangen fließen.

»Erinnerst du dich …?«

»Nein«, unterbreche ich ihn, weil ich nicht will, dass er es ausspricht. »Es war wie im Fluss, als ich Coram geheilt habe. Ich war … Eden … nicht mehr menschlich.«

Einen Moment schweigen wir, beide nicht bereit, uns voneinander zu lösen und aufzustehen.

»Was du gesagt hast, im Lager …«, beginnt Keßler stockend. »Ich habe deine Mutter gehört, als ich … tot war. Sie hat mich angeschrien, für einen Moment habe ich sie für dich gehalten. Dein Vater hat versucht, uns im Fluss wieder an die Oberfläche zu bringen. Sie lieben dich, Tali. Sie …«

»Sind tot«, beende ich seinen Satz. »Sie sind schon sehr, sehr lange tot. Ich sage ja nicht …« Ich seufze und lehne mich von Keßler weg, damit ich ihn ansehen kann. »Ich habe über fünfhundert Brüder, da kann ich auch zwei Dads haben, oder?«

Die Stille zwischen uns dehnt sich aus, wie eine gewaltige Blase, die alles verschluckt. Mein Herz hämmert gegen meine Rippen, Hoffnung und Angst schnüren mir die Kehle zu.

Keßler nickt. »Das geht wohl.«

Irgendetwas beschäftigt ihn noch, aber dafür habe ich jetzt keine Kraft mehr. Morgen ist ein neuer Tag. Diesen haben wir überlebt. Und wie es aussieht, wird bald Frieden herrschen.

ES WIRD ALLES GUT WERDEN

» V ersteckst du dich vor mir?«, brummt Coram.
Ich hebe den Kopf. Das grüne Licht des Sonnen-
untergangs weicht langsam einem Sternenhimmel.
Er lässt sich auf die Bank sinken, auf der er schon bei unserer
Ankunft gesessen hat, die Hände zwischen den Beinen verschränkt
und den Blick gesenkt. Ich stelle die Knie auf und schlinge meine
Arme darum. Dabei streifte ich das Gras und muss an den toten
Boden von Calarian denken. Ob sich Eden dort wieder erholt?

»Ist Laran sehr wütend auf mich?«

»Er hat Browzer ziemlich angeblafft, also ja …«

Ich stütze mein Kinn auf die Knie und starre auf den Teich,
der im Sonnenschein glitzert. Obwohl Keßler direkt eingeschlafen
ist, sobald sein Kopf das Kissen berührt hat, und ich in Sicherheit
war, konnte ich keine Ruhe finden. Browzer war nicht schwer aus-
zutricksen und hierher zurückzukommen, erschien mir die einzige Möglichkeit, um meine Gedanken zu ordnen. Die Tür zum
Fluss hat sich nicht wieder geöffnet, und weder der Wind noch
das Wasser sprechen mit der Stimme meiner Eltern zu mir. Oder
der meiner Brüder.

Ich wünschte, sie würden mir sagen, was ich tun soll. So viele Probleme reihen sich vor mir auf, für die Lösungen gefunden werden müssen. Am liebsten würde ich mich mit keinem davon befassen. Als ich im Lager gelebt habe, war die Welt noch so schön einfach. Es gab nur Schwarz und Weiß, keine Zweifel. Unsere Aufgabe, unser Ziel waren klar definiert.

»Und wieder hast du mich gefunden«, flüstere ich.

Coram schüttelt den Kopf. »Behati betet bei Sonnenaufgang immer zu Eden, hier, an ihrem Grab.«

Grab? Meint er die erste Eden? Das Mädchen, das Frieden mit dem Planeten schloss? Die erste Königin?

»Sie hat dich entdeckt. Az wollte dir Zeit geben, er hat mit Marks einen Plan ausgearbeitet, wie sie den Calarianern helfen können. Die Feuer sind weitestgehend gelöscht und die Kaiserin versucht, Überlebende zu erreichen. Marks sagte, du würdest kommen, wenn du soweit bist. Na ja, ich wollte nicht solange warten. Ich hab bei Shona gewartet … und würde noch immer warten, wenn du nicht gewesen wärst.« Coram schaut mich zum ersten Mal an. »Du konntest mir, als du ankamst, nicht in die Augen sehen. Du bist nicht Schuld an Shonas Tod, das weißt du.«

Ich weiß. Ich hätte nichts mehr tun können, um sie zu beschützen. Sie war sofort tot. Genau wie Kerasie. Sie sind für Eden gestorben, wie meine Brüder. Der Gedanke ist tröstlich, dass sie in Eden weiterleben. Aber …

»Ich habe all diese Menschen getötet«, flüstere ich. Meine Stimme ist rau von so vielen ungeweinten Tränen. »Ich kann … Wieso kannst du mir noch in die Augen sehen?«

»Komm her«, brummt Coram. »Ich würd's vom Boden nie wieder hochschaffen.«

Alles zittert. Ich. Die Welt. Eden. Als wäre alles kurz davor, in Millionen Scherben zu zerspringen. Wieso, verflucht? Das ist

Coram! Er hat mir schon einmal verziehen. Ihm habe ich mehr vertraut als jedem anderen hier, selbst als einigen meiner Brüder.

Ich stelle mich vor ihn und er greift meine Hände. Seine Haut ist immer noch überzogen von grünleuchtenden Sommersprossen. Ob sie je verschwinden werden?

»Wieso bist du hier?«

Mit dieser Frage habe ich nicht gerechnet. »Ich konnte nicht schlafen … ich musste …«

»Nein, wieso bist du hier, Tali? Im Palast? Bei uns? Wieso bist du damals geblieben?«

»Weil ich meine Brüder retten wollte.«

»Und?«, bohrt Coram nach.

»Ich …« Habe sie gerettet.

»Es ist vorbei. Nach fünfzehn Jahren ist es endlich vorbei.« Coram drückt meine Hände. »Gab es einen anderen Weg?«

Ich schüttle den Kopf. Ich glaube nicht.

»Sag es, Tali«, ermutigt mich Coram.

»Nein.« Meine Stimme zittert. Der Kaiser hätte sich niemals umstimmen lassen. »Nein«, wiederhole ich fester.

»Nein«, stimmt Coram zu. »Mehr muss ich nicht wissen. Und jetzt.« Er lächelt mich an. »Umarm mich ganz fest.«

Ich pralle gegen ihn und löse mich auf in Tränen und Erleichterung, Hoffnung und Trauer. Coram hält mich fest und streicht mir beruhigend über den Rücken.

»Es wird alles gut werden, Tali.«

TALI

Jemand tippt mir auf die Schulter. Ich wende mich um. Das warme Mittagslicht lässt Ellyns Gesicht strahlen. Ich habe sie in den letzten Tagen kaum gesehen. Erst hat sie unsere Mutter nach Calarian begleitet, um unser Volk zu beruhigen und Tali aus dem Weg zu gehen. Dann hat sie dabei geholfen, den Rücktransport in unsere Heimatwelt zu organisieren, und hat sich gemeinsam mit unserer Mutter der Gerichtsbarkeit von Galaxica gestellt. Die ersten Transporter sind vorgestern eingetroffen, eine Delegation von Galaxica heute Morgen. Deswegen ist Mutter zurückgekommen, ich wusste nicht, dass Ellyn sie begleitet hat.

Meine Schwester hält mir einen Bildschirm hin, mit der anderen Hand gebärdet sie. »Es tut mir leid.«

Ich nehme den Bildschirm und beginne zu lesen.

Lieber Enver,
es tut mir leid, dass ich zugelassen habe, dass unser Vater und Dankre uns voneinander entfremdet haben. Nichts entschuldigt mein Verhalten, aber ich möchte es dir zumindest erklären. Ich habe mich schlecht gefühlt, weil es mir so schwergefallen ist, mir die einzelnen Gebärden zu merken.

Unsere Sprache war viel einfacher und selbsterklärender. Als Kind habe ich nicht verstanden, wieso ich vor anderen nicht mit dir gebärden durfte, und als Teenager habe ich mich nicht mehr getraut. Ich würde gerne sagen, dass es deswegen war, weil ich dich beschützen wollte. Aber ich glaube, ich wollte nur mich schützen. Vater konnte sehr aufbrausend sein und Dankre sehr misstrauisch, von Nidal ganz zu schweigen. Dass sie mir vertraut haben, mich gesehen haben, hat sich gut angefühlt. Für Mutter war ich immer ihr kleines Mädchen, ebenso für dich, Arian und Rune. Ich hatte das Gefühl, dass keiner von euch mich ernst nimmt. Es hat mich nicht interessiert, worüber sie in ihren Sitzungen gesprochen haben, aber schon, dass ich dabei sein durfte. Und je länger ich mitgemacht habe, desto mehr habe ich meine Pflicht verstanden, unserem Volk zu dienen. Besser zu sein als Vater.

Als ich gehört habe, dass du zurück bist, bin ich sofort zum Thronsaal gelaufen. Mutter sagte mir dort, dass Vater auf sie geschossen und die Prinzessin von Eden sie geheilt hätte. Erst wollte ich das nicht glauben. Ich hatte Angst vor ihr, war zornig und habe nicht verstanden, dass wir besiegt wurden. Dabei hast du mir genau das gesagt, als du mich nachts geweckt hast. Ich wollte es nur nicht wahrhaben. Es tut mir leid, Enver. Ich werde Mutter nach New Earth begleiten und meine Strafe hinnehmen. Mutter meint, sie wird nicht zu schlimm ausfallen, da ich minderjährig bin und manipuliert wurde. Arian und Rune müssen wohl auf Eden bleiben und werden hier bestraft, das hat Talea so entschieden. Von dir war bei den Anklageschriften nie die Rede. Mutter hat dir das wahrscheinlich schon gesagt. Ich habe angenommen, dass du uns trotzdem nach New Earth begleitest. Aber Mutter hat komisch reagiert, deswegen bin ich auch hier. Ich wollte fragen, ob du mitkommst und mir eine zweite Chance gibst.

Ich sehe auf und entdecke Tränen in Ellyns Augen. Das erste Mal seit langem habe ich wieder das Gefühl, dass keine Fremde vor mir steht. In den letzten Tagen hatte ich genug Zeit, um alles Geschehene zu überdenken. Abstand zu gewinnen. Mein Vater ist tot. Seine Tyrannei beendet, Eden kann gesund werden und ich bin endlich frei, von dem Druck mich immer und überall zu verstecken. Ich kann jetzt endlich ich selbst sein.

Ellyn winkt mit der Hand, um meine Aufmerksamkeit zu erregen.

»Du bleibst hier«, lese ich von ihren Lippen.

Die Tränen kullern über ihre Wangen und lassen sie noch jünger wirken. Sie ist vierzehn verdammt! Sie sollte sich nicht für die Gräueltaten ihres Vaters verantworten, nicht gegen seine Anhänger aussagen, nicht die Taten ganzer Generationen wiedergutmachen. Sie sollte ein ganz normales Leben führen.

Bleib hier, schreibe ich unter ihren Brief.

Sie liest, lächelt und schüttelt dann den Kopf.

Ich bin eine Prinzessin. Ich werde nicht vor der Verantwortung davonlaufen. Eden ist nicht meine Heimat. Ich werde die Stimmen nicht fragen, ob ich bleiben darf. Und ich möchte nicht, dass du sie für mich fragst. Mutter braucht mich, unser Volk braucht eine Herrscherin. Das ist mein Platz.

Entscheidet Tali nicht, wer bleiben darf? Zumindest hat sie das bei Arian und Rune. Es war das einzige Mal, dass ich mich bei Shep nach den beiden erkundigt habe.

Hat Mutter es dir nicht gesagt?, schreibt sie. *Talea ist keine Prinzessin mehr.*

DAS KANN wirklich nicht wahr sein! Nach allem, was Tali geopfert hat. Ich wünschte, meine Mutter hätte gelogen. Aber sie und Az haben mir klar gemacht, was auf dem Spiel steht.

Keuchend komme ich fast ganz oben auf dem Turm an, wo wir uns schon einmal unterhalten haben. Laran steht mit dem Rücken zur offenstehenden Tür und nickt mir zu. Ich betrete den Balkon. Tali lehnt mit den Armen auf dem Geländer und beobachtet den Sonnenuntergang. Es ist deutlich kühler geworden, auch hier macht sich langsam der Winter breit.

Tali dreht sich zu mir um, Überraschung huscht über ihr Gesicht, gefolgt von einem schüchternen Lächeln. Obwohl wir am nächsten Tag des Angriffes miteinander reden wollten, haben weder ich noch sie das Gespräch gesucht. Ich war trotz ihrer Heilung körperlich und emotional erschöpft und sie hat mithilfe von Eden die Stadt wieder aufgebaut. Und ich wusste nicht, was ich ihr sagen sollte.

»*Was machst du hier oben?*« Ich dachte, ich finde sie in ihrem Zimmer oder auf dem Weg zur Landefläche, weil diese wichtige Information sie doch irgendwie erreicht haben muss, aber nein, sie ist völlig ahnungslos.

»*Das ist nicht mehr meine Angelegenheit*«, gebärdet sie etwas holprig.

»*Du hast geübt?*« Wann hat sie das noch geschafft?

»*Arian hat mir geholfen.*«

Wer auch sonst. »*Ich habe gehört, er darf bleiben?*«

Sie zieht einen Block aus ihrer Hosentasche und beginnt zu schreiben. Ich trete näher und versuche, auf dem Kopf mitzulesen. Ihre Schrift hat sich seit letztem Mal allerdings kaum gebessert. Dass sich die Seiten wellen, als wären sie nass geworden, hilft auch nicht besonders.

Ich habe ihm vergeben. Er ist nicht böse, er war nur verzweifelt. Verzweifelte Menschen treffen manchmal schlechte Entscheidungen. Er wird seine Taten wiedergutmachen.

»*Ich weiß.*« Ich weiß nur nicht, ob ich ihm auch so leicht verzeihen kann. »*Mit Eurer Erlaubnis möchte ich bleiben, Prinzessin.*«

»*Ich bin keine Prinzessin.*« Sie lächelt, aber ihre Hand um den Stift ist verkrampft. *Ich bin zurückgetreten, zumindest nennt Az das so. Er war enttäuscht, aber das bin nicht ich. Ich wollte nur meine Brüder retten. Die Stimmen haben fünfzehn Jahre lang reagiert, abgesehen vom Krieg, ging es den Bewohnern von Eden doch ziemlich gut. Ich freue mich, dass du bleibst.*

»*Danke.*« Schriftlich setze ich hinzu: *Das bedeutet mir viel.*

Ich gebe ihr den Block zurück.

Du hast mein Leben gerettet, da kann ich dir diesen kleinen Wunsch schlecht abschlagen.

Du hast auch meines gerettet. Ich ziehe den Ausschnitt meines Hemds herunter und ermögliche ihr einen Blick auf meine Narbe.

Ihr Lächeln fällt in sich zusammen. Ihre Selbstvorwürfe springen mir geradezu entgegen.

»Nur hier«, gebärde ich schnell. »Es ist nur eine Erinnerung, dass ich mich für Eden entschieden habe.« Für dich. Aber das kann ich ihr nicht mitteilen. Sie hat keine Anstalten gemacht, dass sie ähnliche Gefühle für mich empfindet, wie ich für sie.

Andererseits werde ich es nie herausfinden, wenn ich sie nicht frage. Ihre Stirn runzelt sich und sie schaut an meinem Oberarm vorbei. Ich drehe den Kopf. Laran ist auf den Balkon getreten. Uns läuft die Zeit davon.

Sanft nehme ich ihr den Block aus den Fingern und schreibe die Worte, die sie zu einer ähnlich schwerwiegenden Entscheidung zwingen, wie ich sie treffen musste.

Deine Brüder. Galaxica hat sie zurückgerufen.

Ich fange Tali auf. Der Block mit der verhängnisvollen Botschaft segelt zu Boden. Schock lässt Talis Gesicht noch jünger erscheinen, wandelt sich zu Verständnis, dann zu Wut. Sie springt auf, ballt die Hände zu Fäusten.

»Hast du davon gewusst?«, glaube ich von ihren Lippen zu lesen. Den Rest verstehe ich nicht.

Laran scheint etwas zu sagen, denn sie schweigt für einen Moment, bevor sie erneut losbrüllt. »Ich werde die beiden umbringen.«

Sie will losstürmen, aber ich packe ihr Handgelenk. *»Stopp!«*

Wo ist der Block?

Sie will sich meinem Griff entziehen und gebärdet etwas, was keinen Sinn ergibt. Da! Ich hebe den Block auf, sehe Tali bittend an und lasse sie los. Will sie trotzdem loslaufen? Nein, sie wartet, wenn auch ungeduldig.

Was hast du vor? Ich halte ihr die Seite hin.

»Ich gehe mit meinen Brüdern!«

Genau diese Reaktion hat Az erwartet. Deswegen stehe ich hier und keiner von ihnen. Sie hoffen, ich könnte Tali umstimmen. Könnte ihr aufzeigen, dass wir manchmal schwere Entscheidungen treffen müssen. Entscheidungen, mein Volk im Stich zu lassen. Den Platz einzunehmen, der einem zusteht. *In einen neuen Krieg? Und was dann? Sterben sie wieder? Stirbst du?*

»*Ich habe keine Wahl!*«, gebärdet Tali.

Doch! Nach Az` Unterlagen sind deine Brüder längst abbezahlt, aber ohne Verhandlung und einen neuen Vertrag gehören sie immer noch Galaxica. Und ohne Krieg fällt der Grund ihrer Anwesenheit weg, deswegen fordert Galaxica sie zurück. Als Prinzessin und zukünftige Königin von Eden bist du die Einzige, die einen neuen Vertrag aushandeln kann.

»Meine Brüder sind kein Eigentum!« Sie schnappt sich den Block. *Und ich verhandle bestimmt nicht mit diesen Idioten! Es gibt nichts zu verhandeln.*

»*Wieso willst du keine Prinzessin sein?*«, frage ich sie. Auf diese Frage konnte Az mir keine Antwort geben.

»Wieso ich keine Prinzessin sein will?«, wiederholt sie.

Ich erkenne, wie es hinter ihrer Stirn arbeitet. Sie presst ihre schmalen Lippen zusammen, weicht meinem Blick aus. Ich bin wohl nicht der Erste, der ihr diese Frage stellt. Wird sie mir eine Ausrede präsentieren oder die Wahrheit?

Nichts von beidem. Sie schweigt.

Wieso glauben Az und meine Mutter, dass Tali sich mir öffnen wird? Wir kennen uns kaum, wissen so gut wie nichts voneinander. Doch! Ich kenne die Antwort. Sie hat sie mir selbst verraten. In einer winzigkleinen Hütte, im Gegenzug für meine Schwäche. *Für deine Brüder wirst du immer Tali sein. Sie wussten dein ganzes Leben lang, wer du bist.*

DIE PRINZESSIN VON EDEN

Der gewaltige Transporter ist zerbeult, nichts, was würdig wäre, Helden einer siegreichen Schlacht, die fünfzehn Jahre andauerte, abzuholen. Laserbeschuss vernarbt die Hülle, einige Metallplatten haben eine andere Farbe. Ersetzlich, schreit mir alles an diesem Raumschiff entgegen.

Silvi drückt meine Hand, als verstünde sie genau, was in mir vorgeht. Wir stehen am Rand des Ackers, der in eine provisorische Landefläche umfunktioniert wurde. Ganz Edenstellar hat sich versammelt, viele Bürger bilden ein Spalier für meine Brüder. Ich kann Az und den Gesandten von Galaxica zwischen den Menschen nicht erkennen. Vermutlich stehen sie mit meiner Tante, der Kaiserin, Enver und den Stimmen irgendwo in der Mitte der Menge, am Anfang des Spaliers. Die ersten Sterne zeigen sich am dunkler werdenden Himmel, aber die Fackeln spenden ausreichend Licht. Nie komme ich rechtzeitig durch diese Menschenmenge. Viele meiner Brüder sind bereits im Transporter verschwunden. Jeder von ihnen trägt eine Blume in einem winzigen Tontopf.

»Sie verabschieden sich«, sagt Silvi lächelnd. »Die Meinung über deine Brüder hat sich nach dem Angriff auf unsere

Hauptstadt sehr schnell gewandelt. Wir möchten nicht, dass sie gehen.«

Ich mustere das Schriftstück in Larans Händen, das ich ihm diktiert habe, während Silvi mich fertig gemacht hat. »Eden will es auch nicht.« Ihre Präsenz ist stark und gleichzeitig friedlich.

Enver hat mir auf dem Weg nach unten klare Anweisungen gegeben, was ich tun soll. Az möchte einen Auftritt, einen Beweis meiner Stärke. Nur so kann ich Galaxica beweisen, dass ich die Tochter meines Vaters bin und Anrecht auf den Thron habe. Ein Spektakel kann er haben. Ich werde sie so einschüchtern, dass sie es nicht wagen, meinen Forderungen auch nur zu widersprechen.

»Laran, bleib in meiner Nähe, aber nicht zu nah.«

Seine Augen verengen sich ein bisschen, vermutlich weil ich mein Vorhaben ohne Anker wage, aber dann neigt er nur zustimmend den Kopf.

»Die Luke schließt sich«, warnt Silvi mich.

Meine Zeit ist abgelaufen. Obwohl es verflucht kalt ist, schlüpfe ich aus den Schuhen. Die Erde fühlt sich feucht an, aber ihr Leben rauscht wie ein Fluss durch mich hindurch. Silvi hilft mir, die dicke Jacke auszuziehen.

»Zeig ihnen, wer du bist«, flüstert sie stolz.

Ich atme einmal tief durch und öffne meinen Geist für Eden. Einen Herzschlag lang spüre ich meinen gesamten Planeten, sogar das erwachende Leben auf der calarianischen Seite.

Die Triebwerke zünden und lassen den Boden beben. Langsam und ruckelnd entzieht sich der Transporter der Schwerkraft.

Ich mache einen Schritt vorwärts, noch einen und noch einen. Der Wind fährt durch mein Kleid, umfängt mich wie die Umarmung meiner Mutter. Millionen von Leuchtkugeln aus den aufgestellten Fackeln, den Bäumen am Rand des Ackers und auch von den versammelten Menschen schweben zu mir. Überraschte Rufe erreichen mich.

Der Transporter gewinnt an Geschwindigkeit.

Lass dir ruhig alle Zeit der Welt, erklingt Spooks grummelige Stimme in meinem Kopf. Aus dem Augenwinkel sehe ich seine Gestalt hinter mir stehen.

Sobald der Transporter die Atmosphäre verlässt, hast du keinen Einfluss mehr auf ihn, wendet Tej ein.

Ich seufze. *Habt ihr kein Vertrauen in mich?*

Acolyte legt seine Hand auf meine Schulter. *Tali hat doch nur auf uns gewartet.*

Genau. Ein Grinsen breitet sich auf meinem Gesicht aus. Mehr und mehr meiner Brüder spüre ich hinter mir, ihre Anwesenheit gibt mir Kraft und die Gewissheit, das Richtige zu tun. Ich strecke die Hand aus, obwohl ich es nicht unbedingt müsste. Mein Geist rast mit Dutzenden Leuchtkugeln hinauf zu den Sternen. Leuchtkugeln, die die ganze Zeit bei mir waren. Aber erst jetzt begreife ich, was sie wirklich sind: die Seelen der Verstorbenen. Die Seelen meiner Brüder. Sie haben mich nie alleine gelassen.

Meine Hand schließt sich um das Schiff, bremst seine Geschwindigkeit. Die Triebwerke heulen auf, haben aber keine Chance gegen mich und die Kraft meiner Brüder.

Was für ein Schrotthaufen, grummelt Bajo.

Hoffen wir, dass er nicht auseinanderfällt, murmelt Tej.

Wenn meine Brüder nicht darin wären, würde ich das Ding am liebsten brennen sehen.

Die Menge weicht zurück. Die Triebwerke geben stotternd und fauchend den Geist auf, aber Eden und ich halten ihn sicher fest. Ihre Präsenz schmiegt sich an meine, meine an ihre. Keine von uns versucht, die Kontrolle zu übernehmen. Die andere in eine andere Richtung zu lenken. Wir wollen das Gleiche: dass meine Brüder heimkehren. Denn hier ist ihr Zuhause.

Die Landestützen fahren nicht aus, aber ich setze das Raumschiff auch so behutsam ab. Weniger behutsam reiße ich die Luke von der Hülle.

Sei nicht zu streng mit Keßler. Flower tritt neben mich. *Wir hatten nur einmal die Möglichkeit, uns frei zu entscheiden. Und diese Entscheidung wollte Keßler dir nicht aufzwingen.*

»Es war kein Zwang«, flüstere ich und Tränen der Erleichterung und der Wut schießen mir in die Augen, als Keßler in der Luke auftaucht. »Mir musste nur jemand die Augen öffnen.«

Er springt den halben Meter zu Boden und nimmt sofort Habachtstellung an.

»Du verfluchter Mistkerl.« Ich überbrücke die Distanz zwischen uns und werfe mich in seine Arme.

Keßler fängt mich sicher auf, hält mich fest, obwohl hunderte Augenpaare uns anstarren. Langsam setzt er mich ab, ein Lächeln breitet sich auf seinen Lippen aus. »Prinzessin, du siehst atemberaubend aus.«

»Das will ich auch meinen! Die Heimkehr unserer Helden verlangt nach dem richtigen Kleid.«

Keßler lacht und auch die letzten Schatten und Zweifel verflüchtigen sich aus meiner Seele.

Marks stellt sich neben uns. »Beeindruckende Show. Ich glaube, so viele Lichter hast du noch nie entzündet.«

»Das sind unsere Brüder«, flüstere ich.

Marks und Keßler heben den Blick, nachdenklich und dankbar.

»Achtung!«, ruft Acolyte.

Reega fällt beinahe aus der Luke. Meine Augen weiten sich. Meine verstorbenen Brüder weichen wie ein Mann zur Seite, bilden einen Durchgang und nehmen Habachtstellung an. Die Hand zum militärischen Gruß erhoben.

»Konntet ihr ihn hören?«, bringe ich irgendwie heraus.

»Ja, Kleines«, flüstert Keßler. »Und wir können sie sehen.«

Dass meine Knie nicht nachgeben, ist auch alles. Ich verliere den Kampf gegen die Tränen. Keßler legt seine Hand auf meine Schulter.

»Geh voran, Tali. Wir folgen dir.«

Zitternd mache ich einen Schritt vorwärts. Acolyte zwinkert mir zu. Den nächsten Schritt setze ich sicherer und den darauf und den darauf. Keßler und Marks bleiben dicht hinter mir. Edens Dankbarkeit erfüllt meinen Kopf und mein Herz. Kein Wort und kein Gefühl kann ausdrücken, wie *dankbar* ich ihr bin.

Ich weiß, Tali, haucht ihre Stimme in meinem Kopf.

Die Menschen, an denen ich vorbeikomme, verbeugen sich vor mir. Vor meinen Brüdern. Es fühlt sich furchtbar an, aber ich ertrage es. Am Ende des Spaliers erkenne ich Az, neben ihm ein kleiner, untersetzter Mann in einer weißen Uniform mit goldenen Highlights an Schultern und Brust. Bei seiner Ankunft hatte ich meine Entscheidung schon gefällt und habe mich deswegen in der Stadt zum Helfen verkrochen, damit ich ihm nicht begegnen muss und ihm ganz eventuell an die Gurgel gehe. Seine weitaufgerissenen Augen und sein leichenblasses Gesicht sind aber fast genauso gut.

»Wer seid Ihr?«, bringt er stammelnd hervor.

Da sollte er eigentlich wissen. »Mein Name ist Talea Eden, Tochter von König Tamino und Königin Saphira, Prinzessin und zukünftige Königin von Eden.«

»Ihr seid die verlorene Prinzessin?« Seine Augen weiten sich noch etwas mehr. Er sieht zu Az, ein bisschen vorwurfsvoll, als hätte die Stimme mich mit keinem Wort erwähnt.

»Ich bin nicht mehr verloren«, erwidere ich. Ein kurzer Blick nach rechts genügt, und Laran tritt zwischen meinen Brüdern hervor und reicht mir den Vertrag.

Az, der vorher absolut keine Miene verzogen hat, hebt anerkennend die Augenbrauen.

»Er benötigt nur noch Eure Unterschrift.«

Zitternd nimmt der Mann den Vertrag entgegen und entrollt das altmodische Papier. Mein Blick huscht über Az, die Kaiserin und ihre Tochter, die mich und meine Brüder ehrfürchtig anstarren, zu Enver. Kaum schaue ich ihm in die blauen Augen, weicht seine stoische Maske und ein Lächeln erscheint. Er zeigt mir kurz den erhobenen Daumen. Ich erwidere das Lächeln.

Das Rascheln des Papiers lässt mich wieder zu dem Abgesandten schauen. »Also … nun … das scheint mir ein ausführlich ausgearbeiteter Vertrag zu sein, aber …«

»Wenn Ihr Anpassungen vornehmen wollt, können wir gerne darüber verhandeln«, unterbricht Az ihn. Er schielt auf das Papier und runzelt die Stirn.

Ich weiß, dass es hauptsächlich mit Namen gefüllt ist, und ich habe wirklich Angst, dass ich einen meiner vielen Brüder vergessen habe, aber mehr ist mir auf die Schnelle nicht eingefallen. Ich bin eben erst seit ein paar Minuten eine Prinzessin.

»Ich nehme an, die Namen haben sich die Klone selbst gegeben?«, fragt der Abgesandte. »Ihre Nummern würden …«

»Sie sind kein Eigentum. Sie sind Menschen. Sie …«

Az unterbricht mich: »Wir können die Namen gerne einzeln mit den Nummern abgleichen. Unsere Aufzeichnungen sind äußerst ausführlich und penibel.«

»Ich glaube, das wird nicht nötig sein. Captain, Sie kennen den Inhalt dieses Vertrags?«

»Jedes Wort«, lügt Keßler, ohne mit der Wimper zu zucken.

»Sie und Ihre Männer sind damit einverstanden?«

»Ja, Sir.«

»Dann bräuchte ich jetzt etwas zu schreiben.«

Laran reicht ihm Tinte und Feder. Ziemlich krakelig setzt der Gesandte seine Unterschrift darunter. »Galaxica benötigt selbstverständlich eine Kopie.«

»Ich werde sofort eine in Auftrag geben«, sagt Az mit einer knappen Verbeugung und nimmt den Vertrag an sich.

Er hat unterschrieben. Er hat einfach so unterschrieben. Enver hatte recht. Es brauchte nur eine Machtdemonstration und eine Prinzessin.

»Kleines?«, flüstert Keßler und beugt sich herunter, um mir in die Augen sehen zu können.

»Ihr seid frei«, schniefe ich und merke erst jetzt, dass mir Tränen über die Wangen strömen.

»Dank dir«, raunt er.

Ich nicke, presse die Lippen zusammen, um die Schluchzer aufzuhalten, die herausbrechen wollen. Vor dem Gesandten vollkommen die Fassung zu verlieren, ist bestimmt nicht das beste Verhalten für eine zukünftige Königin.

»Tali!«, dröhnt Browzer und zieht mich von hinten in eine rippenzerbrechende Umarmung.

»Statt eines Abschieds können wir nun den Sieg feiern.« Az grinst zu mir hoch. »Ein erfreulicher Anlass.«

»Ja, lasst uns feiern!«, ruft Browzer.

Gelächter bricht aus, einige Frauen ganz vorn in der Menge bekommen rote Wangen, als Browzer sie irritiert ansieht. Er setzt mich etwas unsanft ab.

»Hab ich was falsches gesagt?«

»Nein, du Trottel«, erwidere ich und muss trotz der Tränen lachen.

Wir müssen nur ein kurzes Stück zu einer Wiese gehen, wo die Frauen und Männer von Eden Holz zu gewaltigen Stapeln aufgetürmt haben. Tische biegen sich unter dem lecker duftenden

Essen. Musikerinnen greifen zu ihren Instrumenten, Kinder spielen ausgelassen Fangen. Wann habe ich das letzte Mal ein Lagerfeuer gemacht?

Ein paar Männer zünden die Stapel an. Jubel bricht aus. Fässer werden herangerollt, Bier und Wein daraus gezapft.

Vielleicht solltest du unseren Brüdern einmal in den Hintern treten, grummelt Spook.

Ich schaue über meine Schulter. Die stehen wie aufgereiht am Rand der Wiese und glotzen unsicher zu den Feiernden hinüber.

»Ihr seht ja so aus, als hättet ihr noch nie gefeiert«, rufe ich. »Na los, amüsiert euch!«

Reega ist der Erste, ihm folgen nach und nach die anderen. Bis nur noch Keßler bei mir zurückbleibt.

»Wir müssen gehen«, sagt Acolyte und tritt neben mich.

Ich wusste, dass sie nicht ewig bleiben können, aber ich hatte gehofft, dass wir noch ein wenig Zeit mit ihnen hätten.

»Wir sind nur einen Wimpernschlag entfernt«, flüstert Flower, weil er genau weiß, wie schwer mir Abschiede fallen.

»Ich weiß.« Trotzdem tut es weh.

Ich lege meine Hand auf mein Herz und Bajo seine deutlich Größere darüber. »Wir sind immer bei dir, kleine Schwester.«

»Wir werden euch nie vergessen.« Keßler salutiert.

Eden streichelt noch einmal meinen Geist, bevor sie sich von meinem löst. Ich fühle mich unvermittelt einsam ohne sie, ohne ihr Gleichgewicht und weiß instinktiv, dass wir diesen Zustand der völligen Balance nicht mehr oft erreichen werden. Meine Brüder werden wieder zu Leuchtkugeln und steigen langsam in den Himmel auf. Aberhunderte Sterne, die über Eden, über uns wachen.

Applaus brandet auf, die Menschen begreifen offenbar, was vor sich geht. Ich wünsche mir nur, sie hätten früher erkannt, dass meine Brüder alle Helden sind.

»Kein Grund zum Heulen.« Coram stupst mich an und legt den Arm um mich. »Heute Abend hast du zu viel Gutes erreicht. Wir sind stolz auf dich.«

»Danke, Coram.«

»Schau mal, deine Tante winkt dir.«

Tatsächlich, neben Az steht Ophelie an einem der größten Lagerfeuer. Sie lächelt ein wenig, doch die Angst, unter so vielen Menschen zu sein, kann ich ihr deutlich ansehen, aber sie ist hier. Vielleicht kann sie jetzt endlich die Vergangenheit hinter sich lassen und heilen.

»Oh, ich suche mal Silvi, bevor ich allen die Stimmung vermiese.«

Ich will Coram gerade fragen, was er meint. Da entdecke ich schon Enver, der, gefolgt von Arian und Rune, auf uns zu kommt.

»Habt ihr euch ausgesprochen?«, platze ich heraus.

Arian übersetzt und die beiden tauschen einen langen Blick aus.

»Wir haben angefangen«, sagt Arian. »Enver versteht, wieso ich es getan habe. Bis ich mir selbst verzeihe, wird es wohl noch etwas dauern.«

Rune legt Arian eine Hand auf die Schulter.

»Du hast genug Zeit dafür«, sage ich, weil mir nichts anderes einfällt.

»Ich würde heute Abend gerne als euer Übersetzer fungieren.«

Ich schüttle den Kopf. »Nicht heute Abend. Auch ihr dürft den Sieg und eure Freiheit feiern.«

Überrascht runzelt Arian die Stirn, teilt es Enver aber direkt mit. Nachdem ich auffordernd genickt habe, verschwinden die beiden Leibwächter in der Menge.

»Laran?« Mein Schild ist sofort neben mir und reicht mir Tejs Block und einen Bleistift. »Jetzt geh zu deiner Familie.«

Laran schenkt mir ein Lächeln und entfernt sich.

»Du auch, Dad.« Ich lächele Keßler an. »Ich komm alleine zurecht.«

»Daran muss ich mich erst noch gewöhnen, Kleines.« Er drückt meine Schulter und gesellt sich zu Marks, Shep und Reega an ein Feuer.

Ich muss lachen und wende mich Enver zu, um mich zu entschuldigen, falls er nicht alles mitbekommen hat. Aber er starrt mich fassungslos an, als hätte er einen Geist gesehen.

»*Was?*«, gebärde ich.

Er zeigt auf mich, dann auf sein Ohr.

»Du kannst mich hören?«, flüstere ich.

Er schüttelt den Kopf und streckt die Hand aus. Ich gebe ihm Block und Stift, warte ungeduldig, bis er fertig geschrieben hat und mir den Block reicht.

Ich konnte dein Lachen hören. Und eine Stimme, die mir gesagt hat, dass dies Edens Dank ist, dass ich dich gerettet habe.

»Nur mein Lachen?«, frage ich fassungslos und schreibe es schnell auf.

Enver nickt, scheint aber überhaupt nicht geknickt. Er lächelt mich an, Tränen glänzen in seinen Augen. Mein Magen flattert merkwürdig.

Er beginnt wieder zu schreiben, jeder Buchstabe ein geschwungenes Kunstwerk, als wolle er dadurch ausdrücken, wie wertvoll ihm diese Worte sind.

Ich würde dich jedes Mal wieder retten. Du bist etwas ganz Besonderes, Tali.

»Du auch.« Ich greife seine Hand und ziehe ihn hinüber zum Feuer. Hinüber zu meiner Familie.

Dieser Abend gehört uns allen. Dieser Sieg gehört uns allen. Shep reicht mir einen Becher, Reega drückt Enver einen in die Hand.

Ich hebe meinen. »Auf meine Brüder!«, rufe ich in den sternen-übersäten Himmel. »Ohne euch wäre keiner von uns hier.«

»Auf Tali«, dröhnt Coram und legt von hinten seine Hand auf meine Schulter. »Die zukünftige Königin von Eden!«

»Auf Tali!«, schallt es von allen Seiten.

Enver hebt seinen Becher und sieht mir fest in die Augen. »*Auf den Frieden.*«

»Auf den Frieden.«

CONTENT NOTES

Ein Buch ohne Trigger zu schreiben ist vermutlich unmöglich, deswegen folgt hier eine Auflistung möglicher Themen, die meisten davon sind explizit dargestellt: Krieg, Verlust, Tod, Beleidigungen, Gehörlosigkeit, Feuer, Bomben, Ertrinken, Verstümmelung, Bodyshaming, Homosexualität.

Bitte achte auf dich, da die Liste keinen Anspruch auf Vollständigkeit erhebt.

Ich selbst bin nicht gehörlos und kenne auch niemanden näher, der gehörlos ist und die Deutsche Gebärdensprache verwendet. Dieses Thema interessiert mich schon seit mehr als zehn Jahren und ich habe mir immer wieder bewusst Geschichten zu diesem Thema ausgesucht. Mein Highlight ist das Kinderbuch »Ein Lied für Blue«, das ich jedem nur ans Herz legen kann. Es gab mir den Impuls selbst eine Geschichte mit einem gehörlosen Charakter zu schreiben.

Um einen besseren Eindruck zu gewinnen, habe ich mir Videos, Texte und Fachartikel angeschaut und einen Einsteigerkurs in Gebärdensprache besucht.

Gebärdensprache ist eine Sprache, die man mit dem ganzen Körper spricht. Bei einer Frage beispielsweise zieht man die Augenbrauen hoch und lehnt sich leicht nach vorne. Envers stoische Maske ist da eher hinderlich bis gar unmöglich. Ich wollte schon alles über den Haufen werfen, bis ich diesen Gebärdensprachenkurs belegt und das erste Mal von der DLS – Deutsche Lautsprache – gehört habe. Diese funktioniert nach dem Grammatikprinzip der deutschen Sprache und kann ganz ohne Mimik mit Gebärden benutzt werden. Sie dauert nur etwa doppelt so lange wie die DGS – Deutsche Gebärdensprache –, da diese sich von unserer bekannten Grammatik grundlegend unterscheidet.

In der DGS besteht ein Satz aus Subjekt Objekt Prädikat. Ich habe überlegt, dies an den passenden Stellen in Envers *wörtliche* Rede zu übertragen, also wenn er die Gebärdensprache und nicht die Lautsprache verwendet, habe mich aber aufgrund der Lesbarkeit dagegen entschieden. Denn was in gesprochener Sprache sinnvoll klingt, kann nie 1:1 in Gebärdensprache übersetzt werden.

Wer sich näher mit dem Thema Gehörlosigkeit auseinandersetzen will, empfehle ich, einen Gebärdensprachenkurs an der VHS zu besuchen, oder sich einmal durch die Website des Deutschen Gehörlosen-Bund e.V. zu lesen.

DANKE

dass du meiner Geschichte eine Chance gegeben hast, dass du die Reise gemeinsam mit Tali, ihren Brüdern und Enver mit einem Happy End abgeschlossen hast. Danke, dass du meinen Traum der Geschichtenerzählerin, der Autorin beflügelt hast.

Talis Geschichte begann vor sehr langer Zeit. In einem Kinderzimmer, in dem Träume von Sternen, anderen Planeten und einer Macht, die alles verbindet und das Unmögliche möglich macht, wahr wurden. Indem die Geschichten frei durch den Raum tanzten und die Wirklichkeit keine Rolle spielte. Mein Vater hat mit einem einzigen Film in meiner Kindheit eine Tür zu einer weit, weit entfernten Galaxis aufgestoßen und ich habe darin ein Zuhause gefunden. Deswegen widme ich ihm diese Geschichte. Danke für die Entführung in fremde Galaxien und Welten, Geschenkpapierrollenkämpfe und endlose Battlefront-Sessions.

Danke an meine Schwester, die immer alles mitgemacht hat, auch wenn meine Leidenschaft das ein oder andere Mal übers Ziel hinausgeschossen ist. Und Danke an meine Mama, die wieder mal als erste diese Geschichte lesen durfte.

Ein großes Dankeschön geht an meinen Verlobten, der mich in meiner Leidenschaft voll und ganz unterstützt und mir den Rücken stärkt. Danke für die Wasser- und Essensversorgung, die Rücksichtnahme, wenn meine eigene Deadline näher rückt und meine Geschichten mich mal wieder so in Beschlag nehmen, dass ich an nichts anderes denken kann.

Ein weiteres großes Dankeschön geht an meine Testleserinnen Katharina und Joyce – vor allem für die Nachfragen und Gespräche, persönlich ist einfach noch mal ganz anders als über Nachrichten. Und nein, ich habe überhaupt kein schlechtes Gewissen, weil ihr mich mal wieder am liebsten umbringen wolltet und du, Joyce, im Zug geweint hast. Aber hey, kein Cliffhanger!

Danke auch an meine Lieblingsbloggerin und Testleserin Jassy von Meine Fantasie Welt Bücher, die schon mehr als einmal meinen Tag gerettet und so viel Liebe und Unterstützung für uns AutorInnen hat, dass ich gar nicht mehr weiß, wie ich mich noch dafür bedanken soll. Du bist die Beste, Jassy!

Danke meiner Lektorin Andrea für ein weiteres gemeinsames Abenteuer und dass du meine Hassliebe zum Worldbuilding in etwas Positives verwandelst.

Und Danke an Juliane für ein weiteres traumhaftes Cover und meinen allerersten Buchsatz. Ich freue mich so für euch, aber komm bitte ganz schnell wieder zurück, was sollen wir sonst ohne dich machen?

Ich danke den BloggerInnen und BuchhändlerInnen, die sich für meine Geschichten einsetzen, sie lieben und weiterempfehlen. Ich weiß selbst, was für ein Knochenjob das manchmal ist, aber ohne euch würden viele Buchschätze ungesehen bleiben. Ihr seid großartig. Danke!